パスカル考

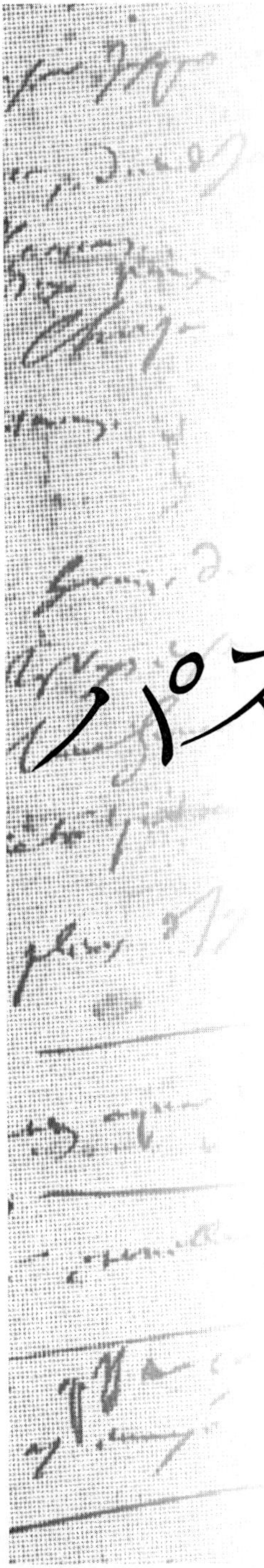

パスカル考

塩川徹也

岩波書店

はしがき

人間の活動は、狩猟や歌舞や酒宴のような遊びはもちろんのこと、政治や戦争や学問のような真面目な仕事もすべて、人間の条件のみじめさから眼を背けるための「気晴らし」にすぎない。パスカルはこう喝破していた。人間は何かをせずにはおられない。そうでなければ、具体的な不幸の種がなくとも、耐えがたい倦怠に陥ってしまう。しかし逆に、どれほどの悩みのうちにあっても、玉突きやテニスのようなゲームに熱中するだけで、たわいなく気が紛れてしまう。しかし遊びであれ仕事であれ、それらの活動は、どうして人間を夢中にさせ、気を紛らすことができるのか。要するに、気晴らしにおいて人間は何を目指しているのか。パスカルの答えはこうである。

それは明日になって、自分が相手よりもゲームの腕前が上だったことを、友達仲間に自慢したいためなのだ。同様に他の連中は、それまで解決されていなかったらしい代数の問題を解いたことを学者仲間に示すために書斎で汗水流す。そして他にも、あれほど多くの連中が、ある要塞を奪取したことを後になって自慢するために極度の危険に身をさらすが、それも私に言わせれば、同じように愚かなことである。

(『パンセ』断章 8/136; B 139)

勝負事や出世競争あるいは戦争ばかりでなく、学問研究の出発点にも、他者を出し抜き、自らの優越を誇ろうとするエゴイズムが巣くっているというのである。この指摘は、図星であるだけに、本書の著者を長年苦しめてきた。学問研究がエゴイズムの発現に他ならないのなら、そんなものは打ち捨てて、もっと本質的な価値に目を向けるべきではないのか。しかし他方、パスカルを読み研究することは、心底楽しく面白かった。それなのに、自分が好んで行っていることを、敬愛するパスカルに手ひどく告発されては、居たたまれない心地がした。だが本当にそうなのだろうか。右の箇所には続きがある。

そして最後に、残りの連中は躍起となって、以上のことすべてを指摘する。それで賢くなろうというのではない。ただ自分たちがそれらのことを知っていることを見せびらかすためである。彼らこそいちばんの愚か者である。なぜなら他の連中は、それと気付けば、愚かさから脱することができるかもしれないが、この連中は、知っていて、なお愚かなのだから。

一見無私の研究活動がエゴイズムに蝕まれていることは否定しようがないが、評論家としてそれを指摘することも同断なのである。しかしそこまで行けば、どの道エゴイズムからは脱しようがないのだから、好きな研究に専念する方が良いという居直りめいた覚悟が生じたのも事実である。それで問題が解決するわけではない。研究者にとどまる限り、評論家と同様に、「愚かさ」に囚われたままだからである。ここで「愚かさ」というのは、パスカルの信念に即して言えば、神を知ることのできないこの世の知恵、パウロが『コリントの信徒への手紙一』で、「神は世の知恵を愚かなものにされた」(第一章二十節)と述べるときの愚かさであろう。学者の学識も評論家の賢しらも、ともに人間を救いに導かない。救いをもたらすのは「十字架の言葉」、すなわち「滅んでいく者にとっては愚かなものであるが、救われる者には神の力である」(第一章十八節)キリストの受難だというのである。『パンセ』のある断章(I/412; B414)によれば、「人間は否応なしに狂っているので、狂わずにいることが、他の狂気のあり方からすれば、狂っていることになる」が、知恵と愚かさ――あるいは狂気――の逆説的な価値の転換は、パスカルの思想の核心にある。

しかし魂の救いを目指すパスカルの文脈を離れても、愚かさの問題は研究者にとって切実である。研究の成否を大きく左右するのは運根鈍であろうが、根と鈍は専門馬鹿の温床である。というより、専門馬鹿になる代償を支払わなければ、研究の成功は覚束ない。それなら根と鈍は捨てて、軽やかにまた敏捷に複数の領域の間を行き来して専門研究を相対化し、その問題点を指摘すれば賢くなるのだろうか。どうもそこには、気晴らしに潜むエゴイズムと優越欲を得々と指摘する者が陥る罠が待ち受けているように思われる。それぞれの持ち場にとどまって、自らの愚かさは引き受けながら、他の専門領域との交流を通じて、学問と文化一般への広やかな展望を切り開くことは不可能なのだろうか。

モンテーニュは、自らの判断力の可能性を探る試みとして『エセー』を書き継いだが、その中で次のように述べている。

> 私は卑しい輝きのない生活をお見せする。だがそれがどうしたというのだ。あらゆる道徳哲学は、平凡な私人の人生にも、それよりもっと豊かな人生にも、同じように当てはまる。人間は誰しも自分の中に人間としての完全な形を備えている。
>
> (第三巻第二章「後悔について」)

身分や職業のような肩書きを背負った専門家ではなく、「丸ごとの存在」としての普遍的な人間を自らのうちに探求したモンテーニュの言葉を、専門研究の擁護のために援用するのが牽強付会であることは承知している。しかし本書でお見せする成果がどれほどささやかなものであれ、それがどうしたというのだ。学問という知的活動は、流行の先端の領域にも古色蒼然とした伝統的な領域にも、ひとしく働いており、それぞれの研究は自らの中に学問としての完全な形を備えている。そして学問は楽しく悦ばしい営みだ。そう確信し、その確信を他者と共有することを希う研究者によって、本書は読者の前に差し出されている。

凡　例

一、『パンセ』の引用にあたっては、断章の出所は次の三種の数字で指示する。最初は、当該断章の所属するファイルの番号、次はラフュマ版、最後はブランシュヴィック版の番号である。詳しくは、巻末の「文献案内」を参照のこと。

二、本書では、『パンセ』という書名と並行して、パスカルが構想していた書物の題名として、『キリスト教護教論』あるいは『護教論』の書名を用いる。ただし、それが普通名詞として用いられる場合、たとえばキリスト教文学のジャンルを指す場合、さらにパスカルの著作の意図や構想を意味する場合には、二重括弧なしにそのままか、あるいは必要に応じて一重括弧を付して、「(キリスト教)護教論」のように表記する。とはいえ、『護教論』という書物は未完成で刊行されていないので、書名と構想の境界線は曖昧である。

三、本文で頻繁に引用ないし言及する文献の注記にあたっては、略式の指示を用いた。略号は、巻末の文献案内に記載した。

パスカル考　目次

はしがき
凡例

I
名句再読

一　高低か長短か

――「クレオパトラの鼻」をめぐって――

ジャンセニスム jansénisme　それがどういうものかはわからないが、それについて語ることは気のきいたこととされている。

ポール＝ロワイヤル Port-Royal　きわめて高尚な話題。

――ギュスターヴ・フローベール『紋切型辞典』山田𣝣訳

『紋切型辞典』は、「愚考・愚言の真珠貝の養殖」（レモン・クノー）だそうだから、そこに作者フローベールの個人的見解が顔を覗かせていると考えるのは間違いだろう。いわんやそれを見事な日本語に移された山田𣝣《じゃく》先生が、それぞれの項目を構成する常套句の正しさを信じていらしたとは思いにくい。しかしジャンセニスムやポール・ロワヤル――先生の表記ではロワイヤル――が七面倒くさい話題だという紋切型は、『ポール・ロワヤル』の著者であるサント＝ブーヴに恨みのあるフローベールはもとより、𣝣先生も否定されなかったのではないか。そうなると、ポール・ロワヤルの代表選手であるパスカルも敬して遠ざけるということになるのだろうか。新米の大学院生の身で先生のお宅に伺った折、書庫から取り出してこられた父君珠樹先生伝来のモリニエ版『プロヴァンシアル』を、自分は読まないからと、惜しげもなく下さったことがなつかしく思い出される。いくらフランス古典主義散文のモデルになった名文とはいえ、神学論争を正面から取り上げた『プロヴァンシアル』は、「高尚」かもしれないが、やはり七面倒くさい。

それなら『パンセ』はどうか。これも全体を考えれば、『プロヴァンシアル』に優るとも劣らない難物である。しかしその中にちりばめられている名文句、アフォリスムは、『紋切型辞典』にもまして翻訳への意欲をかき立てながら、同時にその難しさを存分に思い知らせてくれる代物である。断章を読みながら、五先生ならこの箇所をどう訳されただろうかと考えることがよくある。あの「クレオパトラの鼻」もそういった箇所の一つである。

＊

まず問題の箇所を引用しよう。訳は前田陽一先生のものを拝借する。

クレオパトラの鼻。それがもっと短かったなら、大地の全表面は変わっていただろう。

(I/413；B162)

この訳に何かしっくりしないものを感ずる読者は少なくないようである。理由は単純、鼻に「短い」という形容詞が用いられているからである。高低ならいざ知らず、鼻に長短はあるのか。なるほど芥川の『鼻』によれば禅智内供は五六寸に及ぶ長鼻の持ち主だったというし、末摘花の鼻も長くて先が赤かったようだが、それはお話の世界のこと。しかもこのご両人、醜男醜女の代表で、クレオパトラの対極にある。美女の鼻に長いとか短いとか言い出したら、話がぶち壊しになる。という理由かどうか定かではないが、手元にある他の翻訳、由木康、津田穣、松浪信三郎、田辺保の諸氏の訳では、いずれも「低い」という形容詞があてられている。

もちろんこのことを前田先生がご存じなかったはずはない。原語のcourtを仏和辞典で引くと、「短い」という訳語が載っているから、それをそのまま借用した、というほど話は単純ではない。じじつ、先生は少なくとも二度にわたって、訳語の選定の根拠を示しておられる。日本人とは異なって、「地中海世界の住人にとっては、鼻の高低は、一般に高いのが普通なので鼻筋の長さのほうが問題になり易い」[1]。つまりわれわれは上唇部の鼻のふもとから頂上つまり鼻尖までの隆起を気にするが、彼らは眉間の鼻根から鼻尖までの距離に注目する。したがって原語のcourtは鼻の隆起の高低ではなく、鼻筋の長短に関わる。この事態を正確に日本語に移し替え、人種や文化によってものの見方が異なることを理解させるためには、日本語としての自然さはある程度犠牲にしても——とまでは、前田先生は書いておられないが——「短い」と訳すべきである。

言われてみれば一応なるほどという気はする。しかしこれで一件落着するのだろうか。「地中海世界の住人」は一般に鼻が高いので高低よりは鼻筋の長短が問題になるというのは、たしかに一理あるが、人種による身体的特徴の相違と言語に集約される文化の相違をいささか安易に直結する気味がないだろうか。鼻を長短に相当する形容詞を用いて表現するのは英語、フランス語、ドイツ語のようなヨーロッパの言語ばかりでなく、トルコ語、ヴェトナム語、アイヌ語、朝鮮語にも共通しており、高低で形容するのは日本語に特有のことだという[2]。そうだとすれば、クレオパトラの鼻において、いくら鼻筋の長短が問題であろうと、言葉の翻訳は同時にその背景にある文化とものの見方の翻訳でもある以上、日本語においては高低に関わる語彙を用いた方が、結局原文の意味内容をよく伝えることになるのではないか。

これもまた立派に筋の通った主張である。これまでのところ、「低い」と「短い」の二つの訳語には一長一短があり甲乙つけがたい。

ただ以上の議論には抜け落ちている観点がある。それは長短であれ高低であれ、鼻の形状が容貌に及ぼす影響、そしてそれが見るものの心とくに美的感覚に訴える効果の観点である。クレオパトラの鼻がもっとcourtだったら、美貌を謳われた彼女の顔はどうなったのか。その顔を見つめる英雄豪傑、カエサルそしてアントニウスの心にどんな波紋が広がったのか。これらの点について、この警句の示唆するところは何か。

このような形で問題を立ててみると、訳語の選定が、警句の解釈、さらにそれが含まれている断章全体の解釈に無視できない相違を引き起こすことが自ずと見えてくる。

日本語で鼻の高低を云々することは、たんにその形状を客観的に叙述するにとどまらず、その持ち主の容貌の美的価値を判断することでもある。そして少なくとも明治以降においては、鼻の高さにはプラス、低さにはマイナスの美的価値が与えられていることは日本人なら誰でも知っている。もちろん『吾輩は猫である』に登場する金田夫人のように「偉大なる鼻の所有主」が揶揄され、「鼻高きが故に貴からず」と迷亭にからかわれるようなケースもあるが、これとて鼻の高さは美と威勢の象徴だという通念の裏返しと言えないこともない。そうだとすれば、「クレオパトラの鼻がもう少し低かったなら」というのは、「彼女の容色がそれほど完全でなかったら」というのに等しい。つまり彼女の色香がアントニウスをあれほど迷わせなければ、彼は政敵のオクタウィアヌスと全面的に対立し、ついにはアクティウムの海戦で大敗を喫し、自殺することもなかっただろう、ということになる。

これに対して「短い鼻」という表現は少なくとも日本語においては明確なイメージを結びにくく、したがってそれが容貌の美しさと性的魅力の観点からいかなる価値を持つか、よくわからない。「もっと短かったなら」という訳に何かしら居心地の悪さを感ずるのも、そこに大きな理由があるのではないか。もっと低い鼻ならともかく、もっと短い鼻ではアントニウスにどんな心境の変化が生ずるか、予想のつけようがない。読者としては途方に暮れてしまうのである。

*

ここまでくれば原文に立ち戻って、その意味とメッセージを再検討してみなければならない。問題は三つある。一つは、鼻に適用されたcourtという形容詞の意味のニュアンス。次は、クレオパトラの容貌に関する真実は知りようがないにしても、それに関する言い伝えの吟味。以上を踏まえて最後に、警句とそれを含む断章の意味である。

第一点は、結論的に言えば残念ながら藪の中である。courtな鼻とlongな鼻とどちらがより美しいとされているか、といった類の質問を何人ものフランス人にしてみたことがあるが、質問の仕方が悪いのか、なかなか要領を得ない。しかしこれは逆に考えれば、フランス語において鼻の長短は、日本語の鼻の高低のように、広く認められた美的価値判断を含んでいないということではないか。もっとも「クレオパトラの鼻」に関する極めつきの論考の中でメナール教授が指摘しているように、(3)古来の人相学の伝統においては、大きい鼻の方が小さい鼻よりよしとされていた。十六世紀から十七世紀にかけて全ヨーロッパ的なベストセラーとなったジャン＝バティスタ・ポルタの『人相学』には、アルベルトゥス・マグヌスのものとして、「大鼻はつねに小鼻に優るMagnus nasus semper minori melior」という格言が引かれているという。また「大鼻は美貌を決して損なわない」という趣旨のフランスの諺もあるらしい(ちなみにシラノ・ド・ベルジュラックはこの諺を知っていたのだろうか?)。しかしそれなら小さな鼻が不利かというと、メナール教授自身、ディドロの『ラモーの甥』の一節を引いて認めているように、小さな鼻は性的魅力を形作る要素の一つである。(4) しかも言葉遣いの厳密なメナール教授にしては珍しいことに、教授の引き合いに出す例はいずれも「大小」に関わり、「長短」は問題にされていない。大きな鼻は長いのだから構わないと言われそうだが、「高低」と「長短」の相違にこだわらざるをえないわれわれとしては、これは等閑に付してよい問題ではない。フランス語において「長い(短い)鼻」がいかなる暗示的意味いわゆるコノテーションを帯びているかは、好学の士の探究を待ち受けている未解決の問題のようだ。

このことと関連して、人相学とくに顔相学が、鼻と他の身体器官とりわけ生殖器官との間に照応関係を想定していることは注意してよい。わが国でも、鼻の高い男は、「男根が大きく精力が旺盛である」(5)との俗説があるそうだが、西欧の伝統にも似たような考えが見出される。これまたメナール教授の受け売りであるが、(6)十六世紀に活躍したイタリアはベルガモ出身の医者グラタローリの著作の中には、「鼻の大小は男女の性器の形を表わす」との言葉があるという。その上、占星術によれば鼻も生殖器官もウェヌスの星である金星の支配下にあるということになれば、クレオパトラの鼻についてもいろいろ想像を逞しくしたくなる。しかし顔相学や占星術の書物の中には、短鼻の女性と長鼻の女性が性的能力と牽引力においてどのように異なるかについて、具体的な説明があるのだろうか。鼻の短いクレオパトラが男性に対していかなる性的魅力を発揮したのかしなかったのか、やはり謎は残るのである。

クレオパトラの容貌如何の問題はすぐ片がつく。多くの言い伝えによれば、彼女は絶世の美女ということになっている。それなら鼻の形が高くなろうと低くなろうと、長くなろうと短くなろうと、要するに顔の造作の一点一画が変わっても、その美貌に疵がつくはずである。形容詞の選択はここでは大きな問題ではない。もっとも彼女の美貌の完璧さには異議を唱える著作家もいる。プルタルコスの『対比列伝』(『英雄伝』)中の「アントニウス」篇第二十七節によれば、「彼女の美もそれ自体では決して比類のないというものでなく、見る人々を深くとらえるというほどのものではなかった」[7]。ただ洗練された物腰、甘美な声音から紡ぎ出される巧みで快い会話、多数の言語を操る才能が、彼女にえも言われぬ魅力を添えていたという。クレオパトラはたしかに傾城の名にふさわしい女性ではあったが、その魅力の源は必ずしも彫刻的な美ではなく、むしろ声と振舞いに結びついて全身から立ち昇る性的魅力、パスカル自身の表現によれば、いわく言いがたい「私にはわからない何か」、あるいはもしかしたら言うをはばかる何かの中にあったのかもしれない。しかしパスカルはそのような要素は無視して、彼女の魅力を視覚的な形象に還元し、アントニウスが鋳造させた銀貨に彫り込まれている彼女の肖像に見られるように[8]、鼻筋の長く通った女性に仕立て上げる。ただそれがきわめて抽象的なイメージにとどまっていることは認めなければなるまい。

だがそもそもパスカルはこの警句で何を言いたいのか。まずは問題の断章全体を読んでみよう。訳文は再び前田先生のものを拝借する。

人間の空しさを十分知ろうと思うなら、恋愛の原因と結果とをよく眺めてみるだけでいい。その原因は、私には何か分らないもの(コルネイユ)であり、その結果は恐るべきものである。この私には何か分らないもの、人が認めることができない程僅かなものが、全地を、王侯たちを、軍隊を、全世界を揺り動かすのだ。クレオパトラの鼻。それがもっと短かかったなら、大地の全表面は変わっていただろう。

一読してすぐわかるように、この文章は明確な主張の提示と立証からなる。主張は、「人間のむなしさ」であり、それを読者に説得するための証明として、二段階の例示の手法が用いられている。「人間のむなしさ」が護教論者パスカルの人間観の要にあることは言うまでもない。神を知らず、また神を求めずに日常生活に埋没している読者の心を神の探求へ向かわせるためには、神を忘れて現世に生きる人間が決して今ある自己に充足できず、またあるべき自己を実現できないことを自覚させなければならない。人間は、うわべや見かけはともかく、中身はがらんどうの空虚な存在であることを、パスカルは「むなしさ」と題する章を設けて力説する。政治も学問も芸術も、あらゆる領域の人間の活動はむなしい。当然のことながら、恋愛もその例外ではない。それどころか、恋愛こそは、人間のむなしさを最も印象的に示す例なのである。

だがどうして恋愛は、人間のむなしさの例証となるのか。注意しなければならないのは、むなしさの例として引き合いに出されているのが、恋愛そのものではなく、恋愛の原因と結果の関係だということである。当時流行したバロック小説――その中には、クレオパトラとアントニウスの遺児をタイトル・ロールとするラ・カルプルネードの『クレオパトラ』のような作品もある――においては、主人公のヒロインに対する恋愛は冒険と不可分に結びついており、結果として王国や民族の興亡を引き起こす(9)。まさに恋愛の「結果は恐るべきものである」。だがその原因はどうか。小説のヒロインは絶世の美女と相場が決まっていたようだから、ヒーローが恋に落ちるのは理の当然とも考えられるが、登場する女性がすべていずれ劣らぬ美貌の持ち主とあっては、選択の理由はないに等しい。コルネイユを引いてパスカルが述べているように、恋愛の原因は、煎じつめれば、「私にはわからない何か」、あるいは「いわく言いがたいもの」となるのである。

そうだとすれば、恋愛の結果として出現する「恐るべき」事態は、それに見合うだけの原因を持っていないということになる。いくらもっともらしい外観を備えていても、人間が結局は張り子の虎にすぎないように、恋愛の生み出す結果がどれほど耳目を驚かすものであっても、その出発点にあるのは、声音や仕草そして鼻の形のように、きわめて些細でしかも得体の知れない個人的特徴なのである。つまりここには因果関係の理解を可能にする釣合いとか比例関係といったものが欠けている。原因と結果が釣り合わず、結果を了解可能なものとする原因が見当たらないという意味において、恋愛の「結果」は見かけだけのがらんどう、空虚である。だからこそ、「人間のむなしさを十分知ろうと思うなら、恋愛の原因と結果とをよく眺めてみ」さえすればよいのである。

クレオパトラの鼻の形状が、恋愛の原因としての「私にはわからない何か」の具象化であることは言うまでもない。だとすれば、それを客観的な美貌を構成する契機と考えるのは、この断章の趣旨にそぐわないのではないか。美貌の等級が美人コンテストで決められる、あるいは偏差値で表現できるとしたら、そしてその順位に応じて異性のうちにかき立てられる恋心の強度も決まるようなことが仮にあるとしたら、恋愛の結果がどれほど恐るべきものであっても、原因と結果の間にはある種の比例関係が成り立ち、結果にふさわしい原因が措定されることになる。恋愛はもはやパスカル的な意味での「むなしさ」ではなくなる。神秘といかがわしさが背中合わせになった「私にはわからない何か」が恋愛の原因であり続けるためには、クレオパトラの鼻の形と、彼女の美貌の秘密をあまり直接に結びつけては、かえって具合が悪い。「蓼食う虫もすきずき」である以上、鼻がcourtになったら、クレオパトラの美貌はどうなるのかと問うのは無意味である。別の見方をすれば、courtという単純でそっけない形容詞が選ばれたのは、それが、コノテーションについて中立で、美醜のイメージを形作りにくいからではないか。それでこそ、恋愛における選択の無償性、無根拠性、つまり人間のむなしさが浮かび上がるからである。

こうしてcourtな鼻は、それだけではくっきりしたイメージを形成しないが、他方、文の全体はきわめて鮮やかなイメージを喚起する。それは、鼻に集約されたクレオパトラの顔と、大地の表面＝顔(face)が対比されつつ連動しているからである。エジプトの女王の顔の造作に生じた微細な変化が、それを見つめるローマの軍人政治家の気持ちの変化を仲立ちにして、顔に見立てられたローマの版図と地中海世界の勢力地図に大々的な変動を引き起こす。他の断章が述べているように、「ごく些細な運動が自然全体に影響を及ぼす。石くれ一つで大海原全体が変わる」(HC927; B505)のである。ここには、ルネサンス的なミクロコスモスとマクロコスモスの照応という考え方への目配せがあるが、パスカルがそれを真に受けていたと考える必要はない。「私にはわからない何か」を原因に措定することによって、恋愛の因果関係は喚起されつつ否定されていたが、クレオパトラの目鼻立ちと国境線の描く地球の顔立ちとの間にも同様の関係が見出される。「クレオパトラの鼻」は、小宇宙と大宇宙の照応を鮮やかなイメージのうちに定着するが、同時に「人間のむなしさ」の象徴として、照応の根拠を剝奪し、それに皮肉な眼差しを向けさせる。警句の意味内容と作者の思想を隔てるこの微妙な距離から、恐らくは護教論者パスカルの意図に反して、えも言われぬユーモアが醸し出される。「人間のむなしさ」の追求は、悲哀と背中合わせの諧謔に通じているかもしれないのである。

蕣先生なら、このような「クレオパトラの鼻」の一句をどう訳されただろうか。もはや、先生のお考えを伺えないことが無性に寂しい。

二　パスカルの「時と永遠」

――波多野精一の『時と永遠』に寄せて――

われわれは決して現在時にとどまっていない。われわれは未来を、やってくるのが遅すぎるかのように、その歩みを急かすかのように、先回りして待ち設ける。あるいは過去を、あまりにも早く過ぎ去るかのように、押し止めるために呼び戻す。無分別にも、われわれは、自分のものではない時のなかをさまよい、唯一自分のものである時に思いを向けない。またむなしくも、われわれは、無に等しい前後の時をあれこれ思い、唯一存続する時を考えもなしに取り逃がしてしまう。それはたいてい、現在がわれわれを傷つけるからである。現在はわれわれに悲しい思いをさせるから、われわれはそれを自らの視界から隠す。そしてもし現在がわれわれにとって心地よいものであれば、それが逃れ去るのを見て、残念がる。われわれは未来の助けを借りて現在を支えようと努め、そこまで行き着けるかどうか当てのない時のために、われわれの力の及ばない物事を按配しようと考える。

各々、自らの思いを吟味してみるがよい。それがすべて過去か未来に占められているのに気付くだろう。われわれはほとんど現在のことを考えない。考えるとすれば、未来を思いどおりにするための光明を現在から引き出すためだけだ。現在は決してわれわれの目標ではない。過去と現在はわれわれの手段である。ただ未来だけが目標なのだ。こうして、われわれは決して生きていない。生きようと願っているだけだ。そしていつでも幸福になる準備ばかりしているものだから、決して幸福になれないのは必定だ。

(『パンセ』断章 2/47; B172)

長い引用になってしまったが、このパスカルの文章を、波多野精一はどう読んだであろうか。彼は、『宗教哲学』においては、何度かパスカルに言及しているが、『時と永遠』に、『パンセ』の著者の名前は見当たらない。しかし右の文章は、哲学の立場に立ちながら、深い宗教体験に支えられていた波多野の、時と永遠についての思索を、いわば裏側から照らし出しているように思われる。もっとも波多野は、「未来」という言葉遣いは、厳しく咎めたであろうし、また「来たらむとする」の意を持つ原語 avenir の訳語としては、たしかに「将来」の方が相応しいとも言える。しかし彼の警告にもかかわらず、「将来」を「未来」と呼ぶ「不穏当なる習慣」[1] は改められた様子はないし、少なくとも引用文においては、「永遠性の体験乃至待望」[2] は表面に浮かび上がってはいない。波多野の学問的厳密さと潔癖さとには深い敬意を払いながらも、語の定義は自由であるとするパスカルに同調して、今のところは慣用に従って文を進める。

ところでヴォルテールは、引用した断章について、『哲学書簡』の中でおおむね次のような批判を展開している。[3] われわれのまなざしが絶えず未来に向けられているのを嘆くのは間違っている。それは逆に、造物主によってわれわれに与えられた、「希望」という名の賜物なのである。第一、もしわれわれが現在にのみかまけていたら、われわれは種も蒔かず、苗も植えず、家も建てず、要するに将来に対する一切の慮《おもんぱか》りを打ち捨てて、悲惨のうちに滅びさる外あるまい。

これは、文化の立場からすれば、当然の批判である。よりよい未来のために目前にあるものの享受を先送りにし、さらにはある目標のために犠牲に供すること、それは、調理や農耕に始まり、利潤獲得を目指して財を現時点で消費するかわりに投資する資本主義に至るまで、あらゆる形態の文化活動に不可避的に内在する態度だと言ってよい。その点で、ゼウスの目を盗んで人間に火をもたらすことによって、文化の創始者となったプロメテウスの名が、「先見の明」ないし「将来への慮り」を含意するのは示唆的である。

このような観点からすれば、過去にも将来にも目を向けず、ひたすら現在に閉じこもろうとする態度は、一時の享楽を追求する刹那主義と映るであろうし、そもそも、それ以前に理不尽ないものねだりということになろう。もっとも、そのことは承知した上でなおかつ、いまだ文化に汚染されず、永遠の現在にとどまる自然状態の人間を夢想することはできる。ルソーが、『人間不平等起源論』において、野生人はただ今の瞬間の現存の感情に身を任せており、未来の観念も先見の明も欠いていると述べるとき、おそらく彼は別のことを考えているわけではない(4)。

しかし問題の断章に立ち戻ると、パスカルはそこで読者に、「無に等しい前後の時」には目もくれず、唯一の有である現在時にとどまるようにとの教訓を垂れているのであろうか。「われわれは、いつでも幸福になる準備ばかりしているものだから、いつになっても幸福になれないのは必定である」という皮肉でしかも哀切な響きを帯びた結びの文句は、これがむしろ人間の条件についての事実確認的な主張であることを予感させる。じっさい、パスカルの執筆プランにおいてこの断章は、人間の「むなしさ」を例証する役割を果たすはずであった。人間は、うわべや見かけはともかく、中身はがらんどうの空虚な存在であり、その一生はあくまでむなしい。「空の空なるかな、すべて空なり(5)」という伝道者(コヘレト)の言葉を、パスカルもまたわが物として、読者にその自覚を促すべく、政治、学問、恋愛、芸術等、あらゆる領域の人間活動のむなしさの印象的な実例を積み重ねる。その中で、すでにない過去に囚われ、いまだない未来を目標として目指しながら、現在は取り逃がしてしまう意識の時間的あり方が、人間のむなしさの恰好の例として取り上げられるのは、見やすい道理である。

実のところ、このような時間意識は、パスカルの人間観からすれば、神なき人間の根源的所与であった。神の意に反して禁断の木の実を食べたアダムは、「顔に汗して食物を得る」ように神から命ぜられ、楽園を追放され、農耕によって露命をつなぐように定められる。(6) 生命を維持するための労働が、すなわち未来に設定された目標との関連において行われる活動が、楽園における瞬間の享受に取って代わったのである。この意味で、原罪と文化とは不可分の関係にあると言える。ということは、文化に根ざす時間意識が、すべての罪人、つまりこの世にあるかぎりのすべての人間にとって不可避だと言うのに等しい。過去も未来も思わず、ただ現在のみを享受せよという刹那主義の教えは、パスカルにとっても、少なくとも現世においては、ないものねだりなのである。

それればかりではない。いったんむなしさとみじめさの烙印を押された人間の思想と行動の底には、それを成立させるそれ相応の理由が潜んでいることを、パスカルは、いわゆる「現象の理由」の探究によって示す。身に才能も美徳も備わっていない高貴な生まれの人を民衆が無自覚的に尊敬するのはむなしいことであるが、それは支配欲から脱することのできない人間の集合体である社会の秩序維持の観点からすれば、理に適っている。(7) 同様に、時間意識、とくに将来の慮りについても、それがいかにむなしくまた不幸の意識の源であろうとも、楽園を喪失し、文化的存在としてしか生き延びることのできない人間にとっては、必然的なあり方である。メダルの両面のように切り離すことのできない人間の「偉大さとみじめさ」の意識と、時間意識とは、表裏一体の関係にあるのである。

しかし、このように人間の条件そのものである時間性を克服する可能性は、果たして開かれているのであろうか。パスカルの熱烈な信仰の底に、神の愛と恵みによって参与を許される永遠性への希求と予感があったことは疑えない。燃える柴の中からモーセに呼び掛け、自らを「ありてあるもの」と称した「アブラハムの神、イサクの神、ヤコブの神」[8]、その同じ神が自分に現われたという確信に捉えられたとき、パスカルは、「確実、確実、直感、歓喜、平和」(『メモリアル』)と記した。この書付が、彼にとって永遠の現在における神との直接の交わりの体験の痕跡としての意味を持っていた、と考えることは許されるだろう。

しかし信仰者としてのパスカルは、永遠を語ることについてはむしろ慎重である。それは、信仰が、「望むところを確信し、見ぬものを真実とする」[9]ものである以上、あくまで間接的なものにとどまり、将来において与えられた目標との関連で意味を獲得するからである。信者はたしかに、文化的時間の悪無限からは解放されるかもしれないが、この世にあるかぎり、過去の自己の悔い改めと、来るべき神の国への待望によって現在を支える外ないのである。信者もまた時の中に生き、そのかぎりにおいて、明日への配慮が必要になる。しかしそれは、取り越し苦労とは厳しく区別されなければならない。パスカルは、ある手紙の中で、おそらくはポール・ロワヤルに対する迫害の帰趨に心を痛める相手と自分自身のために、「一日の苦労は一日にて足れり」というイエスの言葉を引いて、将来への慮りを捨てて、「自分自身の限界の中に閉じこもる」[10]ことを切に神に希う。現時点の自分に注意を集中してそこにとどまること、パスカルが神に乞い求めるこの恵みは、永遠の現在の享受そのものではあり得ない。しかし少なくとも、それが、移ろいゆく時の流れのただ中に射しそめる永遠の影として、パスカルに意識されていたのは確かだと思われる。

時と永遠についてのこのように屈折した考察を、波多野精一がどう受け止めたか、それについては知るよしもない。しかし彼の緻密で堅固な立論を支える直観は、それほどパスカルの直観と隔たっているわけではない、という気がしてならないのである。

から。

三　絵はなぜむなしいか

——像の存在論的不完全性をめぐって——

絵とは何とむなしいものだろう。原物には感心しないのに、それと似ているといって感心されるのだから。

『パンセ』と一般に呼びならわされているブレーズ・パスカルの遺稿集の一断章である(2/40; B134)。「考える葦」や「クレオパトラの鼻」ほど有名ではないが、やはり人口に膾炙している名句の一つに数えられるだろう。卓抜な着想を簡潔適確な表現に盛ったこの断章は、パスカル自身、自分の文体の特徴として述べているように、(1) 一読よく読者の心に食い込み、深く記憶にとどまり、しばしば引用される。そのためであろうか、この一句はこれまで数々の議論、とくに批判あるいは反論の的になってきたが、その際この文章の意味ないしは主張の内容自体については自明のこととして、あまり深い注意が払われなかったように思われる。その間の事情を、日本のというより世界のパスカル研究の一つの金字塔である「パスカルの『パンセ』註解」を書きついでおられる前田陽一先生は次のように述べられている。

この断章については、テキストの上からは問題がなく、内容の上からもどの版にも註がない。パスカルに絵心が全くなかったことをピタリと示しているので、何とも言いようがなかったからであろう。(2)

つまり作品の思想と表現を判断ないし評価する批評家はいざ知らず、内容の理解を第一の任務とする注釈家にとって、この断章には口をさしはさむ余地がないということであろう。じじつ上の引用に続く「註解」において、前田先生は「パスカルの形体美に対する蔑視」を、パスカルが深い関係を結んでいたポール・ロワヤルの、さらにはフランス古典主義文学一般の風潮と結びつけておられるが、これは内容自体の説明ではなく、なぜパスカルがこんな主張をしたかということに対する説明である。つまり断章の意味自体は明瞭なのだが、その主張するところが現代人には納得がいかなくなっているので、それを当時の精神的背景と関連させて理解させようとしておられるのである。

それにもかかわらず、筆者には、われわれは本当にこの断章の意味を理解しているのだろうか、もしかするとパスカルの言いたいことをわれわれは誤解しているのではなかろうかという疑念が前々から消えなかった。この疑念をいささかでも晴らすこと、これが小論の主目的である。ところで一断章の意味の正確な把握は、『パンセ』という断片の寄せ集めである作品をどう読むかという一般的な問題と密接に結びついている。したがって、「絵のむなしさ」の断章の意味を究明する作業は、『パンセ』の読み方に、ある示唆を与えてくれるかもしれない。そのことをつねに念頭において、二、三行の断章の注解としてはいささか長すぎるかもしれない以下の考察を試みることにしたい。(3)

*

事の順序としてまず考えてみたいのは、上に述べた疑念、「われわれは本当にこの断章を理解しているのか」という疑問がどうして生ずるのか、その理由である。

この断章を読んで読者の抱く感想は日本でもフランスでも似たりよったりのようである。つまり、これはいくらなんでもひどい、パスカルには絵あるいは芸術というものがわからなかったに違いない、前田先生の表現を藉りれば、「絵心」がなかったに違いない、という感想である。この厳格なキリスト教徒は芸術を理解しなかったからこんな一句を書き記したし、逆にこの一句は彼に芸術に対する感受性が欠けていたことを証明しているというわけである。

この感想は一見もっとものようではあるが、しかしよく考えてみると、やや速断の気味があるのではなかろうか。今は、作品と作者の思想・性格との関係という文学研究一般において、そしてとくに『パンセ』の研究において厄介きわまる問題はひとまず措いて、この一句がパスカルの考えの直接的表現であると考えておこう。それにしても断章を虚心に読めば、パスカルはたしかに絵はむなしいと主張しているが、絵を前にして少しも感興を覚えないとは言っていない。もちろん、だからといって彼に絵心があったと主張できないのは当然であるが、少なくともこの断章を唯一の典拠として、彼に美的感受性が欠けていたと結論することはできないだろう。

しかしそんなことが問題なのではない、という反論が聞こえてきそうな気がする。パスカルに美的感受性があったかなかったかは確かめようがない。問題は、彼がキリスト教の厳格主義に災いされて、もしかしたら感じていたかもしれない美的感情を抑圧して、芸術が何であるか、美的体験が何であるかを理解しようとしなかったことなのだ。

この反論は、「理解」という言葉を「評価する」あるいは「価値を認める」という意味に解する限り、おそらく正しい。しかしもう一度、問題の断章に立ち帰ってみよう。そこでは絵はむなしいという主張を裏づける理由が呈示されている。絵は、「感心しない原物をモデルとして写し取り、それと似ているといって感心される」からむなしい。しかしここでむなしいという価値判断を取り去ってみると、これは、パスカルによる絵の定義であり、美的体験のメカニズムの分析になっている。ということは、美的体験の存在と、それを引き起こす人工的対象、すなわち芸術作品の存在をパスカルは否定していないし、それらがいかなるものであるかについて彼なりの理解を示しているということではないか。しかもそれがたんなるその場の思いつきでないことは、美と美的感覚の構造がモデルの観念を介して緻密に分析されている断章が残されていることを見てもわかる。(4) パスカルが美と芸術について理解を示さず、反省もしなかったとはとても言えないのである。

もちろんこれらの断章や他の場所で表明されているパスカルの美的・芸術的考察にはさまざまの異論があり得るし、したがってそれに批判を加えることは可能でもあれば興味深いことでもあろう。しかし「美のむなしさ」を説くこの断章に限っていえば、批判はそのような視点からではなく、もっと別の視点、つまり美は価値のあるものだ、芸術活動とその所産は他の文化現象と並んで、いやその中でもとりわけ人間を真に人間たらしめる有意義なものだとする文化擁護、広い意味でのユマニスムの視点からなされているように思われる。このような批判はもちろんそれ自体としては意味もあるし、貴重でもあるが、結局は批判対象の外部の基準をものさしにして対象を裁く外在批判であって、対象そのものに即した内在批判とは言えないのではあるまいか。

＊

次の問題は、この断章においてパスカルが意図していたのは、はたして絵のむなしさを主張することだったのかということである。そしてこの問題は、断章を『パンセ』の一部と考えるか、それともパスカルが生前準備していて未完に終わった『キリスト教護教論』の一部と考えるかどうかに深い関わりを持っている。

周知のように『パンセ』という題名はパスカルの命名にかかるものではない。彼の遺稿集刊行に際して、編集に携わった友人たちが付けた題名、『死後、書類の中から見出された、宗教及び他の若干の主題に関するパスカル氏の断想《パンセ》』(初版一六七〇年)に由来している。この最初の『パンセ』編纂の試み――それは「ポール・ロワヤル版」(5)と呼ばれている――以来、三世紀にわたって続々と、新『パンセ』編集の試みが行われ、未刊行の断章が増補され、原文の読みに改良が加えられ、そして何より編者たちは各断片の相互の関係に心を配り、作品の全体像がよりよく浮かび上がるように、各々新しい配列を提案した。しかしいずれにせよ、それが『パンセ』、すなわち宗教や人間、またその他の主題に関するパスカルの「思想」ないし「考察」と捉えられているうちは、各断章はテーマ別に独立して読まれることになる。そして問題の断章は絵ないし芸術をテーマとし、そのむなしさを主張しているということが何の疑いもなく受け入れられてしまう。

もっとも『パンセ』の読者が、断章相互の内的連関を無視し、パスカルの思想全体の中に各断章を位置づけて解釈することを怠っているとはとても言えない。それどころか読者、そしてその代表である研究者、批評家は、それぞれの仕方で断章相互の関係を構造化し、パスカルの他の著作を参照し、さらには当時の思想風土をも探索して、『パンセ』の表現する思想の全体像を把握しようと努めてきた。そしてその上で各断章に再び立ち戻って意味を考えるという作業を、意識的であるにせよないにせよ、誰しも行ってきたはずである。にもかかわらず、「パンセ(断想)」を読むという立場にとどまる限り、各断章は、パスカルの思想があるテーマを契機として表面化したものと捉えられることになる。つまりすべてはパスカルの「思想」ないし

は「瞑想」の卒直な表現であって、そこに読者に対する思惑のはいり込む余地はないと考えられてしまうのである。(6)

一つの具体例を挙げて考えてみよう。一九五四年、パリ北方のロワヨモンの旧僧院で「ブレーズ・パスカル 人と作品」と題するシンポジウムが催されたが、そこで、アンリ・ルフェーヴルは、「人間の条件」の分析の要となる「気晴らし divertissement」の観念を人間疎外の観念との関連において考察し、パスカルの人間観を厳しく批判する講演を行った。(7) パスカルにとって気晴らしとは、人間の真の姿、つまり絶えず死に脅かされ、自分自身のうちにいかなる価値も見出すことができないみじめなあり方から目をそらすことである。そして彼に言わせれば、この悲惨からの脱出はイエス・キリストへの信仰を措いてないのだから、気晴らしは、社交、狩猟、賭などの趣味や娯楽を指すばかりでなく、宗教以外の人間のすべての活動を包含することになる。職業も学問も恋愛も友情も人間存在のみじめさを隠蔽する気晴らしとして断罪される。そして当然のことながら美と芸術もその例外ではない。だからこそ、この芸術の魔術師は芸術に奇怪な軽蔑の言葉を投げつけ、不当きわまりない絵の定義を行ったのだ、とルフェーヴルは述べて、問題の断章を引用する。(8)

もちろんルフェーヴルはこのようなパスカルの見方に激しく反撥する。なるほど「気晴らし」の観念は、ある特定の時代、特定の社会において歪められ、疎外されている人間の実相を鋭くえぐり出す。しかしそれは疎外状況からの脱出を超越的な神信仰に委ねることによって、人間の活動に内在する価値を否定し、人間の努力の意義を見失わせてしまう。それは結局は非人間的な思想である。われわれは具体的な歴史の中で疎外を克服し、人間の自己実現を図る努力を通じて、パスカルに攻撃された人間性を擁護しなければならない。

この情熱的なマルクス主義者のユマニスム顕揚には共感をそそうものがある。(9) そして大筋において彼はパスカルの人間観を正しく捉えていると思われる。また絵のむなしさの断章についても、とくに彼の独創とは言えないが、作者の人間観と緊密に結びついていることを説得的に示してくれている。これはまさに断章をパスカルの思想の表現として読み、理解することではないか。しかしそうなると大事なのは彼の思想ないし人間観ということになり、それを共有していれば、絵のむなしさも納得できるが、そうでなければ反撥する外ない。そしてそれこそ、『パンセ』の読者としてのルフェーヴルの態度である。

しかし本当にパスカルはこの断章において、彼の人間観から出発して絵画をむなしいものと断じているのだろうか。おそらく彼の思想に即して言えば、そう考えて大きな間違いはないだろう。しかし読者への訴えかけという視点から考えても事情は同じなのだろうか。もしかすると断章を『キリスト教護教論』を構成する一要素と考えるとまた異なった展望が開けるのではあるまいか。

＊

パスカルが「無神論者」ないしは「自由思想家」を論破し、キリスト教の真理を解き明かすために『キリスト教護教論』の執筆を企て、準備を重ねていたことは、彼の生前から知られていた。彼は自分の企てについてポール・ロワヤルで講演を行い、聴衆に深い感銘を与えたことさえある。しかし彼の仕事振りがどんなものであり、計画がどの程度進捗していたのか、著作の組立に関して彼自身かなりはっきりした構想を持っていたのか、もしそうだとしたらそれはどんなものであったのかといった問題が、おぼろげながら見え始めたのはパスカル研究の長い歴史の中でいえばつい近年のことである。それはおよそ四十年前、トゥルヌールと、とくにラフュマという大学外の研究者たちによって着手され、やがて大学内の研究者たちに引き継がれ、今なおメナール教授を中心にして精力的に続けられている探究の成果なのである(10)。このいまだ進行中の実証研究は『パンセ』の解釈に測り知れない影響を及ぼすと思われるが、今は小論に必要な最小限の事実を記すにとどめよう。

一六五六年三月、『プロヴァンシアル』論争たけなわの時期に、パリのポール・ロワヤル修道院の寄宿生であったパスカルの姪、マルグリット・ペリエに奇蹟が起こる。これに深く心を動かされたパスカルは、奇蹟の意味とその真偽の判別の問題について思いをこらし、それはやがて『キリスト教護教論』のキリスト教の証明の構想へと転化し、彼はこの著作のためのノートを取り始める。[11] ところが一六五八年頃、[12] おそらく前述のポール・ロワヤルでの講演をきっかけとして、彼は著作のプランを立て、章立てを考え、各々に題名をつけて、それに従ってそれまで書きためてきたノートを分類整理した。そのプランによると、全体は二部に大別され、前半部は、「神なき人間のみじめさ」、とくにその不可解さを示して、人間に神を求めるように仕向け、後半部では、キリスト教の真理性を聖書によって証明する予定であったことが推察される。ところで問題の断章は、前半の第二章、その名も「むなしさ」と題された章に収められている。この事実は何を意味するか。

姉のジルベルトの伝えるところによれば、パスカルが護教論の執筆を企てたのは、「無神論者を完膚なきまでに論破し、ぐうの音も出ないようにさせる」[13] 手立てを神が与えたもうた光明の中に発見したからだという。つまり護教論はキリスト教の真理をただ平静に論述すれば事足れりというものではなく、それを認めない読者を対象として、説得の秘術の限りを尽くして、相手の誤謬を暴き、自分の拠って立つ立場の正しさを認めさせる折伏の書なのである。もっとも折伏という言葉には留保、あるいは少なくとも説明がいるかもしれない。パスカルが信じていた厳格なキリスト教においては、すべてにおいて神が絶対的な主導権を握っているから、信仰行為についても、それを生じさせることができるのは神だけである。したがって人間である護教論の作者が読者を説得して、神を真に信じさせる、つまり回心させることは、あり得ないはずである。

もしそれが可能ならば、彼は神に等しい存在になってしまう。護教論は神の回心の業が働くための一つの場、一つの手段にすぎないのである。その間の事情をパスカル自身、ある断章で次のように表現している。

神から心の直感によって宗教を授けられた人々はまことに幸せで、まことに正当な確信を抱いている。しかしそうでない人々に対しては、われわれは推論によってしかそれを与えることができない。しかもそれは神が心の直感によって宗教を授けられるまでのことである。(6/110; B282)

しかしとにかくそれまでの間、護教論の作者は人間として可能な限りの説得術を駆使してキリスト教信仰の必要性と正当性を証明し、神の説得に心を開くように読者を仕向けなければならない。『キリスト教護教論』において説得術の問題は説得の内容と同じだけ、あるいはそれ以上の重みを持っている。しからばパスカルにとって説得術とは何だったのか。

小品『説得術』の中で彼は次のように述べる。

何を説得しようと望むにせよ、説得する相手のことを考慮しなければならない。つまり相手の精神と心とを知り、彼がどんな原理を承認し、どんなものを愛しているかを知らなければならない。ついで、問題になっている事柄について、それが承認された原理とどんな関わりを持っているか、また魅力を与えられて甘美なものとなっている対象とどんな関わりを持っているかに着目しなければならない。(14)

つまり説得術は、相手の思想及び行動の依拠する前提——それは思弁の次元では真偽に関する原理であり、行動の次元では快楽ないし自然的欲望の原理であるが——を見定め、説得しようとする事柄が相手の承認する原理と必然的に関係していることを明示することにあるというのである。といっても、これはもちろんたんなる理念であって、説得術を明示的に定式化することは、とくに自然的欲望の原理が問題になる「気に入られる術」あるいは「魅惑術」においては実際上不可能である。そしてパスカル自身認めているように、説得術の定式化が可能なのは、幾何学的証明の領域だけであって、それ以外では「気まぐれ」という予測不可能な要素が介入して、その場限りの説得術を試みることしかできないのである。

しかしいくら困難が大きいからといって、「無神論者」や「自由思想家」に訴えかける護教論において、説得術を無視して、読者の認めないキリスト教の真理性を天下り式に声高に叫んでみたところで効果のないことは目に見えている。作者は読者の拠って立つ自然的理性と自然的欲望の原理を論議の出発点として承認し、そこから論証を進めなければならない。パスカルがこの点にどれだけ腐心し、工夫をこらしたかは、たとえば有名な「賭」の断章一つを考えてもわかる。そこでは自由思想家も認める自然的理性、幸福への意志という自然的欲望を出発点として、数学の確率論を用いて、神の存在を信ずる方が有利だという命題を証明しようとしているのだから。

このような観点に立って、問題の断章に立ち戻ってみると、どんなことが見えてくるだろうか。前述したように、この断章は、『護教論』のあるべき構成についての方法的反省が行われている序章に続く第二章、つまり神なき人間の悲惨と不可解さを示そうとする前半部の皮切りの章に収められている。ところで神なき人間の悲惨さと不可解さは護教論の作者が拠って立つ原理的な主張であるが、これを読者があらかじめ共有しているとパスカルは考えていなかった。もしそう考えていたなら、護教論の半分近くを人間の条件の分析にあてて、自分の人間観を展開する必要はなかったはずだ。それに啓蒙の立場からパスカルを批判したヴォルテールを引き合いに出すまでもなく、すでに当時の自由思想家たちは、ルネサンスの自然主義の伝統を受けて、彼岸から切り離された現世における自己の実現を目指しており、そういう態度は当時の社交界の理想的人間像であったオネットム(紳士、教養人)の道徳にも反映していた。このような精神風土において、パスカルの読者が彼と同じ人間観を共有していたとは考えにくい。「神なき人間の悲惨」は、キリスト教の信者パスカルにとっては自明の理であっても、護教論の作者パスカルにとっては証明し、説得すべき目標なのである。

このように考えると、「むなしさ」の章についても事情は同じであることが推察される。つまりこの章の目標は、人間の活動にむなしさを感じていない人間に、むなしさを感じさせることなのである。この章に収められたある断章(2/16; B161)はこう述べる。

むなしさ

この世はむなしいという明々白々な事実がほとんど知られていないので、権勢を求めるのはばかげていると言うのが、奇妙で意外なことに聞こえるほどである。なんと驚嘆すべきことではないか。

むなしさという自明の理さえ世人には理解されていない。だからそれを目に見える印象的な例で読者に提示する必要がある。ということは、問題の断章においても、絵のむなしさは、人間のむなしさの帰結として、それ自体一つの主張として提示されているわけではなく、逆に絵のむなしさを通じて、人間とその活動のむなしさを理解させようとしているのではないか。つまり絵のむなしさは、むなしさ一般の印象的かつ説得的な例として掲げられているのではないか。人間のむなしさが証明すべき主張であり、絵のむなしさはそれを目に見える形で示す例ないし例証なのである。

ところで主張と例証との関係においては、例証の方が「わかりやすい」のが当然である。[15] そのことは、たとえばあの有名な「クレオパトラの鼻」に典型的に表われている。この一句はイメージがあまりに卓抜で鮮明なため、すぐれたコピーのように一人立ちして人口に膾炙することになったが、断章を全部読めばわかるように、「絵のむなしさ」と同じく人間のむなしさをよりよく示すための例証の役割を果たしている。


人間のむなしさを十分に知りたければ、恋愛の原因と結果とを眺めてみさえすればいい。原因は、「何か私にはわからないもの」(コルネイユ)であり、その結果は恐るべきものである。この「何か私にはわからないもの」、あまりにも微細で目にもとまらないものが、地上全体を、王侯たちを、軍隊を、全世界を揺り動かすのだ。

クレオパトラの鼻、それがもう少し低かったなら、大地の表情はすっかり変わっていただろう。

(I/413; B162)


パスカルは天才的なコピーライターである。彼は自分の書くものが読者に与える効果を十分に計算している。その彼がどうして「絵のむなしさ」を、「人間のむなしさ」を印象づける「わかりやすい」例と考えたのか。いよいよ断章そのものの意味を検討してみなければならない。

＊

絵はむなしいとパスカルは言うが、それでは絵とは一体何か。すでに見たように、彼自身この断章の中で絵の定義をしている。それは「原物との類似によって驚嘆の念を引き起こす qui attire l'admiration par la ressemblance des choses」ものである。つまりモデルとなる人物あるいは物に似せた形を画布の上に写し取り、それによって芸術的感興を引き起こすものが絵だというのである。しかしこれは何のことはない、アリストテレス以来の伝統であり、当時も支配的であったミメーシス(模倣的再現)の考え方そのものではないか。したがってこれは、決して鬼面人を威す独創ではなく、当時の常識に従ったごく当たり前の定義なのである。このことは、たとえば十七世紀末に刊行されたフュルチエールの辞書における絵の定義と比較してみるとよくわかる。

絵 Tableau
画家が絵筆と絵具を用いて作成した、何らかのものの像 image ないし再現像 représentation.[16]

要するに、パスカルにとっても、また彼が読者として想定していた人々にとっても、絵の本質は、事物を二次元の形態を用いて模写し再現することにあった。それではこのような絵画観において、事物と絵との関係はどのように捉えられるだろうか。

パスカルの聖書解釈、とくに旧約と新約との関係の理解に中心的な役割を果たす表徴 figure という概念がある。[17] キリストの来臨によって現実として開示された出来事、たとえばキリストの受難と復活、教会と秘蹟の成立などはすでに旧約聖書に記載されている事実や出来事の中に比喩または象徴としておぼろげながら表現されているという考え方であるが、パスカルはこの観念を説明するのにしばしば絵画をたとえとして用いる。

肖像画には、不在と現存、快と不快が同居している。現実は、不在と不快とを取り除く。

表徴

律法と犠牲とが現実であるか表徴であるかを知るためには、預言者たちが、これらの事柄について語るときに、果たして彼らの視線と思いをそこにとどめて、ただそこにこの古い契約を見ていただけなのか、それとも何かほかのもの、それに比べれば、古い契約がその写し絵 peinture にすぎないような何ものかを見ていたのではないか、ということを考えてみなければならない。なぜなら肖像画の中にわれわれが見ているのは、表徴のモデルとなった実物だからである。

(19/260 ; B678)

旧約の律法や生け贄の儀式はそれ自体として十全の存在性と自律性を具備しているものではないかもしれないという考えを読者に理解させるために、パスカルは当然のことのように肖像画を引き合いに出す。それはモデルとなる人物を画布の上に再現することによって、そこにいない人を観客の前に現前させる働きをするが、その現前している像自体は生身の人間でない以上、ある種のもの足りなさを感じさせる。とくにそれが愛する人の肖像であれば、見るものは、遠くに離れているいとしい人の姿を目にすることに喜びを覚えると同時に、それが現実の愛する人ではないことにたまらないもどかしさと悲しさを感ぜずにはいないだろう。それはまさに現前している再現像が、実物の不在を含意しているからである。この不在と悲しみを取り除くことができるのは、現実の愛する人を措いて外にない。同様に、旧約の律法や儀礼もそれが自立した現実であれば、それらを守り執行する人に、完全な充実感と喜びを与えてくれるだろうが、何か他のものの比喩ないし象徴だとしたら、それが表徴として表現するものとの関係においては喜びを感じさせても、それが表徴でしかない限りにおいては、もの足りなさと悲しみとを引き起こすだろう。「表徴には、不在と現存、快と不快が同居している」(19/265; B677)[18]のである。

このような主張の底には、像は原物に比べて価値の劣った存在であるという見方が横たわっている。像は、原物の写しとして、原物の存在を分有しているが、写しと原物が一致しない以上、その分有は完全ではなく、不在と虚無がその中にしのび込んでいる。言い換えれば像は原物よりも存在性が稀薄なのである。

この考えが絵画に適用されれば、「絵のむなしさ」はもうほとんど自明の理と言ってよい。しかし表徴の観念との関連において、すなわち聖書解釈との関連において表明されるこの見解は、『キリスト教護教論』の前半部において、読者がまだキリスト教を受け入れようとはしない段階でも、著者と読者の共通意見として受け入れられるものなのだろうか。言い換えれば、「像は原物に比べて存在の度合が劣る」という命題は、宗教以外の領域でも普遍的に妥当する公理と考えられていたのだろうか。絵画が、表徴の存在論的不完全性を理解させる非宗教的なたとえとして引かれていることは、パスカルがそれを普遍的な原理と見なしていたことを暗示している。しかし彼がそこに無意識的に自らの宗教的神学的信念を投影しなかったと言えるだろうか。

しかしこの原理は、ルイ・マランも記しているように、伝統的に広く承認され、当時は厳密な哲学的思索においても自明の理として証明なしに論証の中に援用されていた基本的な考え方なのである[19]。たとえばデカルトは、『第三省察』の中で、「われ」の中にある神の観念から出発して神の存在を証明することを試み、観念とその対象である事物との関係について精緻きわまる議論を展開するが、そこに次のような一節が見られる。

こうして自然の光によって、私には次のことが明らかである。すなわち、私のうちにある観念は、あたかも映像 imagines のようなものであって、それが取ってこられたもとの事物の完全性を失うことはたやすいが、もとの事物よりも一層大きいもの、一層完全なものを含むことはけっしてできない。[20]

観念は、事物の映像——ちなみにデカルトの生前刊行された仏訳は、ラテン語原典の imagines を des tableaux ou des images と訳している——のようなものであり、そのもととなる事物の完全性からは一段落ちた存在であり、しかもそのことは、神の特別の啓示がなくとも、人間に生まれつき備わった理性によって明らかだというのである。もちろんこの主張は、観念、しかも神の観念という非物質的かつ最高度に精神的な——あるいは人によっては抽象的なと言うかもしれない——事柄についてなされている。しかしこれがデカルトにとって普遍的に妥当する考え方であったことは、たとえば『屈折光学』第四講で、視覚像について、銅版画の例をたとえに出して同様のことを述べている箇所を見てもわかる。[21] 観念であれ、視覚像であれ、記憶の残像であれ、また人間の手が作り出した絵画や版画の像であれ、すべて像は事物の写しであり、もとのモデルよりは不完全な存在である。

デカルトは、精神に明晰判明に現前し、疑いをいれることのまったく不可能であるものしか認めないことを、自らの哲学的思索の第一の原則としていた。その彼が、像の不完全性を証明なしに受け入れていることは、この考えが当時、意識的に反省されていたか否かは別として、一般に何の抵抗もなく受け入れられていた通念であることを示唆している。

今や、パスカルにとって絵のむなしさが明白である、その理由は明らかだろう。像は、事物の写しとして、事物よりは不完全な存在である。そして絵も像の一種として、それが模倣の対象とする原物に比べれば、当然不完全な存在である。だからといって、像をさげすみ、一顧だにするなというわけではない。事物と像のそれぞれの完全度に応じて、相応の注意と顧慮を払い、また讃美を捧げよ、ということである。じっさい、観念像や視覚像など、われわれの認識や知覚に関わる像については、そのことはごく自然に行われている。たとえば三角形は、三角の図形によって認識されるが、そのときわれわれの思惟が志向しているのは三角形そのものであって、それを表象する個々の図形ではない。また美しい人の姿がわれわれの眼に映じて賛嘆の念を引き起こすとき、われわれの知覚と感嘆の気持ちが目指すのは、網膜上の視覚像ではなく、その原因となった人その人である。こうして像はたしかに事物より不完全なものではあるが、それを通じて事物への道を開くとき、写しとしての自らの役割を過不足なしに果たすことになり、不完全ではあってもむなしいものではない。そこでは事物と像の階層的秩序が保たれているからである。

ところが絵の場合はどうだろうか。それは像としての分を守り、モデルの影として、そこから一段下った位置に従順に控えているだろうか。芸術作品として感動を与えるという事実自体がそうではないことを物語っている。というのも絵が芸術作品として感銘を与えるということは、とりもなおさず、それがモデル以上の、あるいは少なくともモデルとは異なった独自の価値を持つということだからである。現実においてはただ嫌悪しか感じさせない盲の老手回しオルガン弾き、顔じゅう皺だらけで猿を思わせる女占師、こういうモデルが天才画家の手にかかって画布の上に再現されると、類似という関係を介して見るものに感動を呼び起こす[22]。つまりここでは像が事物から、あるいは事物の現われが事物の存在から独立して一人歩きを始めるという事態が生じているのである。これはまさに事物の秩序を覆す倒錯であり、むなしさである。なぜなら「むなしさ vanité」とは、「実在 réalité」に対立するものとして、「無 néant」あるいは「ほとんど無 presque rien」でありながら、それがまやかしの外見によって隠蔽され、そうとは気付かれていないことなのだから。(23)

そしてこのように考えると、有名な想像力に関する断章(2/44; B82)が、『護教論』のプランでは同じ「むなしさ」の章に分類されていることがよくわかる。「想像力 imagination」は、「像 image」を人間の精神の中に形成する能力として、ほとんど無である実在の影、つまりむなしさを作り出して、精神の注意をそこに引きつけ、事物の自然の秩序を顚倒させる。つまり想像力とは、すぐれて、むなしさを作り出す能力なのである。(24) そしてこの力が現実の世界に投影され、画布とか絵具とかいう材料を借りて具象化されたとき、それは絵という芸術作品に結晶する。絵がむなしいのは当然ではないか。

＊

以上が「絵のむなしさ」の主張を支えるパスカルの論理であったと思われる。それでは現代の読者であるわれわれは、この議論に説得されるだろうか。そんなことはあるまい。なぜならパスカルが議論の前提としていた多くのことを、われわれはもはや共有していないのだから。芸術＝模倣の理論は消滅したわけではないが、十八世紀を境い目に急速にその影響力を失ったし、像の存在論的不完全性という考え方も、「実体」と「観念」とを思索の中心に据えた古典哲学が衰えるとともに忘れられていく。そして何よりも、われわれの時代は、存在の充満した真の実在への憧れないし信頼という哲学的宗教的感受性を失ってしまったように見える。しかしこれが通念として受け入れられていた十七世紀フランスの精神風土に身を置いて考えてみるとき、「絵のむなしさ」は、厳密な整合性を持ち、またパスカル自身の説得術の原理に適合する議論であることを認めないわけにはいかないのではあるまいか。

ところで結局のところパスカルは絵と美的体験をむなしいものとして断罪しているのか、別の言い方をすれば『護教論』における美と芸術の位置づけと役割はどうなっているのか、という疑問がどうしても最後に残る。この問題は小論の範囲を越えるので、その検討はまた別の機会にゆずらなければならないが、一応の見通しを記しておくことは、パスカルのように著作が断片的であり、また思想そのものが逆説的な作家の場合、無駄ではあるまい。

まず注意しておかなければならないのは、『護教論』の論証の歩みにおいて、「むなしさ」は冒頭にくるものであり、やがてそれは「現象の理由」と題された第五章でその根拠が問い直されるということである。人間は、非本質的な物事を追求し尊重するという点でむなしいが、そのむなしさ自体には人間の本性に基づいたより深い理由がある。人間がむなしさを追求するのはそれほどむなしいことではないのである(5/93; B 328)。この考えは、パスカルによってもう一度逆転させられるが、いずれにせよこの観点に立てば、絵に感心する一般人の常識を、それが暗黙の前提としている原理を用いて覆した「絵のむなしさ」の断章はもう一度逆転されなければならない。人々がむなしい絵に感嘆することはそれほどむなしいことではない。

だからといってパスカルが、人間の活動領域の一つとして独立して措定された芸術を評価していたとは考えにくい。彼にとって、超越的なもの、つまり神から切り離された人間の活動は、科学であれ哲学であれ、人間を高め完成させるものではなく、本質的には気晴らしにすぎない。この意味で、今かりに、ユマニスムを、人間固有の文化活動に対する信頼、つまり文化活動とその所産こそが人間をより人間らしくするという確信と定義すれば、パスカルは反ユマニストであり、たしかに芸術否定論者である。

しかし『護教論』の作者として、どうしたら読者の目を超越的なものに向けさせることができるか腐心するとき、またもっと広く、何が人間を神の探求に導くかについて思いをこらすとき、パスカルは必ずしも美と美的体験に対して否定的な態度を取っていないように思われる。

まず第一に、いつわりの平和である気晴らしに安住している読者に、人間のみじめさと不可解さを思い知らせ、宗教の約束する真の幸福に目を向けさせるためには、彼の心を揺さぶること、つまり何らかの意味で感動させることから始めなければならない。ところで、「感動する admirer」という語とその派生語は『護教論』の中で多用されているが——原稿では二行しかない問題の断章にも二回現われている——、大別して二つの相反する意味合いに用いられているように思われる。一つは栄誉のように外観にすぎないものに対する感嘆で、人間の眼を非本質的なものに引きつけ、むなしさのうちに閉じ込めてしまう。その意味で感嘆は幼児のときからすべてを台無しにすると言われるのである(3/63; B151)。しかし感動は、逆に物事の上面を貫き、より本質的なものに目を向けさせる契機にもなり得る。すでに「むなしさ」の章で、この世のむなしさのように自明のことが自覚されていないのは驚嘆すべきことだ admirable と言われているが(2/16; B161)、そのとき読者は驚きを通じて、むなしさの彼方にあるものを望見するように誘われている。また自然の根本原理としての無限大と無限小の深淵を前にした有限の人間が、好奇心を忘れて、ただ感嘆の念に捉えられるとき(15/199; B72)、その感嘆は、人間の思いを自然を超えた存在に向けさせる。さらにキリスト教の真理性の証明が中心課題となる『護教論』の後半部では、人間の心を揺さぶって神の探求に向かわせるものはしばしば「感嘆すべき」という形容詞を付されている。[25] こうして感嘆の念は、皮相なもの、非本質的なものに立ち止まらせる危険をはらみながらも、人間の心を動かして、自己の真実の自覚と神の探求に向かわせる役割を果たす。魂の救いの問題において、感嘆は両刃の剣なのである。そして美的体験も、感動の一つの源泉として、その例外ではない。だからこそパスカルは、一方では、人間のむなしさのたとえに絵を引き合いに出しながら、他方、福音書の文体の美しさに読者の注意を喚起し、[26] また信仰の眼で見た世俗の歴史の流れがどんなに美しいかを力説したのである。[27] 美的体験は信仰への一つの道であるかもしれないのである。

次に絵あるいは造型芸術に固有の問題として、像の両義性ということがある。像は、事物の影としてほとんど無である限りにおいて、それに執着することはむなしい。しかし他方、像は事物の写しであるから、絵の引き起こす感動が絵を超えて、それの源泉となる事物に向かえば、それはより確実なもの、本質的なものを求める人間の自然的欲望として決してむなしいものではない。しかもパスカルにとって、絵が事物の像であるとすれば、事物自体、つまり人間と自然は、実は最高の存在たる神の像である。[28] したがって、像から事物への道程は、それを押し進めれば、神への道にもつながる。この意味で、感動をきっかけとして触発される絵の解読行為は、それが正しく行われる限り、つまり影である外観に囚われず内実である存在に向かう限り、救いの道へ通じている、と言うべきであろう。

パスカルもポール・ロワヤルも、宗教上、道徳上の厳格主義から芸術一般を、したがって絵画を蔑視した、としばしば主張される。大筋として、そのことに間違いはあるまい。しかし忘れてならないのは、ポール・ロワヤルは、その共鳴者のうちにフィリップ・ド・シャンペーニュという十七世紀フランスを代表する画家の一人を数えていることである。そして彼の絵、少なくともある時期以降の作品は、ポール・ロワヤルの教えに無関係に描かれたのではなく、その宗教的雰囲気に深く浸透されており、またポール・ロワヤルの人々もそのことを理解し、高く評価していた。[29] ポール・ロワヤル、そしてパスカルの思想における宗教と造型芸術の関わりは、入念な再検討を必要とする問題なのである。

四　想像力と臆見

――「想像力」の断章をめぐって――

『パンセ』の中に「想像力」と題されたかなり長い断章(2/44 ; B82)がある。想像力が理性を尻目にかけて、人間の思想と行動を思うままに引きずりまわす有様を面白おかしく描き出していることで名高い。多数の注釈と研究の的となってきたが、その際、どうしてこの断章に「想像力」という題名が与えられているのか、この断章の真のテーマはたしかに想像力なのか、言い換えれば、この断章で問題になっている「想像力」は何であるのかという問題には、あまり注意が払われてこなかったように思われる。しかしここで語られている「想像力」は、この語と観念がきわめて多義的であることを認めた上で、なおかつ通常の意味よりはるかに広い意味で用いられている。それどころか「想像力」の語で一般に理解されていることとは別のことが論じられているという印象さえ受ける。この断章は、一体何を問題にしているのだろうか。

＊

断章は次のように始まる。

それは人間の中のあの支配的な部分、誤りと偽りの主人である。しかもそれは、いつも嘘をつくわけではないだけに一層嘘つきである。なぜなら嘘についての絶対的基準であるなら、真理についても絶対的基準になるだろうから。

この有名な出だしで、パスカルは想像力を、人間精神を支配する「誤りと偽りの主人」と定義するが、それはすでに独特の見解である。しかしそれは想像力のメカニズムと機能に関する議論には立ち入らない価値判断であり、その限りにおいて、彼の想像力観の独自性がどこにあるかはまだ明らかでない。それでは、次の一節はどうか。

しかしたいていは偽りでありながら、想像力は真にも偽にも同じ刻印を押すので、自らの正体を明かす手掛かりを一切与えることがない。愚者はさておき、賢者だけを問題にするとして、想像力が人の考えを左右する力を発揮するのは、賢者たちの間でなのである。理性が叫んだところで無駄である。理性は物事に値段をつけることはできない。

第一稿において、最後の文は次のように書かれていた。「理性が叫んだところで無駄である。想像力が物事に値段をつける。それが善と真と正義について最終の審判を下す(1)」。要するに想像力は、真・善・美のような本源的な価値の創造者であると同時に裁判官なのである。だからこそ想像力は理性を「操縦し支配しては、悦にいり」、自らの権限で、「幸せな人間、不幸な人間、健康な人間、病人、金持ち、貧乏人」を作り上げる。

もちろん想像力が作り上げ、かつ判定する価値は、物事の本性すなわち自然に基づいていない以上、本物ではない。本性を把握するのは、理性あるいは感覚の役割のはずである。しかしまさに、「理性を信じさせ、疑わせ、否定させる」のは想像力であり、「感覚を停止させ、働かせる」のも想像力なのだ。こうして想像上の価値は模造品、あるいはパスカルの用語法に従えば、「むなしさ」に他ならない。それは見かけ倒しのがらんどうである。ところが、それこそ想像力が、一人一人の人間そしてとくに人間相互の関係において、猛威を振るう理由である。なぜなら人間が手にしているのはむなしさだけであり、とくに見せかけの支配する対人関係においては、各人が、「他人が自分について抱いている考えの中で、別の想像上の人生を生きること」を望み、「そのために見せかけを整えることに心を砕く」からである(XXIX/806；B147)。

名声を授けるのは何か。人物や作品、法律や大貴族に尊敬と崇拝をもたらすのは、この想像する能力でなくて何であろうか。

(2/44；B82)

そうだとすれば、パスカルの言う想像力が、「物事に値段をつける」ために、人間の欲望や情熱、そして利害感情を利用するのも合点がいく。さらに進んで、想像力は、これら欲望の原理、より正確に言えば、欲望が人間の心に描き出す事物の表象に一体化する。

愛情や憎悪は裁判の局面を一変させる。あらかじめたっぷりと報酬を受けた弁護士は、自分が弁護する訴訟事件を、どれほど正しいと思うことだろう。彼の自信満々の身振りを目にする裁判官たちは、その見かけに騙されて、どれほど彼の立場を有利に思うことだろう。

(同右)

それだけではない。情熱や利害感情のような一時的な感情によって作動し始めた想像力は、時間の経過とともに、持続的な習慣あるいは習性に転ずる。それを示唆しているのは、想像力に対する理性の無力を強調する次の一節である。

一陣の風に、あちこちへなびく理性とは、なんと滑稽なものか。この調子でいくと、人間の行動のほとんどすべてを数え上げることになりそうだ。ほとんどすべてが、想像力の刺激によってしか動き始めない。なぜなら理性は譲歩せざるを得なかったのだから。もっとも賢明な理性にしても、人間の想像力が行き当たりばったりに各地に導入した原理を、自らの原理として採用しているだけなのだ。（同右）

「人間の想像力が行き当たりばったりに各地に導入した原理」とは、他の断章においては、「想像力の絆」(XXXI/828; B304)、あるいは「自国の風習」(3/60; B294)と呼ばれ、社会秩序を維持する役割を果たす原理である。物事の条理に根ざした自然法が失われた世界においては、想像力の絆によって維持される「自国の風習」に従うことが、最も普遍的な格率になるのである。

こうして、パスカルの想像力は、情熱や利害感情ばかりでなく風習あるいは慣習をも含み込んで、「すべてを思いのままに操る。それは、美と正義、そしてこの世のすべてである幸福を作り出す」(2/44; B82)。最終的に、想像力は、次の一節が示すように、自らの生み出す意見あるいは臆見（ドクサ）と一体となる。

私としては、題名しか知らないが、それだけで何冊の本にも匹敵する『この世の女王である意見について』というイタリア語の本を是非とも読んでみたいと思う。内容は知らないが、同感だ。もっとも具合の悪い点があれば、それは別だが。(2)

(同右)

*

これまでのところでは、パスカルの言う想像力は、感情と価値判断に彩られた意見、もっともらしいが信用の置けない意見である。しかもそれは、ある時点に局限された精神の働きとその所産であるばかりでなく、持続して習性や慣習に転ずることもある。また個人に関わるばかりでなく、集団や共同体にも関わる。しかしこれを、普通の意味で、想像力と呼ぶことができるだろうか。アンドレ・ラランドの『哲学語彙辞典』は、二十世紀前半のフランス哲学界の総力を結集した辞典であるが、それによれば、想像力は、「像(イメージ)を形成する能力」である。(3) そして、イメージとは、第一には、「視覚によって知覚されたものの具象的な再生、あるいは心の中での再生であり、その際、そのイメージを構成する要素が新たに結合される場合とされない場合がある」。第二の意味では、「以前に体験した感覚(より厳密には知覚)の、一般には衰弱した、心の中での反復」だという。このような精神生理学的な説明は、パスカルの見方とまったく無縁とは言えないが、そのほんの一部分としか重ならない。とくにパスカルの想像力の核心にある価値判断の機能がまったく無視されている。

ラランドの辞書にいかに権威があるとはいえ、二十世紀に作られた哲学辞典の説明が、三世紀前のパスカルの言葉遣いに妥当するかどうかは保証の限りではない。しかしリシュレーやフュルチエールのような十七世紀末のフランス語辞書を参照しても、パスカルの用語法を理解する助けになる説明はない。(4) さらに重大なのは、これまでのところ、パスカルの用語法に対応する想像力観を、ヨーロッパ哲学の伝統の中に位置付けることができなかったことである。

まずプラトンは、『ソピステス』において想像力を、「感覚と判断の結びつき」(264b)と定義しているが、この定義は、後世にそれほど大きな影響を及ぼさなかったようなので措いておこう。[5] それに、価値判断とは独立した知覚の判断が、パスカルの想像力とほど遠いのは明らかであろう。

それに対して、アリストテレスの見解は、想像力の観念の変遷において決定的な役割を果たした。しかしそれは、「現実態にある感覚から生み出された運動」という『霊魂論』(第三巻第三章、429a)の有名な定義であれ、[6]「対象となる事物の真ないし偽の外観、〔……〕あるいは、それによってわれわれが心中に事物のイメージを形成する活動」[7]という標準的な定義のいずれであっても、やはりパスカルの想像力とは無縁である。というのも、アリストテレスのいう想像力は、イメージであれ、それを精神の中に形成する能力であれ、身体感覚とくに視覚に由来し、したがって身心関係に関するある理論を前提としているが、パスカルにはそのようなことはない。他方、アリストテレスはプラトンと反対に、想像力と判断を切り離して、想像力あるいはむしろイメージを、判断ないしは意見を形成するためのいわば材料と見なす(『霊魂論』428b)。たとえば、太陽は、われわれの目には歩幅の大きさのもの――それは誤りである――として立ち現われるが、そのイメージについて、太陽はわれわれが住まっている地球よりも大きいと考えれば、正しい判断を下すことになる。そうだとすれば、想像力は、それが表象するものと必ずしも合致しないという意味では、精神に誤った外見を提示するかもしれないが、判断の誤りの責任を負うことはできない。したがってアリストテレスの想像力は、「人間の中のあの支配的な部分」でも、「誤りと偽りの主人」でもない。そして同じことは、大枠においてアリストテレスの霊魂論に依拠しているスコラ哲学の想像力観についても、当てはまる。

さらに進んで、デカルトの思想も、アリストテレスの哲学の対極にあるとはいえ、パスカルの想像力観につながるとは思えない。未完の『精神指導の規則』において、デカルトは「ファンタシア phantasia ないしは想像力 imaginatio」を認識論の枠で論じているが[8]、それは、まずは身体の一部分である。事物の「形態あるいは観念」は外部感覚を通じて共通感覚に伝達されるが、次いでそれらが共通感覚によって刻印される場所がファンタシアなのである。次いでそれは、喚喩的な転義によって、場所からそこに保存されるイメージに意味を転移させ、さらに二度目の転義によって、それらのイメージを、再生するにせよ創造するにせよ、表象する働きを意味するに至る。身心の結節点において構想されるデカルトの想像力は、アリストテレスの場合と同じく、人間の精神生理学の理論を想定しているが、パスカルとは異なり、価値付与的な判断ないし意見とは切り離されている。

最後にもう一つ、ルネサンス期から十七世紀前半にかけて猛威を振るった想像力観がある[9]。魔術的であると同時に唯物論的でもあるこの想像力観は、好んでルネサンスの著述家に取り上げられ、モンテーニュも、その名も「想像力の働きについて」と題する『エセー』の一章(I, 21)で論じており、その痕跡はデカルトにまで見出される[10]。これは、魂あるいはむしろ脳髄にもたらされた物体的事物のイメージであり、それ自体、物質的であり、激しい情念に刺激されると、身体の外部に出現すると考えられた。その典型的な例として、しばしば引き合いに出されたのが、妊婦の悪阻の刻印と考えられた新生児の母斑、あるいは狂犬に咬みつかれた人の尿に姿を現わすと信じられていた犬の姿(イメージ)である。パスカル自身、モンテーニュの後を受けて、深淵の上に渡された板の上を歩く高所恐怖症の哲学者の例を引いているが、ここには問題の想像力観の残響が聞き取れる。

十分すぎるほど幅広の板の上に乗っているのが、この世の最大の哲学者だとしても、足下に深淵が顔を覗かせていれば、いくら頭では安全だと確信していても、想像力に負けてしまうだろう。多くの人は、そんな状況を考えるだけで、青ざめ冷や汗をかくだろう。(2/44 ; B82)

また最終的には削除された部分に、こんな文が記されている。「想像力は、魂にも身体にも、何という力を発揮することだろう。どれほど多くの病気が治り、どれほど多くの健康が損なわれることだろう[11]」。とはいえ全体としては、パスカルの想像力観は、このような魔術的な想像力観とは絶縁している。こうして、彼の描き出す想像力はきわめて特別であり、言葉の通常の意味はもちろんのこと、さまざまな哲学的伝統にも収まらないように思われる。それでは、彼はそれまで誰も考えなかった新しい着想を表現するために、無理を承知で「想像力」の語の意味を捻じ曲げたのだろうか。

*

一見奇異な用語法を前にして、パスカルが独創的な想像力観を着想し提示したと主張することは十分可能である[12]。しかしながら、この断章の言葉遣いはやはり奇妙であるし、その印象はたんに現代の日本の読者に特有のものではない。パスカルの親しい友人たちでさえ、同じ印象を抱いていたように思われる。彼の死後、縁者・友人が編纂した『パンセ』の初版、いわゆる「ポール・ロワヤル版」は、「人間の弱さ」と題する第二十五章に、問題の断章の大幅な抜粋を収録しているが、そこでは、多くの場合、「想像力 imagination」の代わりに、「ファンタジーと意見 fantaisie et opinion」あるいはたんに「意見 opinion」の語が用いられているのである。たとえば、冒頭の部分は、「想像力」というタイトルが削除された上で、次のように書き直されている。

> ファンタジーと意見と呼ばれるあの誤りの主人は、いつも嘘をつくわけではないだけに一層嘘つきである。なぜなら嘘についての絶対的基準であるなら、真理についても絶対的基準になるだろうから。しかしたいていは偽りでありながら、想像力は真にも偽にも同じ刻印を押すので、自らの正体を明かす手掛かりを一切与えることがない。
>
> （傍点引用者）

また少し先の方で、パスカルは、想像力の価値付与の機能を強調して、次のように記していた。「名声を授けるのは何か。人物や作品、法律や大貴族に尊敬と崇拝をもたらすのは、この想像する能力でなくて何であろうか」。ところが、この「想像する能力」の語は、ポール・ロワヤル版では、「意見」と変えられている。さらに、想像力の全能を結論する次の一節でも、同じことが起こっている。

> 想像力〔→意見〕はすべてを思いのままに操る。それは、美と正義、そしてこの世のすべてである幸福を作り出す。

この文の直後に、『この世の女王である意見について』という謎の書名への言及があることを考えれば、用語の変更が文章のつながりをわかりやすくしていることは認めなければならない。

ポール・ロワヤル版が、『パンセ』の原稿に施した数々の改変は、ヴィクトル・クーザン以来、パスカルに対する背信行為として厳しく咎められてきた[13]。とはいえ、パスカルの言葉遣いの特殊性を考えれば、少なくともこの言い換えについては、メナール教授も述べているように[14]、むしろ注釈に貴重な手がかりを提供しているのではないか。そうだとすれば、ポール・ロワヤル版の改変にはいかなる意味があるのか。またどうしてパスカルは一般的な用法に逆らって、わざわざ想像力の語を用いたのか。この二つの問題が、以下の課題となる。

＊

まず、一方の想像力、他方のファンタジーと意見の間には、いかなる関係があるのか。ファンタジーについては、答えは容易である。フランス語の「想像力 imagination」は、ラテン語の imaginatio から派生したのに対して、「ファンタジー fantaisie」は、ギリシャ語で「想像力」に相当するファンタシア phantasia に由来し、両者はしばしば同義語として用いられる。たとえば、フュルチエールの辞書は、「ファンタジー」の項の冒頭に、次の説明を掲げている。

想像力、感覚的魂あるいは理性的魂に帰せられる第二番目の能力。物体の形象 espèces すなわち像 images は、最終的にファンタジーに刻印される。(15)

それでは、「意見」はどうか。すでに見たように、パスカルの想像力は、事物に関する意見、それも感情と価値に彩られた意見に帰着する。問題は、両者の結びつきが、これまでのところ、当時の辞書によっても哲学の伝統によっても、確認されていないことである。しかしそれなら、どうしてポール・ロワヤル版は、ファンタジーと意見を、あたかも同義語であるかのように並置するのか。これまた当時の辞書では説明がつかない。このような結びつきを正当化し、その意味を明らかにするテクストは存在するのだろうか。

ところがパスカルとその友人たちにとってきわめて親しい著作家のうちに、「ファンタジー」と「意見」を、しばしば同じ文脈で、しかも隣接した意味合いで用いている作家がいるのである。それは、パスカルが枕頭の書として愛読した『エセー』の著者、ミシェル・ド・モンテーニュである。いくつかの例を挙げて、二つの語の出会いがどのような展望を開くかを見てみよう。

最初は、『エセー』第一巻第十四章「幸福と不幸の味わいは、大方われわれがそれについて抱く意見如何による」の書き出しの部分である。

> 人間は(ある古代ギリシャの格言によれば)、事物それ自体ではなく、事物について抱く意見 opinions によって苦しめられている。もしも、この命題があらゆる場合に真実であると証明できるならば、われわれ人間の悲惨な状態を軽減するのに大いに役立つだろう。なぜなら、もし不幸が、われわれの判断だけを通じて入ってくるものだとしたら、不幸を軽蔑するなり、幸福に転ずることは、われわれの能力次第になると思われるからだ。〔……〕われわれが不幸とか苦しみと名づけるものが、それ自体としては不幸でも悪でもなく、ただわれわれのファンタジー fantasie がそのような性質を付与しているだけだとしたら、われわれは、その性質を変えることができるはずである。[16](傍点引用者)

物事それ自体は良くも悪くもなく、ただそれについてわれわれが抱く意見ないしファンタジーが、幸福と不幸の「味わい」つまりは「性質」を付与するというのであるから、意見とファンタジーが同義語として用いられていることは明白である。そればかりではない。価値付与が問題になっていることから見ても、モンテーニュがこの二つの語に与えている意味は、「物事に値段をつける」というパスカルの想像力に酷似している。しかしさらに注目に値するのは、冒頭の「人間は、事物それ自体ではなく、事物について抱く意見によって苦しめられている」という「古代ギリシャの格言」である。モンテーニュは、それを、ローマ帝政期のストア派哲学者エピクテトスの『提要』から取っている。しかもこの格言の原文は、彼の「読書室」の天井の梁に、他の格言とともに刻み込まれているのである。

Tarassei tous anthrōpous ou ta pragmata, alla ta peri tōn pragmatōn dogmata.[17]

「人間は物事自体でなく、それについて抱く意見によって苦しめられる。」　(下線と傍点引用者)

こうして「意見」は、少なくとも今の箇所においては、ストア哲学に起源を持っており、その認識論と倫理学の基本概念としてきわめて重要な dogma (dogmata はその複数形) に対応している。[18] ところが次に引用する箇所において、「意見」は、「ファンタジー」のみならず「想像力」と隣接しているのだが、今度は、別の概念——といっても同じくストア哲学の枠内にある概念であるが——の翻訳として用いられている。『エセー』最長の章である「レモン・スボンの弁護」(第二巻第十二章)の一節である。

本当のところ、自然はわれわれのみじめで不幸な状態を慰めるために、われわれに自惚れしか与えてくれなかったように思われる。エピクテトスも、「人間が自分固有のものとして持っているのは、自らの意見を使用することだけである」と述べている。われわれの分け前は風と煙だけである。哲学の言うところでは、神々は、現実において健康を持ち、考えにおいて病気を持つが、人間は逆に、ファンタジーによって幸福を持ち、現実において不幸を持つ。われわれが想像力の働きをもてはやしたのも当然であ

る。われわれの幸福はすべて空想のうちにしかないからである。[19]　（傍点引用者）

意見、ファンタジー、想像力、それにある程度までは自惚れ——それは自分自身についてのあまりに都合のよい思いなしつまり意見である——はいずれも、それぞれ事物について人間が作り上げる表象である。それらは、事物そのものとの関連では、実質を欠いた「風と煙」——パスカル風に言えば「むなしさ」——であるが、それにもかかわらず、物事を善悪や好悪の価値で染め上げて人間を翻弄する。ここでもパスカルの想像力論との類縁は明らかである。しかしエピクテトスが、唯一人間に属すると主張した「自らの意見の使用l'usage de ses opinions」とは何か。モンテーニュは、この表現を、ギリシャの文集編纂者ストバイオスから引き出しているが、それは元来エピクテトスの『提要』第六節に見出される。[20]そこでこのストア哲学者は、自分自身のものではない長所は一切自慢しないよう、弟子に忠告する。たとえば、馬が自らの美しさを自慢するのなら、それは仕方ない。しかし「きみが、美しい馬を所有していることを自慢するなら、それは、きみの馬に属する長所を自慢することになる」。ところで人間が固有に所有するものは何か。エピクテトスによれば、それが、「ファンタシアの使用 chrēsis phantasiōn」に他ならない。（ちなみに、近代フランス語訳では、この言い回しは通常、「表象の使用 l'usage des représentations」あるいは「観念の使用 l'usage des idées」と訳されている。[21]）したがってこの箇所でモンテーニュが問題にしている「意見」は、ストア哲学の用語である「ファンタシア」に対応しているのである。こうして『エセー』では、フランス語の opinion は、ギリシャ語の dogma と phantasia の双方に対応している。ファンタジーと意見が同義語として扱われるのは当然である。

＊

しかしどうして意見が、想像力あるいはファンタジーと同一視されるのだろう。ファンタシア phantasiā は、ストア派の認識論にとっては基本概念の一つである。哲学史家がこの概念に加える解釈は区々であるが、次の点は共通して認められている。それは、ファンタシアが、可感的な対象であれ非物体的な対象であれ、魂に刻印されることによって形成される対象の表象であり、魂の働きである同意と把握と思惟に材料を提供し、事物の認識の出発点になるということである。こうしてファンタシアは事物の真理の認識において、標識あるいは基準の役割を果たすことになる。(22) だからといってファンタシアがすべて、物事を正確にありのままに表象するわけではない。それどころか大半のファンタシアは偽りであり、あやふやな外見しか示さない。真実のファンタシアにしたところで、その真実をあらかじめ確認することなしに、性急な同意を与えても、そこから確実な知識は生まれない。ただ主体の緊張と対象の緊張の間に調和をもたらす表象だけが真実を語り、把握可能なファンタシア katalēptikē phantasiā と呼ばれる。真実の認識は、そのようなファンタシアに同意を与えることを通じて獲得される魂の把握＝理解 (katalēpsis) なのである。

ファンタシアがわれわれの認識にとって材料の役割を果たすとすれば、意見ないし臆見である dogma の方は、原則としてファンタシアについて下される判断である。しかし理性に基づいて堅固で確実な把握である知識 epistēmē と異なって、それは脆弱であやふやな同意である。(23) 要するにそれは、把握可能とは言えないファンタシアに基づいて形成される、事物についての判断である。ファンタジーと意見をにわかに同一視することはできない。

とはいえ実は、両者の区別は純粋に理論的なものである。そもそも把握可能な表象をそうでない表象から分離することは本当に可能なのだろうか。なるほど、ストアの独断論はその可能性を肯定し、知者は把握可能な表象の把握に基づいて、完全な知識に到達できると主張する。しかしそれこそストア派の独断論と新アカデメイア派の懐疑論の間で闘わされた論争の中心的な争点であった。じっさい、後者は前者の主張を突きくずすために、把握可能な表象の存在を否定するか、そこまでいかなくても、そのような表象をそれとして同定する可能性を否定した。たとえばキケロは、懐疑論の立場に立ったラリッサのピロンの言として、次のような見解を伝えている。

「把握されるのは、対象に由来して刻印され形成された表象(これは、phantasiā というギリシャ語の訳語として昨日われわれが用いた語である)、しかもその対象が存在しなければ、あり得ないような様態の表象である」というゼノンの定義を認めるならば、確実に認識され得るものは何もない(われわれは、ギリシャ語の akatalēpton をこのように訳した)[24]。

さらにキケロ自身、ストア派認識論の解説の中で、確実な知識を有しているのは独り知者だけであると記した後で、皮肉まじりにこう付け加えている。「しかしストア哲学者たち自身、誰が知者であるか、知者であったかを言うことができない[25]」。そうだとすれば、「狂人」であるすべての非知者[26]、言い換えればほとんどすべての人間にとって、すべての表象は把握不可能になる。知者でない人間が、自然の性向として、表象からそれに関する思いなしを作り上げ、その両者を区別しないことを考えれば、表象(ファンタシア)が臆見に接近するのは無理もない。要するに、ファンタジーと意見の同一視が可能になったのは、ストア哲学とその概念について懐疑主義的解釈が施されたからである。ところでそれこそ、モンテーニュが、セクストス・エンペイリコス及びキケロの『アカデミカ』のあとを継いで、「レモン・スボンの弁護」において企てたことではないか。

ところでこのような同一視はストア哲学、とくにその倫理学にとっても無縁ではない。少なくともエピクテトスにとってはそうである。哲学の専門家として、彼はもちろん術語としてのファンタシアの意味を心得ており、それは彼の道徳論で中心的な役割を果たしている。彼の『語録』の第三巻第八章は、まさに「表象(ファンタシア)に対してどう訓練すべきか」と題され、「把握可能なファンタシア」という表現も登場する。そこでエピクテトスは、ファンタシアのうちに、「われわれの意のままになるもの」と「われわれの意のままにならないもの」を区別し、ひたすら前者に専念することを教える。なぜならそれだけが、表象を正しく用いることを通じて、人間を賞賛あるいは非難に値するものとなすからである。そして、「このような習慣を身に付ければ、われわれは進歩を遂げるだろう。というのは、そうなれば、把握可能なファンタシアに対してしか同意しないことになるから」。だが具体的には、把握可能とされるファンタシアはどのようなものか。エピクテトスは対話形式で、いくつかの例を挙げている。


「息子が死んだ」

「何が起こったのか。息子が死んだのだ」

「それ以外何でもないのか」

「何でもない」

「船が沈んだ」

「何が起こったのか。船が沈んだのだ」

「何が起こったのか。彼は投獄されたのだ。しかし、「彼に不幸が起こった」という命題は、各自が自分でそれに付け加えるのだ」[27]

「彼は、投獄された」

ある出来事について、その把握可能な表象に同意するというのは、事実そのままの確認にとどまり、それに元来は内在していない意味あるいは価値を付与することを自制することである。把握可能な表象とは、言うならば、感情と価値のコノテーションをすべて剝ぎ取ったデノテーションなのである。逆に言えば、把握可能になるまで精錬されていない通常の表象は、知らず識らずのうちに価値判断を包含している。しかし知者ならぬ人間にとって、「愛知者」である哲学者を含めて、事実と価値の混同を意識化することはきわめて難しい。だからこそ子供の死、財産の喪失、自らの投獄といった出来事を前にして、われわれは不幸を言い立てるのである。われわれの表象が意見と一体化して、区別できないのは当然である。このように理解された表象ないし意見は、それが事物や出来事にまとわせる想像的な価値を作り出しまた評価するものであることを考えれば、それがパスカルの想像力とほぼ同じ事態を意味していることは疑えない。それに、エピクテトスの『提要』においては、ファンタシアとドグマが明らかに同義語として用いられているところが何箇所もある。たとえば、次の一節がそうだ。

覚えておくがよい。侮辱の張本人は、罵ったり殴ったりする者ではなく、侮辱されたと思い込む意見dogmaなのだ。それできみが誰かに腹を立てるとき、実は、きみ自身の考えhypolēpsisが、きみに腹を立てさせているのだ。だから何より、表象phantasiāに翻弄されないように努力したまえ。時間稼ぎをして、先延ばしにすれば、もっと容易に自分自身を支配することができるだろうから。(28)両者が近しい関係にあるのは、たんに隣接して用いられているという理由だけからではない。他の箇所にも登場する「ファンタシアに翻弄される(29)」という表現自体、それが無意識のうちに、人間の心を捉える臆見に成り代わることを示しているのである。

*

これ以上、実例を増し加える必要があるだろうか。モンテーニュにおいてもエピクテトスにおいても、ファンタジーと臆見は、意味の横滑りによってひとまとまりの観念を形成するが、それはパスカルの想像力とぴったり重なり合う。ポール・ロワヤル版がパスカルの原稿に加えた変更は、誤解どころか、彼の文章の意味を正しく理解した結果なのである。しかしそれでは、パスカルはどうして、『パンセ』の読者を戸惑わせるような言葉遣いをしたのか。

その理由は、彼が愛読したエピクテトス、フイヤン会総会長のジャン・グリュの手になる翻訳を参照すれば、明らかになる。(30)すでに述べたように、エピクテトスの近代フランス語訳においては、原文の「ファンタシア phantasiā」には、「表象 représentation」あるいは「観念 idée」の訳語があてられるのが一般的であるが、グリュ訳では一貫して、「想像力 imagination」の語が用いられているのである。これまで問題にしてきた箇所を二つばかり、グリュ訳を下敷きにした翻訳で引用してみよう(原文は注に掲げる)。最初は、あの「ファンタシアの使用 chrēsis phantasiōn」が登場する『提要』の第十一節(近代版では、第六節)である。

他人のものを自慢してはならないこと。

他人のうちにある優越を自慢してはならない。もし馬が、自らを誇って、「自分は美しい」と言っても、それは我慢できる。しかしきみが自慢して、「ぼくは美しい馬を持っている」と言えば、それは、きみの馬のうちにある長所によって自慢することになる。それでは、きみに固有のものとして何があるのか。想像力の使用 l'usage des imaginations だ。だから想像力の使用において自然に即して振舞うのなら、そのときは自慢してもよい。なぜなら本当に自分のものを自慢するのだから。(31)（傍点引用者）

次は、『語録』の第三巻第八章、ファンタシアに対して行うべき鍛錬がテーマになっている。ジャン・グリュ訳によって、関連する部分を引用する。

第八章　どのようにして想像力 imaginations に抗して鍛錬すべきか

われわれは、詭弁的な問題に騙されないように鍛錬するが、想像力 imaginations に対しても毎日、同じように鍛錬しなければなるまい。というのも、それもまたわれわれに問題を提起しているのだから。〔……〕

もしこのように鍛錬するならば、われわれが進歩するのは確かである。なぜならお門違いの同意を与えることはなくなるのだから。こうして想像力 imagination は、事物を把握する力を備える。あの人の息子が死んだ。どういうことなのだ。息子が死んだのだ。それ以外に何かあるか。何もない。〔……〕しかし、彼に大きな不幸が起こったというのは、各人が自分の考えで付け加えるのである。(32)

（傍点引用者）

引用した部分の欄外には、二箇所、次のような注が付加されている。「想像力 imaginations と闘うための鍛錬」、そして「現実以上の何ものも想像 imaginer してはならない」。パスカルの用語法が、ジャン・グリュによって翻訳されたエピクテトスに由来していることは、火を見るより明らかである。

＊

そうだとしたら、パスカルはストア哲学の基本概念であるファンタシアの語と観念を受容することによって、エピクテトスの弟子になったのだろうか。もちろん、そんなことはない。護教論の議論が始まったばかりのこの段階においても、パスカルはこのストア哲学者の楽観的な独断論に真っ向から対立する。(33) じっさい、エピクテトスが、「想像力の使用」や想像力に抵抗するための「鍛錬」を勧めるのは、「把握可能な」想像力とそうでない想像力を区別することを通じて想像力を制御することが、人間業で可能であると信じているからである。つまり想像力がどれほどわれわれを誤りに導く危険をはらんでいても、われわれはその主人なのである。このような態度は、想像力のうちに、「人間の中のあの支配的な部分、誤りと偽りの主人」を見て取るパスカルの信念の対極にある。

これは、考えてみれば当然である。問題の断章は、未完の『護教論』の暫定的なプランでは、「むなしさ」と題された第二番目の束に収められている。そこでのパスカルの目標は、あの『伝道の書』冒頭の有名な言葉「空の空、空の空なるかな、すべて空なり」を引き継いで、人間のむなしさをさまざまな局面から描き出し、分析することであった。じっさい、この章では、多種多様なむなしさの実例が列挙されている。礼儀作法のような社交上の約束事のむなしさ、慣習と民衆の「愚かさ」に支えられる政治権力のむなしさ、よく生きるすべを教えることもなく、体や心の病で雲散霧消する学問のむなしさ、「クレオパトラの鼻」に如実に表われる恋愛のむなしさ、そして、「原物には感心しないのに、それと似ているからといって感心される」絵画をはじめとする造形芸術のむなしさなど、すべての人間の活動は、例外なく空虚の烙印を押されている。(34)しかし、どうしてそうなのか。パスカルはそこに二つの主要な原因を認める。第一は、唯一われわれのものである現在時にとどまることを許さず、手の施しようもなく、われわれを未来に連れ去る時間意識であり(2/47; B172)、第二は、これまで見てきた想像力、すなわち想像的な価値を生み出す能力である。そしてこれら二つの原因は、人間本性の堕落の結果であり、ひいてはアダムの堕罪以降の人間、つまりすべての人間にとって根本的な条件である。そうだとすれば、むなしさは、描写と分析さらには告発の対象ではあっても、そこから脱出することは決してできないはずだ。それなのに人間固有の力で脱出しようと望むのが、ストア哲学者であり、キリスト教の圏内では、原罪による人間の堕落を軽視したペラギウス派であり、パスカルの見地からすれば、その後継者であるイエズス会なのである。想像力の利用あるいは想像力との戦いは、彼の信念からすれば、まったくの不可能事である。

だからといって想像力の生み出すむなしさが、隅から隅まで断罪されるわけではない。パスカルは、護教論の展開の中で、一見奇異でむなしいと思われる現象の背後に、それを正当化する存在理由――いわゆる「現象の理由」――を探求するが、それを通じて、むなしさにもそれなりの理由があることが示される。いわばむなしさの復権が図られ、民衆の「意見」すなわち「想像力」までもが救われ、「健全」と形容される。(35)それは何も、民衆が想像力を善用する境地に到達できるということではない。民衆はあくまで無意識であるにもかかわらず、その想像力は健全なのである。ある断章の言い回しを借りれば、「民衆はむなしいが、その意見は健全である」(5/93; B328)。もしかしたら、現象の理由は、人間のむなしい立ち働きの奥底で密かに働いている「理性の狡智」の別名かもしれない。

いずれにせよ、パスカルは、エピクテトスから想像力の語と観念を借用しているが、その倫理的帰結は共有していない。それどころかストア哲学にとって基本的なこの観念を逆転し、それが真理の標識になることを否定し、それを通じて、ストア哲学が主張する人間の道徳的自律を突きくずす。しかしそれが可能になったのは、パスカルが、モンテーニュと同じく、ストア哲学の「想像力」を懐疑主義的観点から考えているからではないか。パスカルが『エセー』を愛読していたことを思えば、これは無理のない想定である。だがそればかりではない。『サシとの対話』の結末近くで、パスカルは、エピクテトスのストア主義とモンテーニュの懐疑主義に関する「哲学的研究」から「キリスト教徒はいかなる効用を引き出すことができるか」について思いをめぐらし、この相反する二つの学説の総合から何が帰結するかを自問し、こう述べる。(36)「一方は、人間の義務を知って、その無力を知らないために傲慢に陥り、他方は、無力を知って傲慢を知らなかったために、怠惰に陥った。そこから、一方が正しいところについて、他方が間違っているのだから、両者を結びつければ、完全な道徳が形作られるように思われるかもしれない」。しかし実は、最悪の混乱が生ずるだけだろう。「なぜなら一方が確実さを証明すれば、他方は懐疑を、一方が人間の偉大さなら、他方はその弱さを証明するので、両者はお互いに誤謬ばかりでなく、真理をも破壊するのだから」。さらに続けて、パスカルは、未来の著作の構想を先取りするかのように、護教論の戦略を素描する。「かくして両者は、それぞれが抱えている欠陥ゆえに独り立ちすることもできなければ、互いの対立ゆえに結びつくこともできず、その結果として、砕け散り、福音の真理に場所を譲るべく無に帰するのである」。想像力に関するわれわれの断章もまた、ストア派の独断論とエピクロス派の懐疑論を相打ちにして破壊するという計画の一環なのである。

II　護教論の戦略

一　比喩と象徴
――「フィギュール」の観念について――

フィギュール figure の観念は、パスカルの作品中で、青年時代の手紙から『キリスト教護教論』(『パンセ』)における聖書解釈に至るまで、きわめて重要な役割を果たしている。

figure というフランス語は、今日でも、またパスカルの生きていた時代でも、広汎な意味を持つ基本語彙の一つであるが、十七世紀においては、現在ではほとんど消滅した、神学用語としての特別の意味も担っていた。それは、旧約聖書に記載された事実や出来事の中におぼろげに表現されており、やがて新約において現実として開示される預言あるいは秘義であった。この意味で、たとえば、出エジプトのユダヤ人たちが荒野で食べたマンナは聖餐のパンのフィギュールであり、アベルの死はキリストの受難のフィギュールであると言われる。(1) フィギュールのこの用法が、教父時代、中世を通じて支配的であった聖書の象徴主義的・比喩的解釈――その整備された形が、中世における有名な「聖書の四つの意味」の理論であった――の伝統を基盤としていることは明らかであろう。

本論で問題となるのは、この神学用語としてのフィギュールであるが、パスカルはその意味をいささか拡大して、というよりはむしろその根源的意味を強調して、figure を réalité (実在・現実) の対概念として捉えていることを、本論に入るに先立って注意しておこう。つまり彼にあってフィギュールは実在の写し、映像、象徴といった意味合いで用いられている。ということは、われわれ人間の感知するフィギュールは、他の何かより深いもの、本質的なものを表現しているわけで、存在論的見地からすれば、フィギュールは象徴主義的な世界観を前提することになる。この点を踏まえて、パスカルの翻訳において figure は従来、「表徴」あるいは「象徴」と訳されてきたことが多いようである。(2)

しかし、もし実在の最も本質的なものは、そのままでは感知されないために、その映像としてのフィギュールを用いて実在を暗示するのだとすれば、フィギュールは真の実在の間接的な表現、すなわち最も広い意味での比喩ということになる。じっさい、フィギュールは修辞学の用語としては、あらゆる種類の文章の飾りという意味を持っている。

以下に見ていくように、パスカルにおけるフィギュールの観念には以上の二つの意味が分かちがたく結びついている。したがって本章では、フィギュールに訳語を与えず、フランス語をそのまま使用していくことにしたい。

ところでパスカルにおけるフィギュールの観念は以前から研究されていなかったわけではないが、(3)とくに近年、一方では『キリスト教護教論』の聖書解釈の構造が明らかにされていくにつれて、他方では解釈学あるいは修辞学など広義の言語問題がパスカル研究の一つの焦点になるにつれて脚光をあびるようになってきた。(4)

しかしながら、従来の研究は、フィギュールの観念そのものを、パスカルの思想の進展とは独立して、その静止した相において分析することに力点を置いているように見受けられる。そこで本章では、パスカルのフィギュールの観念を彼の思想の展開の中に位置づけ、動的に、この観念が彼の思想の中でどのような役割を演じ、またどのような変化をこうむることになったか探ってみたい。

1　「第一の回心」期におけるフィギュールの観念

一六四六年、ブレーズ・パスカル二十三歳の年、当時ノルマンディー地方の都市ルーアンに住んでいたパスカル一家は「回心」を体験する。それまで彼らが無信仰であったというわけではない。表面的にはすべてのフランス人がキリスト教徒であった十七世紀フランスにおいて、パスカル一家が普通の信者でなかった、もっとはっきり言って自由思想の影響を受けていたと考える根拠は何もない。彼らは、当時の宗教界に強い影響を及ぼしていたサン＝シランの弟子ギュベール、その他の人々の感化を受けて、平均的な信者の状態からより明確な宗教的自覚に到達したのである。この事件は、パスカルの伝記においては、「第一の回心」と呼びならわされているが、以後、彼はサン＝シラン、アントワーヌ・アルノー、ジャンセニウスなど当時の神学者、さらにはアウグスティヌスの著作を読み始め、フィギュールの観念にも慣れ親しむようになる。

ところで一六四八年四月一日付の姉ジルベルトに宛てた手紙は、「第一の回心」に引き続く時期におけるパスカルの宗教的関心の所在を見事に示しているが、そこに次のような一節が見出される。

物体的な事物は霊的な事物の似姿 image にすぎません。そして神は目に見えるものの中に、目に見えないものを表現されたのです。(5)

この有名な一節が象徴主義的な世界観を表明していることは容易に見て取れる。しかもこの直前には、パスカル一家の親子兄弟関係について、「神はこの関係のフィギュールと実在をともに与えて下さいました」という一文がある。フィギュールの観念が当時からパスカルの思索の中心的テーマの一つであったことは疑いをいれない。

しかし象徴主義的な世界観そのものは、当時のキリスト教徒にとってとくに珍しいものではない。自然と全実在を同一視することなく、創造主と被造物、超自然と自然といった風に、実在の内に二つの異なる次元を設定する教会の伝統的な教えに深く浸透されているものにとって、この世の可視的なものが、自然を超越する霊的なものの映像であることは、ある意味では自明の理だと考えられる。

それにもかかわらずパスカルがここで表明しているフィギュールの考え方は注目に値するし、注意深く検討する必要がある。というのも、彼は「第一の回心」と並行して、科学研究、とくに真空の存在の問題について数多の実験を重ねていたが、自然研究においては象徴主義を拒否するという態度を鮮明に打ち出していたからである。

たとえば上に引用した手紙が書かれた一六四八年には、真空の存在をめぐってイエズス会のノエル神父との間に論争が持ち上がっていたが、ノエル神父が真空否定の論拠として、しばしば人間と自然の比較、さらにはミクロコスモスとマクロコスモスとの比較を持ち出すのに対して、パスカルは、そういう議論は真の科学的推論ではなく、たんなる比較つまり比喩にすぎないときめつけていた(6)。

また遅くとも一六五四年までには執筆されたと推定されている『流体の平衡』と『大気の重さ』の二論文の結論においては、「真空の恐怖」という表現そのものについて、それは事態の直接的表現ではなく、比喩的な表現にすぎず、魂を持たない自然がそのような感情を抱けるはずがないと断定されている(7)。

つまり科学者パスカルにとって自然研究とは、実在の同一次元にある結果-原因の連鎖をさかのぼって、多数の個別現象を一望のもとに見渡せる「一般規則」[8]に到達することであり、象徴主義がそこに介入する余地はなかった。

しかもこのような態度はたんに自然研究にのみ限られたものではない。『パンセ』の中でパスカルは可視的自然界を神の存在の証明として用いることをきっぱりと断念している。[9]キリスト教護教論の伝統的な論拠の一つである自然の秩序による神の証明に背を向けた最大の原因が、自然研究における象徴主義の拒否であることは、まず確かであろう。

したがってパスカルが、「物体的な事物は霊的な事物の似姿にすぎない」と言うとき、そこに表現されている象徴主義の成立の根拠はどこにあるのか考えてみる必要があるが、そのためにはフィギュールと実在の関係が、パスカルにあって具体的にはどのような事柄に適用されているのか検討してみなければならない。ところで前出の一六四八年の手紙、あるいは一六五一年に父親の死に際して書かれた手紙を読んでみると、フィギュールつまり「表徴するもの」あるいは「物体的な事物」はあらかじめ宗教事象——たとえば教会の秘蹟や儀礼あるいは聖書の解釈など——と密接に結びつけられていることがわかる。別の言い方をすれば、まず最初に宗教の所与があって、それが象徴主義的関係を導き出すのである。

たとえば先にも示唆したように、一六四八年の手紙の中では、親族関係が自然の次元と霊的な次元との二重の視点から考察され、自然的な意味での親族関係は、霊的なそれのフィギュールであると述べられている。ここで自然的な親族関係とは、通常の意味での出生によって生ずる親子関係を指すのに対して、霊的な関係とは、洗礼によってイエス・キリストを父、教会を母とする子供として生まれかわり、教会の中に編入されることを指している。つまりここでは、洗礼こそが真の霊的生命への誕生であり、それに比べれば通常の意味での誕生はその反映、フィギュールにすぎないという考え方が基本にある。[10]

ところでこの象徴関係が成立し認識されるのは、洗礼という秘蹟、つまり一方では儀礼として感覚に訴える側面を持つことによって自然の次元に属しながら、他方では超自然的な生命への生まれかわりを意味し、さらにはそれに与らせる力でもある「聖なるしるし signe sacré」がすでに与えられているからに他ならない。

同様のことは、教会と物理的宇宙、教会と人間の身体との間に成り立つ二重の象徴関係についても言える。ポール・ロワヤルの精神的指導者であったサン＝シランの教えに従って、パスカルは教会を「新しい世界」と見なし、人間が誕生と同時に宇宙の中にある一定の場所を占めるように、洗礼を受けて教会の中に組み込まれるキリスト教徒はその中にある場所を占めると考えた。他方、教会は宇宙との対比で考えられるようなたんなる場所または環境ではなく、イエス・キリストを頭とし、信者をその手足＝構成員 membres とする人体にも比すべき「イエス・キリストの体 Corps de Jésus-Christ」を形作っている。つまり教会こそが真の場所であり、体であり、それに比べれば宇宙も身体もそのフィギュールにすぎないというわけである。[11]

しかしながら自然の中にこのような象徴関係が見出されるのは、何よりもまず教会という「聖なる制度[12]」が、目に見える形で、与えられているからに他ならない。事実として与えられた教会が同時に神秘共同体として、それに参加する人間を超自然の方に向き直らせ、さらにはそれに与らせるという二重性を持っているからこそ、象徴関係が成立するのである。

最後に聖書解釈に関わる問題を見てみよう。父の死にあたって書かれた手紙の中で、パスカルは、死こそ人間が神に捧げることのできる至高の犠牲であるという考えを展開し、その観点からイエス・キリストの受難を考察している。ところが、そこでは救世主の死すなわち犠牲と、旧約の律法下での生け贄の祭儀がつねに対比され、後者は前者のフィギュールであると見なされている。たとえば旧約の犠牲のけものと焼かれたけものから立ちのぼる煙はイエス・キリストのフィギュールであり、天の火はイエスの栄光のフィギュール、空気は聖霊のフィギュールであるといったぐあいである。ところでこれらの象徴関係は、手紙がさかんに引用している新約聖書の『ヘブライ人への手紙』に依拠している。[13] つまり旧約聖書が新約の比喩あるいは象徴として捉えられるのは、イエス・キリストやその使徒たちが、彼らの教えと行動――その集大成が新約聖書という書物になる――によって、旧約を比喩として解読する鍵を与えたからに他ならない。

以上から理解されるように、パスカルの象徴主義を成立させる基礎となるのは、時間・空間の内部に位置する事実、制度あるいは出来事である。したがってパスカルの象徴主義は時間的性格を帯びざるを得ない。つまりイエス・キリストが地上に到来して、受難と復活という出来事が起こる以前は、旧約が新約のフィギュールになることはできなかったし、またキリストの到来と使徒たちの活動によって教会が打ち立てられ、秘蹟という制度が確立する以前は、洗礼－誕生、あるいは教会－宇宙、教会－人体という象徴関係も成立することはできなかった。

こういう意味で、パスカルの象徴主義は、物体的なものと精神的なものとの間に類似またはアナロギアを見出す象徴主義とは性質を異にしていると考えられる。たとえば、後には象徴主義を完全に拒否するデカルトでさえ、若い頃には、「風は精神を意味し、持続を伴った運動は生命を、光は認識を、熱は愛を、瞬間的な活動は創造を意味する」[14]という文章を書きつけたことがあったが、このような象徴関係はいわば事物の本性の中に潜んでいるアナロギアに由来しているために、超時間的な関係となっている。

これに対して、パスカルの象徴主義を根本において支えているのは、イエス・キリストの地上への来臨という出来事である。この出来事は、一方では出来事として人間に経験可能な事実であると同時に、他方では自然のただ中に超自然というもう一つの次元を導きいれることによって二重の意味を帯びることになる。こうして宗教(つまりキリスト教)の言語は、科学の言語とは異なって本質的に二義的あるいは多義的な言語となり、この二義性あるいは多義性が、宗教事象と自然との間に象徴関係を見出させるのである。

しかしながら、イエス・キリストの来臨は超自然的な出来事である以上、それは信仰によってしか感得されない。同様に象徴関係もまた「超自然の光」[15]の助けがなければ認識されない。これが「第一の回心」に引き続く時期におけるパスカルのフィギュールに対する考え方であったと思われる。

2　一六五六―五七年の経験とフィギュールの観念の深化

以上考察したようなフィギュールの観念は生涯を通じてパスカルの信仰と思索を支配し続ける。といっても、それは「第一の回心」期以後、彼のフィギュールの観念に変化あるいは深化がなかったということではない。それどころか、一六五六年から五七年にかけてパスカルの経験したことは、フィギュールの観念にも深刻な影響を及ぼしたと考える十分な理由がある。

周知のようにパスカルは一六五四年十一月二十三日の夜に、いわゆる「二度目の回心」と呼ばれる宗教体験を得て、以後妹のジャクリーヌが修道女として所属していたポール・ロワヤルとより密接な関係を結ぶことになる。

そして一六五六年初頭、ポール・ロワヤルの隠士であり、当時第一級の神学者であったアントワーヌ・アルノーに勧められて、イエズス会に代表される近代派から攻撃されていたアウグスティヌス的な――と、少なくともパスカルたちは考えていた――恩寵論を擁護するために論争書簡『プロヴァンシアル』の筆を執る。

ところが同じ年の三月二十四日、論争もたけなわの時期に、パリのポール・ロワヤルでパスカルの姪の一人、マルグリット・ペリエの身に奇蹟が起こる。三年来患っていた眼病が、イエス・キリストが受難の際に冠っていたいばらの冠の一部と伝えられる聖遺物に触れてたちまち治ったという事件である(いわゆる聖荊の奇蹟)。パスカルをはじめ、ポール・ロワヤルの人々は、この奇蹟を、イエズス会と国家権力から不当にも迫害されているポール・ロワヤルに対する神の加護のしるしであると解釈したが、イエズス会の方は、同じ奇蹟を、誤りに陥っているポール・ロワヤルに対する神の警告であると解釈した。この解釈の食い違いから『プロヴァンシアル』論争と並行して、奇蹟の意味の解釈をめぐって、もう一つの論争が持ち上がる。[16]

さらに以上二つの論争に触発されて、パスカルはこの時期に聖体の秘蹟に深く思いを潜めている。そのことは、一六五六年十月末に書かれた有名なロアネーズ嬢宛の手紙、また同年十二月に発表された『プロヴァンシアル』の第十六信で聖体の玄義を「隠れたる神」あるいはフィギュールの考え方と結びつけた論議が展開されていることから理解される。[17]

それでは以上の経験はパスカルに何を教えたのか。

それは、この世にあるものはすべて、宗教に至るまで、真理を顕わには示さず、真の実在である神は隠れている、ということである。そうなると、青年時代にはフィギュールに対する実在と考えられていた教会や秘蹟でさえ、それらがこの世にある限りは、真理の光の中に直接その姿を現わすことはないということになる。

たとえば教会は、キリストを頭とする神秘共同体として、地上における真理の具現に他ならない。しかしながら、『プロヴァンシアル』論争の教訓は、教会のただ中にさえ「悪いキリスト教徒」[18]がいて、キリスト教の信仰と道徳を攻撃し、教会が具現する真理におおいをかけるということであった。

また聖書をはじめとする教会の教えは、神の啓示として、信仰の真理と真の道徳とを人間に宣べ伝えている。その教えは単純明快であるし、たとえ解釈上の疑義が生じても、教父の著作をはじめとする教会の伝統が正しい解釈を決定してくれるはずである。ところがイエズス会やその他の近代派の神学者たちは、決疑論を悪用して、いわゆる「蓋然的意見の教説[19] la doctrine des opinions probables」を導入し、人間の邪欲におもねる新解釈を持ち込んで、単純な真理をくもらせてしまう。しかし、このようなことが可能なのは、真理そのものはこの地上では隠れているからではないか[20]。聖書の真理でさえ「文字[21]」によっておおいをかけられているのである。

次に奇蹟は、神の意志の特別に明白な表現として、ある危機的状況における真理を指し示すはずである。イエズス会にいわれなき迫害を受けているポール・ロワヤルに生じた聖荊の奇蹟も、ポール・ロワヤルに対する神の加護という明白な意味を担っていたはずである。ところがイエズス会はこの明白な意味に異議を唱える。そればかりではない。地上に到来したイエス・キリストは自分が救世主であることを示すために、数多の奇蹟を行った。しかし、この神の子の行った奇蹟にパリサイ人たちは異議を唱える。こうして真理の特別のしるしであるはずの奇蹟でさえ、それが表現している真理を誰にも異存がないほど明白に示すことはできない[22]。

最後に秘蹟の中心とも言うべき聖餐について言えば、聖餐のパンとブドウ酒は真に実在的な意味でイエス・キリストの体と血そのものであり、それを拝領することによって、信者は字義どおり救世主の体に与る。この意味で、パスカルの信念からすれば、聖餐をキリストの受難のたんなるしるしあるいは象徴と解するカルヴァン派は異端だということになる[23]。しかしながら、見かけのパンの中に実在するキリストは、感覚に感知されないばかりでなく、理性によっても理解されない。パンの中に実在する真理としてのキリストは、この世に生きる人間には隠されている。

こうして以上挙げたような宗教事象は、自らの中に実在を潜めてはいるものの、その実在は隠れていて人間の眼には直接現われない。したがって宗教事象は、自らの中に隠されている実在に対してはフィギュールとなる。自然的事物に対しては実在である宗教事象は、分化して、自らの中に新しい象徴関係を作り出すのである。[24]

ところで、この新しい象徴関係の存在論的根拠は何か。

それは一六五六年十月末のロアネーズ嬢宛の手紙が展開している「隠れたる神」の世界観だと思われる。自然もキリストの受肉も聖体も聖書も、「すべては神をおおい隠すヴェール」であり、究極的な実在である神は隠れている。そしてすべての可視的な存在は、「隠れたる神」を指し示す曖昧な記号、すなわちフィギュールとなる。[25]

こうして「隠れたる神」の観念は、それまでのフィギュールの観念と結びついて、それに新しい次元を付け加える。以後、宗教事象は、最終項を「隠れたる神」とする象徴関係の構造の中で、同時にフィギュールと実在として捉えられることになる。

こうして、新しい象徴関係においては、フィギュールと実在の関係は、以前のように、二つの項から成立する関係(たとえば洗礼‐誕生、教会‐宇宙、教会‐人体など)ではなくなり、三つの項に分化する。そのことを『プロヴァンシアル』第十六信は明白に示している。そこでパスカルは聖体の中にイエスが隠れて実在している理由を求めて、ユダヤ教徒と天上の至福者の中間に位置する「キリスト教徒の身分 l'état des Chrétiens」という考え方を見出す。

キリスト教徒の身分は、教父たち及びこれにならってデュ・ペロン枢機卿も言われるように、天上の至福者の身分とユダヤ教徒の身分との中間に位置しています。至福者はイエス・キリストを、フィギュールもヴェールもなしに、実在的に所有しています。ユダヤ教徒は、マンナや過越祭の仔羊がそうであったように、イエス・キリストのフィギュールとヴェールしか所有していませんでした。ところがキリスト教徒は聖餐において、真に実在的に、しかしいまだヴェールにおおわれたままのイエス・キリストを所有しています。〔……〕もしわれわれが、イエス・キリストの実体を欠いたフィギュールしか所有していなかったとしたら、われわれは、聖パウロが至福直観とも律法とも等しく対立せしめられた信仰の身分、つまり現在のわれわれの置かれている身分から抜け出してしまうことになるでしょう。というのも、影のみで事物の実体を持たないのは、律法に固有なことだからです。また、もしわれわれが、イエス・キリストを目のあたりに所有していたとしても、われわれは現在の身分から抜け出していたことでしょう。同じく聖パウロが言われるように、信仰は決して目に見える事柄ではないからです。こうして聖体の秘蹟は、われわれの信仰の身分にまことに相応しいものです。なぜなら、それはイエス・キリストを真に、しかしおおわれた状態で含んでいるわけですから。したがって、もし異端者たちの主張するように、イエス・キリストがパンとブドウ酒の形色のもとに実在的に存在していなかったとしたら、われわれの身分は破壊されることになるでしょう。また天上でのように、むきだしのままでイエス・キリストを受け入れる場合も同様でしょう。というのも、どちらの場合も、われわれの身分を、ユダヤ教徒の身分、あるいは栄光の身分と混同することになるからです。[26]

ユダヤ教徒はキリストを待ち望んでいるが、彼のフィギュールしか所有していない。他方、天上の至福者はキリストを目のあたりにすることができる。ところがその中間にあるキリスト教徒は、神の子の受肉と受難と復活により罪を贖われて、実在のキリストを聖体の中に所有しているが、まだキリストを見ることはできない。こうして、パスカルの聖体に関する考察を規定しているのは、至福者—キリスト教徒—ユダヤ教徒という三つの項からなる象徴関係である。しかもこの象徴関係に対応して、他のさまざまの関係が構想される。いくつか例を挙げると、天—教会—ユダヤ教の会堂、[27] 至福直観—信仰—律法、栄光—恩寵—自然、[28] さらに天上の食事—聖餐—マンナなどがある。

今やパスカルにとって象徴主義はたんに目に見えるもの(自然)と目に見えないもの(超自然)との間に成立する静的な関係ではない。それは、隠れたる神の意志によって地上の人間には隠されている実在と、それを内に潜めてはいるが外に顕わに示すことはないキリスト教と、真理の影にすぎないユダヤ教との三段階からなる動的な関係となる。

こうしてパスカルのフィギュールは、ユダヤ教↓キリスト教↓神の国と展開する神の救済の歴史と結びついた観念となる。そしてフィギュールが、神の救済の歴史の中で、いかなる意味を持ち、いかなる役割を果たすかについて思いを潜めることによって、パスカルは『キリスト教護教論』の中に垣間見られる独特のキリスト教の証明を構想したと考えられる。

3　『キリスト教護教論』におけるフィギュール

現在『パンセ』の名で親しまれているパスカルの遺稿集の大半の断章は、周知のように、彼が生前、「無神論者」を論破し、キリスト教の真理を説得すべく準備した『キリスト教護教論』のためのノートである。ところでこの著作のためにパスカルは一六五八年頃、一つの暫定的なプランを立て、それに従ってそれまで書きためてきたノートを整理した[29]。そのプランによると、全体は二部に分かたれ、第一部は、「神なき人間の悲惨」を示して、人間に神を求めるように仕向け、第二部では、キリスト教の真理を聖書によって証明する予定であった。ところでこの後半の部分には、「律法はフィギュール的 figurative であった」と題する一章が設けられており[30]、そこに収められた断章を読むと、フィギュールが論証の主導的な観念になるはずであったことが理解される。

したがって、われわれとしては、これまでのようにフィギュールがどんな観念であるのか、またどのような世界観と結びついているのかを考察するにとどまらず、それがどのような意味でキリスト教の証明に役立っているのか考えてみなければならない。

ところで考察に先立って、まず注意しなければならないのは、『キリスト教護教論』におけるフィギュールの観念は、ある世界観の表現として、実在のあらゆる対象に適用されるわけではなく、第一義的には聖書解釈、それもとくに旧約の解釈と密接に結びついていることである。

それにはいろいろな理由が考えられるが、まず考慮しなければならないのは、『キリスト教護教論』という書物の性格であろう。というのも、キリスト教を軽蔑し拒否する「無神論者」に呼びかける『護教論』において、はじめからフィギュールをキリスト教的世界観に直結して提出するわけにはいかないからである。しかもパスカルが想定する読者は、有名な「無限の空間の永遠の沈黙」[31]の断章その他からうかがえるように、当時の新興科学や機械論的自然観の洗礼を受けた自由思想家で、伝統的な象徴主義的自然観を受けつけないように思われる。このような状況にあってフィギュールがキリスト教の真理を論証する有力な武器となるためには、この観念をいわば合理的に読者に受け入れさせる必要がある。

ところで事物の間に成立する象徴主義の表現としてのフィギュールは最初から持ち出すわけにはいかなく

とも、言語表現上のフィギュール、すなわち比喩は、一般に認められている言語現象であり、自由思想家から原理的に拒絶されるおそれはない。この意味で、旧約聖書の記述がフィギュールつまり比喩であるという主張は、相応の理由を付ければ、かなり自然に自由思想家にも受け入れさせることができるはずである。

しかもパスカルにとっては、神の言《ことば》を書き記した聖書こそ、すべての宗教的認識の根本であり、これを正しく解読することこそキリスト教の真理を明らかにすることにつながる。具体的に言えば、旧約聖書の比喩を解読して、新約と比較考量することによって、イエスが救世主であることが証明できると、パスカルは考えていた。彼のキリスト教の証明において聖書が原理的な位置を占め、論証の手段としてのフィギュールがなによりも聖書解釈と結びつくのは、けだし当然と言えよう。

しかしここで注意しなければならないのは、上述のような証明が原理的には正しいとしても、現実には必ずしも有効に作用しないことをパスカル自身よく承知しており、その理由を解き明かすことが、キリスト教の真理性の証明と並んで、彼の『キリスト教護教論』の一つの目標となっていたことである。

以上の点を考慮すると、パスカルが『キリスト教護教論』の中で、フィギュールとの関連において論証しようとしていたことは、次の三点に要約できる。

一　旧約聖書はフィギュールであった。

二　旧約聖書のフィギュールを正しく解釈すると、旧約の救世主に関する預言はキリストにおいて成就していることが理解される。よってイエス・キリストは救世主である。

三　フィギュールの解読に失敗する不信仰者が存在し、その存在理由はフィギュールの本質そのものの中に見出される。しかもこのような不信仰者の存在は、キリスト教の証明を損なうどころか、客観的には証明の完成に寄与している。

第一の点に関してパスカルはまず読者の良識に訴えかけ、次のような議論を展開する。一冊の書物の全体の意味を理解しようと思ったら、すべての箇所が矛盾なく調和するような意味を探さなければならない。ところが聖書については、旧約聖書を字義的に解釈するといろいろな点で矛盾が生じて全体として意味が通らなくなる。したがって旧約のある部分、具体的には律法、祭儀さらには預言に関する部分は隠れた意味を持つ比喩と考えなければならない(19/257; B684)。

あるいはまた外交文書などに用いられる暗号との類似で考えてみても、聖書は字義的な意味の他に隠れた意味を持っていると考えざるをえない。というのも、旧約の預言者たちは表面的には意味の明瞭なことを語っているときでさえ、真の意味はおおいをかけられて隠されていると繰り返しているからである(19/260; B678)。

しかし以上のいわば自然的で合理的な理由はパスカルにとって結局は二義的なものであった。彼にとって旧約聖書が比喩的であるのは、新約聖書の言明によって、すなわちイエス・キリストと使徒たちが、彼らの言行によって、旧約の律法と預言がフィギュールであることを人間に教えたからに他ならない。たとえば『ルカによる福音書』の最終章に見える復活したイエスの教え[32]、また『コリントの信徒への手紙一』に出てくるパウロの有名な言葉 Haec autem omnia in *figura* contingebant illis[33](「これらの事はフィギュールとして彼らに起こった」)は、旧約が比喩であることを示し、さらにその解読の鍵をも与えるとパスカルは考えた。こうして彼は『キリスト教護教論』の読者に呼びかける。イエスと使徒たちが与えた解釈の鍵に従って旧約聖書を読みなおしてみるがよい。そうすれば、今まで真の意味をおおい隠していた比喩のヴェールは取り払われ、神の言葉である聖書は真理の光の中に姿を現わすだろう。

それではイエス・キリストがもたらした解読の鍵とは何か。

それは人間が神を愛するかわりに自己を愛することによって邪欲の奴隷になり、盲目になり、不幸になり、罪人になったこと、こういうみじめな状態から人間を解放するためにイエス・キリストが地上に到来しなければならなかったこと、そしてこの救いは人間が自己を憎み、かつ十字架の苦難と死によってキリストに従うことによってはじめて全うされるということである(19/271; B545)。

こうして旧約の預言者たちが、救世主は彼を信ずる民を敵から解放するだろうと述べたとき、敵とはユダヤ人の考えていたようにエジプト人やバビロニア人ではなく、人間を神から引き離す「邪欲 concupiscence」に他ならなかった(19/269; B692, 19/270; B670)。

また救世主が世界を平定し、選民に富をもたらすという預言についても、富は地上の財宝を意味するのではなく、精神の富、すなわち罪からの解放と神の愛を意味していた(XXIV/593; B760)。さらにもっと一般的に言って、聖書の最終目的は愛であり、そこまで達しないものはフィギュールにすぎない(19/270; B670)。

このように旧約の預言を理解すると、イエス・キリストは時間的にはまさに預言された時期に到来し、その到来の仕方は、預言を字義どおりに解釈すれば預言と矛盾するが、比喩的な解釈をすれば預言どおりである(19/255; B758)。したがって預言が上述のような意味で比喩的であることを認めれば、イエス・キリストは旧約の預言を成就しており、まさに救世主である。

以上の議論はパスカルにとっては十分説得力があるはずであった。

しかし現実にはフィギュールの解読ができずに、イエスを救世主として信ずることのできない人間が多数存在する。しかもこれは「解読」という語から想像されるようなたんに認識のみに関わる知的問題ではない。

そのことは、たとえば、イエス・キリストを目のあたりにし、その教えに耳を傾け、その奇蹟を目撃してなお彼を救世主とは信じなかったユダヤの律法学者やパリサイ人のことを考えればよくわかる。彼らはユダヤ教の伝統の保持者であり、その教義にも通じており、預言を信じて救世主を強く待ち望んでいた。したがってフィギュールを正しく読み取ってイエスを救世主として認めることのできる人間がいるとすれば、彼らこそ知的にはその筆頭に位すべき人々であった。そういう彼らがキリストを信じられなかったという事実は、フィギュールの解読に基づく信仰という行為がたんに人間の知的努力で片づく問題ではなく、神の摂理の計画の中に位置づけられねばならないことを物語っている。パスカル自身、パリサイ人の不信仰を「超自然的なかたくなさ endurcissement surnaturel」の結果と呼んでいる(XXXIII/840; B843)。

こうしてパスカルにとっては、不信仰の事実を説明することが、キリスト教の証明を目指す『キリスト教護教論』においても重要な課題となる。

ところでこの説明にあたってパスカルは二つの次元を区別する。一つは人間の次元であり、ここではどうして不信仰が生ずるか、すなわちどうしてフィギュールの読み間違いが起こるかが問題となる。もう一つは神の次元であり、ここではどうして神は不信仰を許容するのか、また不信仰は神の予定の中にあってどんな意味を持つのかが探られることになる。

まず人間的次元においてはフィギュールを真の実在と見誤らせるのは、言うまでもなく人間の中にある邪欲である。邪欲は神に背いて自己及び地上の被造物に向かう。そこから救世主のもたらす解放を現世における解放と取る誤解が生じ、十字架上で死を遂げたイエスを救世主と信ずることができなくなる。こうしてフィギュールの解釈は、たんに認識上の知的な問題ではなく、神の愛と自己愛という二つの相反する愛[34]に動かされる人間がどちらを選ぶかによって異なった結果を生み出す倫理的な問題、さらには人間の運命を永遠において左右する救いの問題となる。

他方、神の立場に立てば、フィギュールは根本的には「隠れたる神」のこの世界の中での表現と言える。つまり隠れたる神は、自らを探し求めるものには光を与え、探し求めないものは盲目にする意志を持っているが[35]、その意志の具体的な現われがフィギュールであり、神を心から探し求めなければ、その意味は読み解けない。

しかしフィギュールの存在理由、さらにフィギュールを読み損ねたユダヤ人、とくにパリサイ人の存在理由はそれだけにはとどまらない。不信仰者の存在は実は神の救済の歴史の中で、ある積極的な意味を持つとパスカルは考える[36]。

第一に、イエスを信ずることを拒否したユダヤ人たちは、そのことによってイザヤの預言、つまりキリストは認められず、つまずきの石になるだろうという預言を成就することになる[37]。こうして彼らはイエスが救世主であることを身をもって証明する。

次に、ユダヤ人の不信仰は、旧約聖書のテキストの信憑性、したがって預言の信憑性を保証するのに役立っている。

というのも、ユダヤ民族はそもそも神から選ばれて、人間に対する神の啓示の証人となり(モーセ、預言者たち)、さらにその証言を代々保持する役目を担っていた。しかしながらごく少数の霊的ユダヤ人を除いて、大多数のユダヤ人は彼らに託された証言である旧約聖書の真の意味――いわゆる霊的あるいは神秘的意味――を解さず、彼らの邪欲に適合する表面的な意味――肉的あるいは字義的意味――にとどまっていた[38]。そのため彼らは、イエスがこの世に到来したとき、彼が救世主であることを理解できず、十字架にかけてしまった。ところが、この神に対する大罪にもかかわらず、ユダヤ人は滅亡することなく、全世界に四散して

（ディアスポラ）、いまだに旧約聖書に盲目的な崇拝を捧げ、この書物が神から授かったものであることを主張し続けている。しかしこの事実は、キリスト教徒も神の啓示の書として崇める旧約聖書が、新約聖書とは独立して伝えられてきたことを示し、とくに救世主に関する預言が、キリスト教徒によって後から捏造されたものではないことを証明している。こうした意味で、ユダヤ人は、救世主に関する預言、さらには旧約聖書全体について、「疑いをいれることのできない」、「非のうちどころのない」証人となる。[39]

この議論は「ユダヤ人証人説」と呼ばれて、アウグスティヌスにも見出されるが、パスカルの『キリスト教護教論』においては、よりつきつめた形で現われ、重要な役割を果たすことになる。[40]

以上のことから理解されるように、神の予定の視点に立てば、フィギュールの解読に失敗する不信仰者の代表としてのユダヤ人の存在そのものがキリスト教の証明を完結し完成するのである。

フィギュールは今やたんに象徴主義的な世界観の表現にとどまらず、キリスト教の真理の証明において要の位置を占める。最終的に、それは、一方では隠れたる神の予定――すなわちあるものには光を与え、他のものには光を拒むという意志――と、他方では神の愛と自己愛とに動かされる人間の意志との出会いの場になる。そして、その場においては、個々の人間の救いあるいは破滅が決定されると同時に、その結果のいかんにかかわらず神の救済の意図は貫徹される。

このようにフィギュールを神の救いの経綸の中に厳密に位置づけたところに、パスカルのフィギュールの観念の、一つの、そしておそらくは最も注目すべき独自性がある。

二　権威と認識

――「権威」の観念について――

「権威 autorité」という言葉は今日多くの場合あまり芳しい意味を持っていない。それは確立されたあらゆる体制と結びついて個人の自由な判断と批判、つまりは理性の十全の行使を阻む力として理解されているように思われる。このような傾向は、この言葉の意味内容の歴史的研究にも微妙な影を投げかけずにはおかない。パスカルが生きていた十七世紀フランスについて、「権威」の問題が主として自由思想の進展との関係において考察されてきたのも、この傾向と無関係ではあるまい。じっさい、ルネ・パンタールやポール・アザールのすぐれた十七世紀思想研究を繙いてみると、[1] そこに主要テーマの一つとして見え隠れしている「権威」は、当時の正統カトリック信仰と分ちがたく結びついて、理性による自由検討の精神を抑圧する桎梏として描かれている。さらにこの権威が、怠惰な民衆の盲目的受容によって補強されて「万人の同意 consentement universel」の名を冠せられ、自由思想家たちの攻撃目標の一つとなったことは周知のところである。[2]

しかしながらここで、パスカルにおける「権威」の問題を取り上げるのは、彼にあってはこの言葉が、現在一般に理解されている意味とはもちろんのこと、多くの十七世紀研究が暗黙のうちに了解している意味とも異なった意味を持ち、しかもその理解がパスカルの思想の全体的理解にとって不可欠だと思われるからである。

じっさい、青年時代の未完の『真空論序言』から『パンセ』におけるキリスト教の証明の試みに至るまで、権威はパスカルの思索の中で中心的観念の一つとなっている。にもかかわらず、この観念は十分に分析されているとは言えないし、とくにその一貫性、統一性が十分には理解されていないように思われる。

本論ではパスカルの権威の観念の分析を通じて、権威が一方では理性、他方では信仰といかなる関係にあるか探り、さらには未完の『キリスト教護教論』(『パンセ』)のキリスト教の証明においていかなる位置を占めているか考えてみたい。

1

「権威」という言葉がパスカルの現存する作品中に現われるのは、おそらく真空の存在に関するノエル神父との論争からであるが、[3] この観念が十分な展開を見るのは、その論争の理論的総括とも言うべき『真空論序言』においてである(ちなみに、この小品を一七七九年にはじめて公刊したボッシュは『哲学における権威について』という題名を付けた)。これはパスカルの認識論をはじめて体系的に展開したとも言える作品であるが、そこでは周知のように、認識の源泉として、理性と権威の二つが挙げられている。理性は「実験と推論の領域に属する」事柄の認識に適用され、権威は「単純な事実、もしくは人間または神によって樹立された制度をその原理とするような」事柄の認識に適用されるという。[4]

この認識の源泉の二分法については、通例ジャンセニウスの『アウグスティヌス』の第二巻の序章が典拠として引き合いに出される。じじつそこでは、哲学の基礎をなすのは理性であるが、神学の基礎は記憶、伝統そして権威だと述べられているのである。(5)両者の類似は明らかであるし、影響関係もパスカルがジャンセニウスを熟読したことを思えば確かであろう。しかし類似点を強調するあまり、両者の差異を無視し、パスカルをジャンセニウスに引きつけて理解しようとしてはなるまい。というのは、『真空論序言』の本文を虚心に読めばわかるとおり、パスカルにおいては、権威はたんに神学あるいは宗教ばかりではなく、人間的事象にも適用されるからである。じっさい、彼は権威が認識原理となっているような学問の例として、「歴史、地理、言語、法学そして神学」を挙げ、次のように述べる。

フランス最初の王は誰であったか、地理学者は本初子午線をどこに置くか、ある死語においてどんな言葉が用いられていたか、この種の事柄を知ることが問題になった場合、われわれをその認識に導くのに、書物以外のどんな手段があるのか。(6)

つまり権威が不可欠である分野というのは、所与が時空間の中で一回限り起こった事実・事件、あるいはそのような事実・事件を起源として形成された制度であるような分野なのである。事実・事件とか制度の起源というものは直接には自然の理法に基づいていないので、それらが過去あるいは遠隔の地で生起した場合、「感覚」によっても「推理」によっても感知され得ない。それらを知るためには、それらを目撃した証人の報告、さらにはそういう報告を記載した「書物」に頼る外ない。しかし、そうなると書物が伝える報告の真実性を保証するものは何かという問題が浮上する。そのときに持ち出されるのが、まさに権威なのである。パスカル自身、前の引用に続く箇所で、「それらについてわれわれを教えることができるのはたんに権威だけである」[7]と述べている。したがって、ここで問題となっている権威とは、盲目的服従を要求する圧制的な権力ではなく、直接経験できない事柄の認識において、他人の報告に信用を与える重みであり、端的に言えば報告の信憑性そのものなのである[8]。

これに対して、理性による認識は「感覚あるいは推理の管轄下にある問題」に適用されるが、その例として、パスカルは「幾何学、算術、音楽、自然学、医学、建築」を挙げている[9]。現代風に言えば、自然科学とその応用部門である。

しかし、それでは、この認識原理としての理性と権威の区別は一体何に由来するのか。

ノエル神父との真空論争の最中、パスカルは友人のル・パイユールに宛てて、彼の自然科学研究方法論を述べた重要な手紙を書き送っているが、その中に次のような一節が見出される。

〔ノエル神父は〕それ〔=彼の意見〕をたんなる考えとして提出しておられるだけで、神父が証明したと言われる物質については、理性、感覚のいずれもが証人témoinsとしてついておりません[10]。

(傍点引用者)

ものを知る場合、人の言い伝えや書物は言うに及ばず、感覚と理性の双方とも認識の対象をわれわれに伝達する証人であるとパスカルは考えているのである。したがってあらゆる認識は何らかの証言に基づくことになる。感覚が観察や実験の仲立ちによって外界の事実について何かを証言するとき、あるいは理性が内観あるいは反省の助けによって内的世界または論理世界について何かを証言するとき、感覚と理性の二つの機能はわれわれの本性に属するものである以上、われわれはその証言内容を直接経験することになる。このように感覚あるいは理性が直接証人となるような自然的認識——というのは、パスカルは直接の超自然的認識があることを否定しないから[11]——を『真空論序言』は理性による認識と名づけ、その確実性を強調する。

こう考えると、権威による認識は、感覚にも理性にも直接現われない事実に関わることがわかる。こういう事象については、われわれはいかなる判断も自分自身では下せない以上、それを確かめるためには、それを直接経験した人間の証言に頼らなければならない。その証言に信頼性を与えるものが権威なのである。したがって権威と理性の区別は、認識において不可欠な役割を果たす証言の性質の区別——直接か間接か——に由来すると言える。

権威による認識の典型として宗教的認識、とくに神学が挙げられるのも、それらは定義上自然を超越し、感覚によっても理性によっても感知も理解もされず、ただ神の啓示によってのみ、この世に現前しているからである。それらを知るためには、神の言葉の権威ある証人、すなわち旧約・新約両聖書と教会の伝統的な教えに依拠する外はない。しかしそれは必ずしも権威が理性を排除するということではない。なるほど宗教的認識において所与は権威によってしか与えられない。しかしその所与を整理し、秩序を与えていくのは理性の働きに他ならない。そしてこの働きこそが解釈と呼ばれるものなのである。パスカルの思想において、聖書の解釈をはじめとする「解釈学」が重要な位置を占めているのは当然のことと言わねばならない。

2

さて以上述べたような権威観は、十六世紀以来の恩寵論争がその背景にある『プロヴァンシアル』においても作者パスカルの基本的な態度を規定していると言える。それは、恩寵をはじめとする信仰問題は、感覚や理性を超えているので、聖書と教会の決定という伝統的な権威の教えるところに従う外ないという考え方である。イエズス会をはじめとする近代派――つまりユマニスムの影響を受けて、人間の自由をより重視し、恩寵の必然性と人間の自由意思を調和させようとする人々――の考えがパスカルにとって無効であるのは、彼らの意見が確立された権威に基づいていないからである。たとえば、第一信でパスカルは、「近接能力」という神学用語を皮肉って手紙の筆者に次のように言わせている。

この言葉は聖書にあるのですか。いや、と彼らは言います。では教父たちあるいは公会議あるいは教皇方の言葉ですか。いや。では聖トマスのものですか。いや。それではどうしてこの言葉を使う必要があるのですか、権威もなければそれ自身としては意味もない言葉を。[12]（傍点引用者）

さらに第四信では、いわゆる「現実の恩寵」に関するイエズス会士たちの意見について、手紙の筆者と登場人物の一人であるジャンセニストが次のような会話を交わす。

教父も教皇も公会議も聖書もいかなる信仰の書も、それも最近のものでさえ、そんなことは言いません。ただ決疑論者たちと新スコラ学者たちだけがそう言っているのだということをご承知おき下さい。何ですって、と私は言いました。伝統に反しているのだったら、そんな著者たちは相手にしませんよ。[13]

つまりパスカルにとって宗教における権威とは、具体的には、聖書、教父の教え、それに地上におけるキリストの代理者であるローマ教皇の決定と、全教会の意志の正式の表現である公会議の決定なのである。これらはすべて「書物」に記載されて伝えられてきており、それに伝統という名が冠せられている。したがって信仰に属する事柄においては、上に挙げた書物だけが権威を形成するので、それ以外の書物を権威として援用することは許されない。ところがパスカルに言わせれば、イエズス会はとくに道徳問題において、いわゆる「蓋然的意見の教説」[14]を用いて、近代の神学者たちの新意見を権威に仕立て上げてしまう。これがイエズス会の根本的な誤りであり、キリスト教の精神を歪める危険なのである。第四信に登場するお人好しのイエズス会の神父は、イエズス会の著者の書物を引用するときにこんなことを言う。

もっと正真正銘の権威をお望みですか。〔……〕ほら、このアンナ神父の本をごらんなさい。[15]

（傍点引用者）

これがパスカルの痛烈な皮肉であるのは言うまでもない。

ところで権威の観点から『プロヴァンシアル』を考える場合、もう一つ見逃せない問題がある。それはこの作品執筆の間接原因となった「五命題」問題である。周知のように、十六世紀以来の恩寵論争はジャンセニウスの遺作『アウグスティヌス』（一六四〇年）をめぐって再燃し、近代派は『アウグスティヌス』から抜き出したと称する五つの命題をローマ教皇庁に告発し、異端宣告を得ることに成功した。この宣告について、ジャンセニウスを支持するポール・ロワヤルの神学者たちは、命題そのものが異端であることは認めながらも、それがジャンセニウスの著書に含まれていることは否定し、彼自身はアウグスティヌスの忠実な祖述者にすぎず、彼の恩寵論は正統であると主張した。パスカルも当然この見方に従ったが、『プロヴァンシアル』

ではそれを自らの権威観によって基礎づけている。つまり、五命題はたしかに異端であることを認めるが、それは信仰に関するローマ教皇の決定が不謬性を有している、つまり過たないからに他ならない。これに反して、五命題が『アウグスティヌス』の中に見出されるか否かについては、引用箇所が明示されない限り、教皇の決定は何事も決しない。なぜならこれは事実問題であり、権威はこの点では不謬ではないのだから。第十七信でパスカルはこう述べる。

若干の個別的事実を信じないことは、不遜ではあるかもしれませんが、異端とはなりません。なぜなら、それは明晰であり得る理性を、偉大とはいえこの点では不謬とは言えない権威（＝ローマ教皇の権威）と対立させるにすぎないからです。(16)

（傍点引用者）

以上を総合して、最後の第十八信は、認識の原理をその対象に応じて、感覚、理性、信仰の三つに大別し、次のように述べる。

それでは事実に関する真理は、何によって知られるのでしょうか。それは、神父様、事実の正当な裁き手である眼によるのです。それはあたかも、理性が自然界の可知的な事柄の裁き手、そして信仰が啓示された超自然界の事柄の裁き手であるのと同様です。と申しますのも、神父様、あなたが答えを強要されるから申し上げるのですが、教会を代表する二人の博士、聖アウグスティヌスと聖トマスによれば、これら三つの認識の原理、すなわち感覚、理性、信仰は、それぞれ別個の対象を持ち、その領域ではそれぞれ確実性を有するからです。(17)

（傍点引用者）

このテクストを『真空論序言』と比べると、以前は理性と権威の二本立てであった認識原理が、感覚、理性、信仰の三本立てになっている。『真空論序言』における理性は感覚をも含む広義に使用されていたから、原理の数が増したことは見かけの変化としてさておくとして、信仰が権威と入れ替わっているのは重大な変化のように見える。しかし実はパスカルにおいては、信仰による判断と権威による判断は別物ではない。それを明らかに示すのが、今の引用に続く箇所である。

以上のことから、こう結論できるでしょう。検討の対象として提示された命題がいかなるものであれ、これら三つの原理のいずれを適用すべきか知るために、命題がどの種類に属するかをまず見定める必要があります。もしそれが、超自然的な事柄に関わるものなら、それを判定するのは、感覚でも理性でもなく、聖書と教会の決定です。[18]（傍点引用者）

つまり信仰による認識とは、パスカルにあっては、決して個人的確信に基づいた判断ではなく、客観的・外的な基準すなわち聖書と教会の権威に基づいた判断なのである。この意味で、認識との関連においては、信仰と権威は表裏一体をなす観念である。より正確に言えば、権威は、信仰行為の根拠なのである。

3

ところで、このように理解された権威の観念は『キリスト教護教論』の中で要の位置を占めることになる。

というのも、『キリスト教護教論』は、宗教という権威によってしか認識できない事柄を受け入れさせるために、理性に訴えかけるという意味において、理性の領域と権威の領域の境界線上に位置しているからである。言い換えるなら、『キリスト教護教論』は権威を斥ける自然科学とも、権威を自明の前提とする神学とも異なり、聖書と教会の権威を、それを疑っている人間に受け入れさせるのを目的としているのである。

この主張に対してはしかし、必ずや次のような反論が出てくるに違いない。キリスト教は信仰に属する事柄であり、パスカル自身も言うとおり[19]、霊感によってしか真に信ずることはできない。それなのに「宗教は権威によってしか認識できない」と言うのは見当違いも甚しい、と。

この反論にはもちろん重要な真理が含まれている。そして、これに正確に答えることが、パスカルにおける権威の観念を一層明確にするばかりでなく、『キリスト教護教論』の根本的な性格を明らかにすることを可能にするのである。

まずキリスト教の真の理解が、「心の直感」(6/110; B282)とか「霊感」と呼ばれるものによってはじめて可能だということは、パスカル自身繰り返し主張するところで、自明の理である。しかしそういう信仰行為自体は、神が直接人間に与える経験であり、神のみが与えることのできる賜物である(XXIII/588; B279)。したがって直接経験としての信仰の次元においては、主体としての人間の介入する余地はまったくなく、そこでは『キリスト教護教論』などという人間の企ても意味を持ち得ない。

しかし信仰はたんにその行為の側からばかりでなく、その対象あるいは内容の側からも考察することができる。つまり信仰するというのは、「何事か」を信ずることであるが、その「何事か」が信仰内容であり、それはキリスト教の場合、神が旧約の族長、預言者、さらにイエス・キリストとその使徒を通じて行った啓示、すなわち旧約・新約両聖書に記載されている事柄である。

『キリスト教護教論』に存在理由があるとすれば、それは以上の信仰内容の根拠を明らかにすることにあるのではないか。じじつ『護教論』は、いまだ信仰の直接経験を持たない人に向かって、キリスト教が聖書や教父の著作、あるいは教会の決定を通じて人間に宣べ伝えることには、十分に信用する根拠があることを説得しようとしている。

ところがキリスト教の信仰内容それ自体は、信仰行為と同じく人間の手には届かない。なぜなら、それは「啓示された超自然的な」事柄であり、感覚や理性はその当否を判断することができないからである。したがって人間である護教論者が人間的に証明できることは、信仰内容を書き記した書物すなわち聖書が、神の啓示の証言として信頼性を持っていること、それだけである。ところが、これは取りもなおさず、『真空論序言』以来のパスカルの用語法に従えば、聖書の「権威」を論証することである。この意味で、『キリスト教護教論』においては、権威が宗教的認識の源泉となり、権威の正当性を証明することが、キリスト教の真理を証明することにつながるのである。

パスカル自身、信仰における「心の直感」の決定的重要性を強調しているある断章で次のように述べている。

> そしてこういうわけで、神から心の直感によって宗教を授けられた人々は、まことに幸せで、まことに正当な確信を抱いている。しかしそうでない人々に対しては、われわれは推論によってしか宗教を与えることができない。しかもそれは、神が心の直感によって宗教を授けられるまでのことである。そうでなければ信仰は人間的なものにとどまり、救いには無益なものにすぎない。
>
> (6/110; B282. 傍点引用者)

以上の表現にならって言えば、『キリスト教護教論』の目指すところは、キリスト教についての証言である聖書が、信憑性＝権威を持っていることを、「人間的に」信用させることであると言えよう。

こうして聖書に記載されている事実の歴史性、言い換えるなら歴史書としての聖書の真実性を証明することが、『キリスト教護教論』の重要な課題となる。

じっさい、パスカルにとって聖書は、『イリアス』やエジプトあるいは中国の歴史と異なって、「小説」でも「寓話」でもなく、真実の「歴史」なのである(V/436; B628)。「歴史」といっても、それは「聖なる歴史」であるから、そこに起こる事件は神の手に導かれる神秘的事件である(だからこそ、それについていわゆる比喩的解釈を施すことが可能になる)。しかしそれは歴史のある時点に起こった事件であり、決して比喩とか象徴的解釈によって、その事実性そのものを解消することはできない(たとえば原罪は人間の理解を超える神秘あるいは玄義には違いないが、同時に自分の生きている時代より六千年前に起きた歴史的事実であるとパスカルは考える)[20]。

それにしても、どうして聖書とくに旧約聖書だけが、他の民族の歴史とは異なり、真実の歴史であることが証明できるのか。

パスカルはここで旧約聖書の伝承者であるユダヤ民族の特殊性、独自性に着目し、聖書が彼らによって成立当初から現在に至るまで誤りなく伝えられてきたことを証明しようとする。そのために彼は、ユダヤ民族が世界最古の民であること、彼らの律法、すなわちモーセ五書が世界最古の書物であり、その内容が偉大で後世のギリシャやローマの法律に影響を及ぼしていること、さらにユダヤ民族の一なる神への信頼の強さが、彼らをして神の意思表示である聖書をそのままの形で保持させてきたこと等を証拠に挙げる[21]。これらは今日から見れば、誤った前提に基づいた誤った証明であるが、議論そのものの整合性は認めなければならない。

ところで、聖書の歴史性を証明しようとするこのような議論の中で、とくに注目に値するものがある。それは、旧約と新約との橋わたしとなる救世主に関する預言の信憑性を確立するためにパスカルが展開した「ユダヤ人証人説」と呼ばれる議論である。

それによると、ユダヤ民族は神から選ばれて人間に対する神の啓示の証人となり(モーセ、預言者たち)、さらにその証言を代々保持する役目を担っている。しかしながらごく少数の霊的ユダヤ人を除いて、大多数のユダヤ人は彼らに託された証言(旧約聖書)の真の意味――いわゆる霊的あるいは神秘的意味――を解さず、彼らの邪欲に適合する表面的な意味――肉的あるいは字義的意味――にとどまっていた。そのため彼らは、イエスがこの世に来臨したとき、彼が救世主であることを理解できず、十字架につけてしまった。ところが、この神に対する反逆罪にもかかわらず、ユダヤ民族は滅亡することなく、全世界に四散して(ディアスポラ)、いまだに旧約聖書に盲目的な崇拝を捧げ、この書物が神から授かったものであると主張し続けている。しかしこの事実は、キリスト教徒も神の啓示の書として崇める旧約聖書が、新約聖書とは独立して伝えられてきたことを示し、とくに救世主に関する預言がキリスト教徒によって後から捏造されたものではないことを証明している。したがって預言どおりに到来したイエスは正しく救世主に違いないということになる。こうした意味で、ユダヤ人は、救世主に関する預言、さらには旧約聖書全体について、「疑いをいれることのできない」、「非のうちどころのない」証人となる。(22)

以上が『キリスト教護教論』で、パスカルが歴史的文献としての聖書の権威を確立するために用いた「ユダヤ人証人説」の骨組みである。ところでこの議論の特徴は、まさに「権威」を信憑性として捉え、その確立のために法廷における証言の信憑性の判定方法をモデルとしていることにある。つまり法廷においては、対立する原告と被告が一致して認めることは真実として認められるが、パスカルも、敵対しているユダヤ教徒とキリスト教徒がともに旧約聖書を聖典として崇めていることから、その真実性を結論する。

このパスカルの証明は、キリスト教を拒否するユダヤ教徒を、旧約聖書の権威＝信憑性の確立に利用するという点において特異な構造を持っている。しかもこれは、パスカルの世界観かつ人間観の根底にある「隠れたる神」の考え方と見事に照応している。もし神が、邪欲に捉われ神を探し求めない人間には、隠れて姿を現わさないというのが本当だとすれば、キリスト教のあらゆる積極的な証明は、原理的にはいかに説得的であっても、現実的には説得されない人間が多数出てくるに違いない。パスカル自身の言葉を借りれば、「われわれの宗教の証明は、預言もそして奇蹟さえも、絶対的に説得的だとは言えない性質のもの」(XXXIII/835; B564)である。したがって『キリスト教護教論』は真に有効であろうとするならば、人間の不信仰という冷厳な事実を考慮にいれて説明し、さらにはその事実を証明に組み込まなければならない。パスカルが彼の『キリスト教護教論』で企図したキリスト教の証明はまさにそのようなものであり、そこでは神の選民であるユダヤ人の不信仰という逆説的な事実が、厳密かつ体系的に証明の中で利用されている。ここにこそパスカルによるキリスト教の証明の最大の独自性が認められるのではないだろうか。

＊

パスカルはある断章で次のように述べる。

権威

あることを人から聞いたということが、きみの信仰の基準であってよいわけはない。それどころか、もしきみが何か信じようというのなら、あたかもそれを一度も聞いたことがないかのような状態に自分の身を置いてみるべきだ。

なぜならきみを信じさせるもの、それはきみのきみ自身に対する同意であり、また他の誰のものでもないきみ自身の理性の変わらぬ声なのだから。

信ずるということは、それほど重大なことなのだ。〔……〕

もし一般の同意le consentement généralが信仰の基準なら、人間が滅びてしまったら、どうすればいいのか……。

(XX/505; B260. 傍点引用者)

聖書の権威を確立することを目指す『キリスト教護教論』の中でパスカルは最大限理性に訴えかける。ある権威を権威として承認するのは理性の働きに他ならないのだから。したがって、そこでは自分自身の判断を他人に委ねるときに隠れみのとして役立つような権威、誰もが自分の判断に責任を取らないために生ずる、万人の同意に基づく権威は、厳しく斥けられねばならない。パスカルにとって、信仰は自分の自分自身に対する同意、すなわち個人的な決断である。しかし、それは信仰が理性を超えているから理性を捨てて決断するのではなく、反対に理性の行使がすぐれて個人的な事柄で、他人の判断に肩代わりしてもらえないからこそ、決断が必要になるのである。ここには、きわめて微妙な問題である理性と信仰の関係に対する一つの見事な答えがあると言えよう。

三　説得と回心
――レトリックの問題――

近年のレトリックへの関心の高まりには目覚ましいものがあるが、パスカル研究においてもこの問題は彼の著作活動の秘密を解き明かす鍵として注目を集め始めている。一九七六年、彼の生地クレルモン＝フェランで、『パスカルにおける方法』の総題の下に開かれたパスカル研究国際集会においても、分科会の一つは「レトリックの問題」にあてられ、五つの発表が行われている(1)。従来、実存主義にせよ、マルクス主義にせよ、精神分析にせよ、パスカルは必ずと言ってよいほど流行思想の先駆者と見なされ、それぞれの立場からする研究やエセーの対象となってきたことを思えば、パスカルとレトリックという取り合わせもそうしたエピソードの一つと考えられるかもしれないし、またそういう面を持ち合わせていることは否定できない。しかし他の思想ないし主義はパスカルの時代には存在しておらず、したがってそれらの視点に立ったパスカル研究は、善し悪しは別にして、時代錯誤に陥らざるをえない。これに対してレトリックは、十七世紀フランスにおいては基本的教養として教育・文化の中に確固たる位置を占めており、パスカルの活動とも現実に緊密な関係を取り結ぶことが可能であった。じっさい、パスカルとレトリックとの関わりはなにも現代になってはじめて発見されたわけではない。彼の同時代人たちはすでにパスカルの天才の特質がレトリックにあることを見抜いていた。一六六二年、パスカル死去の年に出版されたいわゆる『ポール・ロワヤル論理学』には次の一句が見られる。「故パスカル氏はいかなる人にもひけをとらぬほど真のレトリックを心得ていたが、この〔談話や文章において自分を見せびらかしてはならないという〕規則をさらに押し進めて、紳士(オネットム)たるもの自分の名前を名乗るのを避けるべきだし、それどころかぼくとか私といった言葉を用いることさえ差し控えるべきだと主張していた(2)」。

この『論理学』の著者が、パスカルの友人であり、『プロヴァンシアル』の協力者であったアントワーヌ・アルノーとピエール・ニコルであることを思えば、右の評言がパスカルの本質の少なくとも一面を言いあてていると考えるのは自然だろう。本論では、この評言を一つの手がかりとして、パスカルにとってレトリックとは何であったか、また彼の著作、とくに『パンセ』においてレトリックはいかなる役割を果たしているのか考えてみたい。

1

ところで、ここで問題になっているレトリックが、たんなる美辞麗句、あるいは内容の空虚さを隠蔽していかがわしい主張を説得するための欺瞞的技術でないことは、「真のレトリック」という表現が用いられていることからも明白である。それはまた、現代のレトリック研究の大勢を占める文彩 figures、とくに隠喩に関する理論的反省でもない。文彩ないし比喩がパスカルの思想において重要な役割を果たしていないというわけではない。それどころか、人間の言葉は神の言《ことば》の歪んだ反映であると考える彼にとって、比喩とその解釈またその存在理由の究明は、彼の世界観と歴史観において要の位置を占める(3)。この意味で、パスカルとレトリックとの関わりを文彩の観点から、あるいは表現の技巧の観点から研究することは興味深いし、また大きな成果が期待できる。

しかし『ポール・ロワヤル論理学』の当該箇所の文脈を少し検討してみればわかることだが、そこで問題になっているのは、より広義のしかも伝統的な意味でのレトリックである。「自己愛、利害、情念から生ずる詭弁」を主題とするこの第三部二十章の中でも、問題の「aの第六節」は、真理の受容に際して最大の障害となる自己愛を取り上げ、次のように主張する。真理の「説得」にあたっては、聞き手の自己愛を刺激するのを避けるべきであり、そのためには話者の自我を前面に押し出して、われこそは真理の所有者なりという態度を取ることを極力差し控えなければならない。上に引用したパスカルへの言及はこのような文脈で行われているのである。してみれば、ここで言うレトリックは、「説得」を目標とする言論をいかに導くかを教える技術を指しているに違いあるまい。しかもひるがえって考えれば、これは十七世紀の一般的なレトリック観ともほぼ一致する。なぜなら古典古代以来伝統的に、レトリックは、まずは口頭の言論において、ついで文章において、聴衆ないし読者を説得し魅了する言述を生産するすべを教える技術体系と考えられていたからである。[4] そして当時からすでに文彩をはじめとする修辞的側面がレトリックの中心問題として関心を集め、詩法(ポエティック)との混同が生じていたとはいえ、少なくとも建前上は「説得」こそレトリックの最終目標であると考えられていた。そのことを如実に示しているのは、自らはレトリックに強い不信の念を抱いていたデカルトの次のような発言である。[5]

私は雄弁を大変尊重していたし、詩には夢中になっていた。しかしながら双方とも勉学の成果というよりはむしろ天賦の才能だと思っていた。最も強力な推論を行い、自分の思想を最もよく配列してそれを明瞭かつ理解しやすいものにする人々は、たとえブルトン語しか話さなくとも、またレトリックを一度も学んだことがなくとも、自分の提示する主張をいつも最もよく説得することができる。そして最も人の心にかなう着想にめぐまれ、華麗と優美の限りを尽くしてそれを表現できる人は、たとえ詩法を知らなくとも、最良の詩人であることに変わりはない。(6)

(傍点引用者)

レトリックと雄弁との関係は理論と実践の関係として詩法と詩のそれに等しく、詩法が優にやさしい美的感興の産出を目標とすれば、レトリックは説得術に関わる、というわけである。もちろんこれは、デカルト自身微妙な皮肉をこめて匂わせているように、到達不可能な理想、むしろ幻想である。彼にとってレトリックはさまざまの意味で無用の長物であった。第一に、それは「天賦の才能」や霊感のように方法的探究になじまないものを人間的技術の中に閉じ込めようとするからである。第二に、たんに本当らしいものを排し絶対的確実性を求めるデカルトにとって、話し手と聞き手が共有している通念から出発し、巧みな言論によって自分の信念を説得することを目指すレトリックは、最良の場合でもうさんくさい似而非方法であり、たいていの場合真理の認識への障害となる。第三に、政治にも宗教にも関与せず、ひたすら明証的な真理の探究に身を捧げる彼にとって、「説得」という対人的・社会的機能を果たすことを目標とするレトリックは無縁の存在であった。あるいはまた慧眼な彼は、古典古代の民主政において政治弁論として輝かしい役割を果たしたレトリックが、近世の絶対主義体制においては、一方では法廷弁論、他方では説教や追悼演説のような宗教の場における演示的弁論にしか実践の場を見出せず、たんに教育によって維持されるだけの死んだ技術体系になり果てることを見抜いていたのだろうか。いずれにせよ、デカルト哲学の中で、説得術としてのレトリックの占める場所があるとは想像しにくい。

2

これとは対照的に、パスカルの場合、説得術としてのレトリックはきわめて重要な役割を果たしている。それは、論争、宣伝、折伏、教化といった他者の精神と心情への働きかけが彼の活動において中心的位置を占めているからであり、またそのような広義の説得活動に関して彼が深い理論的反省を加えているからである。

たとえば科学者パスカルの仕事を考えてみよう。トリチェリの実験に端を発する真空の存在の証明は彼の科学的業績の一つの中心をなすと言えようが、その重要な部分はノエル神父との論争書簡という形で発表されている。しかも真空の存在は、伝統的なアリストテレス＝スコラ的な自然学では否定されていたとはいえ、トリチェリの実験で生ずるガラス管上部の見かけの空虚が真空であるという主張はパスカル以前から行われていた。したがって彼の仕事の独創性は未知の新事実ないし新理論の発見にあるわけではない。彼の努力はむしろ「真空の存在」というまだ公認されていない仮説の証明と説得に向けられていたのである。そしてそのためにこそ、彼は自説の正しさを証明する実験と、それを説得するのに最も有効と考えられる文章表現を探究する。

このような態度が、明証的で確実な真理の探究と発見に注意を集中し、真理はいったん発見されれば、良識を備えた人間――そして良識こそはこの世で最も公平に分配されたものである――に等しく認識されると考えていたように見えるデカルトの対極にあることは言うまでもあるまい(7)。そしてパスカル自身、この相違を十分承知していたように思われる。『幾何学的精神』の冒頭で、彼は「真理の研究」の目標を、真理の発見、真理の証明、真理の識別の三つに区別した上で、自分の論述の主題を後二者、とくにすでに発見された真理の証明法に限定しているが、(8)これはまさに真理の発見が直接その証明には結びつかず、したがって科学研究においてさえ、説得というレトリック的なものに独自の領域が残されていることを示唆しているのではないか。

理性的な認識と証明を事とする科学の領域においてさえレトリックを完全に排除することができないとしたら、意志、心情さらには情念の介入する道徳と宗教の領域においてそれが決定的な役割を果たすのは当然のことであろう。パスカルが生前に発表した最もまとまった著作といえば、『プロヴァンシアル』であるが、これは十六世紀以来のカトリック内部での恩寵観の対立を背景に持つ宗教論争書である。そこでパスカルは、ルネサンスのユマニスムの影響を受けた教会内「近代派」——その代表はイエズス会である——の攻撃するアウグスティヌス的恩寵観を弁護し、同時にイエズス会の「弛緩した」道徳を攻撃する。つまり『プロヴァンシアル』は法廷弁論をモデルとする弁護と告発の書であり、伝統的レトリックの分類に従えば、司法類に属する著作なのである。

ところでパスカルが所期の目的を達成するために用いる武器はたんに原則や事実の確認とそれに基づく厳密な論証にとどまらない。論争を専門神学者の手から解放し、教養ある一般読書人に訴えかけ、彼らの判定を仰ぐという作戦を取ったパスカルとその友人たちにとって、読者の心をつかむことは、理性的説得と同じだけの重みを持っていた。そのためにこそ、パスカルは、「田舎の友への手紙」という虚構の形式を採用し、モリエールの喜劇を思わせる対話を活用したり、アイロニーや譬え話のような技法を駆使することによって、読者の魂を揺さぶりながら彼らの精神の蒙を啓こうとする。こうして門外漢には珍紛漢のはずの神学論争は世間の耳目を惹き、論争自体が忘れさられた後も、『プロヴァンシアル』はフランス文学の傑作として読みつがれることになる。説得術としてのレトリックが、その本来の目標を越えて文学を生み出したのである。『パンセ』についても同様のことが言える。この作品は現状ではアフォリズムの形を取った瞑想録として読まれることが多いが、元来、作者パスカルの構想においては、無神論者や自由思想家の攻撃からキリスト教を守り、彼らを折伏、教化する著作、すなわち『キリスト教護教論』になるべきものと考えられていたからである。この意味で、再びレトリックの伝統的分類を援用すれば、これは司法類と審議類の双方のジャンルにまたがる作品になる予定のものだったのである。宗教的発言を慎むデカルトとは対照的に、自らの宗教的信念を他に及ぼし、他者の心を動かそうとするパスカルにとってレトリックは著作活動の核心に位置を占める。

3

以上述べたようなレトリックの実践と並行して、パスカルはレトリックの成立の根拠にも思いをこらす。その名も『説得術』と名づけられた小品で、彼はまず納得のメカニズムを分析し、人間が真理または臆見を受け入れる窓口として「知性 entendement」(または「精神 esprit」)と「意志 volonté」(または「心 cœur」)の二つを挙げる。(9) したがって説得術とは知性を説伏すると同時に意志を動かす術なのである。ところで知性は認識に、意志は欲望ないし愛に関わる以上、説得しようとする事柄が何であれ、説得しようとする相手の精神と心のあり方をよく見定め、相手がいかなる原理を認め、何を愛しているかを知らねばならない。その上で、今問題になっている事柄が、一方では相手の奉ずる原理と、他方では相手が喜びを見出す対象と必然的なつながりがあるのを示すことができれば、説得は完了する。とはいえ、このような説得のメカニズムを定式化することは実際には不可能である。というのも知性の説伏はさておき、意志あるいは心の動きは変幻自在で、それをしっかりつなぎとめる不変の「快楽の原理」は存在しないからである。しかし、それはレトリックの一般理論の構築が不可能であることの理由ではあっても、レトリックの実践を不用にはしない。それどころか、人間が情念に支配されて、定めない心を持っているからこそ、真理を説得しようとする場合でも、たんに理性に訴えるばかりでなく、意志や感情にも働きかけるレトリック的な言語が必要なのである。

しかしそれなら、もし人間が完全に理性的に振舞い、真理の言葉に直接耳を傾けることができれば、レトリックの存在理由はなくなるのではないか。人間的・自然的認識においては知性が意志を導き、前者が知解し是認したものだけを、後者は信じ愛すべきなのであるから。ところがこの理想は現実には逆転し、知性は盲目の意志に引きずりまわされている。それは人間が原罪によって堕落し、意志が神を目指すかわりに地上の被造物に執着しているからである。この意味でレトリックの窮極的な成立根拠は原罪であるとさえ言い得るのである。

しかしここでさらに注目に値するのは、パスカルが以上の考察をたんに人間的・自然的事柄に限定し、神的・超自然的事柄とその説得とを考察の対象から除外していることである。一口に説得と言っても、人間の説得と神の説得があり、両者は性質を異にする。後者においては、前者と裏腹に、神はまず意志(心)に働きかけ、しかる後に知性(精神)を納得させる。だからこそ、人間的事柄においては、「愛する前に知らなければならない」のに対して、神的事柄においては、「知るためには愛さなければならない」、あるいは「愛によってでなければ真理に到達できない」と言われるのである。こうして神は人間を信仰に導こうとする場合、まず「意志を魅惑し引きつける天来の快楽によって意志の反逆を鎮圧した後に、はじめて精神に光明を注ぎ込む」のである。神の説得とは、ひたすら自己と被造物に目を向けている人間の心を、「天来の快楽」によって創造主に向き直らせる神の「回心」の業なのである。

もちろん、このように人間の意志の核心に働きかけてそれを整えることができるのは神だけであり、人間の説得術がその秘密をうかがい知ることはできない。だからこそパスカルは神の真理とその説得については黙して語らないことを強調して、二種類の説得術を峻別する。にもかかわらず、最終的には読者の教化と回心とを目指す『キリスト教護教論』において、人間的説得と神の回心の業——これを人間のレトリックと神のレトリックと言い換えることもできよう——は微妙に交錯し、深刻な問題を提起することになる。

4

姉のジルベルト・ペリエの証言によれば、パスカルが『キリスト教護教論』の執筆に着手したのは、姪のマルグリットに起こった「聖荊の奇蹟」をきっかけとする思索の中で、「無神論者を完膚なきまでに論破し、ぐうの音も出ないようにさせる」[10]手立てを思いついたからだという。もしそれが事実だとすれば、『護教論』の目標は主として論証によって無神論者や自由思想家の主張を突きくずし、キリスト教の真理性を認めさせることにある。じっさい、未完の作品の内容と構成を云々するのは危険だとはいえ、パスカルが生前のある時期に立てたプランに従って断章を読んでみれば、そのことは大筋として首肯される。なぜなら、そのプランによれば、全体は二部に分かたれ、前半部は「神なき人間の悲惨」を示して読者に神を求めるように仕向け、後半部では聖書に依拠してキリスト教の歴史的証明を試みる予定であったことが推測されるからである。ところで後半部の議論の骨子は、旧約聖書の救世主に関する預言がイエス・キリストにおいて成就したことを示して、彼が神の子であることを証明する点にある。これは伝統的護教論もしばしば利用した議論でとくに新味はないが、パスカルはそれらをさらにつきつめて、その証明を信じなかった人間――その代表はイエスを十字架にかけたユダヤ人とその子孫である――の存在自体が証明をかえって補強することになるという逆説的な議論を、彼の根本的な世界観である「隠れたる神」の考えに基づいて展開する。今、詳細を説明する暇はないが、これは形式的には緻密で無敵の議論であって、読者はキリスト教の真理性を自ら承認するか、さもなければキリスト教の真理性を客観的に確証する不信者の仲間入りをするか、というディレンマの前に立たされる。[11]パスカルが、「無神論者を完膚なきまでに論破し、ぐうの音も出ないようにさせる」と自負したのも無理からぬところである。

しかし、いかに厳密で強力であろうとも、それは所詮、人間の説得であって、読者を真の信仰に導くとは考えにくい。第一、もしそれが実現するようなことがあれば、『護教論』の著者パスカルは神に等しい存在となるが、それは彼自身の抱いていた厳格に神中心的な宗教観と矛盾する。したがって『護教論』は神の回心の業が働くための一つの場、一つの手段にすぎないと考えねばならない。パスカル自身、ある断章で述べているように、神からまだ信仰を与えられていない人間に対して、同じく人間である護教論の作者ができるのは、「推論によって宗教を与える」ことだけであり、そうして与えられた宗教は「人間的な」信仰にとどまるのである(6/110; B282)。こうして『護教論』の役割はキリスト教の真理性に対する「人間的な信仰＝信用」[12]を引き起こし、神の働きかけを待つところで終わる。

以上のように考えれば、論理的には一応筋が通る。しかし、そもそも『護教論』はたんに人間の業であり、そこには超越の契機は一切含まれていないのだろうか。人間パスカルの綴る文章を通じて神の声が響きわたることは決してないのだろうか。あるいは、このような問いの立て方があまりにも超越的で神秘的だとすれば、パスカルは『護教論』においてあくまでも人間の説得の次元にとどまり、神の言葉を何らかの形で作品の中に導入することを考えなかったのだろうか。「神の知恵」——それは伝統的に「御言」すなわち三位一体の第二位であるキリストと同一視されている——に直接語らせる「擬人法」を含む断章(II/149; B430)のあることから考えても、これは根拠のない疑問ではない。

ところでこの問いは具体的には次の二つの問題と密接に結びついている。第一は、『護教論』の作者は誰か、言い換えればパスカルはいかなる資格で『護教論』を書こうとしたかという問題であり、第二は『護教論』の準備ノートである『パンセ』の断章中に頻出する「私 moi, je」が誰を指し、いかなる機能を果たすかの問題である。はじめに引いた『ポール・ロワヤル論理学』の証言にもあるとおり、文章からできるだけ「私」を追放することをモットーとしていたパスカルが、どうして『護教論』においては「私」という単数一人称代名詞を大胆に使用するのだろうか。

これらは実は、いずれも『パンセ』解釈の核心に関わる難問であり、今ここで十分な論拠を示した上で決定的な解答を与えることは筆者の能力を超える。しかし今後の研究の指針として、一応の見通しを仮説の形で素描するのは許されるだろう。

まず確実に言えることは、『パンセ』の断章中に現われる「私」はパスカルではないということである。しかもそれは従来しばしば指摘されてきたように、対話体の断章において、パスカルの対話者に擬せられる人物が「私」という場合——「賭」の断章(II/418; B233)の対話者はその典型であろう——に限らない。明らかにパスカルの思想を代弁する人物が「私」という場合もそうなのである。なぜか。

われわれは通常、『パンセ』を「パスカルの思想(パンセ)」[13]として読んでいる、というよりそう読まざるを得ない。『パンセ』がパスカルの遺稿集として編纂された以上、その著者がパスカルであることを読者はつねに意識させられるからである。しかし、もし『護教論』が完成し出版されたと仮定すれば、それに作者としてパスカルの名前が冠せられなかったのは確かである。『プロヴァンシアル』とサイクロイドに関する数学論文がそうであったように、匿名ないしは仮名、おそらくはそれまでに用いた仮名ルイ・ド・モンタルト Louis de Montalte とアモス・デトンヴィル Amos Detonville の綴り換え(アナグラム)であるサロモン・ド・チュルティー Salomon de Tultie の名で発表されたに相違ないのである。(14) ということは、もし事がパスカルのもくろみどおりに運んでいたとすれば、『護教論』の読者の著者に関する知識は、彼がサロモン・ド・チュルティーという謎の人物であり、アナグラムから推測して、『プロヴァンシアル』でアウグスティヌス伝来の恩寵観を擁護すると同時にイエズス会の「弛緩した」道徳を攻撃したルイ・ド・モンタルト、天才数学者アモス・デトンヴィルと同一人物らしいということに尽きるはずである。したがって作中で著者の思想を代弁する「私」はパスカルではなくて、サロモン・ド・チュルティーという架空の人間、つまりパスカルが『護教論』の作者として設定した人間を指示しているのである。

この事実は、『護教論』が、直接パスカルの名において読者に対してなされる訴えかけではなく、一つの虚構として構想されていたことを示唆する。換言すれば、『護教論』は一つの劇あるいは模擬実験が行われる場ではないのか。未完の著作を問題にしている以上、これから述べることはすべて臆測の域を出ないが、『護教論』においては、神の呼びかけを聞いた人間の内面のドラマ、言い換えれば恩寵と邪欲の双方がせめぎあう場である人間の心がどのように回心して信仰に到り得るか、その道程がシミュレーションとして演じられる予定だったのではあるまいか。

もしそうだとすれば、回心の業を導くのは神である以上、『護教論』の真の作者は神自身だということになる。そしてサロモン・ド・チュルティーの仮面の下に隠れているパスカルは、神霊の導きに従って、神から与えられた筋書を筆記する書記、あるいは人間の言葉に翻訳する通訳の役割を果たす。次に、サロモン・

ド・チュルティーは、『護教論』の見かけの作者兼語り手として作中に登場し、自ら「私」と名乗る。彼は神の恩寵によって回心し、他の人間に回心を呼びかけ、その前後には、「この無限で部分を持たない存在に祈るために跪く人間」(II/418; B233)である。このサロモン・ド・チュルティーが、われわれが伝記によって知っているパスカルと酷似しているのは事実であるが、彼はパスカルその人では決してない。もしサロモン・ド・チュルティーの虚構の「私」がパスカルの現実の「私」と重なり合うようなことがあれば、パスカルは自らのレトリックの根本規則——談話や文章から「私」を追放すること——に違反することになるからである。逆に言えば、『護教論』を虚構として構想したからこそ、パスカルは安んじて「私」を使用することができるのである。[15] そして同じことは、程度の差はあれ、『プロヴァンシアル』の手紙の筆者の「私」にもあてはまる。

ところで『護教論』に登場するのはサロモン・ド・チュルティーだけではない。彼によって「きみvous」と呼ばれ、二度ないし三度ミトンという名を与えられた対話者も時折作中に姿を見せる。[16] もしこのミトンが、パスカルと親交があり、紳士(オネットム)の典型として名高かったダミアン・ミトンだとすれば、『護教論』が主として呼びかける相手は、懐疑主義とペシミズムを洗練された物腰に包んだ社交界の人士ということになろう。いずれにせよ、説得ないし回心の対象となるこの対話者は、パスカルの交際していた科学者、社交界の紳士、自由思想家をモデルとして合成された存在であることに間違いはないが、そこには必ずやパスカル自身の経験、人生も投影されているであろう。さもなければ、どうして、信者にとっては克服された立場であるはずの「神なき人間の悲惨」を描く前半部があれほど読者の胸を打つのか。それは、パスカルもまたこの世にある限りは罪と不信仰の名残りを持ち続ける人間として、「人間の条件」(2/24; B127)に付随する不安、疑惑、恐怖等の感情を心のどこかで共有しているからではないか。こうして『護教論』の二人の登場人物、サロモン・ド・チュルティーとその対話者は、説得者と被説得者という立場の違いを超えて、深いところで親密な絆で結ばれている。

『キリスト教護教論』は、以上素描したような仕掛けによって、パスカルが、あるいはパスカルを道具として用いる神が、読者を説得し、被造物への執着と従属の姿勢を断ち切って神の方へ向き直らせようとする書物である。いや、そのような書物になるべきものであった。そこでは、事が理想的に運べば、読者はまず対話者と自らを同一視し、読書が進むにつれて語り手のサロモン・ド・チュルティーに限りなく近づいていくはずであった。モンテーニュについてある断章が記しているように(XXV/689; B64)、読者は『護教論』の中に展開されていることのすべてを自分の中に見出すからである。しかし、それが可能になるのは、『護教論』の登場人物が、現実のパスカルでもダミアン・ミトンでもなく、レトリックの虚構によって構成された仮想的人間、恩寵と邪欲がそのうちでせめぎあい、やがては救いか破滅の宣告が下される人間のあり方が一つの劇として展開されているからではないだろうか。そして読者がそのことに思い到るとき、読者自身も自分がデカルト的な「考える我」として閉ざされた個人、人格であるよりは、むしろ恩寵と邪欲とがそれぞれ独特の形＝比喩 figures を取って争う開かれた場、もしこう言ってよければレトリック的な場であることを予感するのではあるまいか。

＊

しかし、ついに『キリスト教護教論』は未完に終わった。説得と回心のレトリックを駆使する言説 discours となるべきものの準備ノートが順序不同の断章 fragments として後世に残されたのである。そしてそれらの断章を主体として編まれた『パンセ』はあるときはアフォリズム集、あるときはパスカルの秘かな思いを吐露した私記として愛読され、フランス文学を代表する傑作の一つに数えられるに至る。同時に、パスカル自身はサロモン・ド・チュルティーの名の下に秘匿しようとした彼の名前は、天才文学者、深遠な思想家としての栄誉をほしいままにし、一種の個人崇拝の対象となる。しかし『パンセ』の成功とその作者の名声は、パスカルの意図からすれば失敗、少なくとも計算違いではなかったのか。『キリスト教護教論』をめぐる最大のパラドックス、それはおそらく説得術としてのレトリックの挫折が文学的栄光を生み出したところにある。

四　主題としての「私」と語り手としての「私」

〈私 le moi〉とは憎むべきものだ。ミトン君、きみはそれに覆いをかけているが、だからといって、それを取り去ることにはならない。だから、きみはやはり憎むべきものだ。

（『パンセ』断章 XXIV/597; B455）

故パスカル氏は、かつてのいかなる名人上手にもひけをとらぬほど、真のレトリックを心得ていたが、この〈談話や文章において自分を見せびらかしてはならないという〉規則をさらに押し進めて、紳士たるもの自分の名を口にするのを避けるべきだし、それどころかぼく *je* とか私 *moi* といった言葉を用いることさえ差し控えるべきだと主張していた。そしてこの点についてパスカル氏は常々こう述べていた。「キリスト教信仰は、人間の〈私〉le *moi* humain を消滅させるが、人間的な礼節はそれを隠して抑えつける」。

（『ポール・ロワヤル論理学』第三部第二十章）[1]

パスカルの『パンセ』において、「私」は客観化された〈私〉つまり「自我 le moi」として考察の対象であると同時に、発話主体を指示する一人称単数代名詞 moi, je として多数の断章中に登場する。本章の直接の課題は、上に引用した二つの文章を導きの糸として、『パンセ』が〈私〉をどのようなものとして把握していたか、またそのような自我観と『パンセ』の表現形式とくに人称代名詞「私」の使用法との間にいかなる関係があるかを探ることにある。ところで、このような問題意識の底に潜んでいるのは、『パンセ』がこの上なく魅力的だが不可思議きわまる書物であり、いかなる書物と規定すればよいのか、そもそもどう読めばいいのか、いやどう読むことができるのかわからずに途方にくれるという、『パンセ』の読者なら誰でも多かれ少なかれ感じているに相違ない疑念である。この疑念は、それが読者の胸中に湧くこと自体、『パンセ』の魅力と不可分であることを思えば、おそらく解消不可能であろうが、せめてその輪郭を今少し明確にすることはできるのではないか、そしてそのためには『パンセ』が「私」というものをどのように考え、どのように語っているかという問題の考察が一つの手がかりになるのではないか。本章の出発点にあるのは、このような願望と予感である。(2)

1

「私」の問題に立ち入る前に、まず『パンセ』がいかなる書物であるか、またあり得るかを、その書物としての成立の経緯との関連において考えてみよう。(3)

『パンセ』は、一六七〇年、パスカルの没後八年を経て、彼の近親、友人たちの手で出版された。その正確な題名は、『死後、書類の中から見出された、宗教及び他の若干の主題に関するパスカル氏の断想《パンセ》』であるるが、この版は、編集の任にあたった人々が、パスカルが生前深い交わりを結んでいたポール・ロワヤルの関係者であったために、一般にポール・ロワヤル版『パンセ』と呼びならわされている。このポール・ロワヤル版は、一六七八年に一度改訂増補されたが、その後一世紀にわたって版を重ね愛読され続けた。しかし十九世紀に入ると、文献批判学の進歩と歴史意識の変化に伴って、ポール・ロワヤル版のテクストがパスカルの遺した原稿に忠実でないことが問題視されるに至り、一八四四年、当時の王立図書館(現在のパリの国立図書館)に保存されている自筆原稿に依拠した版がはじめて公刊された。それ以降、現在に至るまで原稿の読みを改良し、断章の配列にさまざまの工夫をこらした版が次々に発表され、その数は主要なものだけでも三十種近くにのぼる。

『パンセ』の刊行の歴史をめぐる以上のごくかいつまんだ説明だけからでも、書物としての『パンセ』の不思議で逆説的な性格はある程度うかがうことができる。

まず『パンセ』は遺稿集であり、その書物としての成立にパスカルは関与していない。また題名もパスカルの手になるものではない。そもそも題名中に著者の名が見出されるという事実自体、それが他人によって冠せられたことを物語っている。例外はあるとはいえ、一体誰が自らの著作の出版に際して、自分の本名をしかも敬称付きで題名の中に織り込もうとするだろうか。[4]

第二に、これも題名からすでに推察されることだが、『パンセ』は断片的な文章の寄せ集めである。言うまでもないことだが、フランス語で「パンセ pensée」は思考、思索を意味し、それが複数形で書物の題名に用いられた場合は、「ある思いつきの簡潔な表現」[5]の集合を意味する。したがって書名としての「パンセ」を強いて訳すとすれば、「断想(集)」あたりが穏当であろう。『パンセ』という題名に、パスカルの瞑想、思索を読み取るのは必ずしも間違ってはいないが、題名が直接指示するのは、思索活動そのものではなくて、その所産、それも「簡潔な表現」に定着された所産の集合体だということを知るのは、『パンセ』の書物としてのあり方を考える上で、無用のことではない。

ところで『パンセ』はいかなるジャンルに属する書物であろうか。題名にもあるとおり、断想の多くは宗教を主題としているのであるから、ひとまずは宗教書あるいは信仰書と考えることができるだろう。じじつ、『パンセ』はカトリックと言わずプロテスタントと言わず多数のキリスト教徒に愛読されてきた。またメソディズムの創始者ジョン・ウェズレーが自派の牧師養成のカリキュラムに『パンセ』を加えたことからもわかるように、(6)平信徒ばかりでなく、宗教の専門家である聖職者や神学者からも高い評価を受けてきた。『パンセ』が『キリストにならいて』と並んでキリスト教信仰書の古典と目されるのも故ないことではない。(7)

しかし『パンセ』の断章のうち人口に膾炙しているものの多くは、たとえば「考える葦」(15/200; B347)や「クレオパトラの鼻」(I/413; B162)や「幾何学的精神と繊細の精神の相違」(XXII/512; B1)のように直接宗教には関わらない。これらは、題名の表現を用いれば、「他の若干の主題に関する断想」ということになるが、その種の断章の方がむしろ有名であるという事実は、パスカルと編集者の意図はさておき、少なくとも読者にとっては、『パンセ』が必ずしも宗教書として受け取られていないことを示唆している。じっさい、伝統的に『パンセ』は、ラ・ロシュフコーの『箴言集』やラ・ブリュイエールの『人さまざま』と並んで断章形式によるモラリスト文学の傑作として読みつがれてきたし、また文学史においてもしばしばそのような扱いを受けている。

しかし普遍的で非人称的な表現形式を取る『箴言集』、人物描写や社会諷刺にその本領を発揮する『人さまざま』とは異なり、『パンセ』には、作者の息遣いが聞こえ、作者の秘かな思索の動きがほの見えるような印象を読者に与える。著者のありのままの〈私〉を描くことを目標としたモンテーニュの『エセー』と意図は異なるかもしれないが、『パンセ』にも人間の実存の悲劇性に思いをめぐらすパスカルの〈私〉が姿を現わすように思われるのである。ここから、『パンセ』は作者の魂の告白の書と見なされ、私記、手記あるいは日記の性格を帯びることになる。「この無限の空間の永遠の沈黙を前にして私は恐れおののく」(15/201; B206)という一句があれほどの物議をかもしたのも、それがパスカルの内心の吐露である、または吐露と見せかけたものである、と受け取られたからではないか。こうして読者は『パンセ』をあるいは信仰書、あるいはモラリスト文学、あるいは告白の書として読みながら、それが結局いずれのジャンルにも収まりきらないのを感じて、ある種の解放感を味わうと同時に途方にくれることにもなる。

だが以上は『パンセ』を完結した書物と考えた上での話である。しかし第三に挙げられる『パンセ』の特異性は、それが未完の書だということである。いや、この言い方は正確ではない。なぜなら遺稿集として断想の集成の形で刊行された『パンセ』については完結とか未完という言葉はあてはまらないからである。「未完」とは作者の意図ないし計画と対比してはじめて言えることである。ところで『パンセ』の場合、作者の意図は主として次の三つの資料によって知られる。第一は、パスカルの甥エチエンヌ・ペリエによって執筆されたポール・ロワヤル版『パンセ』の序文、第二はエチエンヌの母でパスカルには姉にあたるジルベルト・ペリエの草した『パスカル氏の生涯』(一六八四年)、第三はパスカルの晩年の友人フィヨー・ド・ラ・シェーズの手になる『パスカル氏の『パンセ』を論ず』(一六七二年)という小品である。これらの資料によれば、パスカルは生前、宗教に関する著作を準備していたが、未完に終わり、多数の束に分類した断片的なノートを残すにとどまった。『パンセ』の主体を構成しているのは、これらのノートなのである。さらに、準備中の著作についてパスカルは近親と知己に折あるごとにその内容を洩らしていたらしいが、とくに一六五八年頃、友人たちを前にして講演を行い、著作の意図とプランを説明した。それによると、著作の目的は、

「キリスト教は世の中で最も確実と思われている事柄と同程度に確実であり明白であること」[8]を読者に説得することにあった。あるいはジルベルトの仮借のない表現に従えば、パスカルは「無神論者を完膚なきまでに論破し、ぐうの音も出ないようにさせる」[9]手立てを思いついたからこそ著作を計画した。

もしそうだとすると、彼が構想した「宗教に関する」著作は、自らのあるいは同信の読者の信仰を深めることを第一の目的とするものではなく、信仰を同じくしない読者に対してキリスト教を擁護し、さらに進んでその真理性を開示することを主眼とする、折伏と教化の書だということになる。だからであろう、十九世紀以降、パスカルの準備した著作は『キリスト教護教論』の名で呼ばれるようになった。実を言うと、この名称は、パスカルによってもその周囲の人々によっても用いられておらず、作者の意図を正確に表現しているかどうか一抹の疑念が残らないわけではない。[10]しかしパスカルの意図がいわゆる護教論の範疇に入ることは確かなので、以後この名をもってパスカルの未完の著作を指示することにする。

以上の外面的、形式的な考察だけからでも、『パンセ』がどれほど奇妙な書物であるかは容易に推察できる。まず、われわれの目の前に現実のものとして存在しているのは遺稿集としての『パンセ』であるが、それは版に応じて収録する断章の数、そして何よりも断章の配列が異なる。つまり『パンセ』は版によってテクストの輪郭と内部の配置が異なるのである。『パンセ』という一つのテクストは存在しない。逆に言えば、同じ『パンセ』の名を冠した、編者の数だけ――理論的には断章の順序組合せの数だけ――のテクストがあるのである。しかも『パンセ』が『パンセ』である限り、それら複数のテクストの間に真偽、優劣の差はつけられない。それらのいずれもが同じ資格でパスカルの遺稿集なのである。

しかし『パンセ』を、パスカルが構想したあるべきテクスト、つまり『キリスト教護教論』への一つの道程と考えた場合はどうか。そのときはパスカルの意図をよりよく反映するという目標を立てて、その観点から『パンセ』のあるべきテクストの姿を模索することに意味が出てくるのではないか。いわんや、パスカル自身が、著作の構成をある程度考え、それに応じて書きためていた文章を整理、分類したことが明らかにされたとすれば。実は、ルイ・ラフュマに始まるここ四十年来の『パンセ』の文献批判学的研究の飛躍的発展は、『キリスト教護教論』の意図、構想、そしてパスカルの仕事の仕方とその進捗ぶりが、おぼろげながらわかり始めたことに負うところが大きい。今やわれわれは『パンセ』を『キリスト教護教論』を目指すパスカルの精神の運動の軌跡として捉える可能性を与えられたのである。もちろん『キリスト教護教論』は、結局のところ、マラルメの『書物』と同じく非在の書物である。いくら未完の著作を目指す運動の軌跡が与えられているからといって、それを無闇に延長敷衍して、あるべきテクストを現実にあるものとして思いなすことは許されない、いや不可能である。

しかし、『護教論』の完成した姿はどのようなものであるか、あるいはそもそも完成可能であったのか、と問うことは無意味だとしても、生前のパスカルがいかなる構想に基づいて仕事をしていたか、換言すれば、いかなる主張をいかなる表現上の戦略によって読者に説得しようとしていたか、あるいはそもそも説得行為を彼はいかなるものと考えていたか、という問いを立てることは可能である。『パンセ』に登場する「私」はこれらの問題とどのように結びついているのだろうか。

2

冒頭にその一部分を掲げた断章で、パスカルは友人ダミアン・ミトンを対話者として、「自我」、すなわち「私というもの」は憎むべきものだと主張する。この主張は、その言表の形式からもわかるように、絶対的かつ普遍的である。何人の自我であろうと、いかなる状態にある自我であろうと、この断定から免れることはできない。そこにおそらくはこの一句の衝撃性もある。ポール・ロワヤル版はこの断章を収録するにあたって、次の注を付した。「次の断想で作者の用いている〈私〉という語は、自己愛 amour-propre を意味するにすぎない。それは作者が友人たちとの会話で常用していた用語である」[11]。この説明は決して誤ってはいない。パスカルが〈私〉の名において断罪しているのはたしかに自己愛であり、近代的な用語を使えば、利己主義ないし自己中心主義だからである。しかし、もしこの注が、自己愛は自我と切り離すことのできる性質、つまり自我の偶有性だと暗々裡に言おうとしているのであれば、それはパスカルの主張の衝撃性に怯えて、彼の意図を裏切り、むしろミトンの立場に接近したと言われても仕方ない。

じっさい、ミトンはパスカルの断定に反駁してこう答える。「そんなことはない。だってぼくらがしているように、皆に親切に振舞えば、憎まれる筋合いなどなくなるではないか」(XXIV/597; B455)。互いに他人の気に入られるような言動の実践を通じて、社交界の洗練された交友関係を実現しようとする紳士ミトンとしては当然の反応である。各人が自らの自己愛を隠し、他人の自己愛を傷つけないように気をくばりさえすればいいのだし、それは会話術と一般教養に集約される紳士道を身につけることによって可能になる。

しかしパスカルはこのような人間観の底に潜むエゴイズムを見逃さない。自我が憎むべきなのは、自我がその勝手きわまる自己愛によって他人に迷惑を及ぼし、不快感を呼び起こすからだけではない。それだけのことなら、なるほど矯正可能かもしれないが、それは所詮自己愛の派生的な結果にすぎない。問題は自我がすべてのものの中心になるという抜き難い性向を備えており、そのことによって否応なしに不正な存在だということである。

誰しも、自分は自分に対して一つの全体である。というのも、自分が死ねば自分にとって万物が死ぬからである。その結果、誰しも、自分が万人にとって全体であると信ずることになる。自然を判断するには、われわれをもってするのではなく、自然をもってしなくてはならない。（XXV/668; B457）

しかし〈私〉が、努力すなわち克己によって、その自己中心性を脱することは不可能なのだろうか。パスカルは、自我が自らの欠陥を克服しようとする際に生ずる悪循環を暴露することによってそれを否定する。たとえば「気晴らし」の断章（8/136; B139）の一節は、どうして遊び人が玉突きやテニスに熱中し、学者が研究に粉骨砕身し、軍人が要塞の攻略に命を賭すのか、その理由を尋ね、あらゆる人間活動の底に自分の成果を他人に見せびらかして脚光をあびたいという欲望が横たわっていることを告発する。しかし注目に値するのは、それに引き続く文章である。

そして最後に、残りの連中は躍起となって、以上のことすべてを指摘する。それで賢くなろうというのではない。ただ自分たちがそれらのことを知っていることを見せびらかすためである。彼らこそいちばんの愚か者である。なぜなら他の連中は、それと気付けば、愚かさから脱することができるかもしれないが、この連中は、知っていて、なお愚かなのだから。（同右）

気晴らしを気晴らしとして成立させているのは自我の自己顕示欲であるが、それを指摘すること自体が自己顕示の一形態であり、気晴らしである。こうして自己愛と自己中心主義からの脱却の道は、自我にとって永久に閉ざされているように見える。

このような自我観は一見モラリスト風の、あるがままの人間の観察から帰納されているような印象を与える。そしてそこにこそ『パンセ』の成功の一つの原因がある。しかしパスカルにいささかでも親しんだことのある読者なら、このような見解が実はキリスト教的な、それもアウグスティヌス的伝統に浸透された悲観的な人間観から演繹されていることを知っている。人類の始祖アダムが創造主たる神に対して罪を犯して以来、人間はすべて原罪に汚染され、真理の認識からも幸福の享受からも遠く隔ったみじめな生を送ることを余儀なくされている。しかし原罪とは何か。パスカルは神の知恵に語らせて言う。

だが、お前たちはもはや、私によって形作られた状態にはいない。私は人間を清らかで、無垢で完全なものとして創造した。人間を光と知性で満たした。私の栄光と驚異を伝えた。〔……〕しかし人間は、これほどの栄光を支えきれず、増上慢に陥った。自分で自分の中心となって、私の助力から独立しようとした。私の支配から逃れ、自分自身の中に至福を見出したいとの欲望に駆られて、私と肩を並べようとした。だから、勝手に振舞うがままに打ち捨てたのだ。

(11/149; B430. 傍点引用者)

人間の自己中心主義の出発点には神への反逆がある。人間は、身体のみならず精神さらには魂に至るまで全存在を神から与えられている。そのようにすべてを神に負う立場にありながら、アダムは知恵の木の実を食べ、自ら善悪を知る自律的な存在になろうとした。つまり原罪とは、すべてを神に依存している人間が、神を世界の中心として崇めることを潔しとせず、かえって「自分で自分の中心」となって、神以上に自分を愛したことにある。原罪を負った人間の自我が、「その本性上、自分自身のために、また自分に服従させるためでなければ、他のものを愛することができない」(26/372; B483)のは理の当然なのである。

ところでこのような自己愛は、いわゆる「三つの邪欲」[12]、すなわち官能欲、知識欲、支配欲の最後のものとほぼ一致すると考えてよい。新約聖書の『ヨハネの手紙一』に源を発し、アウグスティヌス、ジャンセニウスによって展開される三種類の欲望ないし邪欲の考えは、パスカルにおいても重要な意味を持つが、彼の場合、注目に値するのは、「支配欲」が他の二つの根底にあって、それらに浸透しているように思われることである。パスカル自身、明示的に述べていることではないが、たとえば官能欲が五感の欲求ないし性欲を充足させようとする場合、その欲求が本能の衝動の枠内にある限り問題は生じない。それは人間本性の必然的欲求であるという意味で自然だからである。しかし官能欲は決して本能の衝動の限界にとどまっていることはできない。というより、その限界がどこにあるのかは誰にもわからない。官能欲はやがて必要の充足の段階を越えて、快感、それもより大きな快感を求め、さらにそれを獲得する手段を追求し、最後に自分がそうした手段を保持していることを他者に見せびらかそうとする。欲求は自然の段階から文化の段階へと転ずるが、それとともに本来の自己の生命維持活動からの疎外現象が生じ、原罪の果実である自己愛がうごめき出す。こうして気晴らしの場合と同じく、邪欲としての官能欲の根本にあるのは、自己顕示の欲望、換言すれば他者を鏡とする欲望の自己回帰現象だと考えられる。ここにはおそらく、『学問芸術論』に始まるルソーの文化批判にも一脈通ずる、文化と罪との関係についてのきわめて興味深い問題が潜んでいると思われるが、その点には今は立ち入らない。

いずれにせよ、パスカルにとって〈私〉の自己中心主義はアダムの原罪の結果であり、その限りにおいて人間にとって根源的な所与である。したがって神なき人間が自らの意志でこの状態からの脱出を図っても、ストア主義の傲慢に陥るか、無神論者の絶望の淵に沈むかのいずれかに帰着するだけのことである。このような袋小路を打開することができるのは、神であるイエス・キリストを措いて外にない。キリスト教共同体と信者との関係を身体とその肢体＝構成員membresとの関係に喩えた断章の中で、パスカルは次のような壮麗で神秘的なヴィジョンを展開する。

> 肢体であるということは、ただ体の霊によってのみ、また体全体のためにのみ、生命と存在と運動を所有することである。肢体が切り離されて、自分の所属している体がもはや見えなくなれば、それはすでに滅びゆき、死にゆく存在でしかない。ところが、肢体は自分を一個の全体であると信じ、自分が体に依存していることが見えないので、自分にしか依存していないと思い込み、自分を中心として、体全体になろうとする。ところが、自分の中には生命の根源がないので、ただ さまようばかりで、自分の存在の不確かさに驚きあきれる。〔……〕しかし、ついに肢体が自分を知るに至ると、あたかもわが家に立ち帰ったかのように、もはや体全体のためにしか自分を愛さず、過ぎた日の迷いを悲しむ。
>
> 〔……〕人はイエス・キリストの肢体だから自分を愛する。イエス・キリストが体であり、自分はその肢体であるから、イエス・キリストを愛する。すべては一つである。一は他のうちにある。あたかも三位一体のように。
>
> (26/372; B483. 傍点引用者)

パウロが述べているように[13]、教会はイエス・キリストを頭とし、信者をその肢体とする神秘体あるいはキリストの体である。人間は、洗礼において、イエス・キリストの受難と復活を通じて可能になった自我の死と再生を経験した後に、この体のうちに組み込まれ、もう一つのキリストの体である聖体を拝領することを通じて、神秘体との結合をたんなる比喩ではなく現実のものとする。こうして自我ははじめてその自己中心主義から解放される。もちろんこの解放は決定的なものではない。人間は生きている限り、いつ何時、自分が肢体であることを忘れて神秘体との結合を断ち切らないとは保証できないからである。だから神秘体としての教会は、地上の「戦う教会」とは完全には重なり合わない。この世にある信者は、やがて天上の「勝利の教会」に編入される日を信じ希望しつつ、恐れとおののきをもって地上の日々を送らなければならないのである。

3

以上が、『パンセ』の中に読み取ることができ、また『キリスト教護教論』が読者へのメッセージとして組み込もうとしたと思われる自我観である。しかし、このように内容だけを取り出してみると、それ自体は表現形式、とくにパスカルの意図との関連で言えば、護教論の戦略とは直接の関わりを持たない。換言すれば、メッセージをどのように読者に説得するかという広義のレトリックの問題には関わらない。しかしパスカルはメッセージの内容とそれを読者に提示し説得する形式とが切り離せないこと、とくに〈私〉の自己中心主義については、それを語る語り口が伝達内容を裏切る逆説的な事態があることを知悉していた。たとえば次のような断章がある。

虚栄は人の心に深く錨をおろしているので、兵士も従卒も料理人も人足も、それぞれ自慢話をしては、人から感心してもらおうとする。哲学者でさえ、崇拝者をほしがる。虚栄批判の文章を綴る著者は、見事に書いたという誉れをほしがる。それを読む読者は読者で、それを読んだという誉れをほしがる。そしてこれを書いている私にもおそらく同じ欲望があり、そしてこれを読む人々にもおそらく……
(XXIV/627 ; B150)

虚栄心はいわばがらんどうの傲慢であり、むなしくもあればたわいなくもある自己愛である。しかしそれを「私」の名において否定しようとするものは、先ほどの「気晴らし」を批判する人間と同様、自己中心主義の罠に陥ってしまう。それは、認識論の領域において懐疑論者が突き当たるあのパラドックス――「私は何も知らない」と言明する人間は少なくとも自分が何も知らないことは知っているはずだというパラドックス――に相通じている。ところで、パスカルによれば、徹底的な懐疑論者であるモンテーニュはこのパラドックスから逃れるために、「私は何を知るか」という疑問形で自らの立場を表明した。(14) 神から切り離された人間の自我が嫌悪と否定の対象であると確信するパスカルにとって、それをどう表現するかは、思想内容と同じ程度、いやそれ以上に重大問題であると意識されていたに違いないのである。

ところで前節で取り上げた断章(XXIV/597 ; B455)が問題になるとき、必ずといってよいほど引き合いに出される文章がある。それは、やはり冒頭に引用した『ポール・ロワヤル論理学』の一節である。並べて読んでみれば、両者の内容的類似は一目瞭然である。しかも『ポール・ロワヤル論理学』の著者アントワーヌ・アルノーとピエール・ニコルはパスカルの僚友であり、彼の談話を耳にする機会も少なくなかった。そうだとすれば、パスカルからの聞き書の形式を取っている問題の一節が、彼の思想を忠実に反映しており、しかも内容的に言って、「〈私〉とは憎むべきものだ」の断章の一種の異文であると受け取られるのも無理はない。だからこそ『パンセ』の多くの注釈版は、この断章の注として件の一節を掲げ、内容の理解に役立てようとする。

しかし両者をもう少し仔細に検討してみると、類似は類似として、次第に相違が目につくようになる。第一に、断章の方は、ある自我観の開陳であるのに対して、『論理学』の一節の方は、どうやらレトリック、それも説得術としてのレトリックが主題となっているらしい。詳しい説明をする暇はないが、ここで論ぜられているのは、真理の説得と受容に際して生ずる障害という観点から考察された自己愛である。自己愛は、真理を耳にしても、それが自分の発見したものではなく、他人から教えられたものだと意識している限り、何かと口実を設けて、それを受けつけまいとする。したがって真理の説得にあたっては、聞き手の自己愛をなるべく刺激しないように、話者の自我を前面に押し出すのを極力差し控えるべきである。そしてこの態度を押し進めていけば、「紳士たるもの自分の名を口にするのを避けるべきだし、それどころかぼくとか私といった言葉を用いることさえ差し控えるべきだ」というパスカルの主張に行きつく。『論理学』においては、断章と同じ自我観から出発しながら、他者への言語的働きかけにおいていかなる表現を取るのが有効かという問題が提起されているのである。

　このような観点の相違は、二つの文章の間にもう一つの違いを作り出す。断章の方が問題にしているのは、対象化された〈私〉＝自我、フランス語で言えば一人称単数代名詞強勢形 moi に定冠詞が付いて名詞化された le moi であるのに対して、『論理学』の一節の前半部が主題としているのは、談話と文章の中で発話主体を指示する一人称単数代名詞としての「私 je, moi」なのである。こうして問題は、自我観という思想の次元から言語表現とレトリックの次元に置き換えられる。「憎むべき〈私〉」がしゃしゃり出て、「私」の名において真理を語ること、いわんや自己を語ることは、たとえそれが自己を否定的に語る場合であっても、厳しく斥けられねばならないのである。「私」の名において自己を描写し、自己を書物の題材にしようと企てたモンテーニュが糾弾されるのもまさにそのためである。(15)

しかし本当に、パスカルは『パンセ』において、自己を語らなかったのか、また人称代名詞の「私」を能う限り追放したのだろうか。こんな疑問が生ずるのは、すでに述べたように、『パンセ』はしばしばパスカルの秘かな思いを吐露した私記と受け取られているし、また「私」の文章中への登場回数も決して少なくはないという印象を与えるからである。じじつ、『パンセ』の字句索引によれば[16]、人称代名詞「私」とその同族(moi, me, mon, ma, mes)は作品中に一三二六回登場する。最も頻度の高い前置詞 de の出現回数が四三五三回であるから、その四分の一強ということになる。ちなみにモンテーニュの『エセー』においては、je とその同族は一万〇二三六回、de は二万三六五三回出現する[17]。さすがに『エセー』における頻度には及ばないが、それでも『パンセ』が「私」の使用を避けているとはとても言えないことがわかる。もちろん、こうして登場する「私」が必ずしも作者を指示するとは限らない。それどころか作者の立場を代弁する語り手ないしは登場人物を指示するとさえ限らない。『パンセ』の少なからぬ断章は、手紙や対話の形式を取り、また擬人法の手法を用いて神の知恵に語らせる断章さえあるからである。しかし、「私」と名乗る話者がパスカルの思想を開陳している場合が少なくないのは確かであるし、またたとえそのようなことがないにせよ、『パンセ』として残された断章の多くが、論文や教科書のような没個性的な表現形式を採用せずに、積極的に「私」の名で語っているという事実は残る。談話や文章からできるだけ「私」を追放しようとしていたパスカルが、どうして『パンセ』においては「私」という一人称単数代名詞を大胆に使用するのか。そこで「私」はいかなる役割を演じ、いかなる機能を持つのか。このような問題を考察するためには、遺稿集『パンセ』を超えて、作者パスカルの意図を、したがって彼の未完の著作『キリスト教護教論』の構想を問わないわけにはいかない。

4

パスカルが計画していた著作は、かりにその通称『キリスト教護教論』を字義どおりに解すれば、反キリスト者の批判と攻撃からキリスト教を擁護し弁明する(破邪的護教論)と同時に、さらにキリスト教の根本的真理を、歴史的かつ理性的議論によって明らかにする(顕正的護教論)ことを通じて読者を信仰にいざなうことを目指す書物だと考えられる。(18) この意味で、『護教論』は、広義の弁論的著作に属し、その中では、法廷弁論に範を取る司法類と政治弁論に代表される審議類の双方にまたがる作品と言える。いずれにせよ、上に引いたジルベルトの文章にもあるとおり、パスカルが自由思想家と無神論者を仮想敵として、彼らにキリスト教の正統性と真理性を説得する書物を執筆しようとしていたのは確かである。

もしそうだとすれば、『キリスト教護教論』は一つの「説得装置」として構想されていると言ってよい。その装置の仕組みがどうなっているかは、著作が未完成である以上、推測の域を出ないが、近年の研究の結果、読者を言説の罠におびきよせ、身動きできなくさせるような仕掛けがもくろまれていたことが、次第に明らかになりつつある。(19) それは一口で言えば、キリスト教の正統性を聖書を用いて歴史的に証明する部分において、キリスト教を拒否するユダヤ教徒が、キリスト教の真理性を逆説的に証明しているとする議論であり、さらにこれを拡張して、読者を、キリスト教の正しさを認めるか、さもなければキリスト教の正しさを客観的に証明する不信者の仲間入りをするかというディレンマに追い込む論証である。しかもこれは、パスカルの根本的な世界観である「隠れた神」——神はある人々には自らを認識する光を与えるが、他の人々にはそれを拒む——という考えに緊密に結びついているだけに、形式的には無敵で自己完結的な論証である。

もちろん、だからといって、パスカルの議論が正しいというわけではない。現代のわれわれは、彼が誤った聖書学的知見を前提にして議論を展開し、したがって誤った結論に導かれたことを知っている。しかしここで重要なのは、パスカルが自らの議論を無敵で完結していると見なし、「無神論者を完膚なきまでに論破し、ぐうの音も出ないようにさせる」ことができると考えたことである。

しかし相手を「完膚なきまでに論破」するとはどういうことか。純粋理論の領域においてなら、それはほぼ説得と一致すると考えてよい。しかし感情が介入し実践が問題になる場合、論破と説得の間には距離がある。いわんや宗教においては、理性による論破と信仰への同意との間には人間業では越えられない溝がある。なぜなら「信仰は神の賜物」であって「推論の賜物ではない」からである(XXIII/588; B279)。言い換えれば、人間を説得して信仰を与えることができるのは神だけであり、この意味で信仰の領域では説得はほとんど回心の同義語である。もちろんパスカルはこのことをよく知っている。だからこそ彼は、人間である護教論者にとって可能なのは、「推論によって宗教を与える」ことだけであり、そうして与えられた宗教が「人間的な」信仰にとどまることを強調する(6/110; B282)。『キリスト教護教論』は所詮、神の回心の業が働くための一つの場、一つの手段にすぎないのである。

こう考えれば、論理的には一応すっきりする。しかし、もし『護教論』の目標が推論に基づく論破にとどまるものだとしたら、どうしてその準備ノートの集積である『パンセ』に「私」が頻出し、また作者そして人間としてのパスカルの個性と主観性が全篇にわたって色濃い影を落としているような印象を与えるのだろうか。ある主張の真理性を論理的に証明しようとする際、それを試みる人間の「私」を表面に出すのは、『ポール・ロワヤル論理学』を引くまでもなく、証明すべき真理と被説得者との間にスクリーンを設けることであり、説得者の「憎むべき〈私〉」の露呈と受け取られてもやむを得ない。こんなことは百も承知のはずのパスカルが、なぜ「私」の名においてキリスト教の真理性を証明しようとするのか。

この疑念を明確に意識化したのは、ルイ・マランである。彼は、構造主義的パスカル研究の最初の輝かしい成果とも言うべき論文、『パスカルにおけるモデルの観念をめぐる省祭』の末尾において、パスカルの『護教論』の文体と表現形式について、次のような問題提起を行う。[20] パスカルによれば、キリスト教的文体の理想は、事柄と表現との完璧な平衡状態が実現し、作者の個性と主観性がイエス・キリストの言葉のかげに消失すること、すなわち自然で単純でいわば素気ない文体であるが、『護教論』はその理想を実現したと言えるか、もしそうでなければその理由は何か。これに対して、マランは、『パンセ』の多数の断章中に、作者としてまた人間としてのパスカルの主観性が露出しており、しかもそれが彼の文体の特質を形成していることを認めた上で、その説明として次のような理由を挙げる。まず第一に、『護教論』は未完成であり、その草稿には『護教論』の言説の材料になる部分と、それをどのように組み立てていくかという作者の方法的反省が入り交じっている。したがって、もし『護教論』が完成していたとすれば、そこからはパスカルという個人のしるしは消え失せ、素気ない没個性的な文体が出現していたという可能性がある。第二に、もしそうだとすれば、作品中に現われる作者パスカルの主観性の痕跡は、『護教論』の言説自体に属するものではなく、読者をいかに説得するかといういわば戦略の領域に属していると考えられるのではないか。第三に、そこから生ずる帰結として、もし個性や主観性の痕跡が、快感によって読者に働きかける説得手段に属し、他方、真の文体の特質が内容と表現の一致に由来する没個性にあるとすれば、かたやレトリック、こなたキリスト教の真理性の幾何学的な提示との間に存する距離こそが、『護教論』の言説の構造と説得のモデルを規定すると考えられるのではないか。

実に射程の大きい魅力的な仮説である。たしかに『パンセ』の断章中には、『護教論』をいかに構築するかという問題に関するパスカルの反省を記したノート、一種の「作家の日記」が含まれている。しかしそこから直ちに、完成した『護教論』においては「私」が消滅し、ひたすら没個性的な文体が全篇を覆いつくしたと考えてよいのだろうか。また『護教論』の言説内容と説得手段を区別して、作者の主観の表現を後者にのみ結びつけるのは、果たして妥当と言えるだろうか。作者あるいはむしろ語り手の「私」は、『キリスト教護教論』の場合、著作全体の構想にもっと緊密に結びついているのではないか。

上に述べたように、『護教論』の企てにおいては、説得行為は究極的に神の回心の業に一致するのであるから、説得の真の主体は人間たる護教論者ではなく、神である。したがって、パスカルが、純粋に人間的な次元にとどまったまま、完璧な説得的表現を追求するというのは、彼自身の信念に即して矛盾した行為である。マランが示唆しているように、もしもキリスト教の真理の幾何学的提示とそれを読者に説得するためのレトリックとの間に区別をつけることができて、パスカルがそのようなレトリックを実現すべく腐心したのだとすれば、彼の著作が完成したあかつきには、ある意味で彼は神に等しい存在になってしまう。読者を説得する手段として登場する「私」が、パスカル個人の主観と一致し、またそのように言説の仕組みを作り出す張本人が人間パスカルであるとすれば、『護教論』はその意図とは裏腹に、神の業を人間が横取りする恐るべき悪魔的書物になるのではないか。

『護教論』の企図にそのような危険が潜んでいないとは誰にも保証できない。しかし、それにもかかわらず、パスカルが没個性的な論文形式ではなく、あえて「私」の名においてキリスト教の真理性を読者に訴えかけようとしたとすれば、それは彼がまさに神からそうせよとの促しを受けたと感じていたからではないか。『プロヴァンシアル』書簡を禁書目録に入れる決定が下されたと知って、パスカルは次のように記した。

沈黙は最大の迫害である。決して聖徒たちは黙さなかった。なるほど召命は必要であろう。しかし自分が召されたかどうかを、どこから学ぶべきかと言えば、それは顧問会議の決定ではなく、語らずにはおれない心の促しからである。

(HC/916 ; B920)

一介の平信徒にすぎないパスカルが『キリスト教護教論』の執筆を決意したのは、神の召命を受けたと感じたからでなければ何だろうか。そしてこの場合、召命とは、神の言葉がパスカルに臨んで、キリスト教の真理を、しかも神の命ずる表現形式で、否応なしに彼に語らせるということである。もしそうだとすれば、『護教論』の準備ノートに登場し、作者そして人間パスカルの主観性の露呈と思いなされることの多い語り手の「私」は、個我の殻に閉じ込められた「私」ではなく、神の言葉に侵入され自己同一性に穴をうがたれた「私」、そのことによって読者の「私」にも浸透する可能性を与えられた「私」ではないのか。パスカルはパスカルなりに、「私とは他者である」という体験を得たからこそ、『護教論』の企てに着手することができたのではなかろうか。

それは逆に言えば、『護教論』の真の企画者つまり作者は、人間ではなくて神だということである。そして実際の筆を執るパスカルは、神霊の導きに従って神から与えられた筋書を筆記する書記、あるいは人間の言葉に翻訳する通訳にすぎない。しかし、神の代理であっても、パスカルが語り手として「私」の名で直接文章を綴れば、読者の視線は現実の一個人たる彼に集中し、『護教論』の企ての意味について重大な誤解が生じかねない。その危険を防止するために、彼はおそらく作品から自らの名前を抹消することを図ったと考えられる。というのも、生前発表した『プロヴァンシアル』とサイクロイドに関する数学論文がそうであったように、『護教論』もまた、パスカルの心積りでは、匿名ないし仮名、おそらくはそれまでに用いた仮名ルイ・ド・モンタルトLouis de Montalteとアモス・デトンヴィルAmos Dettonvilleのアナグラムであるサロモン・ド・チュルティーSalomon de Tultieの名で公刊されるはずだったからである[21]。そうだとすれば、もし事がパスカルのもくろみどおりに運んでいたとすれば、『護教論』の読者の著者に関する情報は、彼がサロモン・ド・チュルティーという謎の人物であり、アナグラムから推して、『プロヴァンシアル』でアウグスティヌス的な恩寵観を擁護すると同時にイエズス会の「弛緩した」道徳を攻撃したルイ・ド・モンタルト、天才数学者アモス・デトンヴィルと同一人物らしいということに尽きるはずである。したがって作中で著者の思想を代弁する「私」はパスカルではなく、サロモン・ド・チュルティーという架空の人間、つまりパスカルが『護教論』の作者として設定した人間を指示しているのである。

この事実は、『護教論』が、直接パスカルの名において読者になされる訴えかけではなく、一つの虚構として構想されていたことを示唆する。換言すれば、『護教論』は一つの劇あるいは模擬実験が行われる場なのである。未完の著作を問題にしている以上、臆測の域を出ないが、『護教論』においては、神の呼びかけを聞いた人間の内面のドラマ、言い換えれば恩寵と邪欲の双方がせめぎあう場である人間の心がどのように回心して信仰に至り得るか、その道程が語り手とその対話者の虚構の「私」によって、シミュレーションとして演じられる予定だったのではあるまいか。

このように考えれば、マランのように『護教論』が完成したあかつきには、そこから「私」が消え失せたかもしれないと想定する必要はない。それどころか「私」の導入は、著作の意味と形式の双方を深いところで規定する『護教論』の基本的要請であったと言えるのではないか。パスカルは真実の「私」のあり方を探究して、神の呼びかけによって個我の殻を打ち破られた自我を見出し、さらにそのような事態を読者に理解させる手立てとして虚構の「私」を構想した。パスカルは芸術家ではない。またそうなるつもりもなかった。

しかし彼は、神によって開示された真理を他者にどう伝達し得るかという問題をつきつめて、虚構を通じて真実を目指すという芸術のパラドックスをわが身に引き受けてしまったように思われる。

＊

モンテーニュの「エゴチスム」をあれほど厳しく批判したパスカルはある断章で次のように述べる。

モンテーニュのうちに私が読み取るすべてのこと、それを私は、モンテーニュのうちではなく、私自身のうちに見出す。

(XXV/689；B64)

これは自分の個我に徹底的にこだわることによって、ついに各人のうちに潜む「人間存在のまったき形[22]」を掘りあてるとともに、その発見を読者と共有することを可能にする言語表現を編み出した「芸術家」モンテーニュに対する、もう一人の「芸術家」パスカルの最大の讃辞ではなかろうか。なぜなら彼もまた、『エセー』の著者とはまったく異なった道を通ってであるが、読者に同じ思いを抱かせる文章表現を模索し発明したのだから。

III

護教論の限界

一　「聞くことによる信仰」から「人を生かす信仰」へ

――護教論と信仰――

『パンセ』の大半の断章は、周知のとおり、パスカルが生前、執筆の準備を進めていた『キリスト教護教論』のための草稿である。自由思想にかぶれた当時の社交界の紳士を念頭に置いて構想されたこの未完の書は、たんにキリスト教をそれに対する攻撃と批判から擁護するばかりでなく、進んでキリスト教の正しさを証明し、可能な限り読者を信仰のとば口に導くことを目指していた。こうして本書においては、キリスト教の真理を理路整然と提示するだけでなく、読者の心に働きかけて、信仰を受容する態勢に誘導することが重要な課題となる。

しかしここには、作者自身の信念に即して考えても、ある危険そして矛盾が含まれているのではないか。パスカルが熱烈な信仰を捧げるキリスト教の神は、物質であろうと精神であろうと万物の創造主であり、すべてにおいて主導権を握っている。そうだとすれば、人間はこの全能の神への信仰を、自分自身の力によっては獲得できないはずである。いわんや一介の人間にすぎない護教論者が自らの説得活動によって、読者の心に信仰を吹き込むことなど、考えられない。それに、そんなことが可能だとして、そのような説得を試みるのは、神の地位を簒奪しようとする点において、悪魔的な傲慢の業とは言えないか。それを承知した上で、矛盾を犯すことなしに、護教論を企てることは可能なのだろうか。もしそうだとすれば、護教論は、一方では神の全能の業との関連で、他方では人間の精神の働きとの関連で、自らの目標をどこに定めればよいのか。そして説得の目標である信仰をどのように語ることができるのか。換言すれば、そこでは、いかなる信仰が問題になるのか。要するに、護教論者の企てにはいかなる意味があるのか。

パスカルはこの種の問題にきわめて意識的であった。彼は、多様な領域で他者の説得に情熱を注ぐ、比類のない論争家であった。しかし相手を論破し説得すれば、能事足れりとする論争家ではなかった。とりわけ、『キリスト教護教論』において、彼は自らの目標――すなわち人間業で信仰を説得する企て――の意味と可能性について、根本的な反省を加えており、そこにこそ彼の護教論の独創性があると言っても過言ではない。しかしそれは、具体的にはどういうことなのか。護教論者としてのパスカルは、信仰及びそれが認識と取り結ぶ関係について、いかなる考えを抱いていたのか。本章の狙いは、以上の問題を、彼のテクストに即して明らかにするところにある。

1　護教論における信仰の効用

護教論の意味と可能性について、謎めいてしかも深刻な問いを提起している断章がある。その検討から始めよう。

順序

友を探求に誘うために勧告の手紙を書く。それに彼はこう答えるだろう。「でも探して何の役に立つのか。何も姿を現わさないのだから」。それに対して、こう答える。「希望を捨てるな」。すると彼はこう答えるだろう。「何か光明が見つかれば、うれしいのだが。しかしこの宗教自体、たとえこんな風に信じたとしても、何の役にも立たないと、言っているではないか。だから探さない方がましだ」。それに対して、こう答えること。「機械」。

(1/5; B247)

『パンセ』の多くの断章と同じく、作者の心覚えにすぎないこの断章は、一読しただけでは判じ物のように思われる。とくに、末尾に「機械」という単語が一つだけ投げ出されているのは、懇切な注解なしには不可解である。しかしわれわれの観点からして、重要でしかもさらに謎めいているのは、「たとえこんな風に信じたとしても、何の役にも立たない」という対話者の返答である。彼は、何を言いたいのだろうか。問題の断章は、パスカルが、自らの著作の目標、テーマ、形式、構成等に関するさまざまの着想や反省を書き記した「順序」あるいは「秩序」と題するファイルの中に収められている。じっさいここには、いかなる形式で、またいかなる議論を通じて、読者を目標に導くかについての考察が素描されている。

一読して気付くこと、それは、パスカルが少なくともこの断章を書く時点では、書簡体形式で著作を構成しようと考えていたことである。しかもその手紙は、彼のもう一つの代表作『プロヴァンシアル』のように一人の発信者によって記されるのではなく、二人の友人が取り交わす往復書簡の形を取る予定だったらしい。一方は、キリスト教信仰に燃えて相手を信仰の道に引き入れようとし、他方は友人の勧誘に耳を傾けながらも、それに頑強な抵抗を示す。前者が、パスカルあるいは彼の代弁者であり、後者が説得の対象となる仮想読者であることは、ほぼ間違いない。パスカルは、自らの説得行為とそれが向かう対象、すなわち説得者と被説得者を作品中に造型して、現実の説得のシミュレーションを読者の眼前に展開しようとするのである。

こうして、わずか数行の文章の中に、五通の手紙のやりとりが凝縮して示される。

第一の手紙は、パスカルから友人に宛てたもので、神の探求への「勧告」あるいは促しである。文中には、「探求」の目的語は見当たらないが、作品全体の主旨から考えても、直前の断章の記述から見ても、その対象が神であることは疑う余地がない。(1) 護教論者がもくろんでいるのは、神の存在あるいはキリスト教の正しさを教義として提示することではなく、探求という行動への誘いなのである。

第二の手紙は、友人の返信であるが、彼はそこで、探しても何も現われそうにないと言って、誘いを断っている。勧誘に対する返答である以上、当然のことだが、彼はパスカルの主張の当否を問題にはしていない。無駄なことはしたくないとの理由で、パスカルの話に乗って、「船に乗り込む」(2) ことを拒否しているのである。これは、一種の門前払いと言ってよい。

第三の手紙は、パスカルの反論であるが、あまり簡潔すぎて、このままでは理解困難である。おそらく、希望を捨てずに探してみれば、きっと手がかりが見つかると言いたいのであろう。そしてそれが空約束でないことを納得させるためのいくつかの実例と論拠が用意されていたに違いない。

しかしそれでは、第四の手紙、友人の再反論はどう考えたらよいのか。「何か光明が見つかれば、うれしい」というのであるから、友人は探求が必ずしも無駄に終わらないことを認め、それを願いさえしているのである。これは、護教論者の見地からすれば、大きな進歩である。(3) だがそれに続く言葉は意表を突く。「この宗教〔＝キリスト教〕自体、たとえこんな風に信じたとしても、何の役にも立たないと、言っているではないか」。神を信ずることがキリスト教の核心にあり、そこに読者を導くのが護教論の目標だとしたら、これは不可解きわまる反論である。いわんやそれが、キリスト教の教えに基づいていると主張して、探求を拒否するのは、狂気の沙汰ではないか。友人は何を考えているのか。

これに対する護教論者の最後の返答も同じぐらい謎めいている。ただ、これについては、「機械 machine」の語がパスカル特有の用語法であり、人間の身体――それはデカルトによれば、「自動機械 automate」である――とそれに支配される限りでの心理作用のメカニスムを意味しており、そのような「機械」を信仰の外面的形式に合わせて馴致することが信仰の芽生えにおいて重要な役割を果たすとパスカルが考えていたこと(4)を知れば、おぼろげながら、言わんとすることが垣間見える。

そうだとすれば、真の謎は、ここで護教論者が友人に直接の反論を加えていないように思われることである。「このように信じても役に立たない。しかもそれがキリスト教の教えなのだ」と、彼自身認めた上で、身体の次元における信仰の習慣形成という議論を持ち出しているらしいのである。しかし「信じても益のない」信仰などというものが、果たして存在するのだろうか。しかも事は、護教論の企てに関わるのである。

しかしパスカルの友人の反論は、あらゆる理解を絶する主張なのだろうか。ここで注目に値するのは、『パンセ』の他の箇所に同趣旨の考えが見出されることである。それは、認識に「理性」と「心」という二つの源泉があることを論じた有名な断章(6/110; B282)の末尾の一節である。

そしてこういうわけで、神から心の直感によって宗教を授けられた人々は、まことに幸せで、まことに正当な確信を抱いている。しかしそうでない人々に対しては、われわれは推論によってしか宗教を与えることができない。しかもそれは、神が心の直感によって宗教を授けられるまでのことである。そうでなければ信仰は人間的なものにとどまり、救いには無益なものにすぎない。

これは、パスカルの護教論の目標がどこにあるかを、もっともよく示す箇所の一つである。「宗教」すなわち信仰は、神の賜物であり、神からそれを直接授けられることが信仰の成就であり、そこに護教論の立ち入る余地はない。護教論が働きかけることができる相手は、いまだ信仰の直接体験を持たない者だけだが、その場合でも、神ならぬ護教論者にとって、神の賜物それ自体を扱うことはできない。彼にできることといえば、「推論」によってキリスト教の正しさを説得することだけである。だが説得が実現したとしても、神からの霊感が下らない限り、「信仰は人間的なものにとどまり、救いには無益なものにすぎない」。

神中心の信仰観を踏まえて考えれば、全体の趣旨はよくわかる。しかし問題は、最後に「信仰 foi」という語が用いられていることである。これを字義どおりに取れば、「人間的で救いには無益な」信仰が存在することになる。しかもそれは、異教の神あるいは悪魔への信仰という意味での、誤った信仰や悪い信仰ではない。真の神を目指しているが、「心の直感」によるのではなく、「推論」によって形成された信仰なのである。神によって真の信仰が与えられるのを待つ間の代用品という意味では、デカルトの「暫定的道徳[5]」になら って、「暫定的信仰」と言ってもよい。こうして見ると、パスカルにとって護教論の目標は、「推論」を通じて読者の心の中に、キリストに対する「人間的信仰」あるいは「暫定的信仰」を引き起こすことに存することになる。しかもそう考えれば、前出の断章の謎にも解決の糸口が見えてくる。「このように信じても」というのは、護教論者の「推論」によって形成された「暫定的信仰」を暗示しているに違いない。だがそれは、護教論者自らが認めるとおり、「救いには無益な」信仰である。それなら友人が反論するとおり、手を拱いて神の訪れを待つ方がむしろましではないか。探求は空しい業ではないのか。

もちろんこれに対して、パスカルは護教論の企ての効用を確信し、それを読者にも説得しようとする。「機械」がその重要な論拠であるのは言を俟たない。しかし問題は、理性の説得活動の成果が「信ずること」

と関連させられ、条件付きながら、それに「信仰」の名前が付与されていることである。推論によって生み出される「信仰」あるいは「信念」は、何をどのように信ずるのだろうか。そしてそこで信ずることは「推論」に基づく認識とどのように関わるのだろうか。厳密な意味での宗教的信仰とは一線を画して、理性の領域に所属しながら、なおかつ「信(仰)」[6]と呼ばれる意識のあり方とその志向対象は、人間の精神活動の中でいかなる位置を占め、いかなる役割を果たしているのか。これが、以下の考察を導く問題意識である。

考察を進める前に、「暫定的信仰」の輪郭をもう少し明確にするために、もう一つ『パンセ』の断章を取り上げる。それは、「神の賜物」としての信仰を主題としているにもかかわらず、その埒外にある信(仰)に思いがけない光を投げかけているように思われるからである。

証拠の効用を示す手紙――機械によって

信仰は証拠とは異なる。一方は人間的であり、他方は神の賜物である。「義人ハ信仰ニヨリテ生ク」。それは、神ご自身が心の中に注ぎ込まれるこの信仰によるのであり、証拠はしばしばその手段なのである。「信仰ハ聞クニヨル」。しかしこの信仰は心の中にあって、「我知ル」ではなく、「我信ズ」と言わせるのである。(1/7; B248)

謎めいた題名――とはいえ、「機械」に関するこれまでの説明からその内容を推測できないわけではない――を別にすれば、文意は明瞭である。一方に神の賜物としての信仰があり、それは人間の心の中にあって、パウロが述べるとおり[7]、人間を生かす原理となる。しかもそれは「我知ル」と「我信ズ」の対比に見られるとおり、認識とは無縁である。「義人」を生かす信仰において、知と信は截然と分かたれている。他方、このような信仰の対極に証拠がある。それは、信仰形成の契機となる「人間的」な「手段」であり、「知」の領域に属する。ここまでのところ信仰と証拠の二分法はきわめて明確で、その間に何か別の原理が入り込む余地はないように見える。しかしそれでは、前の断章に登場した「人間的で、救いには無益な信仰」は、この二分法のどこに場所を占めるのか。それが護教論者の「推論」によって、いまだ信仰体験のない者の精神に与えられることを思えば、「証拠」の側に位置するのではないかという予想が成り立つ。しかしながら「信仰は証拠とは異なる」ものではないのか。

　この点で示唆的なのは、引用文において、「神が心の中に注ぎ込む」信仰、さらに「我知ル」ではなく「我信ズ」と言わせる信仰に、「この」という指示形容詞が付加されていることである。それはまるで、「この信仰」とは種類の異なる別の「信仰」があることを暗示しているかのようである。そしてさらに注目に値するのは、二番目の引用句、「信仰ハ聞クニヨル」である。これは、同じパウロの書簡[8]からの引用であるが、信仰の成立において、聞くこと、それもキリストの言葉を聞くことの決定的な重要性を簡潔に言い表わしている。信仰は究極的には、神の人間の心に対する直接の働きかけに他ならないが、それ以前に、あるいはそれと並行して、神のメッセージが宣べ伝えられ、聴覚を通してそれを受容することが必須である。その限りにおいて、信仰は「聞くこと」とそれによって得られる知識に依存している。つまり神の賜物としての信仰といえども、伝聞による認識という一種の「知」と無縁ではいられない。

　だからといって「聞くことによる信仰」が「義人を生かす信仰」と別物だというわけではない。前者では、信仰の成立の契機が、後者では、成立した信仰の果たす役割が問われているのであり、見る角度は異なっても、目指す対象は同じである。それにもかかわらず、この引用句は重大な問題をはらんでいる。ただしそれを明らかにするには、いったん『パンセ』を離れて、パスカルの他の著作を検討する必要がある。

2　認識の原理としての信仰——『プロヴァンシアル』と『真空論序言』

問題のパウロの引用は、パスカルの著作においてもう一度、『プロヴァンシアル』の最後の手紙（第十八信）に現われるが、そこで注目すべきは、認識の原理としての信仰が主題となっていることである。この論争書簡集——とくにその最初の四通と最後の二通——において、パスカルは僚友のアントワーヌ・アルノーとピエール・ニコルとともに、ローマ教皇から異端宣告を下された神学者コルネリウス・ジャンセニウスとその神学説を擁護する。しかしながら彼ら三人ともローマ・カトリック教会に所属しており、その正統性と不謬性を認めているので、彼らの信念と行動は、組織の下した決定に直面して、その構成メンバーはいかなる条件においてなら異議を申し立てることができるか、あるいは少なくとも判断を保留することができるかという、恐るべき問いを彼ら自身につきつけることになった。これに対して、彼らは独自の理論に基づいて、自分たちの抵抗を正当化することを試みる。問題の箇所で、信仰が認識の原理として出現するのは、このような事情を背景にしてのことである。

それでは事実に関する真理は、何によって知られるのでしょうか。それは、神父様、事実の正当な裁き手である眼によるのです。それはあたかも、理性が自然界の可知的な事柄の裁き手、そして信仰が啓示された超自然界の事柄の裁き手であるのと同様です。と申しますのも、神父様、あなたが答えを強要されるから申し上げるのですが、教会を代表する二人の博士、聖アウグスティヌスと聖トマスによれば、これら三つの認識の原理、すなわち感覚、理性、信仰は、それぞれ別個の対象を持ち、その領域ではそれぞれ確実性を有するからです。そして「信仰ハ聞クニヨル」との言葉にもあるとおり、神は感覚の仲介を用いて信仰へ導こうとされたので、確実な感覚が信仰によって覆されるなどということはあり得ません。それどころか、感覚の忠実な報告を疑おうとすれば、逆に信仰を覆すことになるでしょう。(9)

（傍点引用者）

問題の背景を詳しく説明する必要はあるまい。パスカルが反対しているのは、ジャンセニウスの遺著『アウグスティヌス』から引き出されたとする「五命題」の断罪と、それに引き続く信仰宣誓書の署名強制であり、反対の理論的根拠がここで展開されているのである。ところでジャンセニウスの支持者たち——ジャンセニスト——は、カトリック教会の一員として、教会の不謬性を認めている限り、ローマ教皇の下した五命題の異端宣告そのものに異を唱えることはできない。しかしながら彼らには、ジャンセニウスの学説がアウグスティヌス以来の伝統に根ざした「有効な恩寵」の理論に一致しているとの確信があった。そこから彼らは、ジャンセニウス擁護のために、ある戦術を編み出す。それは、五命題の異端性は認めた上で、それがジャンセニウスの恩寵論の忠実な表現であることを否認するところにある。つまり断罪された五命題はそのままの形では、『アウグスティヌス』の中には見当たらないし、仮にそれに類似した表現があるにしても、前後の文脈からすれば、異端に相当する意味にはならない、というのである。じっさい、五命題は、第一命題を別にすれば、文字どおりには『アウグスティヌス』にそのままの表現では見出されず、第一命題についても、それが文脈から切り離されて意味を変質したとすることは、少なくともジャンセニストの観点からすれば不可能ではなかった。このような問題設定は当時、「事実問題」と呼ばれた。これに対して、五命題自体が異端か否かという問いは、「権利問題」と呼ばれた。この用語に従えば、彼らは、権利問題については教会の決定に服したが、事実問題には異議を唱えたことになる。引用中の「事実に関する真理」は、この事実問題を踏まえた言葉遣いである。

しかし問題はそこにはとどまらない。もし事実問題について争うことが許されれば、何が起こるか。厳密に五命題の字句に事を限って、それがジャンセニウスの著書に見出されるかどうかを問うだけなら、理非の決着は比較的容易につくだろう。しかし五命題が、ジャンセニウスの学説の精神を体現しているかどうかという形で問いを立てれば、恩寵論は神学の中で最も困難な部門であるだけに、果てしのない解釈論議が繰り広げられることは目に見えている。教会当局が、権利問題のみならず、事実問題についても、信徒とりわけ聖職者の服従を要求するのは、ある意味では当然のことであった。こうして事実問題の議論に先立って、この種の問題については、相当の根拠があれば、教会の決定に異論を唱えるか、少なくとも判断を保留する権利が、教会の構成員に認められていることを示す必要が出てくる。引用文が展開する認識論は、このような主張を裏付けるためのものなのである。

以上の背景を考慮すれば、この一節の理解は難しくない。五命題がジャンセニウスの著書に文字どおり記されているか否かという「事実問題」を判定するのは、「眼」すなわち視覚の権能であり、そこに教会が介入することはできないし、その必要もない。また百歩譲って、「事実問題」が感覚の領域を越えて、ジャンセニウスの真意という解釈論争に発展したとしても、それを裁くのは理性の法廷であり、ここでも教会が権威を笠にきて介入することはできない。したがって「事実問題」の領域では、たとえジャンセニウスの擁護者が誤っているとしても、それで彼らが異端になるわけではない。事実問題は、異端を構成しないのである。そしてパスカルは自説の裏付けとして、地動説をめぐるガリレオ・ガリレイの宗教裁判を取り上げ、それが宗教と科学の双方に有害な決定であるとして、舌鋒鋭い批判を加える。それは、パスカルが地動説を有力な仮説以上のものとは考えていなかっただけに、なおさら注目に値する。[10] 彼にとって、諸悪の根源は、種類を異にする認識領域の混同にあったのである。

しかしそれでは、教会の専管事項である権利問題、「啓示された超自然界の事柄」の真理を判定するのは何か。「信仰」というのがパスカルの答えであり、さらに彼は、認識の原理として、感覚、理性と並んで信仰を挙げる。しかしここで言及される信仰は、これまで問題にしてきた信仰、神から「心の直感」によって与えられる信仰と同じものだろうか。超自然についての知識は、神から直接の霊感によって人間の心に吹き込まれる、とパスカルは言いたいのだろうか。しかし引用に引き続く部分を参照すると、そうではないことがわかる。

以上のことから、こう結論できるでしょう。検討の対象として提示された命題がいかなるものであれ、これら三つの原理のいずれを適用すべきか知るために、命題がどの種類に属するかをまず見定める必要があります。もしそれが、超自然的な事柄に関わるものなら、それを判定するのは、感覚でも理性でもなく、聖書と教会の決定です。[11]（傍点引用者）

文脈から見て、「聖書と教会の決定」が、信仰の言い換えであることは明白である。つまりここでは、信仰の主観的側面ではなく、その客観的内容の根拠が問題になっているのである。しかもそう理解すると、ここでも引用されている「信仰ハ聞クニヨル」という言葉に、新たな意味の広がりが見えてくる。信仰の対象となる超自然的な事柄は、感覚と理性の権能を超える以上、神の啓示、つまり預言者やキリストさらには使徒たちの言葉を通じて知る以外の手立てはない。「聖書」は、そのような言葉が委託され、保存されている書物なのである。他方、「教会の決定」を根拠とするのは、カトリック教会に特有の事柄であるが、それは、伝承によって伝えられる教会の正式の決定――たとえば普遍公会議の議決事項、教皇の勅書等――の総体を指す。これが信仰の根拠になるのは、ローマ教皇が地上における神の代理人であり、教会は地上における神の国の具現であるとする考えに基づくが、それは取りも直さず、「教会の決定」が神の言葉に耳を傾けることにおいて成立していることを意味する。つまり「聖書と教会の決定」と言い換えられる信仰は、最終的には、神の言葉を聞き、それに信頼を寄せることに帰着する。「信仰ハ聞クニヨル」というのは、信仰の志向する内容が、自分の眼なり頭なりで確かめたことではなく、伝聞による知識に依存していることを暗示してもいるのである。

ところで以上の認識論は、『真空論序言』の中で表明されている科学者としてのパスカルの信念とも密接に関連している。じっさい、そこでは認識の源泉として、理性と権威の二つが挙げられている。理性は、「感覚と推論」あるいは「実験と推論」の領域に属する事柄の認識に、他方、権威は、「単純な事実、もしくは神または人間によって設立された制度をその原理とするような」事柄の認識に適用される。[12] 理性と権威の二分法は、『プロヴァンシアル』第十八信の認識論と微妙なずれを見せつつ重なり合っている。それでは、両者の類似と相違をどう考えればよいのか。

まず確かなのは、『真空論序言』の言う「理性」は、「実験」や「感覚」の領域にも適用され、その限りにおいて、『プロヴァンシアル』の言う「感覚」と「理性」の双方を包含していることである。そしてこの広義の理性による認識の特徴はその直接性にある。パスカルは、感覚と理性の双方とも、認識の対象をわれわれに伝達する証人であると考えているが、この二つの精神の能力は、われわれの本性に内在しているので、われわれはその証言内容を直接経験することになる。「理性による認識」とは、感覚ないし理性の「眼」で直接「見たこと」を出発点とする認識に他ならない。

それでは、「権威による認識」と「信仰による認識」の関係はどうか。『真空論序言』は、権威が認識原理となる学問の例として、歴史、地理、法学、言語そして神学を挙げ、次のように述べる。

フランス最初の王は誰であったか、地理学者は本初子午線をどこに置くか、ある死語においてどんな言葉が用いられていたか、この種の事柄を知ることが問題になった場合、われわれをその認識に導くのに、書物以外のどんな手段があるのか。(13)

権威が認識の原理となる領域は、所与が時間・空間の中で一回限り起こった事実つまり出来事、あるいはそのような出来事を起源として形成された制度であるような領域である。出来事や制度の起源は、直接には自然の理法に基づいていない以上、それが過去あるいは遠隔の地で生起した場合、「感覚」によっても「推理」によっても確かめようがない。それを知るためには、それを目撃した証人の報告、さらにはその報告を記載した「書物」に頼るほかない。しかしそれでは、書物が伝える報告の真実を保証するものは何か。「それについてわれわれを教えることができるのは、ただ権威だけである」というのが、『真空論序言』の答えである。しかしこの権威は、ややもすれば考えられるような、否応なしの服従を要求する圧制的な力ではない。それは、当時の辞書類にも記載されているもう一つの意味、すなわち他人の報告に信用を与える重み、端的に言えば、証人あるいは証言の信憑性なのである。(14) 感覚にも理性にも直接現われない事象についての知識は、伝聞によってしか得られない。その伝聞に信頼性を与えるのが権威である。理性による認識が、直接「見ること」に基づいているとすれば、あくまで間接的なものにとどまる権威による認識は、「書物」を読むこと、さらにさかのぼって他者の話を「聞くこと」において成立する。

そうだとすれば、「権威による認識」と「信仰による認識」の関連を見定めるのは難しくない。パスカルは、前者の典型として宗教的認識とくに神学を挙げるが、それはキリスト教が定義上、自然を超越し、感覚によっても理性によっても感知も理解もされず、ただ神の啓示を通じてこの世に現前しているからである。そして啓示は、神の言葉の権威ある証言である聖書と教会の伝統的な教えに集約されている。つまり神学の分野に限定すれば、権威による認識は、『プロヴァンシアル』における信仰による認識と完全に一致する。両者の違いは、権威による認識が、神学・宗教のみならず、歴史に代表される世俗の出来事の領域、それ自体は感覚も理性も超越しているわけではないが、非反復的性格のゆえに、生起する現場に居合わせない限り決して直接的な認識に到達できない事実の領域をもおおっていることである。逆に言えば、信仰による認識は、権威による認識の一部分、認識の対象が「信仰」の名で呼ばれる領域に関わる認識である。だがこのような差異にもかかわらず、両者は認識の様態においては同一である。どちらも出発点にあるのは、他者の証言に対する信頼だからである。この意味で、信仰と権威は同義語である。

この点についてはテクストの裏付けがある。アントワーヌ・アルノーとピエール・ニコルによって執筆され、パスカルの死去の年に出版された『ポール・ロワヤル論理学』は、そこかしこにパスカルとの思想交流の跡が刻まれている著作であるが、その最終部(第四部)の後半部分は、まさに信仰による認識の考察にあてられている。その冒頭の第十二章は、「人間的な信であれ、神的な信であれ、われわれが信によって認識すること」と題されているが、そこでは認識が、「理性の明証性に基づく」ものと「われわれが権威から引き出す」ものの二種類に分類されている。[15]そして後者について、次のような説明がなされている。

もう一つの経路は、信用に値する人々の権威autorité、われわれ自身が何も知らない事柄について、それはたしかに存在すると保証してくれる人々、それも信用の置ける人々の権威である。これは、次の聖アウグスティヌスの言葉に従って、信foiあるいは信用créanceと呼ばれる。「知ることの根拠は理性に、信ずることの根拠は権威にある[16]」。(傍点引用者)

権威による認識と「信」が明確に同一視されているのである。その上で、『論理学』は、それをさらに二つの種類に分割する。「しかし権威といっても、神に由来するものと人間に由来するものの二種類があり得るが、同様に信にも、神的なものと人間的なものの二種類がある[17]」。この用語法を踏襲して言えば、「権威による認識」は、信一般の領域に、「信による認識」は、「神的信」による認識の領域に属することになる。

以上の考察が示すとおり、信仰の観念はパスカルの思索においてきわめて複雑な多義性を帯びている。もちろんその中核にあるのは、神の賜物としての信仰である。ただそれは、他者の容喙を許さない神と彼との関係であり、まさにそのために他者にそれを説明することができない。だがパスカルは、自分独りの信仰に閉じこもることを潔しとしない。彼は自らを生かす信仰を、いまだ信仰の経験を持たない友人に分かち与えたいと希う。それが護教論の企てを突き動かす原動力である。しかし他方、彼は、厳格な信仰と鋭利な知性によって、いかに雄弁にまた心をこめて語ろうとも、人間の分際で他者に信仰を吹き込むことはできないことを痛感している。彼にできるのは、推論によって、「救いには無益な信仰」を読者の知性の中に引き起こすことだけなのである。だがそれは、具体的には、何をいかなる仕方で信ずることなのか。『真空論序言』と『プロヴァンシアル』で展開されていた権威と信仰の認識論を踏まえて、最初の問題に立ち戻らなければならない。

3 信仰と理性――パスカルの護教論における信仰の位置

それでは、パスカルの護教論のプランにおいて、「信仰」は理性といかなる関係を取り結んでいるのか。この問題を避けることはできない。なぜなら護教論は、キリスト教の圏内にありながら、信仰を共有しない読者の説得を企てる限りにおいて、信仰を理性の検討に委ねないわけにいかないからである。神の言葉である聖書と教会の伝統を前提として承認する神学と異なり、護教論は、承認されていない前提を受け入れさせることを使命としている。言い換えれば、護教論は、理性の説得を通じて権威＝信仰を受容させることを目指す。しかしそれはいかなる信仰か。そしてこの信仰は、人間を生かし、彼を救いに導く信仰、要するに「真の」信仰といかなる関係にあるのか。

繰り返すまでもなく、パスカルの護教論の最終目標は、読者を信仰のとば口に導くことであり、しかもその信仰は、人間を救いに導く対神徳としての信仰である。しかしすでに見たとおり、そのような信仰は、厳密に「神の賜物」であり、人間の説得を通じて与えられるようなものではない。それを鋭く意識しているからこそ、パスカルは、護教論者は、「推論」によってしか「宗教」を与えることができないと、述べていたのである。そうだとすれば、護教論に固有の活動は、「推論によって宗教を与えること」、あるいは、信仰の「手段」となる「証拠」を提示することに尽きる。そしてそこから期待される結果は、読者の心中に、一種の「信仰」、ただし「人間的」で、「救いには無益な」信仰が形成されることである。

だが「証拠」と「推論」によって与えられる「宗教」とは何か。それは、煎じつめれば、キリスト教徒の信仰が志向する真理、端的には神であり、もう少し広げて言えば、信仰宣言(クレド)に要約された教義である。したがってそれは、志向対象(ノエマ)の観点から見た信仰である。ところでその真理性は、どのような経路と手段を通じて、読者に示されるのか。「証拠」とか「推論」という用語は、理性が護教論の導きの糸として働いているような印象を与えるが、果たしてそうなのだろうか。

この問いに一般的な答えを与えることはできない。なぜなら一口に護教論と言っても、さまざまなタイプがあり、さまざまの種類の「神の証明」が考えられるからである。パスカル自身、何度か、「神の形而上学的証明」(14/190; B543)や「天地の万物による」証明(XXVII/781; B242)に言及しているが、これらは、人間の感覚と知性に直接働きかけるという意味で、理性による証明と言ってよい。とくに前者、それもデカルトの『省察』で展開されているような、いわゆる存在論的証明は、厳密な意味での理性による神の存在証明の試みである。

しかしパスカルに限って言えば、彼は、このような証明を間違いとは言わないが、無用なものとして斥ける。[18] とりわけ、「神を証明するこのやり方が優越していること」と題された章に収められているある断章(14/189; B547)は、イエス・キリストを措いて神を証明することが不可能である所以を強調する。われわれが神を知るのは、ただ仲介者たるイエス・キリストを通じてであり、この仲介者なしには、神とのあらゆる交わりは断ち切られてしまう。イエス・キリストなしに神を知り、神を証明すると自負したものは、いずれも「無力な証拠」しか持ち合わせていなかった。そうだとすれば、この「無力な証拠」は、彼が他の断章(1/7; B248)で、その「効用」を主張していた「証拠」とは、別物と考えざるを得ない。だがその有用な証拠とは何か。

〔……〕しかしイエス・キリストを証明するのであれば、われわれには預言がある。これは、堅固で手応えのある証拠だ。そして、これらの預言は成就し、その結果、真実であることが証明されたのだから、それらの真実が確実であること、要するに、イエス・キリストが神であることのしるしとなる。イエス・キリストにおいて、イエス・キリストによって、われわれは神を知る。この点を除外しては、つまり聖書なしに、原罪もなしに、また約束され到来した必要欠くべからざる仲介者なしには、われわれは完全には神を証明することができない。〔……〕

(14/189; B547)

パスカルが「推論」によって与えようとしている「宗教」の核心には、神と人間の仲介者たるイエス・キリストがいる。それは、神であるロゴス(言)の受肉として、もちろん人知を超えた神秘であるが、他方、ある時・ある場所に人間として到来した限りにおいて、歴史的存在である。しかも彼の到来と神性は、旧約聖書に収録されている預言によりあらかじめ予告され、彼の生涯と言行は、新約聖書の証言によって伝えられている。そればかりではない。パスカルにとって、キリスト教の教義のもう一つの核心は、人間の本性の堕落であり、それがキリストの贖罪の前提となっている。ところがこの堕落は、自然の因果関係の産物ではなく、人類の始祖アダムの原罪という、これまた神秘であると同時に歴史のカテゴリーに属する事件であり、それは、旧約聖書冒頭の『創世記』に記載されている出来事である。

こうしてパスカルが構想する護教論において、人間的説得の目標となる事柄は、イエス・キリストにせよ、原罪にせよ、歴史的事実、それも旧約・新約両聖書によって伝承された事柄となる。つまりそれは、『真空論序言』によれば「権威による認識」、『ポール・ロワヤル論理学』によれば「信による認識」の対象領域に属する事柄であり、「理性による認識」にはなじまない。その限りで、パスカルの護教論の指導原理が理性であると主張することはできない。

しかし他方、「権威による認識」ないし「信による認識」が、確実な知として成立するのは、あらかじめ「権威」が承認され、それに「信」が寄せられている場合に限る。ところが、すでに繰り返し述べたように、護教論の企てが必要になるのは、神とキリストの証人と見なされた聖書の権威に疑義が唱えられているからである。したがって護教論は、危機に瀕した権威の信憑性を回復するという任務を避けるわけにはいかない。言い換えれば、聖書という権威に信を置くことに、それなりの根拠と理由があることを示さなければならない。それこそ、「理性の服従と使用」と題された章に収められたある断章が主張していることである。「聖アウグスティヌス。理性は、自分が服従しなければならない場合があることを、自分で判断しない限り、決して服従することはないだろう」(13/174; B270)。さらに明白なのが、同じアウグスティヌスの文章を引く『ポール・ロワヤル論理学』の次の一節である。

ある事柄の存在をわれわれに信じさせる二つの一般的な経路、すなわち理性と信を一緒に比べてみると、信がつねに何らかの理性(=理由)を想定しているのは確かである。なぜなら、聖アウグスティヌスが書簡一二二及び他の多数の箇所で述べているように、われわれの理解を超える事柄を信ずる場合でも、いまだ理解はできなくとも信じた方がよい事柄があることを、あらかじめ理性の働きで納得していなければ、信ずるわけにはいかないからである。[19]

信仰に先立つ理性＝理由、あるいは「信憑性の理由 motifs de crédibilité」という明確に限定された意味で、理性は護教論の導き手の役割を果たす。ただしこの理性には、認識の内容をそれ自体として判断する権能はない。信仰の真理は、超自然の次元に属する以上、感覚の眼も精神の眼も、どこまで行っても、それを目の当たりにすることはできないからである。問題の理性が、自らの「眼」で判断できるのは、認識の成立の契機と外的状況だけであり、理性はそれらの検討を通じて、内容の信憑性を推測する外ない。このような精神の働きを理性と名づけるとすれば――そして実際そう名づけられているのだが――、それは、見ることをモデルとする認識の根拠である理性とは、様相を異にすると言わざるを得ない。前者はいわば手段としての理性であり、思惟の目指す対象を見ることは阻まれている代わりに、認識のあらゆる領域に浸透し、思惟にすでに与えられている材料を比較考量して、推論の導出を監督する。後者すなわち認識の根拠としての理性は、信と対立するが、手段としての理性は、信による認識と密接に結びつく。いや、その不可分の構成要素なのである。

このような理性の二義的理解がどれほど一般的かどうかは別にして、パスカルがこの語を二重の意味で用いていたのは確かである。認識の源泉ないし経路として、権威あるいは信と対比された理性は、『真空論序言』と『プロヴァンシアル』に登場していた。これに対して、次の断章は、理性を「心 cœur」と対比させて、「推論 raisonnement」とほぼ同義で使用している。

真理はたんに理性によるばかりでなく、さらに心によっても認識される。われわれが第一原理を知るのは、後者によってであり、それに参与することのできない推論が、原理を打倒しようと試みても無駄である。〔……〕空間、時間、運動、数が存在するという類の第一原理の認識は、推論によって与えられるいかなる認識にも劣らず堅固である。そして理性は、これら心と本能の認識に依拠し、それを基礎として、自らの論述の全体を築き上げる。〔……〕原理は直感され、命題は結論される。そして道筋は異なるとはいえ、どちらにも確実さがある。だから理性が、第一原理に同意したいからその証拠を見せてほしいと、心に要求するのは、心が、理性によって証明された命題すべてを承認したいから、それらを直感させてほしいと、理性に要求するのと同じくらい、無益で滑稽である。〔……〕 (6/110; B282)

この断章は、認識のあり方を、直接性／間接性の基準で区別し、原理の直接的認識を心に、もう一方では、原理から導出される帰結すなわち命題の認識を理性ないし推論に割り当てている。このような認識の類型は、「叡智 intelligence」つまり直観に基づく第一原理の直接認識と、それ以外の、理性あるいは権威に基づく間接的認識を区別する『ポール・ロワヤル論理学』の主張とほぼ重なり合う。[20] しかしそうだとすると、この断章では、理性による認識が間接的な認識の全体を覆いつくし、権威すなわち信による認識が無視されていることを、どう考えればよいのか。

なるほどここには、不整合がある。それは、おそらくこの一節が、思考の出発点にある所与として、「心の直感 sentiment du cœur」によって把握される第一原理しか念頭に置いていないためだと思われる。しかし、出発点の所与がすべて自明の原理とは限らない。これまで見てきたように、権威ある人の証言の内容は直接的認識の対象ではないが、それでも思考の原理の役割を果たす。原理は、自明であろうとなかろうと、心の直感あるいは証言のいずれかによって与えられるものであり、推論の対象ではない。それに対して、帰結となる「命題」の方は、原理がいかなる種類のものであれ、原理から推論を通じて導出される。パスカルがここで言及している理性は、原理から帰結を導出する能力である。そう考えれば、理性と推論の語が無差別に用いられているのも納得がいく。そして、この意味での理性が、信と必ずしも対立せず、むしろ信による認識の成立に深く関与していることも予想できる。つまり「心による認識」との対比で捉えられた「理性による認識」は、「信による認識」を決して排除しないのである。

じっさい、検討中の一節に引き続く部分を読んでみると、そのことが確認できる。それは、すでに引用した、「宗教」の受容の仕方の相違を論じた文章である。くどいようだが、もう一度、パスカルの文言に即して問題を考え直したい。

そしてこういうわけで、神から心の直感によって宗教を授けられた人々は、まことに幸せで、まことに正当な確信を抱いている。しかしそうでない人々に対しては、われわれは推論によってしか宗教を与えることができない。しかもそれは、神が心の直感によって宗教を授けられるまでのことである。そうでなければ信仰は人間的なものにとどまり、救いには無益なものにすぎない。

それまで数学のように、人間精神の埒内にある認識に関わる区別であった心と理性の二分法が、最後に超自然的な「宗教」の認識に適用される。心の直感によって神から与えられた「宗教」は、信仰者パスカルが体験し、護教論者パスカルが読者と共有することを希う「神の賜物」としての信である。しかしそれは、神と信者一人一人の間に成立する関係であり、他者の容喙を許さない。だからといって、「推論」によって他者に「宗教」を与えることが、人間に拒まれているわけではない。しかもそのようにして与えられる宗教は、条件付きではあるが、一種の「信」を作り出す。ここで推論あるいは理性が、信と不可分の関係にあるのは明らかである。

しかしこのようにして形成される信は、いかなる信なのか。それは、聖書と教会の伝承を通じて伝えられたキリスト教の真理についての認識、そしてそこから生ずる確信である。そしてその起源にあるのが、理性でも自然でもなく、「書物」の証言である限りにおいて、それは、権威ないし信による認識の領域に属する。こうして、「信」の名称が与えられているとはいえ、それは「証拠」の役割を果たし、「神ご自身が心の中に注ぎ込まれる」信仰の「手段」となる(1/7 : B248)。「人間的なものにとどまる」と形容されるのも当然である。だが、ノエマ的観点から見た場合、その内容は人間の領域にとどまるのか。しかしここでは明らかに、人間的学問ではなく、超自然の領域に属するキリスト教の根本的真理が問題になっている。したがって権威一般ではなく、『プロヴァンシアル』第十八信の言う意味での信仰、あるいはむしろ『ポール・ロワヤル論理学』の言う「神的信」による認識が内容になる。[21] そうだとすれば、パスカルは、護教論の使命を、「人間的信」ではなく「神的信」の正当性を、「推論によって」証明するところに置いていたのではあるまいか。

＊

意外で逆説的な結論である。「人間的なものにとどまり、救いには無益な」と称される「信」が、「神的」と形容されるのだから。それよりはむしろ、いくたりかのパスカル研究者の例にならって、「人間的信」のカテゴリーに分類すべきではないのか。[22] しかしパスカルの企ての独創性は、まさに神の真理を志向する信――「神的信」――を理性の法廷に召喚することによって、人間精神にそれを受容させることにあった。『ポール・ロワヤル論理学』は、人間的信を神的信から分離することによって信による認識の領域に理性を導入する代わりに、神的信については、神の不謬性と誠実さを楯に取って、理性の埒外に置く。信仰は、理性の接近を拒む聖域なのである。しかしパスカルの護教論にとっては、たとえ神に由来するにせよ、理性の検討を免れるいかなる権威も存在しない。なぜならキリスト教のメッセージの権威＝信憑性の確立こそが、彼の説得活動の標的なのだから。これは、信仰の核心にある神秘に理性の光を当てて、その根拠を明らかにすることを目指すという意味で、危険で大胆きわまる企てである。その自覚があるからこそ、彼は、対話者にこう言わせていたのではないか。「しかしこの宗教自体、たとえこんな風に信じたとしても、何の役にも立たないと、言っているではないか」(1/5; B247)。護教論者が与える信仰は、どこまで行っても、信者を生かす信仰の手前にとどまらざるを得ないのである。

二　「賭」をめぐって
——護教論から霊性へ——

「賭」の題名で知られる断章(II/418; B233)は、『パンセ』の中でも、とりわけ護教論の主張と論証が集約的に表現された文章として知られている。それはじっさい、宗教的体験を持たず、事物の認識において理性しか認めない対話者に、語り手である護教論者が呼びかける形式を取っている。著者パスカルが登場させる語り手は、説得術のルールに従って、自分と相手が共有する前提すなわち「自然の光」から出発して議論を進める。したがってその議論は、厳密に理性的な立場で展開され、たとえ相手を論破するに至ったとしても、純粋な信仰つまり霊性の領域の手前にとどまるように思われる。護教論が、理性による信仰の批判からキリスト教を擁護するためであれ、逆に、「教会を通じて伝えられる啓示の事実」を確立して、キリスト教の正当性を論証するためであれ、「歴史的・合理的論拠」を利用することを思えば[1]、これはある意味で当然である。だがそれでは、「賭」の議論は、信仰体験あるいは霊性とは無縁であり、著者の霊的な体験は、たとえ密かにでも、テクストに反映していないのだろうか。このような問題意識から出発して、断章の意味と射程を正確に瀬踏みすること、それが本章の目標である。しかしそのためには、テクストの解釈の前提となるいくつかの問題を考え直す必要がある[2]。

1　哲学者の神か、アブラハムの神か？

賭は言うまでもなく、神とその存在を対象としている。しかし議論の中で問題になるのは、いかなる神か。それは、人間との出会いを通じて歴史の中に姿を現わす神、すなわち『メモリアル』の言う「アブラハムの神、イサクの神、ヤコブの神」なのか、それとも歴史的規定も教義的規定も受けない神、同じく『メモリアル』の言う「哲学者と学者の神」なのだろうか。

一見して、「アブラハムの神」、いわんや「イエス・キリストの神」(3)でないことは明らかである。本断章は、「無限」と「無」に関する数理神学的な考察から始まり、しかる後に、固有の意味での賭の議論に入るが、その出発点は、「自然の光に即して」語ること、すなわち「聖書とその他のもの」を源泉とする信仰の教えを除外して議論を行うことにある。じじつ、論証において、教義あるいは歴史が論拠として援用されることはない。ユダヤ教やキリスト教への言及はほとんどなく、それぞれ一度だけ用いられている「キリスト教徒」と「聖書とその他のもの」という表現にしても、前者は、賭が設定される直前、後者は、対話者が賭の議論に降伏した後に登場し、賭の論証そのものには関与しない。しかも両者が含まれる段落は、どちらも初稿にはなく、後からの加筆である。パスカルは、教義の点でも歴史の点でも輪郭を欠いた未知の神の賭へと、対話者そして読者を誘っているように見える。

それなら賭の目指しているのは、哲学者の神であろうか。『メモリアル』は、文書の性格からして無理もないが、「アブラハムの神」に対置される「哲学者と学者の神」がいかなる神であるか語らない。『パンセ』の別の断章（V/449 ; B556）は、「キリスト教徒の神」との対比で、「幾何学的真理と元素群のたんなる創造者としての神」に言及しているが、これが哲学者の神にあたるのだろうか。なるほど、哲学者が物質であれ精神であれ、万有の根拠の探求を使命とする限りにおいて、そう言えるかもしれない。その場合、神は、自らのうちに、数学的真理のような非物質的で永遠の真理が宿っている「第一の真理」になる。しかし賭の議論の前提はまさに、そのような「本質的真理」に理性が到達できず、(4)したがって理性とその志向的対象である真が、賭の構成要件から除外されることである。賭金として考慮されるのは、意志とその目標である善あるいは幸福だけである。換言すれば、人間を賭に促すのは、よく生きること、つまり幸福な人生に対する関心であって、真理に対する関心ではない。そうだとすれば、賭の目指す対象はむしろ、「人間の生命と富に摂理を働かせ、自らを崇拝するものに幸福な年月を恵む神」(V/449; B556) ではないか。しかし、それは直ちに、「ユダヤ人の分け前」として斥けられる。それればかりではない。この神の崇拝者が享受する「幸福な年月」は、賭が約束する「無限に幸福な無限の生命」(II/418; B233) と比較すれば、無に等しい。哲学者の神もユダヤ人の神も、賭の議論には適合しないのである。

実はパスカルの信仰に即して言えば、存在する唯一の神は、「アブラハムの神、イサクの神、ヤコブの神、キリスト教徒の神」にして「愛と慰めの神」だけである (V/449; B556)。しかし問題は、賭の議論においては、今しがた見たように、神に歴史上あるいは教義上の輪郭を与えられないことである。そればかりではない。そこでは、「愛」と「慰め」を語ることもできない。なぜなら賭の動機はひたすら幸福の追求なのだから。とりわけ議論の性質上、原罪の果実である「悲惨」とそれからの救済を可能にする神の無限の「慈悲」を同時に感じさせる神、(5)すなわち「キリスト教徒の神」を暗示することはきわめて困難である。もちろん理論的には、哲学者の神から始めて、しかる後にキリスト教徒の神に移行する護教論を構想することは不可能ではない。しかしパスカルはまさにそのような護教論を斥ける。彼は、神を知るためには、「われわれの悲惨」

と「われわれの不正」(14/189; B547)を知ることが絶対に必要だと繰り返し述べている。しかもこの主張は、「始まり」と題された第十二章——そこには、「賭」と緊密な関係にあるいくつかの断章が収録されている——以前、すなわち固有の意味での神とキリスト教の証明が開始される以前の箇所にも見出される。(6) 賭の対象となる神を、あらかじめ何らかのカテゴリーに所属させるのは不可能である。護教論者が跪いて祈りを捧げる「あの無限で不可分の存在」は、賭の議論の枠内では、あらゆる哲学的・歴史的規定の手前にある。言うなれば、それは、パウロがアテネのアレオパゴスで語った「知られざる神」(7)なのである。

2　賭か宝くじか——賭の条件

次に考察すべき問題は、議論で設定される賭の本当の性質である。一言で言って、それは賭なのか、それとも宝くじなのか。これは一見奇異な問いであり、真面目な検討に値しないように思われる。(8) テクスト中に「賭ける」という動詞は何度も登場するし、勝負について「丁か半か」という表現も用いられており、字面からは、賭としか考えられない。しかしパスカルの賭と類似の議論を展開している『ポール・ロワヤル論理学』は、宝くじのモデルを採用しているし、(9) それ以前に、問題の勝負が、賭に必要とされる条件を満たしているかどうか疑わしい。具体的に言って、賭の提示する、神の存在あるいは非在という二者択一は、ゲームの規則に適っているのだろうか。神の存在が賭の正当な対象となるためには、神の非在も、有力な選択肢とは言わないまでも、可能な選択肢を構成していなければならない。競馬の例で考えれば、優勝候補と並んで、評価の低い馬がいる。しかし予想配当金は評判に反比例するので、評価の高い馬と低い馬の間には一種の平衡が成立し、「どのみち賭けなければならない」とすれば、一番弱い馬に賭けることもあながち不合理ではない。しかしパスカルの賭けにおいては、事情が異なる。二者択一の二つの項の間に根本的な不釣合いがあるからだ。じっさい、「神の存在を丁として」、二つの選択肢の有利さを評価すると、「きみは、勝てば、すべてを獲得する。負けても、何も失わない」。逆に言えば、神の非在を丁として、勝ったとしても、何も獲得しない。しかしそれなら神の非在に賭ける利点は一切ない。また賭の議論の独創とされる確率計算をわざわざ行う必要もない。このゲームにおいては、本当の選択肢は与えられておらず、神の非在は真面目に考慮されていない。

もし賭として欠陥があるとすれば、宝くじとしてはどうだろうか。その場合には、ゲームは、「永遠の生命と幸福」という利益を目指して、神の存在にわれわれの現在の生を賭けるという形を取る。しかし「生を賭ける」とはどういうことか。人間が理性によって真を、意志によって善を追求することを思えば、これら二つの魂の基本的能力とその目標が、賭金として場に差し出されている。パスカルの言い方によれば、こうなる。「きみには、失うべきものが二つある。真と善だ。そして賭けるべきものが二つある。きみの理性ときみの意志、きみの認識ときみの幸福だ」。しかし理性については、神の認識において無力だと想定されているので、賭金としての価値はない。そこで残るのは、意志、より正確に言えば、幸福を追求する意志の観点から見た人生である。したがってゲームの参加者には、自分自身の人生を賭けること、言い換えれば、自分の人生を自由に自己決定することを断念して、ゲームの規則に従わせることが要求される。もっとはっきり言えば、神の存在が問題になっているのだから、人生を「この無限で不可分の存在」の意志と力に委ねることが要求される。それは、今の人生とは比較を絶してすぐれた無限の生を獲得するために、自らの人生を捨てるのではなく、抵当に入れて拘束することなのである。

こう考えれば、ゲームの意味はわかる。しかし宝くじと見なすことによって、何が変わったのか。主としてそれは、二者択一の適用される領域の変化に関わる。今や神の存在と非在のどちらかを選択することが問題なのではない。神が存在するという条件で無限の生と幸福を約束するゲームに、ある性質と量を備えた賭金――人生――を携えて、参加するか否かが問題なのである。二者択一はもはや勝負の内容ではなく、勝負への参加の可否、そしてそれに付随する問題として、賭金と予想配当の釣合いの有無に関わる。じっさい、「実存的賭」から「数学的賭」(10)に移行する箇所で、対話者は、議論を次のように蒸し返す。「これはすばらしい。なるほど、賭けなければならない」。ここで、「賭けなければならない」というのは、直前の護教論者の言葉を受けて、「ためらわずに、神がある」側に賭けることである。しかしその後で、対話者は付け加える。「しかしぼくはあまりにも多くを賭けてはいないか」。したがって対話者は、神の非在を考慮しているわけではない。ただ賭金の額――「多すぎはしないか」――と性質に注目して、神の存在に賭けることではなく、ゲームに参加することに躊躇しているのである。そして参加の可否は、対話者の最後の反論が紹介される数学的議論の最終段階で再び取り上げられる。この反論が強調するのは、賭金を失う危険の確実性と、いかに巨額とはいえ、配当獲得の不確実性との間に横たわる懸隔である。「身を危険にさらす確実さと儲けの不確実さを隔てる無限の距離を思えば、確実な危険にさらす有限の幸福も、無限だが不確実な幸福も、同じことである」。この主張に根拠があるかどうかはさておき、これが、「明日の百より今日の五十」ということわざの変奏であることは明らかである。対話者の躊躇は、もしゲームに参加することに同意すれば、現在所有している「有限の幸福」を「確実な危険」にさらして、失うかもしれないという危惧に由来している。一つ注意しておけば、幸福を危険にさらさなければならないのは、神の存在の側に賭けるからではない。神の非在に賭ければ、賭金を出すことを免除されるというのでは、もはや賭ではないからである。ルーレットのどの番号に賭けようとも、賭けるためには、あらかじめチップを買わなければならないのではないだろうか。

3　なぜわれわれは「船に乗り込んでいる」のか——賭の必然性

しかしゲームの性質に関する以上の解釈は、あいにくテクストの字面と矛盾する。というのも、対話者は、議論の冒頭から、「正しいのは賭けないことだ」と指摘して、相手の論法を回避しようとしているからだ。それに対する答えは有名である。「そうだ。しかし賭けなければならない。それは随意ではない。きみは船に乗り込んでいるのだ」。そしてこの確認あるいは断定の上に立って、議論は展開していく。そうだとすれば、ゲームに参加すべきか否かを問うことは無用に思われる。

しかしいかなる根拠で、著者パスカルそして語り手は、われわれがすでに船に乗り込んでいると主張できるのか。また対話者そして読者は、この主張に素直に従うことができるのか。注目すべきは、議論の過程で、この前提の理由は明らかにされないまま、賭の必然性がくどいほど強調されることである。「どうしても選択しなければならないのだから」、「どのみちきみは勝負しなければならないのだから」、「勝負を余儀なくされた場合には」、「勝負を余儀なくされて」、「勝負を余儀なくされたときには」。もし前提が自明であるか、あるいは証明されており、対話者がそのことに納得していれば、これほど賭の必然性を強調する必要があるだろうか。

人間は本当に神を対象とする賭に「乗り込んで」いるのだろうか。もしそうだとすれば、その理由は何か。この点については、この断章では、賭が人生のアレゴリーとなっており、その観点からすれば、われわれの誕生とともに賭はすでに始まっているという指摘がなされている。(11) じっさい、最近の研究は、数学的賭の議論で決定的な役割を果たす「配当」の観念に緻密な分析を加えた結果、対話者に提起された問いは、「勝負を望むか否かを決定することではなく、すでに参加しているこの勝負に対してある作戦を採用する」か否かであることを、明らかにした。[12] 問題は、勝負を中断して、「配当分配の規則」に従って賭金を取り戻すか、それとも勝負を続行して、自らの人生に他ならない賭金を場に出し続けるか、そのどちらを選ぶのがよいかを決めることである。ところで勝負から脱退して回収する配当――「残された地上の日々」[13]――は、断念した儲けである「永遠の生と幸福」に比べれば、文字どおり無にすぎない。これは、「どちらが先に勝負を中断するのか」と問いかける神によって、いわば人間に課せられた賭なのである。

すでに霊性の領域に深く踏み込んだこのような解釈が、パスカルの信仰に適合していることは否定できない。しかし問題は、対話者が自らの人間の条件を自覚し、すでにして賭に引き込まれていることを認めることができるかどうかである。そうでなければ、この解釈は、護教論の議論としては、論点先取の誤りを犯していると言われても仕方ない。どうしたら対話者に、論理に基づくにせよ、事実に基づくにせよ、賭の必然性を認めさせることができるのか。

論理的必然性については、先ほど触れたように、数学的賭の最終部分が一つの解答を提示しているように思われる。慎重な対話者は、無限ではあっても獲得できるかどうか不確かな儲けのために、自らの人生を危険にさらすことを望まない。それに対して語り手は、「不確かな儲けのために確実に危険を冒す」賭博者の行動が合理的な性格を帯びていることを指摘する。「不確かな有限の儲け」を目指す勝負は、「理性に背くことなしに」行われる。さらに、賭の断章と縁の深い別の断章は、もっと明白にこう述べる。「もしも確実なことのためにしか、何もしてはいけないというのなら、宗教のために何もしてはならないだろう。宗教は確実ではないのだから」。しかし「明日と不確かなことを目指して働くのは、理に適っている。なぜなら証明済みの配当分配の規則によれば、不確かなことを目指して働かなければならないからだ」(XXIII/577 ; B234)。

ゲームの理論の先駆とも見なされる「配当分配の規則[14]」の細部に立ち入らなくても、パスカルの推測するのは難しくない。問題は、一方では、行為に投入する賭金つまりコスト、他方では、儲けの数学的期待値つまり儲けの額とそれが実現する確率の積とを比較することである。たとえば確率二分の一の賭に百円賭けるとする。儲けが三百円なら賭は有利であり、百円なら不利、二百円なら公平である。こうして未来に設定され、したがって実現するかどうか不確かな目標について、合理性の観点から行動の適切さの序列を決定することができる。しかしそこから、どれほど有利なことであれ、不確かなことを目指して働かなければならないという結論が導き出されるだろうか。いったん目標を定めた上で、それに到達するための最適の行動様式を計算し選択することと、数ある目標の中から一つを選び行動を起こすこととは、別のことである。どれほど有利で魅力的なゲームに誘われようと、それに参加しない自由はつねにあるはずである。賭の論理的必然性は、配当分配の規則によっては、証明することはできない。

残るは事実上の必然性である。すべての人間は、たとえ気付かなくとも、生まれながらに神の賭に参加している。とはいえ問題は、それを頭ごなしに言明することではなく、対話者ひいては読者に納得させることである。だが正直に言って、賭の議論はその必然性を明示的には示していない。賭の必然性は主張されているが、説明されていないのである。それではパスカルの議論は有効性を失うのか。そうではない。それは、議論において、護教論者とその対話者が、パスカルの人間学を構成する直観の一つを共有しているからである。それは、不確かな未来のために働くことが人間の条件に内在しているという直観である。よりよい未来のために現在時を担保に入れることには、事実としての必然性がある。直前に引用した断章（XXIII/577; B 234）で、「明日」のために働くことと「不確かなこと」のために働くことが、同列に置かれていたことを思い出そう。それは、「われわれが明日の日の目を見るかどうか確かでない」からであった。しかしわれわれは、どれだけのことを、明日のため、来月のため、来年あるいはさらに遠い将来のために行うか。断章が例として挙げる「海上の航海、戦闘」はその典型である。航海者は、巨万の富を獲得するために嵐をついて大海に出帆し、兵士たちは名誉ある引退生活を目指して、戦争の残虐に身をさらす。両者とも、現在の富と安楽を犠牲にして、それぞれが未来について抱く理想的なイメージの実現のために行動を起こす。彼らは、想像上の別の人生を生きるために、現在の人生を拘束する賭をすでに始めているのである。

しかしながら、明日と不確実のために働く代わりに、「まったく何もせず」(XXIII/577; B234) に、現在時にとどまる道を選ぶことはできないのか。言い換えれば、「まったく何もしない」ことと「明日のために働く」こととの間に、二者択一は考えられないのか。「空しさ」の章に収められたある断章は、人間の時間意識の分析を通じて、これに否定的な答えを出している。

　われわれは決して現在時にとどまっていない。われわれは未来を、やってくるのが遅すぎるかのように、その歩みを急かすかのように、先回りして待ち設ける。あるいは過去を、あまりにも早く過ぎ去るかのように、押し止めるために呼び戻す。〔……〕

　各々、自らの思いを吟味してみるがよい。それがすべて過去か未来に占められているのに気付くだろう。われわれはほとんど現在のことを考えない。考えるとすれば、未来を思いどおりにするための光明を現在から引き出すためだけだ。現在は決してわれわれの目標ではない。過去と現在はわれわれの手段である。ただ未来だけが目標なのだ。こうして、われわれは決して生きていない。生きようと願っているだけだ。そしていつでも幸福になる準備ばかりしているものだから、決して幸福になれないのは必定だ。

(2/47; B172)

これは、現在時にとどまるようにとの勧誘でも命令でもない。そのような企てが挫折に定められていることの確認である。現在にとどまり、ただ今の生を生きることは、堕罪以前に地上楽園に生きた人類の始祖、あるいは救われて天上で神の観想に没入する至福者の特権である。[15] ひとたび腐敗した自然状態に堕落した後は、つまり歴史の開幕以後は、人間は今ここで幸福を享受することができずに、未来における幸福の実現を準備する外ない。これが、「明日のために働く」ことの意味である。

そうだとすれば、人間は誰しも、少なくとも物心ついてからは、幸福な未来を懸賞金とするあらゆる種類の勝負事に参加している。しかし勝負は時の運だからといって、それは運任せということではない。「偶然の幾何学」の発明者であることを誇りとするパスカルに言わせれば、「運の不確実性を計算の厳密さの支配下に置く[16]」ことは可能であり、賭博者の振舞いを導くある種の合理性が存在する。それに、偶然の幾何学も現代のゲームの理論も知らなくても、各人は人生のそれぞれの勝負で、本能的に確率計算を行い、自らが目指す未来の幸福の数学的期待値とそれに到達するために払うべきコストを比較している。もちろん計算の誤りは少なくないだろうし、とりわけ幸福な未来について各人が作り上げるイメージは千差万別である。しかし幸福を追求するために合理的に振舞うべきだという前提が疑われることはない。

賭の議論はこの前提を逆手に取る。人間の行動を目標達成の観点から見れば、合理性がその指導原理になる。しかし目標自体はどうか。われわれは人生行路で、ひっきりなしに情熱や野心に駆られて、あるいは逆に慎重さと未来に対する懸念を動機として、ありとあらゆる目標の実現を目指す。しかしその行く手に待ち構えているのは、死、すなわち将来という目標の決定的な喪失に他ならない。そればかりか、人生のそれぞれの段階での願わしい目標は、いつ何時死によって断ち切られるかわからない。人間の行動全体つまり人の一生は、最終目標において破綻し、「この無限の空間の永遠の沈黙」(15/201; B206)の中に宙吊りになっている。それにもかかわらず、計算的理性を備えた人間にとって、「明日を目指して働く」、つまり今の自分を目標達成の手段と位置づけて拘束する以外の生き方がないとすれば、どうして神の存在と死後の至福を約束する教えを真面目に受け取り、そのために現在の生全体を賭けないのか。どのみち賭けなければならないのなら、利得の点でも有利さの点でも、最高最大の賭を選ぶべきではないのか。これが護教論者の主張だと思われる。

4 どうして賭の議論は効力を発揮しないのか

以上のように理解すれば、議論は首尾一貫しており、説得力にも欠けていない。語り手が勝ち鬨をあげるのも無理はない。「これで証明は万全だ。もし人間に何か真理を知る能力があるとすれば、これこそ、その真理だ」。しかし周知のように、対話者は、理屈の上では論破されたことを認めながら、神を目指す賭に乗り出そうとはしない。議論には実践的な有効性が伴っていない。この逆説をどう考えればよいのか。それは護教論の歩みの中で、いかなる意味を持ち、いかなる役割を果たしているのか。裏を返せば、もし賭の議論が所期の成果を収めたとすれば、どういう結果が生ずるのか。対話者は、語り手が熱烈に願っているような真の信仰に導かれるのだろうか。

この問題を考える上で示唆的なのは、賭の断章の霊的価値にしばしば疑念が投げかけられることである。ヴォルテールが『哲学書簡』の中で行った有名な批判を引用するだけで十分だろう。

それにこの文章は、いささかはしたなく、子供じみているように思われる。勝負、損失、儲けといった観念は、厳粛な主題にまったくふさわしくない。[17]

ヴォルテールが終生、反パスカルの旗印を掲げたことを思えば、この批判も公平を欠いているかもしれない。しかし断章全体から賭の議論を切り離して、それだけで考察する限り、この批判は的を射ていると言わざるを得ない。じっさい、聞き手の損得勘定と自己愛に訴えかける議論が、神に対する無私の信仰を吹き込むことができるのだろうか。

この問題に思いがけない光を投げかけるテクストがある。フェヌロンが、キエティスム論争において、神秘主義の伝統を擁護するために執筆した『諸聖人の格律解説』、その中でも、とくに序文で展開される愛の諸段階に関する考察である。[18] もっともそこには、パスカルの名前も賭の議論も登場しない。またフェヌロンより三十歳近く年上のパスカルが、彼の影響をこうむったというわけでもない。それどころか、十七世紀フランスの神学界の重要な争点の一つであった「純粋愛」について、パスカルもポール・ロワヤルの神学者たちも正面切って論ずることはしていない。しかしフェヌロンが、キリスト教の霊性あるいは神秘主義の伝統が培ってきた愛の理論から抽出・整理した愛の分類は、賭の議論の背後に潜む霊性を理解するために不可欠である。

神に対する愛には五つの段階があり、それは、「神自身を目指すのではなく、神とは区別される神の賜物を目指す肉的なユダヤ人の愛」[19]から始まり、神のみを目指す「純粋で完璧な愛」[20]に至るが、われわれの問題に関連するのは、「ひたすら欲得ずくで、邪欲そのもの」[21]と形容された、第二段階の愛である。それは、「信仰は持っている」が、いかなる愛徳もない状態である。信仰を持っているというのは、たんに神の存在を認識していることにとどまらない。さらに神が、「われわれにとって唯一の至福であり、それを見つめることを通じて、われわれに幸福をもたらす唯一の対象である」ことを理解していることを意味する。しかしこの段階では、神を神自身のために愛する代わりに、「われわれの幸福を実現する唯一の道具として、また他のいかなる対象のうちにもわれわれの幸福を見出すことができないという理由で」愛する。要するに、神を最終目標ではなく、幸福実現の手段と見なしているのである。それは、「神の愛であるよりは自己愛」であり、少し先の箇所の引用でフランソワ・ド・サルが述べているように、この愛だけで永遠の生に与えることはできない[(22)]。

しかるにこれこそ、もしパスカルの対話者が、賭の議論に説得されたと仮定した場合に抱く愛である。そのとき対話者は、「欲得ずくで邪欲そのもの」の愛で、彼に「永遠の生と幸福」を約束する神を信ずることになるのだから。だがそれでは、約束のものは手に入らないのではないか。

そうだとすれば、賭の議論に対話者が示す抵抗は、護教論者にとって決して失敗を意味しない。反対に、それは自らの理性に全幅の信頼を寄せる自由思想家の意識には隠れている不信仰の真の原因を炙り出す役割を果たしている。賭の議論の妥当性を認めざるを得なくなった対話者は、追いつめられて、哀願する。「ぼくの手は縛られ、口は塞がれている。賭けるようにと強いられているが、ぼくは自由の身ではない。身を解き放してもらえない。それにぼくは信じることができないように作られているのだ。一体どうしろと言うのだ」(II/418; B233)。一方では、賭を「強いられ」ながら、他方では、「身を解き放してもらえない」と言うが、理性の自律を誇りにしてきた対話者にこれほどの苦杯を嘗めさせるのは、誰あるいは何なのか。パスカルの答えは明快である。

なるほど。しかし少なくとも次のことは学んでほしい。理性がきみを信仰に誘うのに、きみが信じられないとしたら、その無力さの原因は、きみの情念にあるのだということを。

自由思想家の心中では、理性が一元的に支配しているように見えて、実は彼の生き方をめぐって、情念が密かに理性と覇権を争っているのである。もっとも「情念」の語がこの文脈で完全に適切かどうかについては、一抹の疑いが残る。ストア哲学に起源を持つ理性と情念の二分法が、パスカルの人間学、とりわけ「感覚欲」「知識欲」「支配欲」の三種の欲に分節される欲望の構造と符合するとは言い切れないからである。しかしおそらく、「情念」はここでは広い意味で用いられており、「支配欲」――それは、虚栄心、傲慢、自己愛といったさまざまな形を取る――を含む現世的な欲望のすべてを包含しているのであろう。じっさい、断章が書き込まれている紙の余白に記されたメモは、意志の堕落が生み出す「自己への傾き」を問題にしている(II/421; B477)。「肉の欲」、「目の欲」として〈私〉の外に向かおうと、逆に、「生のおごり」[23]として〈私〉の内で屈折しようと、情念こそが、理性に背いて、「信じることができない」ように仕向けるのだ。

対話者は今や、賭に対する自らの拒否反応の根底に情念を発見し、自分が信じられないのは、情念に従属しているからであることに気がつく。ところがこの自覚こそ、まさに神への回心の始まりのしるしである。ここに至って語り手は公然と、信仰とそこに導く道程を語ることができる。

きみは信仰への道を辿りたいのに、その道を知らないというのか。不信から癒されたいので、治療薬がほしいというのか。きみと同じように縛られていたが、今や持てるもののすべてを賭けている人々から、学ぶがよい。

ここで語られる信仰は、対話者が賭の議論を聞いたときに想像していた信仰とは異なる。賭の議論は、信仰を永遠の生と幸福を獲得する手段として提示していた。ところが今では、信仰は、自我の構成要素である情念を克服することを人間に要求する。要するに、神のために神を愛する愛のうちに人間が開花するまでの間、自我を憎むことを要求するのである。この観点からすれば、信仰の外面的実践が、人間を「信じさせ、愚かにする(=動物化する)」という有名なくだりは、「機械」[24]としての人間を信仰に向けて調教することだけでなく、肉体の禁欲=修錬を通じて、神のために自我の至高性を放棄することを意味しているのである。

5 最後の祈りの意味

語り手の言葉に心を揺さぶられた対話者はこう叫ぶ。「ああ、この話を聞くと、われを忘れて恍惚となる」。護教論者の説得はここに終わる。対話者の台詞は、読者がそれをわが物とするには、あまりにも美化され、あまりにも理想化されているかもしれない。このような境地に達するためには、霊的な成熟が必要であり、さらに多くの説明とそれ以上の修行が必要に違いない。しかしここで注目すべきは、対話者が、「われを忘れて恍惚となる」という、深い霊性を暗示する表現を用いていることである。これらの用語が示唆する境地は、賭の議論が導こうとしていた境地、すなわちフェヌロンの分類による第二段階の愛より高いところにあるのではないか。護教論者が、対話者の「恍惚」に応えて、対話の締めくくりに述べる信仰告白は、そのことを裏付けているように思われる。

もしこの話がきみのお気に召して、強力なものと思われるなら、知ってほしい。これを書き記した男は、執筆の前と後に跪き、あの無限で不可分の存在に祈りを捧げたのだ。男は、自らの全存在を神に委ねた上で、きみについても、神がきみの全存在を支配下に置いて、きみ自身の幸福を実現し、神の栄光を輝かせて下さり、かくしてこの卑賤の身に力が結びつくようにと祈っているのだ。

ここで再びフェヌロンの愛の分類を参照すれば、護教論者の祈りは、その第四段階、「いまだいささかの利己心の残滓をとどめてはいるが、義化をもたらす真の愛」[25]、すなわち愛徳の愛に近い。ちなみにこの第四段階の愛と、最上段階に位する「純粋で完全な愛」[26]の微妙で問題をはらんだ区別に拘泥する必要はない。それは、純粋愛の論争の争点であるが、ここでは、混ざり物があろうと純粋であろうと、「義化をもたらす真の愛が、神を神ご自身のために、いかなる例外もなしに神をすべてに優先する」[27]ことが確認できれば十分だからである。要するに、第四段階の愛では、「魂は神を、神ご自身と同時に自分自身のために愛する。しかしながら、魂が主として愛するのは、神の栄光であり、魂自身の幸福は、造物主の栄光という最終目標と関連してそれに従属する手段としてのみ追求されるのである」[28]。この愛は、永遠の生と幸福を得るために神を信ずる第二段階での欲得ずくの愛とは、遠く隔たったところにある。

最後に付け加えておけば、結末のこの信仰告白は、神を「無限で不可分の存在」と名づけている。まったく抽象的な呼び方であるが、賭の議論が、歴史的輪郭も教義的輪郭も持たない神を対象としていたことを思えば、納得のいく呼称である。冒頭の数理神学的な思弁との関係を考えても、これ以上にふさわしい名前はない。しかしながら、サロモン・ド・チュルティーの筆名で、護教論者と自由思想家の対話を創作する信者パスカルにとって、事情は異なる。彼が祈りを捧げる相手は、『メモリアル』の晩に彼が出会った神、「アブラハムの神、イサクの神、ヤコブの神」以外の神ではあり得ない。結局のところ、合理的な賭の議論を「前と後」から包み込んでいるのは、『メモリアル』の体験、そして祈りによって甦るその記憶なのである。賭の議論の全体は、護教論の枠内にあるように見えて、すでに霊性の道に深く踏み込んでいる。

Ⅳ 信仰と政治

一　引用句の運命

――未完の『プロヴァンシアル』書簡の一句をめぐって――

1

一九六八年であったか、それとももう一九六九年に入っていたのか、とにかく大学紛争たけなわの頃であった。東京大学本郷キャンパスの法文一号館三階にあった文学部フランス語フランス文学研究室を出て、教官研究室へ通ずる廊下の入り口の上方だったか、それとも二階へ降りていく階段の踊り場の壁上であったのか(それにしても記憶はなんと脆いものだろう)、次のラテン語の文句がたしか赤ペンキの色も鮮やかに大書されていたことがあった。

Quod bellum firmavit, pax ficta non auferat.

「戦いの確立したことを、偽りの平和が破壊することのないように」。かりに日本語に移し替えれば、およそ以上のように表現できるこの落書きは、学生の処分問題に端を発して、やがて社会における大学のあり方、学問研究の意味と役割の問い直しに発展したいわゆる全共闘運動に共感を寄せ、自治会を組織して、ストライキに突入した仏語仏文学専門課程の大学院の学生に深い波紋を呼び起こす体のものであった。じっさい、彼らの多くは全共闘の主張に共鳴し、その最もラディカルな帰結である「大学解体」のスローガンにも強く心を動かされていたが、他方、いかなる政治的セクトにも属さず、したがって大学の枠を越えてそれを包み込む社会の変革への展望を欠いていたために、自分たちの異議申し立てが大学の中にとどまり続け、異議をつきつめればつきつめるほど、袋小路に追い込まれて、結局は妥協の名を借りた敗北に終わらざるを得ないことを、運動の最初期から予感もしていたのであった。このような状況において「偽りの平和」は激しい嫌悪の対象であると同時に、恥の意識を伴ったひそかな願望ともなる。落書きはそのような心の二重構造を明るみに出すと同時に、それにもかかわらず己の信念に忠実であり続けることをわれわれに要求していた。

しかしこの文句は、たとえばあの「連帯を求めて孤立を恐れず」というコピーほどには注目を集めなかった。それも全共闘全体の中で広まらなかったばかりではない。発生地である仏文大学院においても、ほとんど話題にならなかったように記憶している。なにしろラテン語では、その意味を解する人はごく少数だったのであろう。

しかしこの落書きを壁上に発見したとき、筆者は言い知れぬ衝撃に捉えられた。それはこの一句が、ブレーズ・パスカルの書き残した未完の草稿、いわゆる『プロヴァンシアル』第十九信の断片中に見出されるものであり、しかも筆者が当時、大学院の学生として、パスカルを研究しようと思い定めていたからであった。大学入学の年に、人文書院版の中村雄二郎氏の手になる翻訳で読んで以来、この一句は筆者の頭の片すみにこびりついていた。(1) だからあえて言えば、この落書きをするのは、筆者がもっともふさわしいはずであった。

しかしその絶好の機会に、筆者はこの名句の存在を失念していたし、またかりに思い出していたにしても、小心翼々たるところのある筆者にそれをする勇気があったかどうか……筆者は内心、自分の機転の欠如と臆病を苦々しくも認めざるを得なかった。それにしても本郷の仏文にはものすごい人がいる。パスカルを専門としてもいないのに、日本では読者がさほど多いとも思えない『プロヴァンシアル』の、それも本体ではなく、それに付随する未完の断片にまで目を通して、そこに書きつけられているラテン語の文句をこれほど時宜に適って引用できる人がいるのだから。筆者は自分への苦い思いと同時に、落書きの主への感嘆と畏敬の念を禁ずることができなかった。

2

ところでパスカルはいかなる状況でこの文句を書きつけたのだろうか。

「田舎の友」あるいは「イエズス会の神父様方」、そして最後の二通はイエズス会士で当時、国王の聴罪司祭の要職にあった「アンナ神父」に宛てた十八通の書簡の形式を取る『プロヴァンシアル』(『田舎の友への手紙』)は、『パンセ』と並んでパスカルの代表作であり、フランスの古典主義文学の傑作であるが、同時に論争書として、つまり現代風に言えば、アンガージュマンの文学として、ジャンセニスムあるいはポール・ロワヤル運動の歴史において、きわめて大きな意味を持っている。十六世紀以来のカトリック教会内での恩寵論争を背景とし、一六四〇年スペイン領フランドルの司教コルネリウス・ジャンセニウス(一五八五―一六三八年)の遺著『アウグスティヌス』の刊行を端緒として引き起こされたいわゆるジャンセニスム論争は、さまざまの紆余曲折を経たのち、一六五三年五月三十一日、時のローマ教皇インノケンティウス十世が、大勅書を公布して、『アウグスティヌス』の恩寵論を要約しているとして告発された五箇条の神学命題に異端宣告を下すという事態を招き、これ以降ジャンセニスムは教会そしてフランスの王権の弾圧の対象となった。これに対して、ジャンセニウスを支持する一群の神学者たちは、彼が聖アウグスティヌスの忠実な祖述者にすぎず、したがって彼の理論を断罪することは、伝統的に教会の正統的な教義と認められている聖アウグスティヌスの恩寵論を危うくすると主張して、教皇の決定に抵抗を試みた(彼らは「アウグスティヌスの弟子」と自称したが、彼らを迫害する教会と国家からは「ジャンセニスト」と呼ばれた)。その理論的支柱は、当時最大の神学者の一人であり、またポール・ロワヤルと深い関係のあったアントワーヌ・アルノーである。

ところで教会の決定に抵抗するといっても、もし五命題の異端宣告そのものに異を唱え、その正統性を主張すれば、それはカトリック教会が信仰に関する判断において誤りを犯したと言うに等しく、その帰結をつきつめれば、前世紀のプロテスタント諸派がしたように、カトリック教会を離脱し新しい教会を樹立する外ない。しかしジャンセニストたちは、自らがローマ・カトリック教会の一員であること、したがって信仰の領域における教会の不謬性を確信していることを公言し、その点について彼らの誠意を疑う余地はない。そのような状況において、彼らに残されている抵抗の手段はおそらく二つしかなかった。第一は、問題の五命題が反ジャンセニウス派の神学者によってでっちあげられた曖昧な性格のもので、正統的な意味と異端的な意味を許容し、したがって最初の意味においては擁護し得る、というものである。これは、異端宣告の大勅書が下される以前、とくにローマでこの問題が審理されているとき、ジャンセニスト側の派遣した神学者、たとえばノエル・ド・ララーヌが繰り返し主張したことである。第二の手段は、五命題の異端性は認めるが、それがジャンセニウスの恩寵論の忠実な表現であることを否定することによって、ジャンセニウスの正統性を救おうとするものである。幸か不幸か、五命題は第一命題を除いて、文字どおりには『アウグスティヌス』の中にそのままの表現では見出されず、第一命題についても、それが周囲の文脈から切り離されて、意味を変質したとすることは、少なくともジャンセニストの観点からは不可能ではなかった。もしこのような抗弁が認められるものとすれば、恩寵論は神学の中でも最も抽象的で困難な分野であるだけに、専門家の間で果てしない解釈論議が続けられることは目に見えていた。なお付け加えておけば、インノケンティウス十世の大勅書においては、五命題とジャンセニウスの『アウグスティヌス』との関係が必ずしも明確には規定されておらず、そのために以上のようなジャンセニストたちの抗弁が可能になったことは認めなければならない。

これに対して、フランス王権、フランス教会、ローマ教皇庁の三者は、相互に緊張と対立ははらみながらも巨視的には協力して、五命題が「ジャンセニウスの著書から抜き出され」、「ジャンセニウスの意味において」断罪されたことを公の場で決定し、さらにそれに基づいてフランス全土の聖職者に、ジャンセニウスの五命題を断罪した上述の大勅書に服従する旨の明確な意思表示を要求する手立てを模索し始める。さらにジャンセニスムの本拠と見なされたポール・ロワヤルにもさまざまな弾圧が加えられた。このような動きの中で、一六五五年アントワーヌ・アルノーがポール・ロワヤル弁護のために書いた『あるフランスのやんごとない貴族に宛てた第二の手紙』——手紙といっても四つ折り版で二百五十頁に及ぶ大論文である——がソルボンヌ大学神学部の槍玉にあげられ、譴責そして大学からの追放——アルノーはソルボンヌ大学神学博士であった——の処分を受けそうな雲行きとなる。

『プロヴァンシアル』は、アルノーとポール・ロワヤルが陥っていた窮境を、専門の神学者にではなく、世間の良識人に訴えて打開しようとする試みであった。そしてこの試みは、論争文学史上、おそらく空前の成功を収めた。パスカルは、最初の二通においてソルボンヌにおける審理の内容が、恩寵論争の核心に関わる問題のように見えて、実は用語の問題にすぎないこと、そしてトマス・アクィナスを師と仰ぐドミニコ会の修道士たちが、その恩寵論の内実においてはむしろジャンセニスト寄りでありながら、表現の上でその対極にあるイエズス会士モリナの学説(モリニスム)と同じであるかのように見せかけ、モリニストと結託して、アルノーを攻撃していることを鮮やかに暴露し、アルノー譴責問題の底には純粋な神学上の理由ではなく、政治的な理由が潜んでいることを暗示する。この戦術は著者とその周辺の意図としては、アルノー問題においてキャスティング・ヴォートを握っていたドミニコ会のいわゆる新トマス派の神学者たちをモリニストたちから引き離して、アルノー譴責を阻止することを狙っていたものと考えられる。しかしこの作戦は成功しなかった。ソルボンヌは、一六五六年一月三十一日、新トマス派の神学者も含めて、アルノー譴責を圧倒的多数で可決したからである。アルノーを支持するおよそ六十人の神学者は異常な審議手続に抗議して、すでに数日前から会議をボイコットしていた。ともあれ『プロヴァンシアル』は、それまで一握りの神学者の間でたたかわされていた問題を、実に見事な手際で一般読者の目にさらし、世論の応援を受けることに成功した。王権と教会当局の包囲網にがんじがらめにされていたポール・ロワヤルにとって、これはまことに貴重な援軍であった。

しかし『プロヴァンシアル』が世論に圧倒的な反響を呼び起こしたのは、第五信以降、イエズス会に矛先を向け、その自由主義的ないし放任主義的な道徳観、ジャンセニストのような厳格派から見れば、弛緩した道徳観を攻撃したことに多くを負っている。しかしなぜとりわけてイエズス会を攻撃の相手としたのか。

答えは一見容易に思われる。恩寵論争においてイエズス会は、ユマニスムの影響を色濃く受けた近代派の代表として、後期アウグスティヌスの厳格で悲観主義的な人間観を金科玉条とする伝統派——その極端な形態がジャンセニスムである——に鋭く対立し、五命題の断罪に大きく貢献するとともに、インノケンティウス十世の大勅書の公布以降も、ジャンセニスム弾圧の急先鋒として、多数の論争書を世に送って、五命題がジャンセニウスのものであることを繰り返し主張していた。そればかりではない。さまざまな歴史的な経緯が複雑に絡み合った結果、イエズス会はポール・ロワヤルに強い敵意を抱き、事あるごとに執拗な攻撃を加えていたが、その中にはデマ、中傷としか言えないものが含まれていたことは認めざるを得ない。したがってパスカルの中に稀有の論争家を見出したポール・ロワヤルが、この機会に宿敵に反撃を加えるように彼を促したとしても、そのこと自体驚くにはあたらない。しかも道徳問題は、信者の行動と、告解を通じての聖職者の信者の指導に関わるだけに、話が具体的で、一般信徒にもわかりやすい。加えて、当時のカトリック宗教改革の機運の中で、とくに都市のブルジョワを中心とする自覚的な信者層は、福音の教えにより密着した簡素で厳格な道徳を希求していた。イエズス会の「堕落して」、「たるんだ」道徳の攻撃がこれほどの成功を博したについては、もちろんパスカルの筆の力が決定的な役割を果たしているが、そこにはまた上に述べたような状況が有利に作用していたことも見逃せない。

しかし論争のそもそもの発端であるアルノー譴責と五命題問題に立ち戻って考えてみた場合、イエズス会はポール・ロワヤルの真の敵であると言えるだろうか。というより、イエズス会はアルノーとポール・ロワヤル弾圧の直接の責任者あるいは当事者と言えるだろうか。アルノー譴責の決定を下したのは彼が所属していたパリ大学神学部であり、そのメンバーの中にイエズス会士はいない。五命題の異端宣告とそれがジャンセニウスの意味において断罪されたことの決定は、最終的にはローマ教皇の裁定に委ねられるが、フランスにおいては、十六世紀後半から制度化されていた聖職者会議 Assemblée du Clergé、あるいはそれに代わるものとしての高位聖職者会議 Assemblée des Prélats がその任を果たしていた。ところで聖職者会議は元来フランス教会に固有の問題、とくに教会と世俗権力との間に生ずるさまざまの問題を討議する場であり、そのメンバーは、フランス教会の行政単位の一つである大司教管区(いくつかの司教区からなる)ごとに選出される。ということは、イエズス会のようにローマ教皇直属の修道会は、聖職者会議に参加する資格がそもそもないと言うことである。

だからといってイエズス会士たちが、これら一連の事件において大きな役割を演じなかったわけでは、もちろんない。彼らは多数の神学論文と論争文書を発表して、反ジャンセニスムの論陣を張るとともに、宮廷における影響力、とくにアンナ神父は国王の聴罪司祭という地位を利用して国の宗教政策に強力な働きかけを行った。この意味で、五命題断罪とそれに引き続く一連の決定のお膳立てをしたのはイエズス会であるという主張はたしかに正しい。そしてパスカルもポール・ロワヤルも事件の責任の所在について以上のようなイメージを抱き、またそれを世論に植えつけようとしていたのである。

しかし繰り返すが、ソルボンヌ大学も、フランス聖職者会議もそれぞれの責任において自らの権限に属する——あるいは属すると主張する——ことを行ったわけで、その責任をイエズス会に転嫁するわけにはいかないし、またこれらの組織にそのつもりはなかった。したがってポール・ロワヤルが交渉し、抵抗し、必要とあらば攻撃すべき相手は、これらの組織とその背後にある王権であって、イエズス会ではない。それなのに、どうして『プロヴァンシアル』はイエズス会に矛先を向けるのか。もちろん、イエズス会を叩いてその信用を失墜させれば反ジャンセニスム勢力の一角を切りくずすことができるという計算は働いていたろうし、またその計算は誤ってはいない。だが勘ぐって考えれば、イエズス会ならおおっぴらに攻撃できるし、また攻撃の成果も期待できるという事情が働いていたとは言えないだろうか。

というのも、良識あるフランスの世論に訴えかける文書において、アンシャン・レジームの根幹をなす制度である王権と教会、その代表的意思決定機関である聖職者会議を公然と弾劾することは、読者の反発を買うばかりで所期の目的を達することができないのは目に見えている。いや、それ以前にパスカルにせよ、ポール・ロワヤルにせよ、ローマ・カトリック教会の忠実な一員であることを衷心から標榜しており、今回の一連の事件において教会と宮廷のやり方にどれほど不信を募らせていたにせよ、教会と王権が弾圧の当事者であるとは、彼ら自身なかなか認めることができなかったに違いない。

しかしイエズス会の場合は事情が異なる。十六世紀の半ばに、イグナティウス・デ・ロヨラによって設立され、ローマ教皇に特別の忠誠を誓うこの修道会は、対抗宗教改革の尖兵として世界的規模で目覚ましい布教活動を行った。フランスもその例外ではなく、とくに教育、文化の分野での活躍は特筆に値する。しかしこの修道会は国境を越えた国際的な団体であり、こんな比喩を用いることが許されるものなら、一種の多国籍企業の性格を持っていたために、行く先々の国の地元の教会と摩擦を起こすことが少なくなかった。しかもそれぞれの国での活動の基盤の脆弱さを補うために、宮廷その他の支配層に取り入って、その強力な支持を背景に事を運ぶ傾向があったので、国民感情を刺激することがあった。とくにフランスにおいては、高等法院を中心とする法律家官僚層が、国の伝統の保持者をもって任じており、信仰においても、ローマ・カトリックの教えを奉じながらも、地上の権力としてのローマ教皇庁からの独立の傾向——これがガリカニスムである——を打ち出して、いわゆる教皇権至上主義(ウルトラモンタニスム)に鋭く対立していたために、ローマ教皇庁の手先と見なされたイエズス会に対して強い警戒心を抱いていた。『プロヴァンシアル』が、イエズス会を槍玉にあげた背景として、法律家官僚層、都市のブルジョワ、さらにフランス教会のかなりの部分に瀰漫していた反イエズス会感情を忘れることはできない。

このような状況において『プロヴァンシアル』は、イエズス会の道徳の批判については圧倒的な成功を収めるが、それが直ちにポール・ロワヤルとジャンセニストの立場の改善に結びつかないことは容易に予想できる。それどころか、彼らは肝腎の五命題問題については、次第に窮地に追いつめられていった。一六五六年九月、フランス聖職者全体会議は、それまでの高位聖職者会議の決定を追認して、五命題は『アウグスティヌス』から抜き出され、ジャンセニウスの意味において断罪されたことを決議し、その上でこの事を周知徹底させるために、「コルネリウス・ジャンセニウスの五命題」の異端宣告に服従する旨を言明する一つの文例を作り、その署名をフランスの全聖職者に要求することを決した。これが、いわゆる信仰宣誓書であり、署名の実施の責任は、教会の基本行政単位である司教区(ないしは大司教区)の長たる(大)司教に委ねられた(2)。さらにその後、同年十月十六日付で、新教皇アレクサンデル七世が、五命題をジャンセニウスの意味において断罪することを明確に打ち出した新勅書を発布したのを受けて、一六五七年三月十七日のフランス聖職者全体会議は、信仰宣誓書の文面を改訂し、その署名を新たにフランス全土の聖職者に要求することを決議する(3)。もはや聖職者に沈黙は許されず、教会の今回の決定に同意できない「ジャンセニスト」は、やがて目前に突きつけられるであろう信仰宣誓書に対していかなる意思表示を行うべきかという、一人一人の良心に関わる問題に直面することになる。

これに対してパスカルは、それぞれ一六五七年一月二十三日と三月二十四日の日付を持ち、イエズス会のアンナ神父を名宛人とする『プロヴァンシアル』第十七信と第十八信において、次のように主張する。すべての「ジャンセニスト」は、五命題をそれがいかなる著書に見出されようと断罪すると言明している以上、教義の上で意見の分裂はない。彼らが、五命題はジャンセニウスのものではないと主張していることについては、たとえ彼らが誤っていようとも、それはある著作の解釈という、人間の感覚と理性の領域に属する事柄であって、異端を構成することはあり得ない。このようにパスカルは、教会内に信仰上の分裂がないことを強調し、信仰宣誓書の署名強制がかえって分裂の種を蒔く百害あって一利ない措置であることを暗示する。

しかし事ここに至って、イエズス会の重鎮に以上のような説教をすることには、その内容がいかに正論であろうとも、どれほどの効果があるだろうか。少なくともポール・ロワヤルとジャンセニストを脅かしている危険に対処するという観点からすれば望み薄である。こうして『プロヴァンシアル』によるキャンペーンは終わりを告げ、他の手段による抵抗運動あるいは妥協策が模索されることになる。

ところで問題の『プロヴァンシアル』第十九信の断片は、パスカルの死後間もなく作成されたと思われる『パンセ』の第二写本を含む手稿本の中に見出される。題名はなく、ただ「神父様」という挨拶の文句で始まっているだけであるが、「私のこれまでの手紙にはさぞ面白くない思いをされたことでしょう。なにしろあなたが罪に陥れようと躍起となっている人々の潔白を明らかにしたのですから」という冒頭の文章を見れば、これがアンナ神父を名宛人とした第十八信に引き続く手紙の下書きとして書き始められたことは、疑う余地がない。しかし下書きは二頁ほどで中断され、後は欄外に切れ切れの断片が書きつけられているだけである。問題の引用はその中にある。

この未完の手紙の調子は沈痛で、全体に悲愴感がみなぎっている。信仰宣誓書の署名強制を間近に控えた——しかしこれが現実になるのは、実はまだ先のことであるが、それについてはまた別の物語が必要である——ジャンセニストたちの苦悩、一方では自分が所属する組織への愛着と服従、他方では真理への愛の狭間にあって、良心を引き裂かれる思いをしている彼らの苦悩と、それにもかかわらず彼らの保持している毅然たる態度が活写されているからである。まるで古典悲劇の幕切れを見るようだと言っても過言ではない。そして問題の Quod bellum firmavit, pax ficta non auferat という文句も、そのような文脈から一層の緊迫感を獲得しているように思われる。壁上に発見した落書きに筆者が言い知れぬ衝撃を受け、自分たちの置かれている状況と十七世紀フランスのジャンセニストたちの運命を二重写しにしたのは、今から振り返ってみれば、青年に特有の感傷癖によるところ大であり、恥ずかしさといささかのほほえましさなしには思い起こすことができないが、それはそれなりに理由がなくもなかったのである。

3

だが問題の一句をパスカルはどこに見出したのか。実はこの点は、長い伝統を誇るパスカル研究においても、従来不明のままであった。古典ラテン文学の教養を備えた数代にわたる本国の研究者たちの努力が実を結ばなかった後で、さらに探索を続けても何の益があろう。どれほど引用句の来歴が気にかかっても、この問題に正面から取り組むわけにはいかなかった。

しかし解決の糸口は意外なところからやってきた。六年ほど前(一九八二年)のこと、日本政治学会からジャンセニスムについて発表を行うように依頼されて、その準備のために数冊の参考書に目を通したことがある。その中の一冊に、ポール・ジャンセンという研究者の『マザラン枢機卿とフランスのジャンセニスム運動。一六五三―一六五九年』と題する博士論文があった。(4) これは、フランス外務省文書部に保存されている外交資料を活用して、この時期のジャンセニスム問題がマザランの対ローマ外交政策と密接に結びついており、ある意味では彼がローマ教皇庁との交渉を有利に運ぶために用いた切り札であり、極端に言えば政治的でっちあげであることを立証しようとした労作である。巻末には付録として重要資料が公表されているが、その中に一六五四年四月九日付の「トゥールーズの大司教ピエール・ド・マルカのマザラン枢機卿に送った覚え書」という文書が収録されている。(5) これは、異端宣告を受けた五命題がジャンセニウスのものであることを、はじめて公に確認した同年三月のフランス高位聖職者会議についての報告であり、ピエール・ド・マルカは宰相マザランの意を受けて、この会議のお膳立てを行い、会議の進行をリードした人物である。ところでこの覚え書の中でマルカ自身が聖ヒエロニュムスの言葉として次の文句を引用しているのである。

Quod bellum servavit, pax ficta non auferat.

戦いの守り抜いたものを、偽りの平和が破壊することのないように。(6)

firmavit(確立した)とservavit(守り抜いた)の違いはあるにしても、二つの引用句は酷似している。パスカルの引用の最初の源はヒエロニュムスに違いないという考えがひらめいたのは当然のことであろう。ちなみに、ジャンセン氏には、その後お目にかかる機会があったので、このことを話題にしてみたが、気がつかなかったとのことであった。

しかしそこに難点がないわけではなかった。まずパスカルが直接ヒエロニュムスを読んだ可能性は、彼の教養から考えても、また当時ポール・ロワヤルの関係者が問題の著作に言及した形跡がないところから考えても可能性は低い。それでは、ピエール・ド・マルカの発言がパスカルの引用のきっかけになったのだろうか。おそらくそのとおりだという確信めいたものはあったが、そこにも障害があった。まずマルカの『覚え書』は、厳密な意味での秘密文書とは言えないかもしれないが、政府の内部文書であり、パスカルがそれを目にする機会があったとは考えにくい。次に問題の高位聖職者会議は『プロヴァンシアル』第十九信断片の執筆に先立つこと三年前の出来事であり、それが一六五七年においてなお今日的な意義を保持していたかどうか、必ずしも明らかではない。しかしこのような疑問は、日本にいて一次資料にあたることができない限り、解決はおぼつかない。せっかくの思いつきがここで頓挫したのも無理からぬことであった。

以上の疑義が幸運にも氷解したのは、やはりフランスにおいてであった。一九八四年から一年余、久し振りにフランスに滞在する機会を与えられた筆者は、主としてジャンセニスム、それも信仰宣誓書問題に関する資料調査に従事したが、探索の過程で浮かび上がってきた基本資料の一つに、『教皇インノケンティウス十世の大勅書及び小勅書に関するフランス聖職者の審議報告』という標題を持った文書があった。(7) これは一六五六年九月のフランス聖職者全体会議で信仰宣誓書の作成が議題になったときに提出された覚え書で、五命題問題のそれまでの経緯が詳細に綴られている。作者の名前は記されておらず、聖職者会議の議事録に組み込まれ、さらに独立した付属資料とともに公刊されたので、聖職者会議の公式文書となり、その総意の表現のように見えるが、ピエール・ド・マルカが執筆に深く関与していることは文面からも明らかである。(8) ところでこの文書は、前述の一六五四年三月の高位聖職者会議に長々と言及しているが、そこでヒエロニュムスのかの一句がやはりマルカの発言の中で引用されているのである。(9) 本報告書が信仰宣誓書の作成にあたって決定的な役割を果たし、そのためジャンセニストをはじめとする反対派から手厳しい批判を受けていたこと、要するに一六五六年秋から五七年にかけてジャンセニスム問題に関心ある人々の注目を集めていたことを思えば、パスカルが、この句をそこに見出して、それを記憶違いのせいか、それとも意図してか、servavit を firmavit に変更して彼のノートに書きつけたのは、ほぼ間違いのないところである。

4

しかしパスカルはなぜこの句に引きつけられ、これを書き留めたのか。それを理解するためには、ピエール・ド・マルカがいかなる状況でいかなる目的のためにそれを引用したかを見ておく必要がある。

一六五四年三月の高位聖職者会議は、すでに触れたように、前年異端宣告を受けた五命題が果たしてジャンセニウスの著書から引き出され、彼の学説として断罪されたのか、それとも誰の学説とも特定されずにただその内容を断罪されたのかという点を討議し、はじめて明確に五命題がジャンセニウスのものであることを決定した。しかし高位聖職者会議はなぜこのような決定を殊更に下さなければならなかったのか。言い換えれば、どうしてフランスのカトリック教会と王権は、インノケンティウス十世の五命題断罪の大勅書で満足せずに、さらに五命題がジャンセニウスの学説の忠実な表現であることを確認し、それに基づいて信仰宣誓書を作成し、その署名を強制しなければならなかったのか。

これに対する伝統的な解答としては、「ジャンセニスト」たちが事実問題の観点から大勅書に承服せずに抵抗運動を展開したからという理由が挙げられてきた。巨視的に見ればなるほどそのとおりであろう。しかし問題は、一六五三年五月から五四年三月にかけて、「ジャンセニスト」たちが具体的にどのような反対運動を行ったのかということである。ところが奇妙なことに、この間、アルノーをはじめとするジャンセニウス擁護派の神学者たちは目立った動きを見せておらず、少なくとも自らのイニシャティヴで反対文書を発表した形跡はない。その間の事情を、『アルノー全集』第十九巻の解題は次のように述べている。

> 事実問題、すなわち五命題の出所をジャンセニウスの著書に帰することについては、彼を擁護する神学者たちは、権威への尊敬と平和への愛好ゆえに沈黙を守る決意を固めていた。(10)

そしてこの叙述を疑う理由はない。

それでは問題の時期に一体何が起こったのか。また高位聖職者会議は、いかなる目的で誰に反対して開催されたのか。事態はきわめて複雑で、その全容を明らかにすることは容易ではない。しかし話を極度に単純化して言えば、インノケンティウス十世の大勅書の布告——それは各(大)司教区毎に(大)司教の責任において行われるが——に際して、いくつかの(大)司教区で重大な事件が持ち上がったのである。

一六五三年五月三十一日、ローマで発布された大勅書は、同年七月三日教皇使節によってフランス王に手交され、同月十一日マザランが議長を務める高位聖職者会議でフランス王国への受け入れが決定された。さらに同会議は十五日、フランス全土の(大)司教に大勅書の布告を要請する回状を発送した。ちなみに以上の手続きについては、次の二点を考慮に入れておく必要がある。まずフランスとローマはそれぞれ独立国として外交関係を結んでおり、したがって教皇の大勅書といえども、批准されなければ、フランス国内では効力を発揮しない。次に司教は、伝統的に使徒の後継者と考えられ、司教区の最終責任を負う立場にあるので、ローマ教皇——彼はローマの司教である——といえども、フランスの高位聖職者会議といえども、司教に直接命令を下すことはできない。ただ要請することができるだけである。実はこのような考え方は、中央集権化を推進していたローマ教皇庁とフランス王権によって次第に切りくずされつつあったが、建前としては当時のフランスの司教団のかなりの部分によって支持されていた。

さて各司教区では、高位聖職者会議の回状に基づいて大勅書を布告することになったが、その際、今回のローマの決定に不満を抱く何人かの大司教・司教は、大勅書とは一定の距離を置いた解釈を織り込んだ教書を添えて布告を行った。その中でも、とくにパリに近く、重要な大司教区であったサンスの大司教アンリ＝ルイ・ド・ゴンドランの教書の調子は激越で、実はこの手紙こそが、問題の高位聖職者会議開催の直接の原因となったと考えられる。(11) 教書の内容はたしかに驚くべきものであった。なぜならそれは、大勅書を布告するという口実のもとに公然とローマ教皇の決定に異を唱えているのだから。つまりゴンドランの主張によれば、五命題は聖アウグスティヌスの恩寵論を快く思わない神学者たちによって捏造されたものであり、ローマ教皇はそれを一般的な意味においてのみ、つまりジャンセニウスの教義に触れることなく断罪したにすぎない。その上、五命題問題はまず最初フランスで取り上げられたのであるから、それを第一審において審理する権限を持っているのはフランスの司教団であるのに、彼らの検討を経ずに直接ローマ教皇に付託され、審理され、判決が下されたのは、法手続の上から違法であるという。この主張が、司教の責任と権限を重視し、ローマ教皇からの司教の相対的独立を唱える司教中心主義 épiscopalisme に基づいていることは明白である[12]。

当然のことながら、ゴンドランの教書はローマ教皇庁を強く刺激し、教皇庁は五三年十二月に彼の教書、並びに彼と類似の立場を打ち出したコマンジュの司教ジルベール・ド・ショワズルの教書の譴責処分を、フランス国王に求めた。そして五四年初頭には、教皇はこの問題を審理する数名のフランスの司教を任命したと言われる。

しかし大司教や司教、それもフランス国王の任命した大司教や司教に対してローマ教皇庁が直接介入して裁判を行うのは非常な困難を伴う。またかりに裁判に持ち込むことに成功したとしても、長期化して、五命題問題、ジャンセニウス断罪の決定についても、裁判の場で異議を唱えられるおそれがある。おそらく以上の点を考慮して、フランス教会の主要メンバーからなる高位聖職者会議を開催して、そこで対応策を打ち出す方がよいと考えられたと推測される。この方策を提案し、強力に推進したのが、宗教政策においてマザランの片腕であったピエール・ド・マルカであった。彼はこの会議で、五命題がジャンセニウスの著書から引き出され、彼の学説として断罪されたことを決定すれば、事実上ゴンドランとショワズルが譴責されたことになり、彼らを直接裁くことなしに所期の目的を達し、ローマ教皇庁の意向にも添えると考えたらしい。こうして十分なお膳立てを整えた後、一六五四年三月九日、マザランを議長として、インノケンティウス十世の大勅書の実施に関する高位聖職者会議が開催された。出席者は総勢三十八名、その中にはゴンドランとショワズルの姿もあった。
開会にあたってマザランは大略次のような発言を行った。

教皇はフランスの大司教・司教の間で大勅書について意見の相違が生じているとの報告を受けておられるので、われわれとしても大勅書の決定に沿って、思想の上でも表現の上でも意見の統一を図ることが望まれる。そのためには専門委員を任命して、大勅書の効力を無にするために考え出されたさまざまの解釈や逃げ口上を吟味して、それらを封ずる手立てを見出し、もって大勅書の誠実な実施を目指さなければならない。

こうしてマルカを含む八名の委員が任命され、十日から十七日にかけて八回にわたる討議を重ねた後、五命題は字句そのまま、あるいはそれに相当する表現でジャンセニウスの著書『アウグスティヌス』の中に見出され、著者によって明確に支持されており、また大勅書によって彼の主張として断罪されていることが「満場一致」で決定された。これはマザランの意を受け、マルカの主導する委員会としては当然の結論であろう。
ところで委員会での審議の途中、「ジャンセニスト」の側から内々に次のような妥協案がマルカに提示された。それによれば、「教会の平和を樹立する」ためには、たしかに五命題断罪が必要であり、それには主だったジャンセニストたちも同意する。しかしジャンセニウスの名を出すことを是認するわけにはいかない。

なぜならジャンセニウスの名のもとに彼の支持者たちが誹謗されるばかりでなく、ジャンセニウスは聖アウグスティヌスの理論にひたすら依拠して論議を進めているので、ジャンセニウスの断罪はアウグスティヌスの恩寵論の失墜を招くおそれがあるからである。しかし委員会はかえって態度を硬化させ、「真理を犠牲にして平和を望む」提案としてこれを斥けた。

委員会の結論を受けて、三月二十六日と二十八日に全体会議が開かれた。二十六日にはまず委員の一人一人が報告を行い、大部分は委員会の結論に沿った発言を行ったが、オタンの司教ドニ・ダティシーだけは、ジャンセニスト側の提案を受け入れて、ジャンセニウスの名前は出さずに一般的な意味において五命題の断罪がなされたことを確認するにとどめるべきだと述べた。報告後の討論においては、ゴンドラン、ショワズルそしてヴァランスとディエの司教ルブロンの三名が、五命題が本当にジャンセニウスのものであるかどうかを決定するためには、直接著書にあたって検討することが必要であるが、それには何ヵ月もかかり、ここで結論を出すことはできないはずだと強硬に主張して、議論は紛糾し、結論は翌々日に持ち越された。

二十八日にも激しい議論の応酬が続いたが、マルカはジャンセニスト側の妥協案に反駁を加え、次のように自らの発言を締めくくった。

教会の平和の統一は、真理及び信仰の統一に基づいている。異端者によって引き起こされた分裂を鎮めるために、妥協によって事を運ぼうとしたときには、カトリック教徒は欺かれ、異端は活力を保持するのがつねであった。だからこそヒエロニュムスは、このような妥協が受け入れられたアリミニの公会議について、「統一の名のもとに不信仰の文字が書き記された」と述べたのであり、自分としても、ペラギウス派に反対して次のように述べたこの聖人の言葉をもって結びとしたい。「戦いの守り抜いたものを、偽りの平和が破壊することのないように Quod bellum servavit, pax ficta non auferat」[13]。

この発言と引用が会議の趨勢を左右したわけではもちろんない。会議の結論は以前から周到な準備によってすでに決定されていたのだから。しかしマルカにとってこの引用句が得意の殺し文句であったことは、マザラン宛の覚え書と聖職者全体会議のための報告書の双方に麗々しく書き記されていることから容易に推測できる。そしてここまでくればわかるとおり、マルカにとって「戦いの守り抜いたもの」とは、五命題に要約されるジャンセニウスの恩寵論によって危殆に瀕していた「正統的な」恩寵論であり、「偽りの平和」とは、五命題をジャンセニウスから切り離すことによって彼の異端性をうやむやにすることなのである。マルカの主張の当否はさておき、この引用が彼の意見を適切に裏付ける論拠となっていることは認めなければならない。

5

それでは最後に、パスカルは、マルカの利用したヒエロニュムスの言葉をいかなる意図で引用したのか。また彼にとって、「戦いの確立したこと」、そして「偽りの平和」とは何であったのか。

未完の文章、それも頁の余白に書き込まれた切れ切れの断片から作者の真意を理解することは、きわめて困難というより不可能に近い。しかしこれまでの説明から、パスカルにとって引用句の意味は次のようであったと考えることはできるのではないか。つまり「戦いの確立したこと」は、『プロヴァンシアル』の第十七信、第十八信がアルノーやニコルとともに力説したように、教会内に教義の上での意見の分裂、すなわち異端がないこと、そして「偽りの平和」とは、信仰宣誓書の署名強制によって得られる、信仰の本質とは関係ないところでの異見の抹殺ではないのか。しかもそう解釈することによって、servavit から firmavit への語句の変更の理由も垣間見ることができるような気がする。パスカルにとって、カトリック教会内に恩寵論をめぐる異端が存在しないことは、『プロヴァンシアル』論争をはじめとする数々の論争の末にようやく獲得された真理、すなわち「守り抜かれた」というより「打ち固められ、確立された」ことなのであり、それだからこそその成果を「偽りの平和」である信仰宣誓書によって抹殺されてはならないのである。もしこの解釈が正しいとすれば――しかし正直のところその絶対的な保証はない――パスカルは、マルカの引用した文句の意味を逆転させて、ジャンセニウスの恩寵論の擁護と信仰宣誓書の署名強制反対の論拠として利用したことになる。

伝統的なレトリックの考えによれば、有名な著者の引用は権威すなわち論証の出発点となる原理である(14)。しかしその権威の意味合いが、引用の組み込まれる談話や文章のあり方によってまったく方向を変えるとしたら、引用句の持つべき権威はどこへ行ってしまうのか。ひとは言語の網の中に出来事の意味、ひいては世界の意味を絡めとり、固定しようと試みる。しかしある出来事に決定的な意味を付与したように思われる言葉は、引用として他の文脈に組み込まれることによって、別の新たな意味を与えられ、他の目的に奉仕する。こうして名文句によっていったん確定したかに見えた出来事そして世界の意味は、言葉の織物が織り上げられるにつれて――しかもその織物はペネロペのそれのように織られるそばから解かれて決して完成することはない――異なった姿を取り、その変化はとどまるところを知らない。言語によって世界の意味を固定するという野心は、少なくとも人間の次元においてはむなしい夢ではないのか。そのような苦い懐疑の思いに捉えられるのを押しとどめることができないのである。

個人的な思い出でこの文章を始めたのだから、締めくくりにもう一つ個人的な思い出を語ることも許されるだろうか。

＊

一九八四年から八五年にかけての冬、当時パリに滞在していた筆者は、パリの西南端に近い地下鉄のミケランジュ・モリトール駅のホームで、あるレストランの広告ポスターを見つけた。イッポ・シトローエンという名のその店は、イッポポタモス(河馬)という大衆的なビフテキ専門のチェーンストアの一つと思われるが、おそらく自動車メーカーのシトローエン社と提携して、シャンゼリゼ大通りの同社の展示場の地下に開業したもののようであった。画面の右側には赤い水着姿の健康そうな女性が笑みを浮かべて立っており、その横から中央にかけてはビーチ・パラソルをあしらった砂浜が、ぽっかり穴を開けた地中から顔を覗かせている。その図柄に「舗石の下は砂浜」というキャプションが添えられていた。シャンゼリゼの舗石の下、イッポ・シトローエンのある辺りには安らぎの砂浜が広がっているということなのであろう。さらに「舗石」と訳した原語 pavé は、形の上からの連想で分厚い肉塊の意味にもなる。「当店の肉汁したたるたっぷりしたステーキを平らげれば、気分は砂浜」とでも言いたいのであろうか。それにしては、日本の手が込んで洗練されたコマーシャルになじんだ目には、画面がいささか貧相で見るものを一時の夢見心地に誘う力が不足しているような気もしたが、全体としてよく考え抜かれた水準以上の広告と見受けられた。しかしこの広告の眼目は外にある。それは「舗石の下は砂浜」という惹句が、一九六八年のパリの五月革命の際に、街中の壁に書き記されたおびただしい落書きの一つだということである。(15) 都市文化の一つの象徴である舗道の舗石、それを取り去ればその下には「無垢の自然」というユートピアが広がっているかもしれない。こう考えた学生たちは、社会の現体制のあり方に異議を申し立てて、路上の舗石を剝がして保安機動隊に立ち向かった。こうしてこの落書きは、想像力の解放と権力との対峙という二つの側面を鮮烈なイマージュの中に溶かし込むことに成功して、五月革命の代表的スローガンとなった。しかし十七年を経て、パリの外れの地下鉄駅の寒々としたホームに再び姿を現した標語は、もとの落書きが持っていた政治的な意味の広がりには見事に背を向けて、その詩的喚起力をもっぱら企業の利益のために振り向けようとしている。このような引用を前にして、われわれは、原句の意図と意味に対する裏切りを叫ぶべきなのか、それとも逆に表現行為における創造性の発現を喝采すべきなのか、いずれにせよ世の中のとどめがたい変転とそれに伴う言説の意味の流転を思って、筆者は茫然と立ちつくすのみであった。

二　パスカルにおける「戦争と平和」

――信仰は寛容と両立し得るか――

戦争と平和と言えば、政治学の根本問題の一つであり、またグロティウスの『戦争と平和の法』を想起するまでもなく、古来、法学者・政治思想家の考察の中心的な部分を占めてきた。パスカルが、戦争と平和についていかなる思索をめぐらしたかを検討するこの小論においても、彼の政治思想の一端にふれる機会はあろう。しかしながら、本論の問題意識は別のところにある。それは、いささか大上段に振りかぶった物言いをすれば、こうなる。この二十世紀末の世界、それも古典時代のフランス文明とはまったく異なった文明圏において、パスカルをいかに読み、彼といかに対話を交わすか、つまり彼といかにつきあうか、これが本章の出発点にある問いである。じっさい、今日の日本人は、いや他人はいざ知らず筆者は、パスカルとすべてにおいて異なっている。言語、文化、道徳、とくに宗教、あらゆる点において、彼と筆者との間には隔たりがある。もちろん隔たりと無関心は違う。それどころか、パスカルとの距離感あるいは違和感こそが、筆者を彼に引きつけ、長年にわたって彼とつきあわせる原動力となっている。そしてこの距離感は、筆者がパスカルに対して抱く親近感と決して矛盾しない。また当然のことながら、対象に愛情を注ぐことなしには文学研究は成立しないが、筆者がパスカルに愛情と共感を抱き続けてきたことを隠しだてする必要はあるまい。

こうして愛情と違和感は、排除し合うどころか、あい携えて、この謎と逆説に満ちた作家を、裁くのではなく、理解するように筆者を誘ってやまない。しかし長年にわたる対話にもかかわらず、なお距離感は縮まらず、筆者はつねに次の問題に直面し続けている。政治であれ、哲学であれ、宗教であれ、立場を異にする対話者を前にしていかなる態度を取ることができるのか。

これに対して直接的な解答を試みること、いわんや最終的な解答を提出することは、本論のよくするところではない。ただ筆者としては、パスカルの活動と思索が、上に述べた問題意識に貴重な示唆を与えてくれることを示してみたいのである。というのも、彼はおそるべき論争家であり、一生涯にわたってさまざまの論敵とあらゆる種類の論争を行い、自らの信念と立場の正しさを相手に説得しようと努めたからである。それればかりではない。彼はしばしば、「戦争」と「平和」の名称と観念のもとに、紛争や葛藤といった状況に鋭い考察を加えている。そこで本論では、パスカルのテクストに現われるこの二つの言葉の検討を通じて、彼が紛争というものをどう考え、それを解消するためにいかなる価値に訴え、さらに紛争解決の努力――それは実は正負両面の価値を持っている――にいかなる限界を見ていたかを、考察していきたい。

1

まず「戦争」と「平和」が、言葉本来の意味で用いられている場合から始めよう。『パンセ』の中には、パスカル自身が章立てをして断章を分類し、それぞれの章に題名を付けた部分があるが、その中の一つ、いわゆる「現象の理由」の章に、問題の語はそれぞれ一回ずつ現われる。戦争については、こう言われている。「最大の災いは市民同士の戦争〔＝内乱〕である」(5/94; B313)。ちなみにここで「災い」と訳した原語 le mal

は、きわめて広範な意味領域をおおう言葉であるが、その最も根本的な意味においては「悪」であり、とくにその反意語 le bien と対比的に用いられた場合は、その意味合いを濃くする。ところで同じ章で、「平和」はまさに「善 le bien」、それも「最高善 le souverain bien」と形容されているのである (5/81; B299)。これはこの上なく明確で断定的な定義である。平和は絶対的な善、戦争は絶対的な悪であり、一見したところ、疑いの余地はまったくない。

しかし「現象の理由」の章全体を読んでみれば明らかなように、この主張は著者の信念として、いわんや一般的真理として、提示されているわけではない。それは「識者」ないし「真の知識人」の見解、より正確に言えば、彼らの「背後の思想」なのである (5/90; B337)。彼らは、「生半可な知識人」の企てるあらゆる社会改革、それが力に対する正義の支配であれ、社会的不平等の撤廃であれ、能力主義であれ、いかなる旗印で行われようとも、あらゆる革新を信用しない。彼らの抜きがたいペシミズムによれば、それこそ万人の万人に対する絶え間ない闘争を誘発して、おそるべき無政府状態を作り出す元兇なのである。この人間の社会においては、本物の価値は見当たらない以上、いかなる代価を払っても既成秩序を維持し乱さないことが、災いすなわち悪を最小限にくい止めることになる。だからこそ真の知識人は、徹底的な保守主義の立場を貫き、現状を維持する平和を善とし、それを攪乱する戦争を悪とするのである。しかもこの点において彼らの意見は、異なった理由からではあるが、「民衆」そして「完全なキリスト教徒」ないし「真のキリスト教徒」の意見に合致する (5/90; B337 及び 2/14; B338)。平和こそは、社会あるいは国家の内部で、どうしても擁護しなければならない価値なのである。

しかしここで少しわき道にそれて、注意しておかなければならないことがある。それは、ここで問題になっている平和が、共同体とくに国家の次元で捉えられており、国際関係の次元では捉えられていないことである。同様のことは戦争についても言える。すでに見たように、パスカルは、「最大の災いは市民同士の戦争である」と言って、対外戦争であるとは述べていない。ところが、国際関係において戦争と平和は、国内とは違った様相を呈することになる。[1] この点について次の断章(HC/974; B949)の述べるところは明快である。

国家における平和の目的は、ひたすら民衆の財産を確保することにあるのだから、〔……〕それが失われるのを平和が放置するときには、平和は不正なものとなり、それを守る戦争が正しくもあれば必要なものともなる。

こうして対外関係の枠の中では、民衆の財産の保全と福祉が、戦争あるいは平和の正しさを判定する基準となる。もちろんここで次のように問うことはできる。はたして国家は戦争という手段を用いて国民の財産を守ることができるのか、とくに今日のように核戦争の脅威にさらされている世界においてそれは可能なのか、また現代では世界全体が一つの巨大な共同体を形作りつつあり、そこではあらゆる戦争が同胞同士の戦争つまり内乱になりかねないのではないか。そして以上の問いの根底には、共同体の内と外で用いられる論理は同一であり得るのかどうか、いやそれ以前に内と外とは何か、という不気味な問いが潜んでいる。いずれにせよしかし、共同体の内部に身を置いて思索を進めるパスカルについて言えば、内乱と対外戦争では引き出す結論が異なっても、思考は一貫している。なぜならいずれの場合も、いかなる社会秩序においてであれ、営々として築き上げられた現世的福祉を保全することが目標だからである。この意味で、やはり平和は、この地上の人間の共同体においては、「最高善」であり続けるのである。

2

しかし真理の観点に立った場合も、同じことが言えるのだろうか。周知のとおり、パスカルの考えからすると、最高善の哲学的探求は、信仰の光に照らされない限り必ず挫折する。モンテーニュの後を受けて、彼はこう主張する。この世の最高の知者でさえ、むなしい探求を積み重ねたあげく、「最高善は、たんに願い事の対象としてさえ見出せない」、言い換えれば、最高善が何であるかについての観念さえ思い描くことができない(3/76; B73)。そればかりではない。その名も「最高善」と題された章の中に含まれているある断章(10/148; B425)は、「真の善」である神を喪失した後に、人間たちがでっちあげた数々の偶像を列挙しているが、そのリストには戦争と平和が登場する。[2] 平和の女神パクス[3]であれ、戦争の女神ベローナであれ、偶像にすぎないかもしれないのである。

もしそうだとすれば、平和は最高善なりというパスカルの断言を額面どおりに受け取ることは困難になる。それはむしろ苦い皮肉なのである。じっさいある断章(16/211; B453)にもあるように、人間は邪欲から「驚嘆すべき国家運営の規則」を引き出し、平和によってそれを維持しているが、その立派な見かけにもかかわらず、「人間のこの邪悪な地金、この〈悪シキサマ figmentum malum〉はただおおわれているだけであり、取り除かれてはいない」のである。地上の人間共同体の価値を歪め、損ね、最高善への接近を阻むのは、この「悪シキサマ」なのである。

しかしこの「悪シキサマ」とは、そもそも何か。それは、ラ・ロシュフコーの描く自己愛と同じく変幻自在の怪物であり[4]、『パンセ』の中では、邪欲、支配欲、傲慢、虚栄、自我、そして自己愛といったさまざまの名前で登場する。さらに、それは「一般的なものに向かう」ことを肯んじない「自分への傾き」であり、「あらゆる無秩序の始まり」である自我への執着である。ところでそれは、集団であれ、個人であれ、人間の生のあらゆる段階、パスカル自身の言葉を借りれば、「戦争において、国政において、家政において、人間ひとりひとりの身体において」発現する。全体の利益と利己主義の間に生ずる抗争は、たんに集団に関わるばかりでなく、各人の自我に根ざしているのである(II/421; B477)。

このような人間観に立てば、戦争と平和が各人の信仰生活に関わることも理解できる。なぜなら信仰の一つの課題は、人間の「邪悪な地金」を根絶することにあるのだから。ところが、このような観点の変化は、戦争と平和の観念の価値の転倒を引き起こす。じっさい、ひたすら邪欲に身をうち任せている間、人間は心の内に分裂を感ずることはなく、やがては自らを滅びに導く偽りの休息に安らっている。しかしいったん神の恵みが下り、回心へと誘うと、人間はそれまでの休息を失い、苦しみ始める。その経緯をパスカルは繊細に分析している。

> 信仰の道に入るのに、苦痛が伴うのは本当だ。しかしその苦痛は、われわれのうちに芽生え始める信仰に由来するのではなく、そこにまだ残っている不信仰に由来するのだ。〔……〕われわれに生まれながらの自然の悪徳が、超自然的な恵みに抵抗する程度に応じて、われわれは苦しむのである。われわれの心は、この二つの相反する力の間で引き裂かれる思いをする。しかしこの暴力を、われわれを引きつける神のせいにして、その責任がわれわれを引き留める現世にあると考えないのは、まったくもって不当であろう。(HC/924; B498)

さらにパスカルは続けてこう結論する。

この世にある人間たちに神が最も苛酷な戦争を挑まれるとすれば、それはご自身がもたらされたこの戦争[5]に加わらせずに彼らを放置しておくことだ。〔……〕主の到来以前には、この世は偽りの平和のうちに生きていたのだ。

（傍点引用者）

今や、地上の国家で人間がむさぼっていた平和は信用を失墜し、偽りの平和と呼ばれる。それに反して、イエスの言葉によって価値を与えられた戦争はキリスト教徒の義務となる。

しかしそれでは、このような展望において真の平和とは何か。それはおそらく『メモリアル』が、「確実、確実、直感、歓喜、平和」という簡潔この上ない表現で暗示した平和であろう。それは、神との出会いによって達成される戦争状態の最終的な解決である。ただこのような平和は、この世にあっては、いかに信仰が熱烈であろうとも、例外的な瞬間にしか与えられない。それどころか、ロアネーズ嬢宛の一通の手紙が語っているように、「一生の間この戦争を耐え忍ぶ覚悟を決めなければなりません。なぜならこの世に平和はないのですから。イエス・キリストは平和ではなく、刃をもたらされたのです[6]」。しかしそれに続く文章を読んでみると、パスカルお得意の、正から反への立場の逆転が新たに生じていることがわかる。「しかしそれにもかかわらず認めなければなりません。聖書によれば、人間の知恵は神の前では狂愚にすぎませんが[7]、同様に、この戦争は人間には苛酷に見えても、神の前では平和なのです。なぜならイエス・キリストがともにもたらされたのは、この平和なのですから」。もちろんこの平和は、生前には完全ではあり得ない。しかしそれは、現世を三つの邪欲の大河が焼きつくす呪われた大地に喩え、天上のエルサレムへの望郷の念を歌う断章（XXIII/545；B458）に登場する信者の味わう「平和」、邪欲の火の川の上にあって、重心の低い安定した居場所に安らかに（つまり平和に）身を落ち着けた後、いつの日か聖なるエルサレムの城門に導きいれられる希望を抱きつつ、救い主に手を差しのべる信者の平和であるに違いない。いずれにせよ、キリスト教の観点からすれば、戦争と平和は、知恵と狂愚と等しく、たえず価値と役割を転換するのである。

3

以上述べたことは、信徒ひとりひとりの信仰生活に関わる。しかし視野を拡大して、地上の信者の集合体である「戦闘の教会 Eglise militante」を考えた場合にも、同様のことが生ずる。じっさい地上の教会もまた、つねに自らのうちに緊張や対立の萌芽をはらんでいるが、その原因は外部の不信者の存在ばかりでなく、いやそれ以上に内部の敵、すなわち邪欲の誘いに身を任せて、ひたすら人間的な価値と妥協を図る「悪い」信者、さらには「悪い」聖職者の存在にある。パスカルが、イエズス会の腐敗した決疑論とたるんだ道徳——あるいは彼がそうだと信じたもの——に対して、『プロヴァンシアル』という論争書簡で容赦のない戦いを挑んだのも、まさにそのためであった。それは、イエスの福音に合致する清らかな道徳の再生を目指す戦いだと、パスカルは確信していた。しかし、当然と言えば当然のことだが、彼の論敵たちの考えは違う。彼らは自らの非を認めるどころか、反論につぐ反論を公表して、パスカルに反撃を加える。『プロヴァンシアル』第十二信の有名な結びで、敵方の反撃に触れて、「暴力が真理を抑圧しようとする戦争は、奇怪で長期にわたる戦争なのです[8]」と、パスカルが述べるのも頷けようというものである。

しかしイエズス会側の反撃はそれだけではなかった。『プロヴァンシアル』論争が一段落してから一年も経たないうちに、『決疑論者のための弁明』と題する匿名の小冊子が公表され、パスカルの告発した決疑論を擁護して、パリをはじめとするいくつかの司教区の聖職者たちの憤激を買う。この文書をめぐって新たな論争が持ち上がるが、そこでイエズス会側はこう主張する。自分たちは教会の平和を望んでいるのであり、自分たちの敵こそが、決疑論者の道徳論を非難すると称して平和を乱しているのだ。パスカルの観点からすれば、これは戦争と平和の新たな価値の転倒である。彼としては、教会における戦争と平和とは何か、その両者はいかなる価値を持つのか、それぞれの正邪を判定する基準は何かを、根本に立ち戻って考察する必要に迫られる。それこそ、彼の筆になることが確実視されている『パリ教区の司祭たちの第二文書』の目指すところである。

パスカルの結論は明快である。教会における戦争と平和の究極目標、それは、「信徒の最終目標である真理である。それに対して、戦争と平和はその手段にすぎず、そこから真理にもたらされる益に応じてのみ正当である」[9]。もしそうだとすれば、

教会の中で、真理が信仰の敵によって傷つけられるとき、信徒の心から真理が奪われ、そのかわりに誤りが広められようとしているとき、そのとき平和に安住するのは、教会に仕えることであろうか、それとも裏切ることであろうか。教会を守ることであろうか、滅ぼすことであろうか。 (HC/974; B949)

このような原理に立脚して、パスカルは、真理あるいは彼が真理と信ずるものを擁護するために、教会内部の闘争に挺身する。そこでの彼の振舞いはきわめて激しく、彼はもはや「真の知識人」いやそれどころか「完全なキリスト教徒」の立場、つまりいかに虚偽や狂愚に満ちていようとも、地上の国の現状を受容する

という立場には安住していられない、との印象を与える。それではしかし、彼は「知識よりは熱心の勝った信者」、「信仰の与える新たな光」に照らされて人間社会の狂愚をあえて告発する熱狂的な信者の一人なのであろうか[10] (5/90; B337)。そうではない、なぜなら真理には、知識と熱心が等しく必要だから、とパスカルは答えるであろう。彼はある断章 (XXIV/598; B868) で、宗教論争に対する信者の態度を考察し、「四種類の人間」を区別する。「知識を欠いた熱心、熱心を欠いた知識、知識も熱心も欠く、知識も熱心も備える」の四種類である。そして彼は、以上の分類について、次のように書き記す。最初の三種類の人は、教会内で誤って迫害を受けた聖者――パスカルは、聖アタナシウスと聖女アビラのテレサを例として挙げているが、彼が念頭に置いていたのが、ジャンセニウスであるのは確実である――を見捨てる。ただ最後の人々だけが、教会の平和を乱すという非難をものともせず、聖者を擁護し、彼ら自身破門の危険を冒す。しかし教会を救うのは彼らの方なのである。

パスカルの心がどちらに傾いていたのかを推察するのは、困難なことではない。しかし彼の選択は、社会の既成秩序を決して乱そうとはしない「真のキリスト教徒」ないし「完全なキリスト教徒」(2/14; B338 及び 5/90; B337) の選択と矛盾しているのではないか。教会もまた、信者の共同体として、一つの社会なのだから。ところがまさにパスカルは、教会と国家の間に本質的な相違を見て取る。なぜなら国家においては、平和を犠牲にして守るべき本物の価値はないのに反して、教会は、「物事の根本規則であり、最終目標である」真理の上に築かれているからである (HC/974; B949)。だからこそパスカルは、「自称正義を力に刃向かわせるフロンドの乱の不正」と教会内の異議申し立てとを比較して、両者の混同を戒め、教会には、「真の正義はあるが、いかなる暴力もない」と述べるのである (5/85; B878)。こうして論理的ではあるが、思いがけない結論が導き出される。もし戦争が正当化され、あまつさえ賛美される場所がこの世のどこかにあるとすれば、それは現世の国家ではなく、ただ教会だけである。

4

首尾一貫しているが、情熱に駆られ、そして何より非妥協的な態度である。これを極端に押し進めれば、おそるべき不寛容と狂信を生み出しかねないのではないか。

しかし他方、『パンセ』のある断章(13/172; B185)は、布教において「力と脅しによる」強制に訴えることに断固反対している。しかもフィリップ・セリエの研究によれば[11]、この発言はたまたま口をついて出たという類のものではない。それは、ドナトゥス派異端の弾圧のためには強制もやむなしとする聖アウグスティヌス、ほかの点ではこよなく尊敬していたこの聖者の見解を、念頭に置いた意見表明なのである。そこからセリエ教授は、「パスカルはベールとヴォルテールを予告している」と主張する。この二人の寛容論を同列に論ずることができるかどうかについては、留保をつける必要があるかもしれない[12]。しかしパスカルが、言葉こそ使わないものの、寛容に深く思いを潜めていたことを疑う理由はない。しかしそうなると、次の問題が生ずる。パスカルは、道徳と神学の原則についてはあれほど非妥協的だったのに、どうして寛容の観念に目覚めるに至ったのだろうか。言い換えれば、彼の思想の中で、寛容と非妥協性の二つの観念はどのように結びついていたのか、そして一見両立しないように見えるこの両者を、彼はどうして保持することができたのか。これが、最後に検討すべき問題である。

ここで導きの糸になるのは、しばしば『プロヴァンシアル』第十九信の名で呼ばれる手紙の断片の中に見出されるラテン語の引用句である。

Quod bellum firmavit, pax ficta non auferat.

すなわち、「戦いの確立したことを、偽りの平和が破壊することのないように」。つまりここでもまた、戦争と平和が問題になっているのである。ほかの場所ですでに示したことだが[13]、この聖ヒエロニュムスにさかのぼる文句は、一六五四年、異端宣告を受けた五命題をジャンセニウスのものとすることをはじめて正式に決定した高位聖職者会議において、トゥールーズの大司教、ピエール・ド・マルカによって、より原文に密着した形で引用されていた。マルカは、この引用を錦の御旗に掲げて、ジャンセニウス擁護派の司教たちによって主張された妥協案、つまり教会の平和を守るためには、五命題を断罪するにとどめて、ジャンセニウスの名を出すことは差し控えるべきだとする提案に反駁を加えた。マルカの議論は勝利を収めた。それも当然のことであった。彼の背後には、会議の進行の一部始終に監視の目を光らせていた宰相マザランが控えていたからである。この会議の決定が、ジャンセニスト弾圧を目的として二年後に作成された信仰宣誓書の法的根拠になったことを思えば、一六五四年の聖職者会議は、信仰宣誓書の署名強制問題の真の出発点であると言ってよい。

ところで、パスカルが問題の断片で、聖ヒエロニュムスの言葉を再び取り上げたのは、信仰宣誓書の署名強制に反対するためであった。この状況を考慮にいれれば、引用句の意味合いはおそらく次のごとくであろう。「戦いの確立したこと」、それは、『プロヴァンシアル』第十七信及び第十八信が主張するように、「ジャンセニウスの意味」に関する解釈の相違にもかかわらず、「教会にはいかなる異端もない」ことである[14]。それに反して、「偽りの平和」は、ジャンセニウスの意味に関して、信仰宣誓書の署名強制によって得られる、見せかけの意見の一致である。この偽りの平和は、教会内の信仰の統一を実現するという口実のもとに、実はあらゆる良心の自由を、それも事実問題においてさえ、抹殺しかねないのである。

このような解釈が必ずしも恣意を免れていないことは認めざるを得ない。なにしろ問題の引用句は、未完の断片のそれも欄外に、書き込まれているにすぎないのだから。しかし次のことは確実である。この『プロヴァンシアル』第十九信の断片、そして何より最後の二通の『プロヴァンシアル』は、いずれも信仰宣誓書の署名に反対することを主要な目標としている。[15] しかしそれでは、教会当局の決定に逆らって、パスカルを抵抗に駆り立てた理由は何か。

まず挙げられるのは、神学上の理由である。断罪された五命題とジャンセニウスの学説を同一視することは、パスカルと彼の友人たちによれば、教会がその創立当初から変わらず信じてきた「有効な恵み」の教理を断罪することである。[16] この理由は、当時の用語を使えば、「権利問題」に属する。次に来るのは、テクストの解釈に関わる理由である。パスカルたちの立場からすれば、ジャンセニウスの学説は五命題の主張と異なっている以上、両者を混同して、「『アウグスティヌス』と題する彼の著書に含まれた、コルネリウス・ジャンセニウスの五命題の学説」[17]を云々する信仰宣誓書に従うことはできない。これは、当時「事実問題」と呼ばれた争点である。

しかし以上の二つの理由を超えて、パスカルが強調する最後の理由がある。それは、事実問題においては、いかなる立場を採ろうとも、異端は生じないということである。なぜなら、事実問題の対象となる「事実に関する事柄」の認識は、感覚ないし理性の権限に属し、その点において、教会が神に由来する権威に基づいて決定する「信仰に関わる事項」とは、性質を異にするからである。[18]

したがって信仰に関する決定に刃向かうことは、自分勝手な考えを神の考えに対抗させることであって、異端です。しかし若干の個別的事実を信じないことは、不遜ではあるかもしれませんが、異端とはなりません。なぜなら、それは明晰であり得る理性を、偉大とはいえこの点では不謬とは言えない権威に対抗させるにすぎないからです。(19)

だからといって、事実問題において、教会の決定に、たとえそれが誤っていようとも、自由に異議を唱えることが許されているわけではない。そんなことをすれば、教会の規律を乱すことになるだろうから。信徒はこのような事態にあっては、「恭しい沈黙」(20)を守らなければならない。しかし逆に、このような種類の決定に対して、宣誓という手段を用いて明白な同意を求めることは、「奇怪な圧制」(21)であろう。良心がその決定に納得することができない場合、それは良心に自分自身を裏切るように無理強いすることになるからである。ところでそれこそ、もし信仰宣誓書の署名が強制されれば、ジャンセニウスの学説と有効な恵みの教理の一致を確信しているいわゆるジャンセニストたちの身に降りかかることである。

このような議論を支えとして、パスカルは信仰宣誓書の署名強制の企てに抗議の声を上げる。だがこれは取りも直さず、ここで問題になっているのが、煎じつめれば良心の自由あるいは寛容であることを意味する。もちろんそれは、「事実に関する事柄」にしか関わらない以上、相対的で限界がある。それに第一、パスカル自身、人間の理性を信仰の神秘に服従させる必要性を認めている。にもかかわらず、寛容を良心の要請から導き出す点において、パスカルの考えは注目に値する。

彼は、未完の『プロヴァンシアル』第十九信の余白に、次のような断片的な対話を書きつけている。(22)ある対話者が彼に尋ねる。

――「だがきみは間違ったかもしれないではないか」

彼の答えて曰く。

――「誓って言おう。[23] ぼくは間違ったかもしれないとは思う。だが自分が間違えたと思っているとは誓わない」

ここで対話は途切れている。だがこの後に続けて、パスカルがこう付け加えたと想像しても差し支えあるまい。

――「だからぼくが間違えたと思っていると、無理やり誓わせないでくれ」

パスカルにとって寛容とは、良心、それも信仰宣誓書の署名問題において彼の抱いていた確信の程度に匹敵する信念を持った良心を尊重し、せめて偽りの誓いを強制しないところにあるのである。

＊

『プロヴァンシアル』論争からほぼ三十年後、ピエール・ベールは、寛容論の古典となった著作『「強いて入らしめよ」というイエス・キリストの言葉の哲学的注解』の中で、有名な「迷える良心の権利」を唱えるが、この主張はおそらくパスカルを後込みさせたであろう。とはいえベールが、「われわれの義務のうち、第一にして不可欠この上ないものは、良心の勧告に逆らって行動しないという義務である。良心の光明に逆らってなされるあらゆる行いは、本質的に悪い[24]」と述べるとき、パスカルの立場は、ふつう考えられている以上にベールに近い。いずれにせよ、パスカルによる寛容の価値の発見においては、信仰宣誓書の署名強制に対する抵抗運動の経験が決定的な役割を果たしているのである。そして、もしもパスカルが、理論上の非妥協性と実践上の寛容との間の微妙で危うい平衡、民族間・文明間の対話にも同様に必要とされるこの平衡を、かろうじて保つことができたとすれば、それはこの同じ経験によるのではあるまいか。

三　『プロヴァンシアル』と信仰宣誓書

——最後の二通をめぐって——

全部で十八通からなる『プロヴァンシアル』書簡の中で、最後の二通は、それまでのテーマである道徳問題を離れて、恩寵と五命題の問題を論じている点で独立した部類を形作っている。それに関連してしばしば「恩寵問題への回帰」(1)が語られるが、それはもちろん、『プロヴァンシアル』論争のきっかけとなったアントワーヌ・アルノーの譴責問題が、五命題の異端宣告に関わり、それが最初の四通の主題をなしているからである。以前に論じられた議論が、ここで再び取り上げられ、発展・深化させられているというのである。さらにそれまでの書簡がイエズス会の「弛緩した」道徳論を厳しく攻撃していたのに比べると、この二通では、「ジャンセニスム」を異端として告発するイエズス会士たち、とりわけ国王の聴罪司祭であったアンナ神父に対して、「教会内にいかなる異端もない」(2)ことを証明することに主眼が置かれており、その調子も「著しく妥協的」(3)であることが注目されている。

以上の指摘はいずれもそのとおりである。しかし道徳論の領域でイエズス会の決疑論を攻撃して大きな成功を収めた後で、どうして今になって、純粋に教義上の問題で防御に転ずるのか。ここで恩寵と五命題の問題を蒸し返すことには、いかなる目的があり、いかなる意義があるのか。要するに、ジャンセニスムという異端の存在をあくまで否定するこの二通の手紙は、本当のところ、何を争点としているのか。一六五六年から五七年にかけてフランスの宗教界が置かれていた状況を考慮に入れて、この問題を考え直してみたい。

*

しかし本題に立ち入る前に少しばかり迂回して、いわゆる『プロヴァンシアル』第十九信の断片を一瞥しておく必要がある。これは、『パンセ』の「第二写本」を含む草稿集の中に見出される未完の覚え書であり、一六五七年四月ないし五月頃に執筆されたと推定される。時あたかも、同年三月十七日のフランス聖職者会議の決定を受けて、フランス全土の聖職者に信仰宣誓書の署名を課することが計画されていた。断片はこの計画を前にしたジャンセニストたちの苦悩を、類稀な切迫感と悲壮感のうちに描き出しているが、二頁目の半ばで中断している。ところで紙片の余白には、いくつかの短文が書き込まれているが、その中に次のラテン語の引用が見出される。

Quod bellum firmavit, pax ficta non auferat.(4)
戦いの確立したことを、偽りの平和が奪い去ることがないように。

引用の出所は、これまで特定されていなかったが、ヒエロニュムスがペラギウス派論駁のために執筆した対話篇の序文の一文、「戦いの守り抜いたことを、偽りの平和が奪い去ることがないように (Quod bellum *servavit*, pax ficta non auferat)(5)」(傍点およびイタリック引用者)が最終的な典拠であることは、まず間違いない。もっともパスカルがこの一句を、直接ヒエロニュムスのうちに見出したと考える必要はない。なぜならこれは、五命題をめぐる攻防の中で引用されているからである。ジャンセニウスの学説として告発された五命題は、一六五三年、時のローマ教皇インノケンティウス十世によって異端宣告を受けるが、それがジャンセニウスの著書から引き出された命題であるという決定が正式に下されるのは、その翌年、フランスの高位聖職者会議においてである。そして引用句は、会議の最終日、トゥールーズの大司教ピエール・ド・マルカが行った最終弁論に登場する。

引用はいかなる文脈、いかなる意味で行われているのか。それは、ジャンセニウスに同情的な立場を取り、断罪された五命題を彼に帰することに反対する何人かの出席者、サンスの大司教アンリ＝ルイ・ド・ゴンドラン、あるいはコマンジュの司教ジルベール・ド・ショワズルの口を封ずるためであった。ジャンセニウスの擁護者たちは、教会の平和を維持するためには、ジャンセニウスの名前は出さずに五命題を断罪するだけにとどめるという妥協策を提案していたのである。それに対して、ピエール・ド・マルカは次のように反駁する。「教会の平和の統一は、真理及び信仰の一致に基づいている。異端者たちによって引き起こされた分裂を鎮めるために、妥協によって事を運ぼうとしたときには、カトリック教徒は欺かれ、異端は活力を保持するのがつねであった[6]」。だからこそ彼は妥協を斥け、自らの見解の支えとして問題の一句を引用する。「戦いの守り抜いたものを、偽りの平和が奪い去ることがないように[7]」。付け加えておけば、マザラン枢機卿の意を受けて、周到な準備を重ね、五命題は「ジャンセニウスの意味において」断罪されているという結論に会議を導いたのは、マルカ自身であった。そしてこの決定は、ソルボンヌでのアルノー譴責、さらには、一六五六年九月の聖職者全体会議での信仰宣誓書作成の主要な法的根拠として働くことになる。

しかしマルカの引用がパスカルの直接の典拠だとしたら、どうしてパスカルはそれを知ることができたのか。ピエール・ド・マルカは、マザランのために会議の議事録を作成し、その中で問題の引用を書き留めている。文書は、外務省文書部に保存されており、ポール・ジャンセンによって、博士論文『マザラン枢機卿とフランスのジャンセニスム運動』[8]の付録として、他の未公刊の文書とともに公刊された。しかしこれは元来、政府の内部文書であり、パスカルが参照できたはずはない。しかもこの覚え書は、一六五四年四月九日付であり、パスカルの断片が記された一六五七年において、なお今日的な意味を有していたかどうか定かでない。

実は、ヒエロニュムスの引用も含めて、マルカの覚え書の要点を記載した別の文書、それも、一六五六年の末に刊行された文書が存在する。『教皇インノケンティウス十世の大勅書及び小勅書に関するフランス聖職者の審議報告』[9]と題されている。聖職者全体会議は、この『報告』を会議議事録の中に挿入し、さらに他の附属文書とあわせて、独立した冊子として印刷することを決議しているので[10]、聖職者会議の公式文書と考えてよい。これは、題名の示すとおり、五命題問題をめぐって、一六五三年から五五年にかけて開催された三回の高位聖職者会議、そして一六五六年九月の聖職者全体会議の審議報告である。そしてこの審議を受けて、聖職者全体会議は、ジャンセニスム撲滅を目指す信仰宣誓書の最初の文案を作成した。したがってこの『報告』は、ジャンセニスム弾圧に聖職者会議が果たした役割を理解する上で、決定的な重要性を持つ文書である。当然のことながら、文書はジャンセニストたちの間に強い反発を呼び起こし、ピエール・ニコルは、フランシスクス・プロフトゥールスの筆名で、『ベルガ・ペルコンタトル』[11]と題する反論を、一六五七年二月二十五日付で公刊する。それが、『プロヴァンシアル』第十七信の日付のほぼ一月後であることを思えば、パスカルが、『報告』の中に見出したヒエロニュムスの引用を、おそらくはマルカの解釈に反論を加える意図で、「守り抜いた」を「確立した」に変更して、書き留めた可能性はきわめて高い。いずれにせよ、彼が『報告』を公刊直後に読んだことは確かである。この文書は、これまで知られていなかったわけではないが、パスカル研究においては軽視され、十分に利用されなかったように思われる。この『報告』は、一六五六年から五七年にかけてのジャンセニスム論争の状況、とりわけ信仰宣誓書の署名問題について、いかなる光を投げかけるのだろうか。

＊

まず言えることは、信仰宣誓書が、数次にわたる高位聖職者会議の審議を通じて、前々から準備されていたことである。とりわけ一六五五年五月に開催された会議は、「フランス王国のすべての高位聖職者」に回状を送付して、「教皇の大勅書と小勅書を、すべての司教座参事会、大学学長、在俗会と律修会を問わず、免属と否とを問わずすべての修道会、司祭及び司教区において聖職禄を与えられている者あるいはその予定の者、そして総じていかなる資格と身分であろうと、司教の管轄下にあるすべての者に署名させる」[12]措置を取るように勧奨している。聖職者会議はこの回状を主要な根拠として、一六五六年九月、「我らが聖父教皇インノケンティウス十世によるコルネリウス・ジャンセニウスの五命題の教理の断罪に関わる大勅書の受諾と署名のための書式」[13]を作成する。これが、最初の信仰宣誓書である。

ところが、この宣誓書はわずか半年後、同じ聖職者会議によって変更され、一六五七年三月十七日に、改訂版が公表される。それはこの間、新教皇アレクサンデル七世が、一六五六年十月十六日付で大勅書を発布し、前任者の大勅書を確認し、さらに五命題がジャンセニウスの意味において断罪されたとの裁定を下したからである。大勅書は、一六五七年三月十一日、教皇使節によってフランス国王に手交され、十四日には、聖職者会議に伝達された。会議は今や、ジャンセニウス断罪の署名を強制するために、はるかに強力な論拠を手にすることになった。第二版の信仰宣誓書が、第一版では根拠として明記されていた一六五四年三月二十八日の高位聖職者会議にも同年四月二十九日付の小勅書にも言及していないのはそのためである。新版では、五命題を断罪したインノケンティウス十世の大勅書、及び五命題がジャンセニウスの意味において断罪されたことを決定したアレクサンデル七世の大勅書の二つを挙げるだけで十分なのである。信仰宣誓書第二版が、ジャンセニスト弾圧の歴史の中で、大きな転回点となったことは否定できない(14)。

しかしそれは、しばしば考えられているように、信仰宣誓書の署名問題が、第二版の作成以前は、現実の脅威ではなく、ジャンセニストたちもさほど心配していなかったということだろうか(15)。『フランス聖職者の審議報告』の文面からは、むしろ事態は逆であったことがうかがえる。まず確認しておかなければならないのは、信仰宣誓書の文面の作成が、インノケンティウス十世の大勅書に直接由来するのではなく、大勅書受諾の意思表示として署名を課すという前述の高位聖職者会議の決定に基づくことである。言い換えれば、宣誓書の署名は、少なくともこの時期に限って言えば、ローマ教皇庁よりははるかにフランスの教会と国家に関わる問題であった。アレクサンデル七世の大勅書にしても、決定の遵守を一般的な表現で命じているだけで、信仰宣誓書には一言も触れていない。したがって大勅書は、宣誓書の法的根拠としてどれほど重要であっても、宣誓書作成の原因ではない。そのことは、『フランス聖職者の審議報告』の刊行の時期からも裏付けられる。聖職者会議はそれを、一六五六年の最後の数ヵ月、すなわちアレクサンデル七世の大勅書発布の報がフランスに伝えられる以前、さらにはおそらく発布以前に公表しているが(16)、これは明らかに、ローマ教皇の新たな決定を待つことなしに、宣誓書の署名を求めるという意思表示である。当然のことながら、『フランス聖職者の審議報告』には、アレクサンデル七世の大勅書は登場せず、収録されている信仰宣誓書は、第一版である。そしてすでに述べたように、ニコルが『ベルガ・ペルコンタトル』で批判するのは、この『審議報告』である。さらに、同じニコルは、一六五七年二月にも、パウルス・イレネーウスの筆名で、「現今の教会の混乱を鎮める」ために二篇の『探究』を執筆するが、そこにも信仰宣誓書への言及がある。[17] ジャンセニスト陣営が、宣誓書第二版が作成される三月以前は、署名強制について強い懸念は抱いていなかったとは、とても言えないのである。

＊

以上の事実を踏まえて、『プロヴァンシアル』の最後の二通を読み直してみると、第十八信（一六五七年三月二十四日付）はもとより、宣誓書第二版の作成以前に執筆された第十七信（一六五七年一月二十三日付）にも、宣誓書に対する紛れのないほのめかしがちりばめられていることが容易に見て取れる。『プロヴァンシアル』のこれまでの注解が、そのことに気づかなかったわけではないが、宣誓書の第一版と第二版の区別が曖昧であったせいで、その意味が十分理解されなかったように思われる。いくつかの例を挙げて、見ていこう。

第十七信でパスカルは、アンナ神父が彼を異端者として告発したのに答えて、カトリック教徒としての信仰告白を行い、[18] しかる後に、イエズス会が彼をどれほど執拗に攻撃しても無駄であることを示すために、次のように宣言する。「あなた方は、司祭や神学博士ならともかく、そのような資格を持ち合わせない私に対しては、暴力的手段を準備することはできません」。[19] この「暴力的手段」は明らかに信仰宣誓書の署名強制を意味している。署名は、フランス教会のすべての聖職者を対象とするが、俗人は除外されるからである。ただし、手紙の執筆時期から見て、コニェ版『プロヴァンシアル』の注のように、宣誓書第二版に関連させるのは見当違いである。[20]

手紙は次いで、筆者の個人的弁明からポール・ロワヤルの擁護に論点を移して、イエズス会が、いわゆるジャンセニストを異端者扱いするために、時に応じて異なる口実を用いたことを示して、その「策略」を暴露する。「かくして、一六五三年には、彼ら〔＝ジャンセニスト〕の異端のありかは、命題の性質にありました。次いでそれは、命題の一字一句に移りました。さらにあなた方は、それを心のうちに置きました。しかし今日では、そのいずれでもありません。ジャンセニウスの学説の意味がこれら五命題の意味そのものであることを認めて署名しなければ、彼らは異端者だと言うのです」[21]（傍点引用者）。パスカルが抵抗しているのは、弾圧の最後の段階、あらかじめ用意された文章への署名という手段を用いて、ジャンセニウスの断罪への明白で公の同意を要求することなのである。

しかしこの問題が集中的に論じられているのは、最後の部分である。[22] そこでパスカルは、信仰宣誓書が有効なる恩寵の教理に打撃を与えて、十分な恩寵の教理を徐々に教会に浸透させる危険をはらんでいること、そしてそれこそイエズス会の密かなもくろみであることを示して、宣誓書の署名強制が引き起こすであろう信仰の危機に警鐘を鳴らす。正確を期して言えば、「信仰宣誓書」という言い回しはテクストには登場しない。しかし「サインする」、「サイン」、「署名する」、「署名」という語が頻出するところを見れば、宣誓書の署名強制が背後に控えていることは、疑いをいれない。

第十七信と比較すると、最後の第十八信には、信仰宣誓書への直接の言及は少ない。しかし末尾では再び問題が取り上げられ、断罪された五命題がジャンセニウスのものであることを承認するように要求するのは、教会にとっても国家にとっても無益の業であるとの結論が下される。[23]『プロヴァンシアル』の最後の二通において、信仰宣誓書は一貫した関心事なのである。

＊

しかしだからといって、信仰宣誓書の署名問題がその主要テーマであったと結論できるだろうか。この点を考える上で注目に値するのは、この二通の書簡には、署名強制に反対する理論的根拠が含まれていることである。その出発点は言うまでもなく、「権利問題」と「事実問題」の区別である。つまり五命題自体の異端性(=権利問題)は、教皇の決定に従って認めるけれど、それがジャンセニウスの学説の忠実な表現であること(=事実問題)は認めないという立場である。しかしここに至って、この区別の意味は変質する。なぜなら問題は、もはや事実問題におけるジャンセニストの正しさを主張することではなく、かりに彼らがジャンセニウスの思想の解釈において誤っていたとしても、事実問題は異端に関与しないことを示すところにあるのだから。第十七信でパスカルはこう述べる。「ジャンセニウスの意味が何であるかを知ることだけが問題なのですから、信仰に関わらないことは明らかです」[24]。そしてこの見解を裏付けるために彼は伝統と権威に訴え、教会史の伝える出来事やイエズス会の神学者をはじめとする専門神学者の見解を例証として引き合いに出す。そこでとりわけ興味深いのは、ピエール・ド・マルカがこの問題の権威として三度にわたって言及されていることである[25]。というのも、マルカはたしかに、一六四六年に発表した著書では権利問題と事実問題の区別を主張していたが、その後意見を変え、『フランス聖職者の審議報告』では、事実と権利が不可分であることを主張するに至ったからである[26]。それどころか彼は、ジャンセニスム論争において、事実と権利の不可分性を主張した最初の論者の一人と見なされている[27]。そうだとすれば、パスカルはここでマルカに当てつけた対人論証を行っているのである。

第十八信でも同じ問題が再び取り上げられるが、今度はより理論的な観点から論じられる。それはとくに、『真空論序言』に由来する認識論と関係づけられる[28]。じっさい、この手紙は事実問題をめぐって独特の認識論を展開するが、そこでは認識の原理ないし源泉として、感覚、理性、信仰の三つが挙げられ、いずれも固有の領域において、「それぞれ他とは区別された対象を、確実に」[29]認識するとされる。こうして、ジャンセニウスの「事実」のような「事実の真理」は、「その正当な裁き手である」眼によって知られるが、それは、「理性が自然界の可知的な事柄の裁き手、そして信仰が啓示された超自然界の事柄の裁き手」[30]であるのと同様だという。したがって、「事実問題においては、いかなる人間的権威よりも自分が見ることを信用しなければならない」[31]。たとえその権威が、ローマ教皇や公会議の権威であろうと、この領域では不謬ではないからである。言い換えれば、個別の事実に関する教会の決定に同意せず、個人的な信念にとどまることは、異端ではない。そうだとすれば、ジャンセニウスの事実について宣誓書の署名を要求することは、「ジャンセニウスが言いたかったのは有効なる恩寵のことだけだと確信している神学者たち」にとっては、「奇怪な圧制」となる。なぜならそれは彼らを、「自らの良心に逆らってこの断罪に署名して神の前で罪びとになるか、あるいは、署名を拒んで異端者扱いされるか」のいずれかを選択をせざるを得ないという不幸に追い込むのだから[32]。これが、宣誓書の署名強制に対する抵抗の理論的根拠である。

ところで注目に値するのは、これと類似の理論が、同時期にアルノーが執筆した小品の中に、より展開した形で見出されることである[33]。彼は、第二版信仰宣誓書の署名が決定されて間もなく、アレトの司教ニコラ・パヴィヨンに書状を送り、今回の決定をめぐって生じた良心の疑念に関して意見を仰ぐという形を取って、署名反対の意思表示を行った。ところが相談を受けたパヴィヨンは、彼の期待に反して、教皇の裁決が下った以上、署名すべきだと返答した。それに承服できないアルノーは、パヴィヨンの返答に対する『考察』を執筆して、「自らの認識に逆らって事実問題を信ずる義務」[34]はないことを強調するが、その理論的根拠として、やがて『ポール・ロワヤル論理学』で展開される神的信と人間的信の区別が引き合いに出される。

人間的信とは、神の啓示ではなく、どれほど高い地位にあろうと、とにかく人間の権威に基づいた信である。こうして個別の事実に関するあらゆる決定は、人間的信によってしか信じられない。〔……〕だからこそ、すべてのカトリック教徒が認めるように、事実問題において教会は間違いを犯すことがあり得るのだ。(35)

したがって事実問題に属するある事柄を「明白な理由」に基づいて信じている場合には、教皇さらには公会議が反対の決定を下したとしても、意見を変えることはできない。このような状況で、信者にできるのは、教皇座に対して負っている尊敬と服従のしるしとして、「恭しい沈黙」を守って、声高の異議を唱えないことであり、心から決定に同意することではない。(36) 逆に言えば、教会は署名その他の手段を用いて、内心の同意の表示を求めてはならないのである。

アルノーの議論がパスカルの議論と酷似しているのは明らかである。しかも神的信と人間的信の区別は、パスカルが『真空論序言』の中で展開したもう一つの区別、認識の源泉としての理性と権威(＝信)の区別の展開として構想されているだけになおさらである。アルノーの議論の目標が、信仰宣誓書の署名強制に対する反対運動に理論的根拠を提供することにあったとすれば、パスカルも同じ目標を目指していたと考えるのは自然である。『プロヴァンシアル』第十七信と第十八信の真の争点は、フランス聖職者会議によって、六ヵ月の間に二度にわたって命じられた信仰宣誓書の署名なのである。

四 「人間的信」の論理学と政治学

信仰宣誓書への署名の是非が、ジャンセニスムをめぐる論争の主要な争点の一つであったことは、広く認められている。(1) もちろんそれが、ジャンセニスムの本質だと言うことはできない。ジャンセニスムはなによりも、神の恩寵とそれが人間の自由と取り結ぶ関係をめぐる神学上の学説なのだから。しかしながら教理の観点だけで、ジャンセニスムのすべてが説明しつくされるわけではない。というより、ジャンセニスムが専門的な神学論争の枠を越えて、アンシャン・レジームの教会と社会に深い刻印を残す宗教運動になり、今日に至るまでその問題性を保持し続けているとすれば、それは、信仰宣誓書の署名問題に負うところが大きい。言い換えれば、信仰宣誓書は、争点を恩寵の神学から教会の規律に移し替えることによって、ジャンセニスムを教会及び国家の秩序維持の問題、つまり教会論と政治学の領域へと導く役割を果たしたのである。

ここで信仰宣誓書について仔細に立ち入る余裕はないが、一言で言えば、それは、コルネリウス・ジャンセニウスに帰せられた五命題を断罪したローマ教皇の大勅書を受諾し、その決定に服従することを宣誓する文言を記載した書面であり、それに署名することが、フランスの全聖職者に義務として課せられたのである。ちなみに宣誓書は一種類ではない。九年の間に、三通りの文言が作成され公表されている。最初の文書は、五命題を断罪したインノケンティウス十世の大勅書(一六五三年五月)を執行する手段として、フランス聖職者会議によって一六五六年九月に作成された。それは、半年後、同じ聖職者会議において改訂される。最初の宣誓書が公表されて間もなく、新教皇アレクサンデル七世が、前教皇の大勅書を追認する大勅書を発布し(一六五六年十月)、五命題がジャンセニウスの著書から引き出され、著者の意味において断罪されたことを確定したからである。大勅書がフランス王に手交されたのは翌年三月のことであるが、聖職者会議は国王の意を受けて、直ちに改訂版を作成した。最後の宣誓書は、一六六五年、今度はローマ教皇庁において作成され、大勅書の中に挿入された。とはいえ、これまたフランス宮廷の要請に応じて作成されたものであり、当の大勅書もそのことを明言している。要するに、信仰宣誓書の作成は、最初から最後まで、フランスの国家と教会の主導のもとに行われたのである。

署名の是非をめぐって何が賭けられていたのか。この問題を検討する前に、あらかじめ注意しておきたいのは、論争の当事者自身が、現実的な争点があることを認めていたことである。これは当たり前のようでいて、必ずしもそうではない。なぜなら、ジャンセニウスの擁護者たち、いわゆるジャンセニストは、ジャンセニスムの存在自体を否定し、それは実体のない想像上の異端にすぎないと主張していたからである。彼らの言い分では、彼ら自身、教皇の決定に従っており、それがいかなる書物に見出されようと、五命題を断罪する用意がある。カトリック教会内部に、五命題を支持する勢力は存在しないのである。このような主張が、問題の争点そのものを消滅させることを狙っているのは明らかである。しかし宣誓書の署名については、ジャンセニストたちは正面切って反旗を翻す。反対の根拠は、教会権力であれ世俗権力であれ、信念の相違がある事柄に関して、署名という手段によって意見の一致を求めるのは、強権の行使に他ならないということである。こうして彼らは、署名に反対する運動を組織し、それを倫理と認識の双方の領域で正当化する論拠を模索する。要するに、署名強制に対する抵抗の理論を編み出そうと努めたのである。

＊

このような状況で、「人間的信」の観念は、署名問題といかなる関わりを持つのか。この点については、ピエール・ニコルに帰せられる一篇の論争文書、その名も『人間的信を論ず』[2]と題する一六六四年八月二十日付の文書があることが知られている。同年六月、パリの新任大司教アルドゥワン・ド・ペレフィクスは、宣誓書の署名を命ずる教書を公布したが、[3]それに反駁する目的で執筆された論文である。大司教の教書は、明白に政治的な意味合いを持っていた。なぜならそのきっかけとなったのは、さらにその二ヵ月前に公布された同趣旨の王令[4]だからである。とはいえ、少なくともその内容について言えば、教書は、署名を受け入れさせるための新しい議論を含んでいた。

署名強制に対するジャンセニストの抵抗の根拠が、主として「権利」と「事実」の区別にあることはよく知られている。彼らは、五命題自体の異端宣告は、本来的に教義と信仰に属する事柄、すなわち「権利」問題であるとして、教皇の決定に従った。しかし五命題がジャンセニウスの著書の中に見出されるかどうか、あるいはそれが彼の恩寵説の忠実な表現かどうかという問題は、聖書と伝承に含まれる信仰箇条とは無縁の「事実」問題であり、事情が異なる。彼らは、このように主張して、宣誓書に無条件で署名することを拒絶した。そこには性質を異にする二つの問題が混同されていると彼らは考えたのである。[5]

アルドゥワン・ド・ペレフィクスの教書は、ジャンセニストの主張に対して、妥協とは言わないまでも、一種の返答を含んでいた。それは、権利と事実の区別を受け入れ、その上で、教会の決定に対して要求される服従の性質は、問題の種別に応じて異なり得るし、また異なるべきであることを認めていた。そこから教書は次のように述べる。「悪意の持ち主あるいは無知の輩でない限り」、インノケンティウス十世とアレクサンデル七世の大勅書が、「事実に関わる事柄に対して、神的信に基づく服従を望んでいる」と主張することはできない。それが事実問題に関して要求しているのは、たんに「自らの判断を、正当な上司の判断に誠実に服従させるように強いる、人間的かつ教会的信」だけである。[6] 換言すれば、教会は、事実問題についても、その構成員に対して、尊敬に基づくたんなる委任のみならず、判断ないし信念における服従を要求する権利を持っている。しかしその服従は、啓示された教義の場合は神的信に基づくが、事実問題ではその必要はない。後者においては、「人間的かつ教会的信」に基づく服従で十分である。ちなみに付け加えておけば、「教会的信」の観念の起源はおそらくこの教書にあり、[7] そしてこの観念は、「教義的事実」の観念と関連して、近代神学とくに教会論において独自の役割を果たすことになる。[8]

パリ大司教の教書は、いわば署名反対派に突きつけられた最後通告であった。したがってジャンセニスト陣営は、身を守るためには反駁の必要があった。その役を引き受けたのがニコルである。彼はまず、論争書簡『想像上の異端』第四信(一六六四年六月十九日)において、パスカルの『プロヴァンシアル』を手本とする軽妙な調子で批判を加え、次いで、『人間的信を論ず』でより理論的な反駁を展開する。それはどのようなものか。

問題の検討に先立って、あらかじめ注意しておくと、ニコルは、大司教の持ち出す「人間的かつ教会的信」の観念に含まれる「教会的」という要素を無視し、たんなる「人間的信」に引き戻す傾向があり、それは、論文の題名にも明示されている。ニコルの観点からすれば、「神的信仰」の対極にあってそれを補足する観念は、「人間的信」だけであり、そこに「教会的」という形容あるいは限定を付加する必要はない。この変更の意味は、後に見るように重要である。

序文でニコルは、一般的な問題提起から始める。彼にとって問題は、「教会が事実問題をめぐって下した決定に対して、下位聖職者は教会にいかなる敬意を捧げなければならないか」[9]を明らかにすることである。要するに、教会の権威とその限界の問題、逆に言えば、この権威に対してひとりひとりの教会人が持っている権利の問題である。ニコルはこの観点に立って、教書の主張の出発点にある原理を要約する。それは以下のとおりである。「教会は、自らが決定する事実のうち、神的信の領域に含まれない事柄について、人間的かつ教会的信を要求する権利があり、それによって個々人の判断を正当な上位者の判断に誠実に服従させるように強制する権利を持つ」[10]。宣誓書の署名の正当性を判断するためには、この原理の真偽と理非曲直を検討すればよいのである。

ニコルの答えは明白で断定的である。教会は、たとえ人間的かつ教会的信仰に基づく同意であっても、事実問題について内心の同意を要求することはできない。彼は論文の大部分を費やしてこの主張の証明に努め、そのために多数の証拠を積み重ねる。

その中で最も根本的なものは、教会の不謬性に関わる証拠である。カトリックの神学者は、聖書と伝承から直接引き出される教義については、一致して不謬性を認めている。しかしニコルによれば、厳密に限定されたこの領域の外では事情は異なる。教皇も、さらには全体公会議さえ、つまり総体としての教会も、事実に関わる事柄については、不謬性の特権を与えられていない。これは伝承に深く根ざした見解であり、それを回避するために、事実の中には教理と不可分のものがあり、その種の事実――「教理的事実」[11]――については不謬性が成り立つはずだと主張しても無駄である。教理的事実とそうでない事実の区別は、伝承によっていささかも支持されていない。教会の不謬性は、教会と伝承に含まれる啓示にしか適用されないのである。したがって、事実問題に関して教会の下した決定が、教会の権威にしか基づいていない場合には、いかなる信によるにせよ、それを信ずる義務はない。事実の認識において権威は、たとえ教会の権威であれ、いささかの役割も演ずることができないのである。

ニコルの批判をどう考えるべきか。まず確認しなければならないのは、論争で用いられている「信」の意味が多義的であり、アルドゥワン・ド・ペレフィクスとニコルのそれぞれが考えている「信」の観念には、隔たりとずれがあることである。すでに見たように、教書が持ち出す人間的かつ教会的信とは、教会がその構成員である聖職者に「要求し」、「自らの判断を正当な上司の判断に誠実に服従させることを強いる」心の持ち方、要するに、服従の意思表示である。ところで服従は、判断を拘束しないたんなる敬意の表現でもあり得るが、大司教の教書においては、むしろ信念と判断の働きと考えられる。なぜならそこでは、自らの判断を教会の判断に委ねる「信」が問題になっているからである。少なくともニコルはそう解釈し、教書が要求する「信」を判断と同一視している。[12] そうだとすれば、「教会的信」は、教会の権威への信頼に基づいて、教会と同じ判断を形成する心の働きだということになる。

それではニコルにとっての人間的信とは何か。教書とは逆に、彼は認識論的な観点に立って、信を認識の源泉あるいは手段と見なす。たとえば次のような文章がある。

イタリアにローマ、トラキアにコンスタンティノープル、東インドにゴアという名の都市があるのは周知の事実であるが、たいていの人は、それを人間的信によってしか知らない。カンネーでローマ軍とカルタゴ軍が、ファルサロスでカエサルとポンペイウスが、アクティウムでアウグストゥスとアントニウスが戦ったことも、人間的信によってしか知られない。[13]

人間的信が適用されるのは、伝聞によって知られる間接的な認識、言い換えれば、当事者や目撃者の証言、『真空論序言』におけるパスカルの用語法を踏襲すれば、「権威」による認識の領域なのである。しかしそうなると、このようにして獲得される認識の確実性をどのようにして評価するか、さらに認識手段である人間的信の信憑性をどのように測定するかという問題が提起される。だがこの問いを発することは、信の根底にある権威への無反省な信頼がもはや維持されないということである。権威の信憑性が検討の対象となるのである。そしてそれがわれわれの十分な信用を獲得するほど大きくないことが判明すれば、われわれの判断をこの権威に服従させることは、それがどれほど強大な権威であっても不正である。いやそれ以前に、そのような服従は不可能である。なぜならそれは、十分な信憑性を欠くものには同意しないように命ずる良心の掟に背くからである。この原理に立ってニコルは、パリ大司教の教書が、人間的信の中に教会的信のカテゴリーを設けて、それを教会の権威を根拠にする判断の形成、あるいはむしろ判断の放棄と同一視したことを非難する。この意味で、ニコルの批判は同時に、教会における個人の良心の擁護、事実問題における聖職者と信者の権利と自由の擁護につながっている。

＊

しかしニコルは、人間的信の観念をどこから引き出してきたのか。アルドゥワン・ド・ペレフィクスの教書が引き合いに出す「人間的かつ教会的信」を受けて、この観念を編み出したのだろうか。そうではない。なぜなら人間的信の表現は、それより二年前に出版されたアルノーとニコルの共著『ポール・ロワヤル論理学』(初版一六六二年)に登場するからである。四部構成からなる『論理学』は、その最終部で「方法」を論じているが、その最後の五章が、人間的信による認識の問題にあてられている。そしてその冒頭の第十二章は、まさに「われわれが人間的あるいは神的な信によって知ることについて」と題されているのである[14]。

とはいえ、論理学の教科書の叙述と政治・宗教上の出来事の間に、いかなる関係があるのか。『ポール・ロワヤル論理学』のテクストは、信仰宣誓書の署名問題には一言も触れない。しかしながら第十二章の冒頭に、アルノーがその五年前に署名問題について執筆した文章が、ほとんどそのままの形で再録されていることに気づくと、『論理学』の沈黙は、意味深長なものとなる。一六五七年三月、聖職者会議が信仰宣誓書を改訂して、その署名をフランス全土の聖職者に命じてほどなく、アルノーは、模範的な改革者として知られたアレトの司教ニコラ・パヴィヨンに、宣誓書の署名強制が引き起こしかねない良心の疑念と逡巡をめぐって、質問状を送る[15]。それに対してパヴィヨンは、アルノーの期待に反して、教皇の決定が下った以上、署名すべきだと返答した。回答に満足しなかったアルノーは、それに詳しい『考察』を加えて、署名強制に対する抵抗の理論を展開する[16]。ところがその理論の出発点にあるのが、神的信と人間的信の区別なのである。アルノーの『考察』は大きな影響を及ぼし、パヴィヨンは意見を変えて、一六六一年以降、司教として署名反対の先頭に立つことになった。

ともあれ『ポール・ロワヤル論理学』が、宣誓書について沈黙を守っているのは当然である。それは、うかつには近づけない深刻な主題であり、『論理学』がジャンセニスムの本拠地と見なされたポール・ロワヤルの隠士の手になるだけに、一層危険な主題であった。しかし裏を返せば、『論理学』があえて、ジャンセニスム論争と密接な関係を持つ「信による認識」の領域に踏み込むのは、一六五七年の『考察』における神的信と人間的信の区別がたんに戦術的な理由から持ち出されたのではなく、独自の認識論に裏付けられていたことを示唆している。そうだとすれば、『ポール・ロワヤル論理学』の光に照らして、問題を再考する必要がある。

まず論理学の教科書として当たり前のことだが、「信」はここでは、宗教ではなく、認識に関する理論の枠内で考察される。だからこそ信による認識を取り上げる前に、『論理学』はさまざまな認識の種類を区別することから始める。[17] 区別のためには、二つの基準が用いられる。第一は、認識の直接性と間接性の相違、第二は、確実さの程度である。最初の基準によれば、直接的な認識と間接的な認識がある。前者は、原理に関わり、「叡智 intelligence」――すなわち直観――と呼ばれ、いかなる媒介も必要としない。後者は反対に、成立するためには、「動機」あるいは手段が必要である。そして動機には、「理性」と「権威」の二種類があり得る。そして『論理学』はここで重要な指摘を付け加える。「もし精神が自らに提示されたものを受け入れる根拠が権威であれば、それは信と呼ばれる」。[18] 認識論の観点からすれば、信と権威は同義語なのである。

第二の基準は、認識の手段としての理性と権威が区別された後に介入する。理性による認識について言えば、それが完全な確信を生み出す確実さに到達すると、「知識」と呼ばれる。そうでなければ、認識は、疑念を伴った「臆見」の水準にとどまる。しかし理性と権威の区別に立ち戻ると、この区別の根拠となる基準は何か。『論理学』はここで再び、認識が直接的であるか否かの基準を介入させる。[19] 理性による対象の認識は、「叡智」と比較すれば間接的であるが、理性が人間に内在する能力であるという意味で、対象から直接引き出される。しかし信による認識は事情が異なる。それは、「われわれ自身が何も知らない事柄について、それはたしかに存在すると保証してくれる人々、それも信用の置ける人々の権威」[20] に基づいた認識である。要するに、他者の証言に全面的に依拠する限りにおいて、否応なしに間接的な認識である。ところで権威による認識は、その源泉が神であるか人間であるかに応じて、二種類に分かれる。神が源泉なら、神的信に基づく認識であり、人間なら、人間的信による認識である。以上が、信による認識に関する『論理学』の見解である。

それでは、信による認識の確実さの程度はどうか。間接性というハンディキャップを考えると、理性による認識より不確実のように思われるが、必ずしもそうではない。神的信はひとまず措こう。それは、「欺くことも、欺かれることもあり得ない」神を源泉としているので、そもそも不謬ということになっているのだから。[21] 誤謬の可能性にさらされている人間的信についても、「数学的証明に匹敵するほど、確実で疑うことのできない」[22] 認識がある。その典型的な例は、歴史上の偉人の認識である。カエサルやキケロについての知識は、人間的信による外ないが、彼らの存在は、騎士道物語の主人公アマディス・デ・ガウラのような文学的虚構の産物とは異なり、確実である。もちろん人間的信に基づく認識が、つねに確かで誤りがないということではない。実情は正反対である。だがそれなら、他人の証言によってしか伝えられないこの種の認識において、確実さあるいは信憑性の程度をどのようにして決定すればよいのか。こうして証言の重みとしての権威をそのまま受け入れるのではなく、その信憑性を問う必要が生ずる。しかしそうなると、権威は認識を正当化する原理の座にとどまっていられなくなる。権威はそれに先立つ別の原理を必要とする。その間の事情を、『論理学』は、次のように説明する。

ある事柄の存在をわれわれに信じさせる二つの一般的な経路、すなわち理性と信を一緒に比べてみると、信がつねに何らかの理性(=理由)を想定しているのは確かである。なぜなら、聖アウグスティヌスが書簡一二二及び他の多数の箇所で述べているように、われわれの理解を超える事柄を信ずる場合でも、いまだ理解はできなくとも信じた方がよい事柄があることを、あらかじめ理性の働きで納得していなければ、信ずるわけにはいかないからである。[23]

この原則は一般的であり、人間的信のみならず、神的信にもあてはまる。なぜなら理性は、神的信と名乗るものが本当に神に由来するかどうか、つまり聖書と伝承に根ざしているかどうかを追求する権利を持っているのだから。しかしいったんこの点が認められれば、理性は神の権威の前に服する外ない。こうして『論理学』は、三位一体や聖体の秘蹟のような玄義の前で、「知性を虜にする」[24]必要性を強調する。しかし人間的信については、知性を屈服させるいかなる権威も存在しない。そこでは、「良識」[25]ないしは「理性」が、証言の信憑性の批判において、持てる力のすべてを発揮することができる。『論理学』のある章の題名に従って言えば、「人間的信に依存する出来事を信ずるに際して、自らの理性を善導するためのいくつかの規則[26]」が存在するのである。

『論理学』はこれらの「規則」に解説を加えながら、「人間的出来事[27]」の認識を考察し、それを伝える証言の信憑性の程度を吟味する。注目すべきは、「これらの人間的出来事」が、純然たる世俗の歴史よりははるかに、旧約聖書の伝えるイスラエルの歴史とキリスト教会の歴史、つまり聖史と教会史に関わっていることである。じっさい、『論理学』の挙げる大半の例は、偽書として名高い「コンスタンティヌスの寄進状」の信憑性であれ[28]、イグナティウスやキプリアヌスのような教会教父の手紙の信憑性であれ[29]、教会の歴史から引き出されている。教会の著作家によって伝えられる事実と出来事でさえ、検討において指導原理として働くのは、理性とその規則であり、権威は、たとえ教会の権威であっても、それだけで出来事の信憑性を保証する力を持たない。こうして『論理学』はあらかじめ、アルドゥワン・ド・ペレフィクスが、教会の権威に依拠して導入することをもくろんだ「教会的信」の観念を斥ける。パリ大司教の教書を批判するに際して、ニコルは、『論理学』の展開する議論以外の論拠を探し求める必要はなかったのである。

＊

権威を向こうに回した理性の権利宣言。これが、信仰による認識に関する「ジャンセニスト」の理論を概観したものの抱く感想であろう。そしてこの感想は間違っていない。だがそのような感想が生まれるとすれば、それは、問題の理論が「権威」のうちに、性質の異なる二つの意味あるいは側面、政治的な側面と認識論的な側面を区別しているからである。前者の側面から見れば、権威は政治権力である。その場合、権威に従うことは、パウロが『ローマの信徒への手紙』で、「人は皆、上に立つ権威に従うべきである」[30]と述べているところに従えば、正当であり、それ以前に不可避である。だからこそ、アルノーもニコルも、一度教会が下した決定については、「恭しい沈黙」を守る必要性を繰り返し強調する。しかしこの服従は、純然たる規律の領域に属し、外面的な振舞いは規制するが、内面の信念は拘束しない。しかしながら自らの判断を、教会内の上司の判断さらには教会全体の判断に一致させることが問題になる場合、そこで引き合いに出される権威は、つまるところ、認識の領域に属し、証言の信憑性を意味している。このような状況で、権威を楯に信念の服従を要求することは、権威の二つの側面を混同して、良心に信念を変更するように迫ること、すなわち自らを裏切るよう強制することに他ならない。それは、「他の手段によってしか獲得できないことを、別の手段で獲得しようと望む」ことであり、パスカルの言う意味での、圧制あるいは不当支配なのである。[31]

この結論は、良心の自由が基本的人権の一つに数えられている現代社会においては、陳腐に見えるかもしれない。しかし信仰宣誓書の署名をめぐる紛争から七十年ほどの時が経過した十八世紀前半、啓蒙の開幕時代に刊行された有名な辞書が、「良心」の項に次のような文例を引いているのを見ると、やはり時代を先取りした革新的な結論であると考えざるを得ない。

良心の声は、どれほど正しく思われようとも、決して教会の決定に対して優位を占めてはならない。[32]

とはいえ、「トレヴー」の名で知られるこの辞書が、イエズス会の神父たちの労作であったことは付け加えておくべきかもしれない。

〔付論〕ジャンセニスムと政治
――信仰宣誓書の署名問題をめぐって――

信仰宣誓書の署名強制が、いわゆるジャンセニスムの弾圧の切り札であったことは広く知られている。しかしこれまでのところ、その全容を考察の対象として、その経緯と背景、出来事を動かした仕組みとそれを導く論理を解明する作業は必ずしも進んでいないように思われる。もちろん本論考の枠で、それを実現することは、われわれの研究が萌芽状態にあるだけに望むべくもない。われわれの目標は、署名強制の争点が何であるかを正確に検討することを通じて、この問題の意義と射程について見通しを立てるところにある。

しかし本題に立ち入る前に、触れずには済まされない予備的な考察がある。それは、ジャンセニスムとは何かという問いである。ジャンセニスム運動の展開において、信仰宣誓書の署名は重要な争点の一つであるだけに、これは避けて通ることのできない問いである。しかしジャンセニスムの「本質」について、ここで際限ない説明に踏み込もうというのではない。ジャンセニスムはあまりに複雑な事象であり、それについて十全な定義を下すことは不可能である。ここで試みるのは、本論で使用せざるを得ない「ジャンセニスム」及び「ジャンセニスト」という語の意味を確定し、それが両者について流通している他の意味と、いかなる関係にあるかを見定めることである。パスカルの用語法を踏襲すれば、名辞の本質ではなく意味に関わる定義、つまり「事物の定義」ではなく、「名目の定義」[1]が問題なのである。

1 ジャンセニスムとは何か

まずジャンセニスムは、字義どおりには、ジャンセニウスの主義主張という意味である。具体的には、スペイン領フランドルの町イーペルの司教であったコルネリウス・ジャンセニウスあるいはヤンセン(一五八五—一六三八年)が、遺著『アウグスティヌス』(一六四〇年)の中で、神の恩寵と人間の本性及び両者の関係について展開した神学上の学説である。しかし神学説に話を限っても、ジャンセニスムの意味は曖昧である。少なくともジャンセニウスの擁護者たち——彼らは「ジャンセニスト」と呼ばれた——にとってはそうであった。周知のとおり、彼の学説あるいはそう見なされたものは、その真偽はともかく、『アウグスティヌス』から引き出されたとされる五箇条の命題(「五命題」)に要約されて、それがローマ教皇によって異端宣告を受けた。しかしながら異端宣告は、激しい論争を引き起こし、ジャンセニスト陣営は執拗に抵抗した。それは、彼らが五命題のうちに、ジャンセニウスの思想の忠実な表現を見ることを拒否したからである。したがって純粋に教理的な観点に立てば、問題は、ジャンセニウスが彼の著書において展開した学説はいかなるものであり、それは教会の公式見解に照らして正統的であるか否か、そして五命題はジャンセニウスの理論の忠実な要約であるか否かを、明らかにすることに帰着する。[2]この恩寵問題は、高度に抽象的で専門的であるにもかかわらず、キリスト教の枠を越えて、人の興味と情熱をかき立ててきた。それはおそらく、恩寵と人間のあり方とくにその自由との関係が、必然と偶然と自由の交差する場である人間を理解する上で、この上なく貴重なモデルを提供するからであろう。

とはいえ教理の観点だけで、ジャンセニスムのすべてが説明しつくされるわけではない。というよりむしろ、ジャンセニスムが現代に至るまで注目される問題になったとすれば、つまり専門神学者のみならず、あらゆる聖職者さらには俗人をも巻き込んだ宗教運動として、アンシャン・レジームの教会と社会に深い痕跡をとどめることになったとすれば、それは、元来の神学説の枠を大きく踏み越えて、信者の実践と道徳、教会の組織運営、教会と国家の関係にまで関わるようになったからである。換言すれば、ジャンセニスムは神学説のみならず、倫理学、教会論、そして広い意味での政治学を、そのうちに秘めているのである。(3)

ジャンセニスムは、その担い手そして同調者の間から、フランス古典主義を代表する思想家、文学者、芸術家を輩出した点でも、強い興味の対象となる。だからこそジャンセニスム研究においては、伝記が大きな位置を占める。伝記的アプローチが豊かな成果を挙げる例としては、サント＝ブーヴの『ポール・ロワヤル』とジャン・オルシバルのサン＝シランに関する研究を挙げるだけで十分だろう。(4)もっとも両者とも、たんなる伝記の枠を大きく越えて、彼らの主人公が生きた社会を同時に描き出しているのだが。しかしながらこの観点においては、フランス・ジャンセニスムの歴史、少なくとも十七世紀のジャンセニスムの歴史は大筋において、ポール・ロワヤルの歴史に合流する。とはいえ両者の関係は、緊密であるとはいえ、微妙なずれと緊張をはらんでおり、安易に同一視することは危険である。

予備的考察の最後は、本論の主題に通じている。それは、ジャンセニスムが論争から生まれた用語であり、その支持者たちが決して引き受けようとしなかったという事実である。ジャンセニストたちに言わせれば、それは「想像上の」異端であり、実質を欠いた「幻影」にすぎない。(5)「主義」や「イスム」という接尾辞を添えられた語が、論争の産物として軽蔑的なニュアンスを伴い、当事者がその名で呼ばれることに難色を示すのは珍しいことではない。しかしたいていの場合は、次第に呼称に慣れ、それを引き受けるに至るように思われる。しかしジャンセニスムの場合は、ジャンセニストと呼ばれた人々は、あくまでこの観念に実体があることを否定し続けた。このような事情を念頭に置いて、ジャン＝ロベール・アルモガットは、『霊性辞典』の「ジャンセニスム」の項目を、この観念の歴史的変遷の叙述から始める。(6) なぜなら彼によれば、「ジャンセニスムは、本質的に歴史家の産物である。歴史家こそが、そこから統一性を引き出す試み、あるいはそれに統一性を押し付ける試みを行ったのである。それについての予備的な研究なしには、「ジャンセニスム」の項目の存在を正当化することはできない」。鋭くまた説得力に富んだ指摘である。

それにもかかわらず、アルモガットとはいささか異なった観点に立って、次のような問いを発することができるのではないか。ジャンセニスムが幻影であろうとなかろうと、歴史家の再構成の埒外に、ある一つの現実的な事実、すなわちジャンセニストを標的とする迫害ないしは弾圧の事実があったのではないか。もしそうだとすれば、ジャンセニスムの名目のもとに弾圧を組織した教会権力と世俗権力にとって、ジャンセニスムは何であったかを検討することに意味が出てくる。それに、もしジャンセニスムが真に幻影であったなら、弾圧は空回りしたはずである。ところが、これから見るように、弾圧に対して抵抗運動を組織し、その根拠となる理論を展開したグループが確かに存在する。ということは、弾圧する側とされる側の間には、現実的な対立の原因と具体的な争点があったのである。

対立の原因について言えば、われわれの観点からすれば、それは五命題を断罪したインノケンティウス十世の大勅書「クム・オカジオーネ」(7)(一六五三年五月三十一日付)ではない。それを追認して五命題を明確にジャンセニウスに帰したアレクサンデル七世の大勅書「アド・サクラム・ベアティ・ペトリ・セデム」(8)(一六五六年十月十六日付)は、われわれの問題により深い関係を持つとはいえ、それさえ必ずしも原因とはいえない。というのも、ジャンセニスト陣営は、この二つの大勅書を受け入れたか、少なくとも受け入れる振りをしたからである。それに反して彼らは、フランス聖職者会議、次いで教皇が大勅書の執行のために作成し、フランス全土の聖職者に署名することを命じた信仰宣誓書には、真っ向から反対した。したがって信仰宣誓書こそが、最初の書面が作成された一六五六年から教会の和約が結ばれる一六六八年に至るまで、真の係争事項だったのである。

具体的な争点についても、同様のことが言える。そこでも問題の焦点は、もはやほとんど恩寵に関する教理ではなかったからである。もちろん恩寵論議が、ジャンセニスム論争の出発点にあり、それがジャンセニスム運動の展開を陰に陽に導いていたことを否定しようというのではない。しかしながらそれは次第に後景に退き、一見副次的で付随的のようでいて、実はきわめて重要な他の問題に場所を譲ることになる。それは何か。

第一は、当時、事実問題と呼ばれた論点、すなわち教皇によってジャンセニウスのものとして断罪された五命題が、たしかに彼の『アウグスティヌス』から引き出されたかどうか、あるいは少なくとも、それが彼の恩寵論を忠実に表現しているかどうかという問題である。しかしこの問題——それは、結局のところ、ある著者の思想の解釈論議である——を超えたところに、さらに問題がある。教会が、教皇にせよ聖職者会議にせよ、正規の決定機関を通じて、事実問題の領域に属する事柄についてある決定を下した場合、教会は、その構成員である信者とりわけ聖職者にいかなる服従あるいは同意を要求することができるのか、という問題である。(ただし今の段階で、事実問題がいかなる領域を構成するかを定義することはできない。信仰宣誓書の署名問題においては、それ自体が争点なのだから。)逆に言えば、このような決定を前にして、信者と聖職者は教会に対して、どこまで服従しなければならないか、あるいは、彼らに異議がある場合、教会の交わりを離れることなしに、どの程度まで決定に異論を唱えることができるのか。

問題をもっと一般化すれば、次のように言うことができるかもしれない。ある組織の構成員が、組織の下した決定に同調できない場合、組織の基本原則を捨てることなしに、どこまで決定に抵抗することができるのか。このような一般化は、必ずしも恣意的なものではない。なぜなら信仰宣誓書の署名問題は、その当時、教会の管轄に属する宗教問題であるばかりでなく、国家の管轄する政治問題と見なされ、ジャンセニストは異端者であるとともに反体制派の烙印を押されていたからである。これは、教会と国家が分離されていないアンシャン・レジームにおいては、当然のことである。政治と宗教が分かちがたく絡み合っているところに、この問題の面白さと難しさがある。

以上を踏まえて、本論では、ジャンセニストを次のように定義する。信仰宣誓書の署名に反対して、「教会は本来の意味での教義に属さない事柄については、署名を強制する権威も権限もない」と主張する人々。この定義は、ジャンセニスムについての常識的見解とはいささか異なるが、概念の外延を明確に限定する長所を持つ。言うまでもないことだが、これは可能な定義の中の一つであり、他の定義を排除するものではない。パスカルも言うとおり、定義は自由であり、言葉の意味を了解している限り、どのような定義も許されるはずだからである。[9] とはいえ、これが恣意的なものではなく、歴史的現実に根ざしていることを示すために、当時の証言を二つ、引用しておこう。

最初は、ルイ十四世の母であり摂政でもあった母后アンヌ・ドートリッシュの証言である。彼女は、ポール・ロワヤルの隠士の一人であったアルノー・ダンディイが、ジャンセニストという語の意味の説明を求めたのに答えて、一六五九年六月三十日付の手紙で、次のように記している。

私がジャンセニストと呼ぶのは、この問題に関する教皇座の決定を、それが、教会全体の受諾と満場一致を得たにもかかわらず、キリスト教的な謙譲と完全な服従心をもって受け入れようとせず、いまだ頑強に、ジャンセニウスの意味と学説は勅書においては断罪されていないと言い張る輩のことです。信仰に関する宣誓書が、フランス聖職者によってわが息である国王と私自身に提示されたこと、それが件の大勅書に加えた説明がどのようなものであるかを、あなたはよくご存知です。この宣誓書こそは、この異端に汚染されているかその疑いのある人々を、そうでない人々から弁別する確実な証拠なのです。[10]

（傍点引用者）

この証言は、ジャンセニスト弾圧の中心人物の一人に由来するだけに一層注目に値する。それは、一六六〇年前後に、王権がジャンセニスムとジャンセニストについて、いかなるイメージを抱いていたかを白日の下にさらけ出している。

もう一つの証言は、時代は下るが、ガブリエル・ジェルブロンのものである。彼は、ジャンセニスムの最初期の歴史家であり、彼自身、熱烈なジャンセニストであった。一七〇〇年に彼が出版した『ジャンセニスムの一般史』の「序文」に次の一節が見出される。

真のジャンセニストはすべて、こう主張する。五命題はいささかもジャンセニウスのものではなく、彼は聖アウグスティヌスの教理を教授しただけであり、それは教会の教えである以上、五命題において断罪されなかったし、また断罪のされようもなかった。[11]

この定義はひたすらジャンセニウスの思想の解釈に拘泥して、教会論と政治論の側面は等閑に付している。

それにもかかわらず、この定義はきわめて興味深い。それは、ここでは「ジャンセニスト」が自らの立場を引き受けて、ジャンセニスムをめぐって現実の対立点があること、つまりジャンセニスムが必ずしも幻影でないことを、ジャンセニウス支持の立場から認めているからである。

とはいえ、ジャンセニスムとジャンセニストを、ひたすら事実問題と信仰宣誓書の署名問題との関連に限定して定義しようとするのは、神学と霊性の領域でジャンセニスムの及ぼした影響とその意味を無視することにならないか。たしかにその危険がないとはいえない。しかし「ジャンセニスム」の積極的な側面について言えば、神学に関してはアウグスティヌス主義、霊性と倫理に関してはポール・ロワヤルあるいはカトリック宗教改革のような、それを論ずるのに、より柔軟で適切なカテゴリーがあるのではないだろうか。われわれの定義は、少なくともジャンセニスムに関する議論から贋の問題を取り除くという利点を持っているはずである。

以上の予備的考察を踏まえて、以下の三点が本論の考察の課題となる。

(1) 信仰宣誓書とは何か。
(2) 誰が、信仰宣誓書の署名に抵抗したか。
(3) 抵抗の理論的根拠はいかなるものか。

2 信仰宣誓書とは何か

それは、すでに述べたように、五命題の断罪に関わるインノケンティウス十世とアレクサンデル七世の大勅書の「受諾と署名[12]」のために、フランス聖職者会議及びローマ教皇が作成した文章が記されている書面であり、それに署名することが、フランス国内のすべての聖職者に命じられた。しかもこの文書は一通りではなく、全土に公布されたものに限っても三通りの版があり、その他にも、それぞれの司教区で作成されたものもいくつか存在する。また署名の命令についても、聖職者会議ばかりでなく王権によっても、繰り返し決定が下されている。これ一つとっても、署名問題がたんに宗教だけでなく、政治にも関わることは明らかである。

詳しい説明に入る前に、三通りの版の文面を翻訳で掲げる。

最初の宣誓書は、一六五六年九月三日、フランス聖職者会議の総会において承認され、全国の高位聖職者に宛てた回状の附属文書として彼らに送られた。

我らが聖父教皇インノケンティウス十世によるコルネリウス・ジャンセニウスの五命題の教理断罪に関わる大勅書の受諾と署名のための書式

私は、一六五三年五月三十一日付の現教皇インノケンティウス十世の大勅書、それも一六五四年三月二十八日のフランス高位聖職者会議によって説明され、さらに同年九月二十九日付の教皇の小勅書によって確認された意味における大勅書に、誠実に服します。私は、良心に則ってこの大勅書に従わなければならないことを認め、心においても口においてもコルネリウス・ジャンセニウスの五命題の教理を断罪いたします。これらの命題は彼の『アウグスティヌス』と題する書物に含まれており、教皇と司教方によって断罪されましたが、この教理は聖アウグスティヌスのそれではなく、ジャンセニウスが誤って、かの神聖なる博士(＝アウグスティヌス)の真の意味に背いて説明したものであります。(13)

宣誓書第二版は、次の教皇アレクサンデル七世が、前任者の大勅書を確認するために発布した大勅書が、フランス王に手交されたのを受けて聖職者会議が改訂し、一六五七年三月十七日の総会で承認したものである。

私は、一六五三年五月三十一日付の教皇インノケンティウス十世の大勅書、それも一六五六年十月十六日付のわれらが聖父教皇アレクサンデル七世の大勅書によって決定された真の意味における大勅書に、誠実に服します。私は、良心に則ってこれらの大勅書に従わなければならないことを認め、心においても口においてもコルネリウス・ジャンセニウスの五命題の教理を断罪いたします。これらの命題は彼の『アウグスティヌス』と題する書物に含まれており、上記お二方の教皇と司教方によって断罪されましたが、この教理は聖アウグスティヌスのそれではなく、ジャンセニウスが誤って、かの神聖なる博士〔＝アウグスティヌス〕の真の意味に背いて説明したものであります。[14]

第三版は、ローマ教皇庁で作成されたものであり、その署名を命ずるアレクサンデル七世の大勅書「レギミニス・アポストリキ」[15]（一六六五年二月十五日付）の一部をなしている。

上記の事柄に署名するための書式

私は、一六五三年五月三十一日付のインノケンティウス十世の大勅書及び一六五六年十月十六日付の現教皇アレクサンデル七世の大勅書に服し、コルネリウス・ジャンセニウスの『アウグスティヌス』と題する書物から引き出された五命題を、教皇座が上記大勅書によって断罪したとおり、著者ジャンセニウスが意図した意味において、誠実に拒絶し断罪し、そのことを誓います。かくして、わが身に神と聖福音書の加護があらんことを。[16]

これら三つのテクストにおいて、何が問題になっているのか。文書の日付からわかるように、宣誓書の作成と改訂の作業は、十年の期間に及んでいる。その間に展開した出来事の経緯を逐一追跡することはできないので、ここでは最初の二通の宣誓書に関わるいくつかの事柄に説明を限らざるを得ない。説明に入る前にあらかじめ注意しておけば、この事件で重要なのは、宣誓書の文面もさることながら、その署名がある国全体の聖職者に強制されたことである。つまり宣誓書の作者の考えでは、それは執行力を有する文書なのである。したがって考察にあたっては、宣誓書の文面と署名強制の決定に至る政治過程を切り離すことはできない。そのことに留意して、以下の四点を検討する。

① 誰の発意、また誰の主導で宣誓書は作成されたのか。
② 宣誓書作成の動機は何であったのか。
③ 宣誓書の署名強制の標的は誰であったのか。
④ 宣誓書は、いかなる過程を経て、作成され改訂されたのか。

① 宣誓書の発案者と作者については、国際関係の観点から見れば、主導権を握ったのはフランスであり、ローマ教皇庁ではない。アレクサンデル七世の公布した第三の宣誓書でさえ、ルイ十四世の要請によって作成されたことを、大勅書自体が明記している。[17] さらに注目に値するのは、最初の宣誓書とそれを改訂した第二版との相違である。文言の変更を引き起こした原因は、アレクサンデル七世の大勅書の公布であり、それ

が五命題を明確にジャンセニウスに帰する決定を下すことによって、宣誓書に以前より強力な法的根拠を提供したからである。しかしこれは逆に言えば、フランス聖職者会議が、教皇の決定を待たずに、宣誓書の作成を開始した証拠である。この点で意味深長なのは、宣誓書の法的根拠として最初の版で言及されながら、改訂版では削除された「一六五四年三月二十八日のフランス高位聖職者会議」の存在である。これについては、後ほどあらためて取り上げる。

次に個人の次元で考えると、フランス聖職者会議での宣誓書の作成に際して、率先して事にあたったのは誰か。それは、トゥールーズの大司教ピエール・ド・マルカであり、彼は宰相マザランの意を受けて、一部始終を取り仕切ったのである。この野心家で策士の人物像をここで紹介することはできないが、彼の果たした役割については、後で触れる機会があろう。むしろ今の段階で指摘しておきたいのは、この事件では、イエズス会は必ずしも主役ではなかったことである。イエズス会士たちが、「ジャンセニスト」の容赦ない敵でなかったということではない。しかしながら彼らは、ローマ教皇直属の修道会のメンバーであり、そのような身分上の制約もあって、フランスの教会と国家において公式の役職を占めることには、困難があった。もっとも宮廷の宗教政策に大きな影響力を持つ国王の聴罪司祭の職は、十七世紀には、イエズス会士に任されていたことは認めなければならない。いずれにせよ、彼らは理論家や論争家として、むしろ遊撃隊の役割を果たしていた。この意味で、彼らをジャンセニスト迫害の直接の責任者に仕立て上げるのは、事件の見方をいささかゆがめる危険がある。

② 宣誓書作成の動機については、異なる次元の複数の理由が絡み合っており、とくに一つの理由を取り出して強調するのは危険である。ともあれ、この問題に接近するためには、一見素朴な問いを発するところから始めなければならない。ジャンセニスム弾圧の当事者は、ローマ教皇庁、フランス聖職者会議、フラン

ス宮廷であるが、これら三つの機関は、どうして五命題を断罪したインノケンティウス十世の大勅書で能事足れりとせず、さらに進んで、署名のための宣誓書を作成したのか。これに対しては従来、次のような答え方が行われてきた。それは、ジャンセニストたちが、さまざまな口実を設けて、大勅書に誠実に従おうとしなかったからだというのである。口実は大別して二つある。第一は、五命題は表現が曖昧であり、正統的な意味を含む可能性を秘めているという主張であり、第二は、権利問題と事実問題の区別に基づいて、後者すなわち五命題がジャンセニウスのものであるという決定への異議申し立てである。第一点は、ジャンセニストたちも争うことを断念したので、問題にするには及ばない。それなら、第二点の事実問題はどうか。なるほど、これはジャンセニスム論争の中心的な対立点であり、信仰宣誓書の署名を通じて信仰の統一を目指す教会当局の対応を適切に説明しているように思われる。

しかしながら、もう少し仔細に検討すると、この説明では不十分であることが明らかになる。まず事実問題であるが、それについて最初の公式決定が下されたのは、一六五四年三月二十八日の高位聖職者会議においてであり、そこではじめて、五命題がジャンセニウスのものであることが確認された。それでは、五命題がインノケンティウス十世の大勅書「クム・オカジオーネ」(一六五三年五月三十一日付)で断罪されてから、問題の会議に至る期間、五命題の帰属問題をめぐって、一体誰によって、どのような論争が引き起こされたのだろうか。これまであまり注目されなかったことであるが、『アルノー全集』第十九巻の「歴史的解題」に、この件に関して、ある意味で意外な説明が見出される。「事実問題、すなわち五命題のジャンセニウスの書物への帰属如何について、彼を擁護する神学者たちは、権威に対する尊敬と平和への愛のために、沈黙を守る決心を固めていた(18)」。もしそうだとすれば、そしてじっさいアルノーをはじめとするポール・ロワヤル陣営の神学者たちは、この時期、目立った動きを見せていないが、一体何があったのか。そして一六五四年三月の高位聖職者会議は、いかなる意図で、誰を標的として開催されたのか。

問題はきわめて複雑であるが、かいつまんで言えば、インノケンティウス十世の大勅書の公布に際して、フランスのいくつかの司教区で深刻な事件が出来したのである。より具体的には、サンスの大司教ルイ・ド・ゴンドランが大勅書の公布に関して発表した教書が、高位聖職者会議の開催という事態を引き起こしたのである。これは驚くべき文書であった[19]。というのも、大勅書を公表するとの口実のもと、教皇の決定に真っ向から反対していたのだから。教書の主張によれば、五命題は聖アウグスティヌスの恩寵論に敵対する勢力によってでっちあげられたものであり、教皇の意図は、取り立ててジャンセニウスの学説に触れることなしに、ただ五命題を一般的な意味において断罪することであった。さらに、ゴンドランは、五命題が最初はフランスで告発されたにもかかわらず、直接ローマで裁かれたことに異議を申し立てている。フランスで提訴された「教皇留保事件及び信仰問題」の第一審裁判権を有しているのは、フランスの司教であるはずなのに、その手順が踏まれていないというのである[20]。これは、強烈な司教中心主義の表明であると言える。

当然のことながら、この教書はローマ教皇庁を強く刺激し、教皇庁は彼の譴責をフランス国王に求めた。しかし彼のような高位聖職者に対して法的処分を行うことはきわめて困難である。この観点から見ると、一六五四年三月の高位聖職者会議は、事件の当事者間の妥協の産物のように見える。会議は、五命題がジャンセニウスの意味において断罪されたと宣言することによって、ゴンドランの教書を否認するが、ゴンドランの名前と書簡が言及されることはない。逆に、会議に出席していたゴンドランは、自分の行動を否認する決定に自ら署名することを余儀なくされる。それが彼にとってどれほどの屈辱であったかは想像に難くない。ここにはローマ教皇庁の中央集権的傾向とフランスの一部の高位聖職者が支持していた司教中心主義の衝突があり、それが宣誓書の署名問題の背景に控えているのである。

しかし教理の問題と結びついた教会論だけで、事件の全容が説明できるわけではない。それと並んで、政治的な側面を検討し、王権を執行する宰相マザランの介入を見定めなければならない。というのも、宮廷の視点に立つと、ジャンセニスムとポール・ロワヤルは、レ枢機卿に率いられる「教会のフロンド」と切り離すことができないからである。両者の間に、現実に共犯関係があったかどうかが、問題なのではない。おそらくその可能性は高くはない。重要なのは、フランス宮廷が、ポール・ロワヤルとレ枢機卿及びその支持者たち、とりわけ大司教代理の一人であり、レ枢機卿の立場を擁護していたシャッスブラとの間に、緊密な関係があることを信じていた、少なくとも信ずる振りをしていたことである。このような先入見の証拠として、宮廷に対してポール・ロワヤルを代表していたアルノー・ダンディイが、レとの内通の疑いを払拭すべく、マザランとアンヌ・ドートリッシュにしきりに釈明の手紙を書いていたことが挙げられる。サン＝シモンが『回想録』で、ポール・ロワヤルを形容するのに用いて以来有名になった「共和主義者」(21)という表現は、この観点からよりよく理解できる。ポール・ロワヤルとフロンドの乱の関係については、いくつかの研究があるとはいえ(22)、未開拓の領域であり、ここでは問題を提起するにとどめる。

③　信仰宣誓書の署名の標的については、法律的観点から考えれば、答えは難しくない。それは、フランス王国のすべての聖職者である(23)。一六五五年の聖職者会議の回状に従って、具体的に列挙すれば、「すべての司教座参事会、在俗会と律修会を問わず、免属と否とを問わずすべての修道会、司祭及び大学学長、聖職禄を与えられている者あるいはその予定の者、そして総じていかなる資格と身分であろうと、司教の管轄下にあるすべての者(24)」である。さらに六年後、一六六一年の聖職者会議はリストを拡大して、修道士と修道女及び学校教師にも署名を命ずる(25)。これが、「フランス王国のすべての聖職者」の内実であるが、その中で注目に値するのは、署名の執行において司教の果たした役割である。それは、司教区ごとに、司教の責任にお

いて行われた。司教は、署名の標的であると同時に、その執行者である。彼らこそが、署名問題で中枢の位置を占めているのである。

④ 十年以上に及ぶ信仰宣誓書署名問題のそれぞれの局面を辿りなおすことは、現状では実現できない。更なる探究を必要とする不明の要素、未確認の事柄が多すぎるからである。ここでは細部には立ち入らず、次の二点を指摘するにとどめる。

最初の宣誓書が、一六五六年九月に作成されたのはすでに見たとおりであるが、その着想はさらに時間をさかのぼる。じじつ、インノケンティウス十世の大勅書と小勅書を全フランスの聖職者に署名させることをはじめて決定したのは、一六五五年の聖職者会議である。宣誓書の作成者たちの考えでは、宣誓書は、教皇と教会の決定に対する聖職者の服従を獲得するための手立ての一つであり、服従の意思表示として大勅書に署名をすることと、大勅書に関する信仰宣誓書に署名することは、彼らにとっては同じことであった。一六五六年九月の聖職者会議が、欠席した高位聖職者に発送した回状を見れば、それは明らかである。

ご覧のように、一六五五年の個別会議は、大勅書と小勅書を、その回状で名指しされた人々(26)に署名させる必要性を決議しましたが、それを今回の総会は決議書によって確認しました。その実施を容易にし、また全司教区で一様にするために、全体会議は同封の宣誓書を作成し、それをお送りすることが時宜に適っていると判断しました。どうぞそれをご利用下さいますように。(27)

要するに、この決定の核心にあるのは、教会当局の決定に対して、明白な同意を要求し、「恭しい沈黙」を守る可能性さえ認めないという事実である。

第二番目の指摘は、宣誓書の署名が本当に要求されるようになったのは、一六六一年以降、それも王権の主導によるという事実である。一六六〇年の冬、聖職者会議の全体会議の開催中、ルイ十四世は会議の議長団を召集し、彼らを前にして、「ジャンセニストの残党を王国から完全に追放する」決心を固めたと宣言し、この計画に導かれたのは、「自らの良心と名誉、国家の安寧の理由による」と付け加えた。(28) 国王の宣告に従い、聖職者会議は、翌年二月、宣誓書の署名強制を決定し、十五条に及ぶ実施要項を定めた。どうしてこの時期に事件が再燃したか、正確な理由は不明である。レ枢機卿の問題、とりわけ彼が一六六〇年に書いた自己弁明のための書簡が、何らかの関与をしている可能性はある。いずれにせよ、巨視的に見れば、これは、国内のさまざまの社団に対して絶対主義的な地位を確立しつつあった王権が、聖職者身分を掌握する試みであったと言える。この観点からすれば、信仰宣誓書の問題は、国家の中央集権化と絶対主義的政治体制に至る過程における一つの重要なステップをなしているのである。

3　誰が、信仰宣誓書の署名に抵抗したか

この問いに対する答えは、ある意味では簡単である。われわれの観点からすれば、それこそ「ジャンセニスト」の定義なのだから。しかし定義から導き出される答えは、一種の同語反復であり、観念の内容はいっこうに明らかにならない。括弧つきのジャンセニストが具体的には、どのような人々であったかを注意深く考察する必要がある。そのために、いわば職業別のカテゴリーに沿って、検討を進めよう。

①　まず神学者から始める。彼らは、服従するにせよ抵抗するにせよ、自らの専門知識に基づいて、事情を心得た上で振舞うことが期待される。その中で、宣誓書の署名に抵抗したのが、主として、アウグスティ

ヌスの恩寵論を奉じ、ジャンセニウスの学説に共感を寄せる神学者であることは容易に予想できるし、その予想は全体として正しい。抵抗運動の中で、理論家の役割を演じた、アントワーヌ・アルノー、ピエール・ニコル、そしてノエル・ド・ララーヌがその代表格である。それに、俗人ではあるが、パスカルの名を付け加えることもできるだろう。彼は、一六六一年、信仰宣誓書の署名の是非をめぐって、アルノー及びニコルと激しく対立し、今は失われた文書を執筆している。しかしこれは、教会と王権の弾圧にさらされたポール・ロワヤル内部での対立であり、出来事の全体の中では、むしろ副次的な位置を占める。それ以上に重要で、しかもこれまであまり注目されてこなかったのは、『プロヴァンシアル』書簡の最後の二通において、宣誓書の署名問題が隠れたテーマとして潜んでおり、署名拒否の理論的根拠が素描されていることである。(29)

だがそれなら、アウグスティヌスの衣鉢を継ぎ、ポール・ロワヤルに近い神学者は、すべて署名を拒否したのか。そうではない。ポール・ロワヤルの内部でさえ、意見は割れており、宣誓書に対して取るべき態度をめぐって、いわゆる「ポール・ロワヤルの内乱」があった。また、恩寵論については厳格なアウグスティヌス主義の立場を堅持しながら、署名に応じたジャック・ド・サント＝ブーヴのような神学者の例も知られている。

それに反して、恩寵論についてはアウグスティヌス主義と袂を分かちながら、宣誓書に反対した神学者もいる。この点について、示唆的な事実がある。一六六一年の聖職者会議の議事録によれば、王権が宣誓書事件を蒸し返した理由の一つに、ジャンセニスト側が多数の抗議文書を出版したことがあり、その中にとりわけ次の題名の文書があった。『一六五五年の聖職者会議によって、この件について作成された信仰宣誓書に対する二十四の論駁』。(30)このような題名の文書は、われわれの知る限り、いかなる図書目録にも記載されておらず、これまでのところ身元不明であった。しかしこれが、ジャン・ド・ローノワを著者とする『聖職者会議の議事録に見出される信仰宣誓書に関する考察』と同一の文書である可能性はきわめて高い。[31] この文書には、信仰宣誓書に対する二十四の論駁が見出されるからである。ジャン・ド・ローノワは、ソルボンヌ大学の神学博士であり、聖人崇拝や修道院の特権に対して偶像破壊的な探索を行い、「聖人の追放者にして、修道院の特権の破壊者」のあだ名を奉られていた。[32] この碩学は、ポール・ロワヤルとは無縁であり、アウグスティヌスの恩寵論にも共感を示さなかったが、ローマ教皇の権威と不謬性を研究した結果として、教皇の不謬性には断固として反対していた。問題の文書は、その観点から信仰宣誓書を攻撃し、とりわけ教皇座と聖職者会議が法手続きについて犯した違法性をあげつらっていた。宣誓書の署名問題と恩寵をめぐる神学論争とは、注意深く区別する必要があるのである。

② それでは、教区の統治権を握る大司教と司教はどうか。すでに見たように、サンスの大司教ルイ・ド・ゴンドランは、彼の教書によって、宣誓書の問題に火をつけた。しかしまさにその軽率な行いのために、一六五六年に聖職者会議が宣誓書の署名強制を決定し、大多数の高位聖職者がそれに従うと、彼は何もすることができない。とはいえ、少数ではあるが、聖職者会議と王権の決定に対して、公然たる反抗とまではいかなくとも、批判的な態度を取った司教もいた。その代表は、アレトの司教ニコラ・パヴィヨン、アンジェの司教で大アルノーの兄アンリ・アルノー、ボーヴェの司教ニコラ・ショアール・ド・ビュザンヴァル、ヴァンスの司教アントワーヌ・ゴドーの四名である。それに、亡命中のパリ大司教レ枢機卿の総代理ジャン・バティスト・ド・コント及びアレクサンドル・ド・オダンクを付け加えることもできる。二人は、一六六一年六月、宣誓書の署名に関して宥和的な教書を発表したが、[33] それは直ちに国務会議とローマ教皇庁によって撤回させられた。以上名前を挙げた司教たちは、いずれも何らかの形でポール・ロワヤルと関係があり、そのためもあって、彼らの行動は、ジャンセニスムの本拠地と見なされたポール・ロワヤルの観点から考察さ

れることが多い。しかし司教の使命は使徒の後継者として教区を統治することにあると考えられていた限りにおいて、彼らには、自らの教区を、世俗権力であれ教会権力であれ、中央集権的な権力の介入から守るという「司教主義」的傾向が色濃くあった。この意味で彼らは、ポール・ロワヤルの修道女たちと同様に、事件の主役なのである。

③　じっさいポール・ロワヤルの修道女たちは、宣誓書を無条件に署名することを拒むことによって迫害を受け、そのために脚光をあびることになった。彼女たちの劇的な苦悩については、サント＝ブーヴの『ポール・ロワヤル』及びモンテルランの同名の戯曲（初演一九五四年）に活写されているので、ここでは触れない。[34]ただ一つ付け加えておけば、修道女の身分からして、彼女たちは、神学者や司教たちとは異なり、そもそも問題の本質を知らず、したがってそれについていかなる判断も下す能力がないと見なされていたことである。そうだとすれば、彼女たちにとって、問題は次のように立てられる。「ジャンセニウスを読んだことがなければ、良心に則ってジャンセニウス断罪に署名することができるのか」[35]。もっと一般的な言い方をすれば、問題はこうなる。組織がある問題に関して決定を下した場合、その当局者は組織に属する非専門家たちに、同意の署名を要求することができるのか、できるとして、その署名はいかなる意味を持つのか。それは、署名者の内心の同意のしるしなのか、それともたんに当局者に対する外面的な敬意のしるしなのか。非専門家である市民は、自らが所属する共同体が下す政治的決定に対して、いかなる態度を取り、いかなる行動を起こすことができるのかという問題を考えれば、宣誓書の署名の是非はすぐれて現代的な意味を持っているのである。

さらに、他のカテゴリーの聖職者の中にも、署名を拒んだものがいるが、それはむしろ散発的なケースのように思われるので、ここでは取り上げない。

4　抵抗の理論的根拠はいかなるものか

ここでも、アントワーヌ・アルノーをはじめとするジャンセニストたちが編み出した抵抗の理論の全容を再構成するのは別の機会に譲り、いくつかの論点を指示するにとどめる。

すでに述べたように、彼らの理論の出発点にあったのは、権利問題と事実問題の区別である。しかし一口に権利と事実といっても、その意味は一様ではない。当時、どのような意味で用いられていたかを注意深く探る必要がある。まず権利問題について言えば、この表現は通常、教義つまり信仰に関わる問題の意味に解されている。そしてジャンセニスト陣営も、この点について教皇の決定に誠実に従うという主張を敷衍して、「この件のすべてにわたって、信仰に関する争論は一切ない[36]」と述べている。だからこそ彼らは、ジャンセニスムを想像上の異端と見なしていたのである。だが「権利 droit」は、「法律」でもあり、その限りで、法律とりわけ法手続きに属する問題という意味にもなり得る。しかもこの表現がジャンセニスム論争に初めて登場した際には、後者の意味で用いられていたと考える理由がある。じっさい、事件の発端となったゴンドランの教書の公表後、彼には、大勅書の「事実」と「権利」を破壊するという非難が加えられたが、そこでは明らかに、「権利」は、法的手続きを意味している[37]。ところで「権利」をこの意味に解すると、ジャンセニスト陣営は、教会と国家の決定に服していたとはとても言えない。彼らは、ローマ教皇庁、聖職者会議及び王権の取る措置について、その非合法性と無効性を主張してやまなかったからである。そしてこの領域における彼らの抵抗には、それなりの有効性があったことを認めなければならない。さもなければ、国家と教会を相手取った彼らの抵抗が十年以上持続し、「教会の和約」という、一種の妥協にたどり着くことはなかったはずである。いずれにせよ、この訴訟手続きの側面は、王権の事件への関与もあって、教会法と世俗法の双方に関わり、そのことによって教会と国家の関係を具体的に問い直す契機となった。

それでは、事実問題はどうか。すでに述べたように、問題は、五命題がジャンセニウスの学説の忠実な要約であるか否かに決着をつける以上に、その種の問題において、教会の決定に抵抗することができるか、できるとしたら、どの程度においてかを知ることにあった。要するに、宣誓書の署名問題にあっては、本来の意味での事実問題はすぐに乗り越えられて、より一般的な問題に取って代わられる。ところでそれは、いかなる視点を取るかに応じて異なった形を取る。

まず、教会組織の観点に立てば、問題は、教会の不謬性とその限界に帰着する。この時期、教皇の不謬性の教義はまだ宣告されていなかったが、教会の不謬性は、カトリック教会の基本原理の一つであり、ジャンセニストたちも原則としてそれを認めていた。しかし問題は、一方では、不謬性がいかなる種類の認識に関わるか、他方では、教会において決定された事柄が、本当に教会全体の決定になるためには、いかなる条件を満たす必要があるかを知るところにある。事実問題と権利問題の区別が、前者に結びついていることは容易に見て取れる。なぜならジャンセニストたちは、不謬性は事実問題には及ばないと主張していたからである。もっともそのこと自体は、論敵も認めていた。真の問題は、事実問題と権利問題が融合して両者を分離できないような領域があるのではないか、そして、それがジャンセニスム論争の核心をなしているのではないか、ということであった。これは、「教義的事実」の問題と名づけられ、近代神学の課題の一つとなった(38)。

しかしひとりひとりの聖職者、さらには俗人信徒の観点に立って問題を考えることもできる。その場合には問題は、教会に対する信者の義務と彼の良心の自由に関わる。良心の自由といっても、啓蒙時代の思想家のように、無条件の自由が問題なのではない。ジャンセニストたちも、事あるごとに、信仰箇条――それは、キリストによって啓示され、教会によって定義されたものである——に集約された宗教の玄義の前では、「知性を虜にする」[39]必要性を説いていた。したがって問題は、厳密な意味での信仰と教義の外部に、信者が自らの良心の自由を引き受けることができ、また引き受けなければならない領域を画定することである。ここでも問題は、事実問題と権利問題を区別することを可能にする基準は何であるかに帰着する。

ここで登場するのが、論争において中心的な役割を果たした「人間的信」の観念である。これこそ、われわれの考えでは、ジャンセニストの抵抗理論の際立った特色をなすものである。それを説明することで、この概観を締めくくりたい。

まず、この観念が論争において重要な役割を果たしていることについては、ニコルが、一六六四年に執筆した『人間的信を論ず』[40]という著作の題名を思い起こすだけで十分である。これは、当時のパリ大司教アルドゥワン・ド・ペレフィクスが、信仰宣誓書の署名を命ずるために公表した教書の中で、署名の根拠として、「自らの判断を、正当な上司の判断に誠実に服従させるように強いる、人間的かつ教会的信」[41]を挙げたのに対する反論である。しかしながら、「人間的信」の語は、それより早く、『ポール・ロワヤル論理学』(初版一六六二年)に登場していた。それは、その名も「われわれが人間的あるいは神的な信によって知ることについて」と題された第四部第十一章においてであった[42]。ただし『論理学』においては、問題はひたすら認識論の枠内で考察され、論争については一言も触れられていない。そのため宣誓書の署名問題との関連は、これまで見逃されてきた。しかしながら実は、この章の前半部は、署名問題をめぐってアルノーが一六五七年に執筆した文書の書き直しなのである。聖職者会議が、改訂版宣誓書の署名の強制を決定した直後、アルノーはこの問題にいかに対処するかについて、アレトの司教ニコラ・パヴィヨンに質問状を送る。ところがパヴィヨンの返事は、いったん教皇が決定を下した以上、署名すべきだというものであった。返答に満足できなかったアルノーは、『アレトの司教殿によって与えられた見解に関するソルボンヌの博士の考察』[43]と題する文書を著し、神的信と人間的信の区別に依拠して、抵抗の理論を展開する。

この二種類の信は、いかなるものか。アルノーは、認識に二通りの道筋があるところから説明を始める。「第一は、感覚によってであれ、理性によってであれ、われわれ自身によって獲得する認識[44]」であり、彼はそれを、「理性 raison」ないし「知識 science」と呼ぶ。『論理学』の表現を借用すれば、「純粋に人間的な人間的学問[45]」の領域に属する認識である。「もう一つの認識の道筋は、信頼に値する人々の権威であり、彼らは、われわれが自分自身では何も知らないことについて、かくかくしかじかのことが存在すると保証してくれる[46]」。後者の認識は、「信 foi」と呼ばれるが、それは、聖アウグスティヌスの「知ることは理性に基づき、信ずることは権威に基づく[47]」という言葉に依拠してのことである。しかるに認識の根拠としての信には、神に由来するものと人間に由来するものの二つの種類がある。神的信は、神の啓示に源泉があり、したがって誤ることはない。信者が、神的信に基づく教会の決定に服従しなければならないのは、そのためである。それが、イエス・キリストに従うために「知性を虜にする」という言葉の意味である。他方、「人間的信は、神の啓示にではなく、人間の権威、どれほど高い位にあろうとやはり人間の権威に基礎づけられた[48]」認識である。そして、ジャンセニウスの主張の真意如何といった、「個別の事実に関する決定はすべて」後者の信に属している。なぜなら、「それが、聖書と伝承——それこそ、神の啓示をわれわれにまで伝える二つの道筋である——に依拠していないのは確実だからである[49]」。そうだとすれば、事実問題については、教会も不謬性を恵まれているわけではない。

以上の区別に基づき、アルノーは、ジャン・ジェルソンの見解を敷衍して次のように主張する。人間的信に属する事柄については、「教皇の決定は、それを信ずるように強制するものではない。ただ反対意見を教義として主張することを禁ずるだけである」[50]。そうだとすれば、信者の個人的確信に逆らって、事実問題に関して宣誓や署名を求めるのは、圧制であり不正である。それは、自らの良心に背く証言を行うように強制することなのだから。このような状況で、教会が信者に要求できるのは、規律を乱さないために「恭しい沈黙」を守ることにとどまる。こうして、署名反対の理論は、一方では、良心の要請に基づく信者の個人的自由の要求へ、他方では、教会内での一定の寛容の要求へと通じているのである。

＊

権利問題と事実問題の区別は、これまでしばしば、教皇座による五命題の断罪を回避するためのジャンセニストの作戦であると見なされてきた。この観点からすれば、信仰宣誓書の署名問題を引き起こしたのは、何でも訴訟に訴えなければ気がすまないジャンセニストの強情さである。そしてこの区別が、戦術的意図で案出されたことは否定しがたい。しかし重要なのは、出発点においては、もしかしたら他の目的に奉仕する戦術にすぎなかったものが、時間の経過とともに、中心的な争点に変貌したことである。こうしてジャンセニスムは、アンシャン・レジームのただ中で、曲がりなりにも個人の自由意思を尊重する政治体制、さらには地方分権的な体制への憧憬を体現することになった。そしてこれこそ、それぞれ中央集権化への道を辿りつつあった、当時の国家と教会が許容することができなかったことである。この意味で、ジャンセニスムの真の敵は、フランス王国とローマ教皇庁の絶対主義体制だということができる。しばしば主張されるところでは、ジャンセニスムは、起源においては純粋な宗教運動であったのが、教会の和約を経て、十七世紀末葉以降、政治運動に転化したという。しかし以上の概観が示唆しているのは、ジャンセニストと呼ばれた人々の意図は別にして、それが最初から、教会と国家における政治問題であったということである。

〔補遺〕日本におけるパスカル

――回顧と展望――

「二十世紀の鏡に照らしたポール・ロワヤル」をテーマとするこの集まりで、「極東におけるパスカル」についてお話しするのは、無謀きわまりないことです[1]。まず、ポール・ロワヤルの代わりにパスカルを話題にするのは、主題を著しく限定することになります。極東の知識人は、ポール・ロワヤルの名前ぐらいは耳にしたことがあるかもしれませんが、だからといって、ポール・ロワヤルが、極東の文化・道徳・宗教に深い影響を及ぼすほどの関心を引き起こしたと言えるでしょうか。ポール・ロワヤルとジャンセニスムに関して、いくつかの独創的な研究が存在しているのは事実ですが[2]、必ずしもそうは言えないと思います。次に、本発表はひたすら日本を対象として、周辺諸国、とりわけパスカル研究において見事な成果を挙げつつあるように見える韓国には触れません[3]。日本人以外のパスカル研究者の仕事に言及しないのは、ひたすら発表者の無知のせいです。

このように主題を限定しても、われわれの課題はなお微妙な困難を抱えています。その第一のものは、このような場で、日本のパスカル研究をわざわざ取り上げる意味があるかどうかという疑問です。他の発表が、総じてフランスの視点に立って問題を考察する中で、われわれの発表はそれらと肩を並べるだけの価値を持っているのでしょうか。他にも考えられる類似の主題、たとえば「オランダとベルギーにおけるポール・ロワヤル」や「イタリアにおけるポール・ロワヤル」と比べて、日本を特別扱いする理由はあるのでしょうか。これらの国は、歴史的に、ポール・ロワヤル運動やジャンセニスムとの関係が深く、研究の水準も日本とは比べものになりません。もっともジャン・メナール教授は、著書『パスカル』の日本語版への序文の中で、「日本は、フランスに次いで、パスカルが最もよく知られ、よく読まれ、大学でよく研究されている国」だと記しておられます[4]。これは、日本人にとっては、実に心強い保証です。しかしそれは現実なのでしょうか。もしかしたら、この耳触りのよい評価のうちには、教授の日本びいきに由来する錯覚が忍び込んではいないでしょうか。もちろん、肯定であれ否定であれ、それに答えることは、われわれの趣旨ではありません。ただこの種の問題に付きものの認識のずれを明らかにすることは必要です。ですからメナール教授の判定は、ありがたくまた謙虚に頂戴した上で、日本人のパスカル愛好の内実と意味、その射程を反省する糧にしたいと思います。パスカルが日本人に愛読されるのは、いかなる理由によるのか。またどのような読み方をされているのか。日本のパスカル研究は、どのように始まり、どのように発展したのか。またその特徴はどこにあるのか。これが、以下の考察を導く問題です。

＊

まずパスカルは本当に日本人によく知られ、よく読まれているのでしょうか。一口に日本文化への受容といっても、いろいろな水準があります。伝聞による断片的な知識ということであれば、パスカルはたしかにフランス文明さらにはヨーロッパ文明を代表する偉人の一人です。中学校や高等学校の教科書や参考書には、大気圧や二項定理あるいは数学帰納法の説明のところで、彼の名前が出てきます。また「ヘクトパスカル」

という用語は、テレビの天気予報の解説で毎日のように耳にします。しかしそれ以上に、彼は、「考える葦」や「クレオパトラの鼻」に代表される名句の作者として知られています。これらの表現は、文章ばかりでなく日常の会話においてさえ、箔付けや装飾としてしばしば用いられます。パスカルは、自分自身の文章が、「日常のごく普通の会話に発する着想(パンセ)から成り立っているだけに、広く流通し、深く人の心に染みとおり、しっかりと記憶にとどまる」ことを誇りにしていましたが(XXVI/744; B18)、三百年後の日本で、人々の口の端に上ることを予測していたでしょうか。

次に彼の著作は本当に読まれているのでしょうか。日本人読者は、パスカルの全著作を、数学や物理学の論文さらには神学書に至るまで、日本語で読むことができます。一九五九年に、パスカル全集が公刊されているからです。[5] 一九九三年からは、二度目の全集の企画が、「メナール版全集」を底本として進行中です。[6] また、科学論文は別にして、それ以外の作品を網羅した著作集も出版されています。[7]『パンセ』については、最初の全訳は一九四八年にさかのぼりますが、[8] それ以来、主要なものでも五種類の翻訳があり、[9] その中のいくつかは文庫にも収められて、今でも入手可能です。

したがって日本の読者と研究者は、例外的に恵まれた状況にあるように見えますし、じじつ恵まれています。しかし日本文化にとって、これは例外的な状況なのでしょうか。日本文化の特質の一つは、中国であれ、インドであれ、ヨーロッパであれ、他の大文明の傑作を大量に翻訳するところにあります。プラトンとアリストテレスの全著作、現存する断片も含めたギリシャ悲劇の全作品は、日本語で読むことができます。フランス文学について言えば、ラブレーとモンテーニュから始まってサルトルとカミュに至るまで、多くの大作家には、日本語版全集あるいは著作集があります。もっとも日本の翻訳において、「全集」という名称は必ずしも実態に即したものではなく、注意が必要です。しかしながら、ボードレール、ネルヴァル、ランボー、ロートレアモン、マラルメ、プルーストといった作家については、網羅性の点でも、文献学的な厳密さの点でも、パスカル全集に匹敵する、あるいはそれを凌駕する全集が存在します。その意味では、パスカルのケースをあまり特別視するのは考え物です。

それにもかかわらず、パスカルが多数の日本人読者の心を捉えたとすれば、その原因はどこにあるのでしょうか。彼らは、パスカルのうちに何を読み取り、彼についていかなるイメージを作り上げているのでしょうか。最初の原因は、美学の領域に属するものですが、「パンセ(断想)」という文章形式、すなわち短文形式と非連続的な文章作法の典型と見なされた「パンセ」の書き方に関わるように思われます。日本人の美意識は、「簡潔さ[10] brevitas」と断章の美学に深く浸透されています。その証拠として、日本の伝統的な詩歌の形式を挙げることができます。その二本柱である和歌と俳句は、それぞれ三十一文字と十七文字からなるのですから。他方、かつての知的エリートの形成において決定的な役割を果たした中国の古典の多くは、その代表格の孔子の『論語』がそうであるように、対話集あるいは断想集の形を取っています。パスカルが、エピクテトスとモンテーニュを、自分の「書き方」のお手本としたように、日本の伝統的知識人は、孔子とその弟子たちの語録――それは、「日常のごく普通の会話に発するパンセ」(XXVI/744; B18)から成り立っています――を精神の糧としていたのです。

しかし言うまでもありませんが、日本の読者はひたすらテクストの快楽にとどまっているわけではありません。彼らは、パスカルのうちに、何よりも道徳的あるいはモラリスト的な糧を求めているのです。それは、彼が哲学者の扱いを受けているということでしょうか。セネカ、エピクテトス、そしてモンテーニュが道徳哲学者であったという意味でなら、おそらくそのとおりです。しかし哲学をより専門的な意味に取り、デカルト、カント、ヘーゲルのような近世の大哲学者をモデルとして考えると、答えは怪しくなってきます。多くの読者にとって、パスカルの思索は、ことわざや金言に凝縮された俗智から本来の意味での哲学に至る道筋の半ばに位置しています。それはいわば、哲学的な回心、世界内存在としての人間の自覚への手ほどきなのです。とりわけこの役割をよく果たしているように思われるのが、日本の読者に熱烈に迎えられた「考える葦」の断章です(15/200; B347)。ただし、大多数の読者がそこに、身体的存在としての人間の脆弱と卑小との対比で、ひたすら「思考(パンセ)」の偉大さ——それはたしかに、「われわれのすべての尊厳」の源泉なのですが——に注目する傾向があることは否定できません。その結果、この断章はしばしば、精神に独立と平静をもたらすための内心への回帰の勧めと受け取られることになります。この解釈の難点は、「考える葦」の主張が、パスカルの信仰の対極にあるはずのストア哲学に接近して重なり合うことです。じっさい、エピクテトスは、われわれの意のままになるものと意のままにならないものという区別を立て[11]、それに依拠して、思考の偉大さと内心の自由を称揚していました。日本人読者の多くは、ストア主義が何であるかは知らないままに、パスカルのメッセージを一種のストア主義への呼びかけと受け止めているのではないでしょうか。

最後に、護教論と信仰あるいは霊性については、どうでしょうか。日本にもキリスト教徒は存在し、その中には、パスカルの熱心な読者もいます。彼らはもちろん、自らの信仰の支えと、それを非キリスト教徒に対して擁護する手立てを探求します。『パンセ』は彼らにとって、信仰の書でもあれば護教の書でもあります。あるいは、フィリップ・セリエ教授の表現を借りれば、それは、「絶対者への信仰に導かれるに至った自らの道程を深く反省する知性の活動」である「基礎神学 théologie fondamentale」の書です[12]。『パンセ』はまさにそのようなものとして、『キリストに倣いて』あるいはベルジャーエフの著作との比較を通じて、霊的な瞑想の対象となりました[13]。これはもちろん、パスカルの活動を導く信仰に適った、正当な読み方です。

ただ、日本でのキリスト教の普及率がきわめて低いことを思えば、このような読者は例外です。全人口中、キリスト教徒の占める割合は、カトリック、プロテスタント、ロシア正教徒、独立派を問わず、すべての宗派を合わせて、一パーセント未満です。さらに、カトリックはプロテスタント――それはまたいくつもの宗派に分かれていますが――に比べて、数の上でわずかながら劣勢です。このような状況では、もし厳格にキリスト教的な読み方しか認めなかったとすれば、非キリスト教徒の読者は激減していたことでしょう。

それに、キリスト教的なパスカルの読み方は一つには限りません。わが国のキリスト教徒の読み方は、熱心な信者の読み方も含めて、真に神学的で教会論的というより、むしろ実存的で個人的です。彼らは、所属する教会の如何を問わず、教会の教導の外に個人的な救いを求め、その道しるべをパスカルに尋ねる傾向があります。彼らが、自らの決断に基づいて信仰を選び取ったことを自覚している少数派の信者であることを思えば、これは当然のことです。しかもこのような状況は、カトリックもプロテスタントも気持ちを一つにする、いわばエキュメニカルな読み方に好都合です。そこでは、教義問題に拘泥することなく、パスカルのテクストの霊的側面に集中することが可能になるからです。エキュメニスムの精神は大変結構です。ただしパスカルがこのような読み方を是認したかどうかは、保証の限りではありません。それに、この読み方には、もう一つの危険が控えています。パスカルの人格を称揚するあまり、イエス・キリストの弟子ではなく、彼の弟子になる危険です。もちろんそこまで行く人がいるというわけではありません。それにしても、ある種のパスカル礼賛には、この危険が感じられないとは言えません。

＊

文化あるいは教養の次元でのパスカル受容は、以上のとおりです。次の問題は、本来の意味での研究です。

その出発点はどこにあり、それはどのような条件で発展し、その特徴はいかなるものでしょうか。

出発点については、一九二六(大正十五)年に定めるのが適当でしょう。三木清という名の二十九歳の哲学者が、日本ではじめて独創的なパスカル研究を出版した年です。その題名は、『パスカルに於ける人間の研究』です。それ以前にパスカルが、とくに宗教界で、言及や評論そして抄訳の対象にならなかったというわけではありません。十九世紀の中葉、欧米の列強に国を開いて以来、とくに一八六八年の明治維新以来、日本は西欧文明を大量に導入し、そのために、科学、産業、政治、文学、哲学の如何を問わず、あらゆる分野でおびただしい数の著作を翻訳しました。とはいえこの企てにおいて、フランスはわずかながらドイツとアングロサクソン諸国に遅れを取っており、また宗教すなわちキリスト教の領域は、他の領域に比べて軽視されていました。こうした状況で、パスカルの受容が散発的なものにとどまっていたのは無理からぬことです。[14]

こうして三木の著作は、流星のように当時の学界に出現しました。三木は、京都大学で西田幾多郎に哲学を学びました。西田は、日本が西欧から移植した哲学を日本文化に根づかせた最初の哲学者であり、京都学派の創始者として、両大戦間の日本思想に決定的な影響を及ぼした存在です。ところで当時の哲学教育は、カントからヘーゲルを経て新カント派に至るドイツ哲学を中心に据えていました。ギリシャ哲学も講じられ、プラトンとアリストテレスが講義や演習で取り上げられていました。しかしながらフランス哲学は、デカルト、そしてわずかばかりのメーヌ・ド・ビランとベルクソンを別にすれば、ほとんど無視されていました。それに彼らの著作が教室で取り上げられる場合でも、もし間違っていなければ、独訳や英訳で読まれていたようです。そうだとすれば、パスカルが日本人哲学者の間でほとんど問題にされていなかったのも当然です。もっともいくたりかの哲学者は、フランスの思想と文学、とりわけモラリストの伝統に興味と敬意を抱いていたらしいのですが。(西田自身、近代日本哲学の記念碑である『善の研究』(一九一一年)の中で、自由意思

に関連して、「考える葦」を引用しています。(15)

幅広い才能に恵まれた三木は、すでに第一高等学校時代にドイツ語ばかりでなく、フランス語の勉強を始めていましたが、大学ではもっぱらドイツ哲学の読書に専念しました。後年の回想によれば、「レクラム文庫」に収められたドイツ語訳『パンセ』にも目を通したけれど、本当に興味を抱くには至らなかったとのことです。変化――むしろ回心と言った方がよいかもしれませんが――が生じたのは、一九二二年から一九二五年にかけてのヨーロッパ滞在中のことです。彼は、生涯にわたって協力することになる学術出版社(岩波書店)の創業者岩波茂雄の出資を受けて、ドイツ留学に旅立ち、まずはハイデルベルク、次いでマールブルクで学び、とくに後者では、ハイデッガーに師事して、彼の講義を熱心に聴講します。滞在の三年目には、パリに移りますが、長くとどまるつもりはなく、大学には登録せず、ただフランス語の個人授業を受けるにとどめます。しかしながら孤独な下宿暮らしの中で、彼はパスカルを再発見し、その研究に没頭し始めました。彼は相次いで、五篇の論文を書き上げ、それを岩波書店が刊行していた学術誌『思想』に送りました。帰国後、最後の一篇を書き足し、一九二六年に、一本にまとめて刊行します。それが、『パスカルに於ける人間の研究』です。

著作の細部に立ち入ることはしませんが、題名が示唆するとおり、著者は、『パンセ』と小品の読解を通じて、パスカルの人間学を解明することを課題としています。彼の独創は、人間学を「生の存在論」として取り扱い、それを『パンセ』のうちに見て取るところにあります。つまり人間に関するパスカルの分析は、心理学の次元にではなく、実存と存在論の次元にあるというのです。換言すれば、それは意識や精神の事実に関わるのではなく、世界におけるわれわれの「存在の仕方」、あるいはわれわれと世界との出会いの仕方に他ならない「人間の条件」に関わるのです。三木は、ハイデッガーにならって、科学的説明と純粋な記述の中間に位置するとされる解釈学の方法を採用し、それに依拠して人間の条件の意味を解読しようと努めます。こうして彼は、パスカルの人間学を構成するテーマ系を、順を追って明らかにしていきます。それは、「不安定、倦怠、不安」(2/24; B127)を生み出す人間存在の時間性であり、一見理論的で形式的な賭の議論に実存的な意味を与える「死の不安」ないしは「死の関心」であり、また「慰戯」(気晴らし)の底に潜む人生の虚無と虚偽の感覚です。三木は、最初の五章では、考察を人間学に限定していますが、超越的な展望を斥けるわけではなく、最終章では、主として『サシとの対話』に基づいて、「宗教における生の解釈」を提示します。「偉大と悲惨」という人間の二重性を、原罪とキリストの贖罪によって解釈するパスカルの説明に、繊細な分析を加えたのちに、三木は生の内在的な解釈の限界を認め、人間存在の意味を理解するためには宗教的視点が不可欠であることを示唆して、論を締めくくります。

ハイデッガーの『存在と時間』に一年先立って公刊された本書は、パスカルに関する真に独創的な実存主義的解釈の試みです。しかしながらそれは、すぐにはほとんど反響を呼びませんでした。あまりに時代に先んじていたからです。本書はやがて教養ある読者層に広く迎えられるに至りますが、それは逆説的にも、三木がその後、自由主義さらにはマルクス主義寄りの知識人として獲得した名声に多くを負っています。じっさい彼は、軍国主義への歩みを進める日本で、社会問題に関心を寄せる若者に人生と思想の師として迎えられ、さらに第二次世界大戦終了直後、獄中で悲劇的な死を遂げたために、思想の自由の殉教者に数えられることになりました。ともあれ三木にとって、宗教的希求と政治的関心そしてユマニスム的な文化への興味の間に、矛盾はありませんでした。最晩年に彼は、中世日本の仏教者、親鸞についての論考を準備します。浄土宗の改革者であった親鸞は、人間の根源的な堕落について、日本の仏教者の中でもとりわけ痛切な経験を重ねたあげく、阿弥陀仏への絶対他力の信仰を誰よりも強調しました。三木は、親鸞のうちに、パスカルに相通ずる魂を予感していたのかもしれません。

三木の著作は、当時は孤立していました。しかしながら大学でのパスカル研究は一九三〇年代の初頭から、今度は東京で発展します。舞台は、東京帝国大学文学部、主人公は二人の青年フランス文学者、前田陽一と森有正です。彼らは同年——一九一一年生まれ——で、仏蘭西文学科への進学の年次も一年違い——前田は一九三一年、森は一九三二年——でした。二人の対照的な仕事と生の軌跡が、日本のパスカル研究の命運に深い刻印を残したのです。

＊

フランス研究、とりわけフランス文学研究は、第二次世界大戦以前の日本では、確固たる制度的基盤を欠いていました。文学部にフランス文学に関する専門課程を備えた大学は、東京と京都の帝国大学、私立大学では東京の慶応と早稲田ぐらいのものでした。東京帝国大学においても、仏蘭西文学科は一八八九年に創設されたものの、長らく講座担任教官は空席で、初代の辰野隆が着任して本格的なフランス文学の教育と研究が始まるのは、一九二三年のことです。しかも当時の教官と学生の興味はもっぱら十九世紀の文学、それも小説については、フロベール、ゾラ、モーパッサンのような写実主義と自然主義の作家、詩歌については、ボードレール、ランボー、マラルメに代表される近代詩とくに象徴派の詩人に集中していました。その上、日本人読者がフランス文学に抱いていたイメージは、是非はともかく、保守的なブルジョワ体制の押しつける道徳秩序に対して異議を唱える前衛の文学というものでした。このような状況でパスカル研究を志すのは、フランス文学者の間でも変り種と見なされかねません。才能あふれる二人の若者がパスカルに惹きつけられたのは、思いがけない好運だったのです。

前田陽一とその仕事を紹介する必要はありません。それは、メナール教授の完備してしかも感動的な追悼文によって、フランスのパスカル研究者にもよく知られているのですから。[16] ここでは話を要点に限ります。高級官僚で、戦後すぐに文部大臣を務めた前田多門を父とする前田陽一は、少年時代の三年間をジュネーヴで過ごし、国際学校でフランス語を学びました。これは、同世代の日本人にとってはきわめて稀な経験です。帰国した少年は、ヨーロッパ滞在の経験を生かして、国際理解に身を捧げるべく、国際連盟で働くことを夢見て、大学は法学部を志望していました。しかし間際になって志望を変え、フランス文学を学ぶことを選択します。それは、旧制高等学校の学生時代に、プロテスタントの牧師であった叔父の影響で、パスカルを発見していたからです。仏蘭西文学科で三年の課程を終え、「パスカルにおける死後の問題」をテーマとする卒業論文を書いて卒業すると、彼はフランス政府給費留学生として、パリに出発します。ソルボンヌ大学では、好運にも、高名な哲学者レオン・ブランシュヴィックの指導を受けて、『モンテーニュとパスカルとのキリスト教弁証論』と題する博士論文の準備に没頭しました。論文は、一九四〇年に完成し、パリ大学に提出され、印刷許可を得ますが、論文審査は戦争に妨げられて果たせません。同じ論文が東京大学に提出され、彼が文学博士号を取得するのは、一九四七年のことです。論文は著者自身によって日本語に翻訳され、一九四九年に出版されました。[17]

前田陽一は、フランスに十一年間滞在し、一時は外交官として働きましたが、第二次世界大戦が終わると帰国します。そこから、彼の第二の人生、スケールの大きな大学人としての経歴が始まります。第一高等学校に迎えられた彼は、それが新制の東京大学教養学部に転換する際に重要な役割を果たし、新設学部で教育と研究のみならず、行政と国際交流においても獅子奮迅の働きを展開しました。しかし前田はつねにパスカル研究を自らの関心の中心に据え、定年に至るまで文学部で担当した演習及びその他の場で、多くのパスカル研究者を養成しました。彼の業績は、博士論文を別にすれば、主として『パンセ』の綿密きわまる注釈に関わります。その出発点となったのは、「人間の不釣合い」と題される有名な断章(15/199 : B72)の肉筆原稿の検討を通じて、原稿に第一稿とそれ以降の修正稿が層をなして書き込まれていることを発見したことであり、そこから彼は「複読法」[18]と呼ばれる解読法を開発し、それを駆使して『パンセ』の本文批評に取り組んだのです。この注解の特徴は、分析的方法と網羅性にあります。分析的というのは、テクストを小部分に分割して一つ一つの細部を仔細に検討するからであり、網羅的というのは、先行者の注釈を可能な限り集大成して吟味するからです。要するに、本文批評と集注を極限に推し進めたものです。ただそれは、文学的なものであれ哲学的あるいは宗教的なものであれ、独自の解釈を提示することにはきわめて慎重です。前田は意識的に、禁欲的でいわば実証主義的な態度を選び取ったように思われます。彼我の文化の相違に左右されない生《なま》の事実に考察を限る方が賢明だという判断が働いていたのではないでしょうか。そのような生の事実が存在するかどうかには、疑問の余地があります。しかしいずれにせよ、この手法を厳密に貫くことによって、前田陽一の注解は全世界のパスカル研究者に必須の道具ともなれば、『パンセ』に関する貴重な情報の宝庫ともなったのです。[19]

森有正の生の軌跡は、前田の軌跡と交差したのちに遠ざかり、二人の生き方と仕事は、著しい対照を見せています。[20]プロテスタントの牧師を父とし、近代日本の初代文部大臣を祖父とする彼は、マリア会宣教師の経営する暁星学園で、プロテスタントの信仰は保持しながら、フランス語を学びました。大学は、前田陽一と同じく、仏蘭西文学科に進み、やはりパスカル研究に専念しました。しかし友人でライヴァルの前田とは異なり、森は東京にとどまり、戦争中もパスカル研究さらにデカルト研究を続行します。彼は、立て続けに堅固で洞察力に富んだ業績を発表しましたが、それは当時の日本のフランス文学研究者が本場の研究者と切り離されていたことを思えば、一層賞賛に値します。戦争もたけなわの一九四三年には、処女作『パスカルの方法』が刊行され、戦後数年経過したところで、「パスカルにおける「愛」の構造」を論じた重要な論考が公表されます。[21] 後者は、『エロスとアガペー』という書物で世界的な反響を呼んだスウェーデンの神学者ニグレンに着想を得て、自我が、愛徳と邪欲のせめぎあいの下で、他者と取り結ぶダイナミックな関係についてのパスカルの思索を明るみに出すことを課題としていました。

大学人としての森の歩みは順調で、一九四八年には、母校の仏語仏文学講座の助教授に就任します。日本における十七世紀フランス文学研究を推進し指導する役割を担うことになったのです。しかし間もなく彼の人生行路に根本的な変化が生じます。一九五〇年、戦後初のフランス政府給費留学生として、彼はパリに出発します。デカルトに関する博士論文を仕上げることが留学の目標で、滞在期間も一年の予定でした。しかしながらフランス文化との全身全霊での接触は、森のうちに、たんに知的な転換にとどまらず霊的な転換を引き起こし、そのため彼は滞在を延長することを決意しました。彼は、東京大学を辞職し、パリ大学の東洋言語文化研究所で、講師さらに教授として、日本語を教えながら、パリで生活することを選んだのです。こうして彼は、一九七六年に死去するまで、ほぼ四半世紀にわたって、フランスの日本研究者を育成しました。

しかしより注目に値するのは、著作活動です。西欧の社会と文化との直接の出会いは、彼のうちに潜んでいた作家の資質を呼び覚ましました。一九五七年、フランスに来てからはじめてのエセーが出版されます。題名は、『バビロンの流れのほとりにて』。パスカルの『パンセ』の一句に想を得たものです。書簡の形を取った日記という体裁の下に、本書は抒情味豊かに、ヨーロッパ文明を内側からそしてほとんど肉感的に理解しようと格闘する日本人の魂の道程を辿っています。引き続いて、同様の発想に基づき、いずれ劣らぬ印象的な題名を備えた一連のエッセーが公表されます。『城門のかたわらにて』、『遥かなノートルダム』、『木々は光を浴びて』等です。文学者・思想家としてのこれらの瞑想は、母国で大きな反響を呼び、一九六〇年代から七〇年代にかけて、多くの若者のうちに、フランス文学及び思想への興味を呼び覚ましました。フランス文化は当時の日本の知識人層に光り輝いて見えていましたが、それに森は一役も二役も買っていたのです。こうして彼は、一流ではあるけれど、たんなるフランス文学研究者から、パスカル自身がそうであったように、人生の師に変身したのです。

一方には、文献学的な厳密さと実証主義及び客観主義、他方には、深い瞑想と生きた経験の優位及び主観主義、二人の師の研究態度と方法は対極にあります。しかしながら、わが国のパスカル研究の発展に決定的な寄与をなすとともに、その基本的な特徴を規定したのは、二人の対照的な生き方と業績なのです。

*

それ以降のパスカル研究を紹介する暇はありません。それに、この四半世紀の研究状況については、いくつかの総括の試みがありますので、(22) 細部に立ち入る必要はないでしょう。したがってここでは、原亨吉氏と赤木昭三氏に代表され、とりわけパスカルの物理学論文と数学論文に関する重要な業績で名高い「大阪学派(23)」についても、博士論文『パスカルとその時代』で、アンリ・ルフェーヴルやリュシアン・ゴルドマンにならって、マルクス主義的な思想史の方法に着想を得て、近代科学の形成と十七世紀における宗教と政治の関係について壮大な見取り図を描き出した哲学者、中村雄二郎氏の仕事についても触れることは差し控えます。幅広い才能と多方面の興味に恵まれた中村氏は、今日の日本の思想界で、戦前の三木清に通ずる役割を果たしています。パスカル研究に対する貢献といえば、一九六三年に創設され、大学の研究者とアマチュアをつなぐ貴重な仲立ちとなったパスカル研究会、そしてとりわけメナール教授の発案により、一九八八年に東京大学で開催された国際シンポジウム「パスカル、ポール・ロワヤル、東洋、西洋」[24]も忘れることができませんが、立ち入りません。

そこで最後に、日本のパスカル研究の特徴とそれがはらんでいる問題を手短に指摘して、この話を終えることにします。まず日本人の研究は、少なくともフランス文学畑の仕事は、研究対象が、『パンセ』の注解であろうと、科学論文の注解であろうと、また研究書誌であろうと、微に入り細を穿った考証の尊重さらには崇拝に裏付けられています。われわれの同胞の仕事は、高度な技術性に支えられていますが、その反面、加工以前の原材料がそのまま投げ出されているという印象を与えるときがあります。それはおそらく、考証の崇拝が、ある種のフェティシスムを免れておらず、そのためにパスカルの作品と思想の内的な論理に十分な注意を払うことが、ややもすると疎かになるからだと思われます。この種の仕事に欠けているのは、問題意識と総合の精神なのです。しかし他方では、これの対極に位置する別種の仕事もあります。それは、同一化と感情移入の方法に基づいて、感情、知性、霊性のすべての次元で、著者との交感を実現することを目指します。しかしこの方法では、恣意を免れることは困難です。

このような状況で、日本のパスカル研究者には、いかなる課題が与えられているのでしょうか。第一は、綿密ではあるが明確な問題意識を欠いている考証と、著者の思想の内面に素手で分け入ろうとするあまり、検証されずまた検証のしようもない成果を生み出しかねない同一化の方法を、いかにして結びつけるか。第二は、フランスとは文化の面でも宗教の面でもまったく異なる風土にあって、宗教と信仰に関するパスカルのメッセージにいかに直面するか。最後は、パスカルと彼の哲学、護教論、霊性に対して、いかなる距離を取るか。以上の三点だと思います。もちろんここで、それに答えることは、たとえ暫定的なものにしても、できない相談です。ただわれわれは、フランスとは異なる文化風土の中で営まれるパスカル研究を論じてきたのですから、最後に一言、研究対象と研究者を隔てる文化的・宗教的差異ないしは距離が持つ重要性と利点を強調したいと思います。世界には多数の宗教と宗派が存在しますが、その多様性を前にして、われわれはどういう態度を取ることができるのでしょうか。すぐに頭に浮かぶのは、融和的なエキュメニスムとでもいうもので、すべての宗教つまり信仰は、見かけ上の相違にもかかわらず、その頂点においては調和のうちに合一すると考える立場です。これは美しい信念であり、宗教間の対話においても貴重なものです。しかしながらそれが、自分とは異なる信仰あるいは世界観を持つ思想家の内在的な理解を可能にするかどうかは、いささか疑問です。それよりはむしろ、粗雑な比喩になりますが、数学から引き出される別のモデルの助けを借りた方がよいかもしれません。ユークリッド幾何学と非ユークリッド幾何学の例に見られるように、異なった公理系から出発して、異なる幾何学を構築することができるものなら、パスカルの宗教思想についても、彼と同じ信仰は共有することなしに、彼の宗教的信念——カトリシスム、アウグスティヌス主義、さらには「ジャンセニスム」——に即して、その内的論理を明るみに出すことは可能なはずです。それどころか、その際、彼に対して切実な違和感を抱いていることは、大きな強みなのではないでしょうか。今日の日本のパスカル研究者を励ましているのは、おそらくこのような予感なのです。

注

I 名句再読

一 高低か長短か——「クレオパトラの鼻」をめぐって

（1） 前田陽一『パスカル『パンセ』注解』第二巻、岩波書店、一九八五年、一五三頁。
（2） 鈴木孝夫「天狗の鼻はナゼ高い」(平凡社『大百科事典』、「鼻」の項からの孫引きによる)。
（3） Jean Mesnard, « Sur le nez de Cléopâtre » in *La culture du XVIIe siècle. Enquêtes et synthèses*, Paris, PUF, 1992, pp. 387–392.
（4） Diderot, *Le Neveu de Rameau et autres dialogues philosophiques*, Paris, Gallimard, coll. « Folio », p. 126. 作品の結末近く、いわゆる「乞食のパントマイム」が論じられている部分に現れる表現。この世にあっては、誰もが他者に依存しており、それは君主でさえ例外ではない。「小さな足、小さな髷、小さな鼻」の愛妾の前では、国王といえどもポーズをとり、パントマイムのステップを踏むからである。
（5） 小学館『日本国語大辞典』(縮刷版)、第八巻一〇六六頁、「鼻が高い」の小見出し。
（6） Mesnard, *art. cit.*, p. 391.
（7） 『プルタルコス英雄伝』(下)、秀村欣二訳、ちくま文庫、一九九六年、三七四頁による。
（8） たとえば、*Grand Dictionnaire Encyclopédique Larousse*, t. 3, p. 2304 の図版を参照のこと。
（9） 倉田信子『フランス・バロック小説の世界』平凡社、一九九四年、参照。

二 パスカルの「時と永遠」——波多野精一の『時と永遠』に寄せて

（1） 波多野精一『時と永遠』第一章二節、全集第四巻、岩波書店、一九八九年(第二刷)、二九〇頁。

(2) 同書、第七章四三節、四七四頁。

(3) Voltaire, *Lettres philosophiques*, vingt-cinquième lettre: « Sur les *Pensées* de M. Pascal », remarque XXII, in *Mélanges*, Paris, Gallimard, « Bibliothèque de la Pléiade », p. 118.

(4) J.-J. Rousseau, *Œuvres complètes*, Paris, Gallimard, « Bibliothèque de la Pléiade », t. III, p. 144.

(5) 『コヘレトの言葉』第一章二節。

(6) 『創世記』第三章。

(7) 「現象の理由」は、『キリスト教護教論』のシナリオの第五章の題名である。『パンセ』断章5/90; B337を参照のこと。

(8) 『出エジプト記』第三章一—一五節。

(9) 『ヘブライ人への手紙』第十一章一節。

(10) 「ロアネーズ嬢宛の手紙」(第八)。(« Lettres à Mlle de Roannez », [8], *MES*, III, p. 1044.)

三　絵はなぜむなしいか——像の存在論的不完全性をめぐって

(1) 『パンセ』断章XXVI/745; B18 bis.

(2) 『心』第二〇巻一号(一九六七年)、五〇頁。ただし『パスカル『パンセ』注解』第一巻、岩波書店、一九八〇年、一八三—一八六頁では、次注のメナール教授の研究及び拙論の成果を踏まえて、見解が修正されている。

(3) なお本断章の解釈としては、次の研究が、小論と説明の仕方は異なるが、ほぼ同じ結論に達している。Jean Mesnard, *Les Pensées de Pascal*, Paris, CDU et SEDES réunis, 1976, p. 182.

(4) XXIII/585; B32, XXIII/586; B33. ちなみに、構造主義的パスカル研究の最初の輝かしい成果であるルイ・マランの論文は、この二つの断章を考察の出発点としている。Louis Marin, « Réflexions sur la notion de modèle chez Pascal », *Revue de Métaphysique et de Morale*, 1967. *Etudes sémiologiques*, Paris, Klincksieck, 1971, pp. 189–208 に再録。

(5) 実はこの版には、問題の断章は収録されていない。すでにパスカルの友人たちにとっても、この断章の扱いが厄介であったことをうかがわせて興味深い。なお、これがはじめて公表されたのは、一七二八年のことである。Le P. Desmolets, *Continuation des Mémoires de Littérature et d'Histoire*, t. V, partie II, Paris, 1728, p. 306.

(6) この点で、ヴァレリーが、あの「無限の空間の永遠の沈黙」の断章(15/201; B206)について、パスカルの手が見えすぎると述べたとき、彼は鋭い直観によって、『パンセ』の読者の限界を乗り越えていたと言える。ただし彼が、それをパスカルの不誠実さとして捉えるとき、彼はまだ伝統的な『パンセ』の読み方に囚われているのではないだろうか。

(7) Henri Lefebvre, « Divertissement pascalien et aliénation humaine », in *Blaise Pascal, l'homme et l'œuvre*, Cahier de Royaumont, Philosophie, n° 1, Paris, Ed. de Minuit, 1956, pp. 196–203.

(8) *Ibid.*, p. 199.

(9) ルフェーヴル自身、講演に続く討論において、自分はユマニスムの視点からパスカルを批判していると述べ、さらにマルクス主義こそが現代ユマニスムの形成において重要な役割を果たしていると主張する。*Ibid.*, p. 219.

(10) この問題について詳しくは、メナール教授の前掲書(注(3))の序章、および拙著『パスカル『パンセ』を読む』(岩波書店、二〇〇一年)の第一章、第二章を参照されたい。

(11) この問題について詳しくは、拙著『パスカル 奇蹟と表徴』(岩波書店、一九八五年)の第五章を参照されたい。

(12) メナール教授は最近、一六六〇年秋の可能性を強く示唆している。J. Mesnard, *Les Pensées de Pascal*, Paris, SEDES, 2e édition, revue et augmentée, p. 372 et p. 395.

(13) *La vie de Pascal*, 2e version, *MES*, I, p. 619.

(14) *De l'art de persuader*, *MES*, III, p. 416.

(15) アリストテレス『弁論術』第一巻第二章、1357^{b} 30参照のこと。パスカルもまた、断章 XXIII/527; B40 に見られるように、例示とそれによって証明されるものの関係について意識的であった。

(16) Antoine Furetière, *Dictionnaire universel*, La Haye et Rotterdam, 1690. 厳密に言うと、パスカルがこの断

章で用いている語は、peintureであって、tableauではない。しかし彼は、絵画という観念を表わすのに、tableau, peinture, portraitという三つの単語を用いており、その間には当然意味の差がないわけではないが、いずれも何かあらかじめ存在するものの再現という点では一致している。またフュルチエールでは、peintureは、まず「絵具」、ついで「彩色の術」と説明されているが、「絵画作品tableaux」の意味も挙げられているし、とくに「画家peintre」は、「あらゆる対象を再現するために巧みに絵具を使う人」と定義されている。やはり再現が絵の本質と捉えられていることに変わりはない。なお当時の他の辞書、たとえばリシュレーの辞書（一六八〇年）、アカデミー・フランセーズの辞書（初版、一六九四年）を参照しても、同様のことが確かめられる。

(17) パスカルにおける表徴の問題については、拙稿「比喩と象徴――パスカルにおけるfigureの観念」『思想』一九七七年五月号を参照（本書第II部第一章）。

(18) この断章はジェラール・ジュネットがその著書『フィギュール』の巻頭に引用して有名になった。前出の断章(19/260; B678)と比べると、パスカルにおいて「表徴」と「肖像」の二語がきわめて密接な意味連関を持っていることがわかる。

(19) Marin, *op. cit.*, p. 192. 以下のデカルトの引用もすでにマランによってなされている。ただしマランによれば、パスカルの「モデル」の観念は、像と事物の関係についての伝統的思考の枠を突き破る独創的なものであるという。この主張の当否をここで論ずることはできないが、たとえそれが正しいとしても、今問題にしている断章は、読者の通念に従って議論を進めている以上、像の存在論的不完全性を、この断章が前提としていると解することに支障はない。

(20) Descartes, *AT*, t. VII, p. 42 et IX, p. 33.

(21) *Ibid.*, t. VI, pp. 112–114.

(22) 実は、このような考えもアリストテレスにさかのぼる。「われわれは、最も下等な動物や人間の死体の形状のように、その実物を見るのは苦痛であっても、それらをきわめて正確に描いた絵であれば、これを見るのを喜ぶ」（『詩学』第四章、1448b）。Pascal, *Pensées*, présentation et notes par G. Ferreyrolles, Paris, LGF, « Le Livre

de Poche classique », 2000, p. 65, note 2.

(23) Cf., I/403; B174, 2/36; B164, XXIII/531; B85.

(24) この点はすでに、廣田昌義「Blaise Pascal: *Les Pensées* における《想像力》について」『フランス語フランス文学研究』第一三号、一九六八年、三頁で指摘されている。

(25) Cf., 18/243; B601, 19/273; B745, 21/281; B613, 23/309; B797, etc.

(26) 23/309; B797, XXIX/812; B798.

(27) 23/317; B701.

(28) Cf., 15/199; B72, HC/934; B580.

(29) この点についてはルイ・マランの次の論文が興味深く、またきわめて説得的である。« Philippe de Champaigne et Port-Royal », in L. Marin, *Etudes sémiologiques*, pp. 127–158.

四　想像力と臆見——「想像力」の断章をめぐって

(1) 前田陽一『パスカル『パンセ』注解』第二巻、岩波書店、一九八五年、一四頁に原文が掲載されている。

(2) 想像力(imagination)と意見ないし臆見(opinion)は、次の断章ではより明白に同義語として用いられている。「意見と想像力に基づく支配は一時的であり、その支配はやさしく納得ずくである。力の支配は永続的である。こうして意見はあたかもこの世の女王であるが、力はこの世の暴君である」(XXV/665; B311)。この断章の解釈、及び想像力と力の関係については、拙著『パスカル『パンセ』を読む』(岩波書店、二〇〇一年)一五〇—一五八頁参照。

(3) André Lalande, *Vocabulaire technique et critique de la philosophie*, 10e éd., Paris, PUF, 1968 (édition originale, en fascicules, 1902–1923), « image », « imagination » の項目参照。

(4) もっとも、アカデミー・フランセーズの辞書(初版、一六九四年)、« imagination » の項には、「何かについて抱く信念 créance、意見 opinion」という説明が見られる。

(5) 実は、ここで問題になっている事柄——原語では、phantasiā——は、藤沢令夫訳によれば、「現れ(そう見えること、知覚判断)」であり、「想像力」とは異なる(『プラトン全集』第三巻、岩波書店、一九七六年、一五四—一五五頁)。しかし以下に見るように、phantasiā に由来するフランス語の fantaisie は、しばしば「想像力 imagination」の同義語として用いられるし、『ソピステス』の該当箇所の phantasiā を imagination と訳しているフランス語訳もある(Platon, *Œuvres complètes*, t. II, traduction nouvelle et notes par Léon Robin, Paris, Gallimard, « Bibliothèque de la Pléiade », 1950, p. 331)。いずれにせよ、問題の箇所はパスカルの着想と無縁である以上、論旨に影響はない。

(6) ここでも、邦訳は、「表象(phantasia)は現実態にある感覚から生み出された運動」(山本光雄訳、『アリストテレス全集』第六巻、岩波書店、一九六八年、九七頁)としており、「想像力」の語は用いられていない。しかしラランドの『哲学語彙辞典』に収録されたある哲学者(V. Egger)の所見によれば、「Phantasiā(…)は、phainomenon と同根の語であるが、アリストテレス及び彼に追随したすべての著者においては、再生されたイメージと革新されたイメージを区別することなしに、像 image あるいは想像力 imagination を意味している」(Lalande, *op. cit.* p. 341)。この見解の当否はさておき、また「想像力 imagination」の語で何が問題になっているか——それこそ、本論のテーマである——はさておき、フランスにおいて、ギリシャ語の phantasiā が、像 image あるいは想像力 imagination と同一視されてきたのは事実である。

(7) Bonitz, *Index Aristotelicus*, v°, 811 A. (Lalande, *op. cit.*, « fantaisie » の項による)。

(8) *Regulae ad directionem ingenii*, Regula XII, Descartes, *AT*, X, pp. 414-416.

(9) この問題については、いささか古いが、次の研究が参考になる。Henri Busson, *La Pensée religieuse française de Charron à Pascal*, Paris, Vrin, 1933, p. 328 sqq.

(10) 拙著『パスカル 奇蹟と表徴』岩波書店、一九八五年、一八—二一頁参照。

(11) 前田陽一、前掲書、一三—一四頁。Busson, *op. cit.*, p. 332 et 335 も参照のこと。

(12) このような観点に立った研究として、廣田昌義氏の一連の論稿が挙げられる。「Blaise Pascal: *Les Pensées*

における《想像力》について」『フランス語フランス文学研究』第一三号、一九六八年、一—七頁。「ブレーズ・パスカル『パンセ』における〈政治学〉と〈想像力〉」『言語文化』第五号、一九六八年、四九—六六頁。「想像力の位置——モンテーニュからデカルトへ」『人文科学研究』第一二号、一九七一年、二六七—三一八頁。「想像力と慣習——パスカル『パンセ』の場合」『哲学誌』第二二号、一九八〇年、一—一六頁。

フランスでは、最近、本論考(フランス語版)の成果を踏まえて、「想像力」と「習慣」の観念を導きの糸として、パスカルの「人間学と政治学」の全容の解明を目指す画期的な論文が出版された。Gérard Ferreyrolles, *Les Reines du monde. L'imagination et la coutume chez Pascal*, Paris, H. Champion, 1995.

(13) 前田陽一、前掲書、二〇—二一頁参照。

(14) Jean Mesnard, *Les Pensées de Pascal*, 2e édition, revue et augmentée, Paris, CDU et SEDES réunis, 1993, p. 193 note.

(15) Furetière, s. v. « fantaisie ».

(16) Montaigne, *Les Essais*, éd. Villey-Saulnier, Paris, PUF, 1965, p. 50.

(17) *Ibid.*, p. lxxi-lxxii et p. 1227. 同版は、典拠について、次のように注記している。「エピクテトス『提要』十、ストバイオス、第一一七編(一五五九年版五九八頁)より引用」。エピクテトスの近代版では、第十節ではなく、第五節である。

(18) この点については、エピクテトス『提要』の次の仏訳の注が参考になる。Epictète, *Manuel*, in *Les Stoïciens*, textes traduits par E. Bréhier, édités sous la direction de P. -M. Schuhl, Paris, Gallimard, « Bibliothèque de la Pléiade », 1962, p. 1113 et p. 1357.

(19) Montaigne, *op. cit.*, p. 489.

(20) *Ibid.*, p. 1282 の注を参照のこと。そこでは、『提要』第十一節となっているが、近代版では、第六節である。

(21) Cf. Epictète, *Entretiens*, texte établi et traduit par J. Souilhé, 4 vols. Paris, « Les Belles Lettres », 1963–1975, I, 6, 13; II, 8, 4; II, 14, 15; III, 21, 23. *Les Stoïciens*, textes traduits par E. Bréhier, p. 1113. ただし、Jean

Brun, *Les Stoïciens. Textes choisis*, Paris, PUF, 1957 所収のアンドレ・ダシエ訳、及び、以下で詳しく見ることだが、ジャン・グリュ訳では、phantasiā の訳語として、imagination が採用されている。しかしこれらは、十七世紀と十八世紀になされた翻訳である。しかも前者の著作の場合、用語索引では、phantasiā には、représentation の語があてられている。

(22) Diogenes Laertius, *Vitae Philosophorum*, VII, 49.（ディオゲネス・ラエルティオス『ギリシア哲学者列伝』(中)、加来彰俊訳、岩波文庫、一九八九年、二四三頁）。

(23) Sextus Empiricus, *Adversus mathematicos*, VII, 151. Jean Brun, *op. cit.*, p. 25 による。

(24) Cicero, *Academica*, II, 6, 18. ラテン語原文は以下のとおり。« Cum enim ita negaret quidquam esse quod comprehendi posset (id enim volumus esse ἀκατάληπτον), si illud esset, sicut Zeno definiret, tale visum (iam enim hoc pro φαντασίᾳ verbum satis hesterno sermone trivimus), visum igitur impressum effictumque ex eo unde esset quale esse non posset ex eo unde non esset. »

(25) *Ibid.*, II, 47, 145.

(26) *Les Stoïciens*, Paris, Gallimard, « Bibliothèque de la Pléiade » p. 255, note 1 (p. 1275).

(27) 台詞の配分については、スイエの校訂版(注(21)参照)に従った。邦訳として、鹿野治助訳『人生談義』岩波文庫(上・下)、一九五八年がある。(下)、三八頁参照。

(28) 『提要』第二十節。『人生談義』(下)、二六二頁。

(29) 『提要』第十節、第十六節、第十八節、第十九節。

(30) Cf. Fortunat Strowski, *Pascal et son temps*, Paris, Plon, 1907, t. II, pp. 318–331. ジャン・グリュの翻訳の題名は以下のとおりである。*Les Propos d'Epictète, Recueillis par Arrian, Auteur Grec son disciple. Translatez du Grec en français par Fr. I. D. S. F.* (...) A Paris, Chez Jean de Hoquenille. 故前田陽一氏が、東京大学教養学部図書館に遺贈された「前田陽一文庫」の中には、この翻訳の一本が含まれている。それを参照することによって、本研究は完成した。恩師の霊にあらためて感謝を捧げる次第である。

(31) 原文は以下のとおり。（綴りは現代フランス語に改めた。）

Qu'il ne faut point faire gloire de ce qui est à autrui.

Ne vous glorifiez point de l'excellence qui est en autre. Si le cheval se bravait disant, je suis beau, il serait tolérable: mais quand vous vous glorifiez disant, j'ai un beau cheval, sachez que vous vous glorifiez à cause de la bonté qui est en votre cheval. Qui a-t-il donc qui soit proprement à vous? *l'usage des imaginations*. Quand donc vous vous comporterez selon nature en *l'usage des imaginations*, alors vous vous pourrez glorifier, car vous vous vanterez lors d'un bien qui est vraiment vôtre. (強調引用者)

(32) 原文は以下のとおり。

Chap. VIII. Comme il faut s'exercer contre les *imaginations*.

Tout ainsi que nous nous exerçons contre les captions sophistiques, aussi faudrait-il tous les jours nous exercer contre les *imaginations*, car elles nous proposent aussi des demandes. (...)

Si nous nous exerçons de cette façon, il n'y a que tenir que nous ne profitions, car nous ne donnerons notre consentement à un autre. *L'imagination* donc a bien la force de comprendre la chose. Son fils est mort, qu'en est-il? son fils est mort; rien de plus? rien du tout. (...) Mais que cela est un grand malheur qui lui est arrivé, chacun ajoute de sa tête. (強調引用者)

(33) 「エピクテトスは、われわれの能力では心を制御することができないことに気がつかなかった」(5/100; B467)。

(34) いずれも「むなしさ」の章に収められている、以下の断章を参照のこと。2/23; B67, 2/25; B308, 2/26; B330, 2/38; B71, 2/40; B134, 2/46; B163, 2/48; B366.

(35) 「現象の理由」の章に収められている以下の断章を参照のこと。5/94; B313, 5/95; B316, 5/101; B324.

(36) 『サシとの対話』は、ポール・ロワヤルの隠士であり、サシの秘書役を務めていたニコラ・フォンテーヌによって執筆され、彼の浩瀚な『回想録』に挿入され、その一部をなしている。しかしながら、対話中のパスカルの発言に関しては、パスカル自身が執筆した文書を下敷きにしていると考えられ、『サシとの対話』はパスカルの著作の一つに数えられてきた。ところで最近、フォンテーヌの『回想録』の自筆原稿が発見され、それに依拠する『サシとの対話』の新版、及び『回想録』全体の批評校訂版が出版されるに至った。この発見によって、『サシとの対話』が、全体としてパスカルの文章を再録していることが、一層確実になった。以下の引用は、この新版による。Pascal, *Entretien avec M. de Sacy*. Original inédit. Texte présenté par Pascale Mengotti-Thouvenin et Jean Mesnard, Paris, Desclée de Brouwer, 1994, pp. 125–126. Cf. Nicolas Fontaine, *Mémoires ou histoires des solitaires de Port-Royal*. Edition critique par Pascale Thouvenin, Paris, H. Champion, 2001.

II　護教論の戦略

一　比喩と象徴――「フィギュール」の観念について

（1）フュルチエールの辞書は、次のような説明を加えている。「神学用語で、フィギュールとは、旧約聖書の事物あるいは出来事の下に、われわれのために密かに告知ないし表象された預言あるいは玄義のことを言う。マンナは聖体のフィギュールであり、アベルの死は、義者の死、イエス・キリストの受難のフィギュールであった。ユダヤ人は、フィギュールしか持っていなかったが、われわれはその真理を手にしている」(Furetière, « figure »)。

（2）神学用語としては、「予型」あるいは「予表」という訳語が用いられることがある。

（3）Cf. Jean Mesnard, « La théorie des figuratifs dans les *Pensées* de Pascal », *Revue d'histoire de la philosophie et d'histoire générale de la civilisation*, 1943, pp. 219–253.

哲学者のブリス・パランが言語哲学の立場からパスカルのフィギュールに興味を抱いていたことも注目に値する。Brice Parain, *Recherches sur la nature et les fonctions du langage*, Paris, Gallimard, 1942, ch. VII, VIII.

（4）いくつかの例を挙げる。

Henri Gouhier, *Blaise Pascal. Commentaires*, Paris, Vrin, 1966, ch. IV, *Le Dieu qui se cache* は、『キリスト教護教論』を一つの解釈学と捉えて、その構造にきわめて精緻な分析を加えているが、その際フィギュールの観念が分析の一つの鍵となっている。

Edouard Morot-Sir, *La métaphysique de Pascal*, Paris, PUF, 1973 は、「レトリック」こそがパスカルの全思想を統括する根本的な学であるという観点から、真の実在としての「神の言《ことば》」とその歪んだ反映である「人間の言葉」との関係を追究している。

さらに日本にも、ほとんどモロ＝シールの問題意識を先取りしたとも言える、すぐれた論文、廣田昌義「真理と表徴――パスカル『パンセ』についての一考察」(『一橋論叢』第六四巻第二号、一九七〇年、一六二―一七九頁)がある。

近年の概説としては、J. Mesnard, *Les Pensées de Pascal*, Paris, CDU et SEDES réunis, 1976, IIe partie, ch. III, *Figure et vérité* がすぐれている。

(5) « Blaise et Jacqueline à Gilberte », *MES*, II, p. 582.

(6) « Lettre de Pascal au P. Noël », le 29 octobre 1647, *MES*, II, p. 521.「神父様は、ご自分のお話〔……〕を説明するのに、それにいろいろの譬え(comparaisons)を付け加えられます」。

(7) *Traités de l'équilibre des liqueurs et de la pesanteur de la masse de l'air*, *MES*, II, p. 1095.「自然が真空に対して恐れを抱いていないことを示すのは、難しくないだろう。なぜならそのような言い回しは本来的なものではないからだ。というのも、ここで問題になっている造られた自然は魂を欠いているので、情念を抱くことはできないのだから。したがってこれは比喩的な言い回しであって、それが意味しているのは、自然は真空を避けるために、あたかも真空に対して恐れを抱いているのと同じ働きをするということ以外ではありえない」。

(8) *Ibid.*, p. 1077.

(9)「聖書の正典の著者たちが、自然を用いて神を証明しようとしなかったのは、驚嘆すべきことだ。彼らは皆(ダヴィデ、ソロモン)、神への信仰を吹き込むことを目指していたのであって、決して次のような言い方はしなかった。「真空は存在しない。ゆえに神は存在する」。彼らは、その後にやってきて、この論法を用いたすべての賢者より賢かったに違いない。これは、大いに注目すべきことだ」(X/463; B243)。断章 XXVII/781; B242, 1/3; B244 も参照のこと。

(10)　いささか長いが問題の箇所を引用しておこう。引用に先立つ箇所で、パスカルは手紙を書くことについて謎めいたためらいの念を表明しているが、その気持ちを払拭するために、姉との二重の意味での親族の絆を理由に挙げて次のように述べている。

「なおその上に、自然がわれわれを結びつけた絆を考え、さらに神の恩寵がわれわれを結んで下さった絆を考えるなら、そのようなこと(=手紙を書くこと)を禁じなければならぬどころか、それを義務だとさえ考えなければならないと思います。というのも、恩寵によってわれわれが結ばれたこの幸福は、実に素晴らしいものだったのですから、われわれはその幸福を心から感じて喜ぶようになるためにも、本当に固く結び合わなければなりません。われわれがお互いに真の意味で親族であると見なさなければならないのは、まさにあのとき(サン=シラン様が生命のはじめと呼ぶようにおっしゃったあのとき)からであり、そのときはじめて神は、かつてわれわれをこの地上で、肉体によって親族にして下さったように、霊によって神の新世界でわれわれを結びつけて下さったのです。

このことをお思い出しにならない日が、どうか一日もありませんように。そしてわれわれを互いに兄弟として下さったばかりでなく、また同じ父の子どもとして下さったときに神の用いられた摂理をよく感謝なさいますように。ご存じのように、お父様はわれわれすべてに先立って、いわばわれわれをこの摂理の下に生んで下さったのですから。

この点において、われわれにこの絆の象徴 figure と現実 réalité とをともに与えて下さった神を讃美しなければなりません」(*MES*, II, pp. 581–582)。

従来この箇所は、「回心」を問題にしていると考えられてきたが、実は「洗礼」の秘蹟をめぐる瞑想である。この点に関しては、拙著『パスカル　奇蹟と表徴』岩波書店、一九八五年、八〇―八五頁を参照。

(11)　*MES*, II, pp. 581 et 583. 拙著八五―八六頁。

(12)　*Préface sur le traité du vide*, *MES*, II, p. 778.

(13)　« Lettre sur la mort de son père », *MES*, II, pp. 854–856. 拙著八六―八八頁。

(14)　*Cogitationes privatae*, Descartes, *A T*, X, p. 218. なお象徴主義に対してデカルトの取った態度については次

の論文を参照、H. Gouhier, « Le refus du symbolisme dans l'humanisme cartésien », *Archivio di Filosofia*, 1958, pp. 65–74.

（15） *MES*, II, p. 582.

（16） 聖荊の奇蹟とそれが引き起こした論争については、『パスカル　奇蹟と表徴』第三章を参照。

（17） 聖体の秘蹟をめぐる瞑想がパスカルの思想において果たした役割は、これまで研究の主題として正面から取り上げられることは少なかったが、注目に値する。そもそも彼の妹のジャクリーヌの属していたポール・ロワヤル女子修道院は、一六四七年以来、とくに聖体の礼拝に捧げられることになっており、修道女たちには、「聖体の秘蹟の娘たち」の名称が与えられていた。また聖体の秘蹟をめぐって十六世紀以来、プロテスタント、とくにカルヴァン派とカトリックとの間に論争がたたかわされていたが、パスカルの友人であるアントワーヌ・アルノーとピエール・ニコルも後にこの論争に参加して、『聖体に関するカトリック教会の信仰の永続性』*La perpétuité de la Foi de l'Eglise catholique touchant l'Eucharistie...*, 5 vol. 1669–1674 と題する大著を著わすことになる。こういう周囲の影響を別にしても、パスカル自身、一六五六年には、枢機卿で新教徒との論争家でもあったデュ・ペロン（一五五六―一六一八年）の大著『聖体秘蹟論』*Traité du Saint Sacrement de l'Eucharistie*, 1622 を読んだと考えられる根拠があるし（『パスカル　奇蹟と表徴』二〇五―二〇六頁参照）、また「隠れたる神」という彼の世界観の要となる観念の展開に、聖体についての考察が大きく影響していることも指摘されている（Cf. Philippe Sellier, *Pascal et la liturgie*, Paris, PUF, 1966, pp. 103–105 et 68–70）。さらに『パンセ』にも聖体をめぐる考察が見出される（HC/957; B512）。聖体の問題が十七世紀フランスの思想、とくに宗教思想と科学思想の関わりを考える上できわめて興味深い視点であることは言を俟たないが（『省察』をめぐるデカルトとアルノーの応酬、あるいは『ポール・ロワヤル論理学』を考えよう）、パスカル個人の思想の歴史においても、この問題は看過できない重要性を帯びている。

（18） 「教会には、三種類の敵がいる。その神秘体に一度も所属したことのないユダヤ教徒、そこから分離した異端者、それを内側から引き裂く、悪いキリスト教徒である」（XXXIII/858; B840）。

（19） *PROV*, 5^{e} Lettre, p. 84 sqq. 神学用語としては、「蓋然説」と呼ばれる。その内容については、『新カトリック大事典』第一巻（研究社、一九九六年）、より簡略には、『岩波キリスト教辞典』（二〇〇二年）「蓋然説」の項を参照。

(20)『パンセ』断章 XXXIII/840; B843 に次のような一節が見出される。

「この地上は真理の国ではない。真理は知られずに人々の間をさまよっている。神は真理をヴェールでおおわれたので、神の声を聞かない人は真理を見損なってしまう。少なくとも明々白々に見える真理についてさえ、冒瀆の余地がある。福音書のいくつかの真理を持ち出すと、その反対の真理が持ち出され、問題は曖昧になり、民衆には見分けることができなくなる。そして人々はこんなことを言う、「他の人々よりもきみたちを信ずる理由をきみたちは何か見せてくれるのか。どんな奇蹟をきみたちは行うのか。きみたちが持っているのは言葉だけ、われわれと同じではないか。もしきみたちが奇蹟を持っていたなら、結構だろうが」。教理は奇蹟によって支持されなければならないというのは一つの真理であるが、それは教理を冒瀆するために濫用される。そして、奇蹟が起こると、奇蹟は教理なしには不十分だと言われる。それもまた別の一つの真理であるが、奇蹟を冒瀆するために濫用される」。

(21)『コリントの信徒への手紙二』第三章六節参照。

(22)『パスカル　奇蹟と表徴』第四章参照。

(23) ここで問題になっているのは、あくまでもパスカルから見たカルヴァン派の聖体観であり、カルヴァン派の真の意見がどうであったかは、また別問題である。

(24)『パンセ』には次のような言葉が見出される。「キリスト教徒は聖体の秘蹟さえも、自分たちの目指す栄光 gloire の象徴 figure と解する」(19/270; B670)。

(25) *MES*, III, pp. 1035–1037. なおこの手紙については、アンリ・グイエの精緻な分析がある。H. Gouhier, *Blaise Pascal. Commentaires*, pp. 187–191.

(26) *PROV*, pp. 314–315.『パスカル　奇蹟と表徴』二〇五―二〇七頁参照。

(27) *Ibid.*『パンセ』断章 XXIII/573; B646, XXXIV/903; B851 も参照。

(28) 断章 19/275; B643 参照。

(29) プランの成立年代については、それをもっと後にずらす意見も出始めている。本書第Ⅰ部第三章「絵はなぜむなしいか——像の存在論的不完全性をめぐって」注(12)を参照のこと。

(30) 第十九章。なお、引用した題名は、従来は、一篇の断章と見なされており、ラフュマ版では二四五、ブランシュヴィック版では、六四七の番号が割り振られていた。Cf. J. Mesnard, *Les Pensées de Pascal*, Paris, SEDES, 2e édition, revue et augmentée, pp. 7–8.

(31) 断章 15/201; B206. なお注(9)に挙げた断章も参照のこと。

(32) 第二十四章四十五―四十九節。断章 19/253; B679 参照。

(33) 第十章十一節。断章 19/253; B679, 19/268; B683, 19/270; B670 参照。日本聖書協会訳の聖書は問題の一節を、「これらの事が彼らに起ったのは、他に対する警告としてであって……」と、道徳的意味を強調して訳している。(ちなみに新共同訳は、「前例」としている。) しかし、パウロが figura という語(原文ギリシャ語では τύπος)に与えた意味がどうであれ、この箇所は伝統的な比喩的解釈の一つの拠り所となっていたし、パスカルもまたここの figura を比喩=象徴の意味に解していたことは疑いない事実である。Cf. J. Mesnard, « La théorie des figuratifs dans les *Pensées* de Pascal », p. 230 sqq.

(34) アウグスティヌスの根本思想の一つである「二つの愛」の観念(たとえば『神の国』第十四巻第二十八章参照)を、パスカルは直接アウグスティヌスから、あるいはジャンセニウスを経由して受け継いでいる。Cf. « Lettre sur la mort de son père », *MES*, II, p. 857. なお詳しくは、Ph. Sellier, *Pascal et saint Augustin*, Paris, A. Colin, 1970, pp. 140–151 を参照。

(35) 断章 18/236; B578, 18/237; B795, 18/232; B566 等。

(36) 「なかなか信ずることができない人々は、その理由を、ユダヤ人も信じていないことにかこつける。「それほど明白だったのなら、どうしてユダヤ人たちは信じないのだろう」と彼らは言う。ユダヤ人がイエスを拒否したという先例が自分たちの妨げになるのだから、いっそ彼らが信じてくれればよかったのに、という口振りである。しかしユダヤ人の否認こそ、われわれの信仰の根拠なのだ。彼らがわれわれの味方であれば、われわれを信仰に向かわせる理由は弱くなり、信じない口実がもっとできるだろう」(19/273; B745)。

(37) 断章18/228; B751.『イザヤ書』第八章十四節参照。

(38)「預言には隠れた意味がある。それは、この民族〔ユダヤ人〕が敵対する霊的な意味であり、彼らが支持する肉的な意味の下に隠れている。もしも霊的な意味が顕わにされていたら、彼らはそれを愛することができないのだから、それを受け継ぐことができずに、自分たちの書物と祭儀を保存していくだけの熱意を持ち合わせなかっただろう。逆に、彼らが霊的な約束を愛し、メシアの到来までそれを損なうことなしに保持し続けていたとすれば、彼らの証言は効力を失っていただろう。なぜなら彼らはメシアの味方であったことになるのだから」(XIX/502; B571)。「ロアネーズ嬢宛の手紙」第四では、「字義的な意味」と「神秘的な意味」という表現が用いられている(*MES*, III, p. 1036)。

(39) 断章XXIV/593; B760, XXIV/594; B576, XXIV/615; B663。なお、「証人」の観念については、本書第Ⅱ部第二章「権威と認識——「権威」の観念について」を参照されたい。

(40) この問題について詳しくは、Ph. Sellier, *op. cit.*, ch. VI, 2 あるいは拙著『パスカル 奇蹟と表徴』第五章二節参照。

二 権威と認識——「権威」の観念について

(1) René Pintard, *Le Libertinage érudit dans la première moitié du XVIIe siècle*, nouvelle édition, Genève-Paris, Slatkine, 1983 (première édition, Paris, Boivin, 1943). Paul Hazard, *La Crise de la conscience européenne, 1680–1715*, Paris, Fayard, 1961 (première édition, Paris, Boivin, 3 vols., 1935).

(2)「万人の同意」の批判については、パンタールの前掲書に詳しい。Cf. *op. cit.*, p. 724, s. v. « Consentement universel (négation ou critique du), au XVIIe siècle ».

(3) « Lettre de Pascal au P. Noël », le 29 octobre 1647, *MES*, II, p. 523.

(4) *Préface sur le traité du vide*, *MES*, II, pp. 778–779.

(5)「したがって哲学研究に必要な固有の能力が知性であるように、神学研究に固有なそれは記憶である。前者は、知解された原理を洞察することによって哲学者を形成し、後者は、書物あるいは宣教によって伝えられてきたことを想起することによってキリスト教神学者を形成する」(『アウグスティヌス』第二巻、『神学における理性と権威に関する序論』)。前掲書の引用による。*MES*, II, p. 778, note 1.

(6) *Ibid*., p. 778.

(7) *Ibid*.

(8) 「権威」という言葉が十七世紀においてこのような意味を持っていたことは、当時の辞書に徴しても確かめられる。アカデミー・フランセーズの辞書(初版、一六九四年)によれば、権威は、「自分の意見を確固たるものにするために引用するある著者あるいはある偉人の意見、証言」であり、フュルチエールの辞書(初版、一六九〇年)によれば、「ある著者が証人として書き留めた偉人の名句、箴言であり、人の話の中で証明あるいは文飾のために引用、援用される」。この用法はモンテーニュにも見出されるが(たとえば『エセー』第一巻二十七章に、「じじつ、これらの証人の権威 l'authorité de ces témoins はわれわれを抑えるだけの重みがないのだから仕方ない」という文章が見える)、さらにさかのぼってラテン語の auctoritas にも同じ意味合いがあることが認められる。じっさい、パスカルに深い影響を及ぼしたアウグスティヌスは「権威」の語をしばしばそのような意味に用いている。一例を挙げれば『信仰の効用』第十二章二十六節で、自分の父親だと思っている人間が本当にそうであるかどうか知り得るかという問題を取り上げて次のように述べている。「それは理性によってはいかようにしても知り得ない。ただ母親の証言の権威に基づいて interposita matris auctoritate、父親だと信ずるのである」。

(9) *Préface sur le Traité du vide*, *MES*, II, p. 779.

(10) « Lettre à Le Pailleur », *MES*, II, p. 571.

(11) この点について詳述はできないが、『パンセ』の次のような文章は、考察の手がかりになるだろう。「神から心の直感によって宗教を授けられた人々は、まことに幸せで、まことに正当な確信を抱いている」(6/110; B282)。「われわれは神の存在も本性も知らない。神には広がりも境界もないからだ。しかしながら、われわれは信仰によって神の存在を知っている。栄光の境地に至れば、神の本性も知るだろう」(II/418; B233)。

(12) *PROV*, 1ère Lettre, p. 19.

(13) *PROV*, 4e Lettre, p. 56.

(14) *PROV*, 5e Lettre, p. 84 sqq. 本書第Ⅱ部第一章「比喩と象徴――「フィギュール」の観念について」注(19)参照。

(15) *PROV*, 4e Lettre, p. 57.

(16) *PROV*, 17e Lettre, p. 343.

(17) *PROV*, 18e Lettre, p. 374.

(18) *Ibid.*, p. 375.

(19) 『パンセ』断章 XXIX/808; B245.

(20) 断章 7/131; B434 に次のような一節が見える。「なぜなら、最初の人間の罪が、その源からあんなにも遠く離れていて、それに与ることができないように見える人々をも有罪にすると主張することほど、疑いもなくわれわれの理性に反することはない。このような罪の流通は、われわれにとってたんに不可能と見えるばかりでなく、はなはだ不正であるとさえ思われる。なぜなら、意志を欠いた子供を、彼が生まれる六千年も前に犯され、彼にはほとんど関わりがないように見える一つの罪のために、永遠に地獄に落とすということほど、われわれのあわれな正義の規則に反することがあろうか。たしかにこの教理ほどわれわれをひどくつまずかせるものはない。しかし、それにもかかわらず、あらゆるものの中で最も不可解なこの玄義なしには、われわれは自分自身にとって不可解なものになってしまうのである」(傍点引用者)。

(21) 断章 V/436; B628, VI/451; B620, IX/454; B619 等。これらの議論の詳細については、次の研究を参照のこと。Philippe Sellier, *Pascal et saint Augustin*, Paris, A. Colin, 1970, ch. IV. 拙著『パスカル　奇蹟と表徴』岩波書店、一九八五年、第五章二節でも、いささかの説明を試みた。

(22) 断章 XXIV/593; B760, XXIV/594; B576, XXIV/615; B663。

三　説得と回心——レトリックの問題

（1）*Méthodes chez Pascal*, Paris, PUF, 1979, pp. 357–408. なお Edouard Morot-Sir, *La métaphysique de Pascal*, Paris, PUF, 1973（廣田昌義訳『パスカルの形而上学』人文書院、一九八一年）は、小論とはまったく視点は異なるが、やはりレトリックこそがパスカルの思想を統括する学であるという立場に立ったきわめて独創的な研究である。

（2）A. Arnauld et P. Nicole, *La Logique ou l'art de penser*, p. p. P. Clair et Fr. Girbal, Paris, PUF, 1965, III, ch. 20, p. 267. なおパスカルがレトリックの達人であったことについては他にも同時代の証言がある。Cf. Gilberte Périer, *La Vie de Monsieur Pascal*, *MES*, I, p. 617; P. Nicole, *Elogium Pascalii*, *MES*, I, pp. 987–988.

（3）この点については、本書第Ⅱ部第一章「比喩と象徴——「フィギュール」の観念について」を参照。

（4）伝統的な「旧レトリック」については、Roland Barthes, « L'ancienne rhétorique. Aide-mémoire » in *Œuvres complètes*, t. 2, Paris, Seuil, 1994, pp. 901–960（沢崎浩平訳『旧修辞学　便覧』みすず書房、一九七九年）を参照。佐藤信夫「消滅したレトリックの意味」『思想』六八二号も短いながら明快かつ的確な見通しを与えてくれる。

（5）Cf. Henri Gouhier, *La pensée métaphysique de Descartes*, Paris, Vrin, 1969, ch. IV. La résistance au vrai dans une philosophie sans rhétorique.

（6）*Discours de la Méthode*, *AT*, VI, p. 7.

（7）もっともグイエが見事に示しているように、デカルトにおいてさえ、真理の認識と伝達、証明と説得は完全には重なり合うものではなく、それぞれの間には、ある距離が存在する。こうして、彼もまた彼なりに、叙述の仕方あるいは「証明の仕方 demonstrandi ratio」の問題に導かれる。Cf. Gouhier, *op. cit.*, pp. 93–95, 104–112.

（8）*De l'esprit géométrique*, *MES*, III, p. 390.

（9）本節の叙述は、『説得術』（*De l'art de persuader*, *MES*, III, pp. 413–418）に依拠している。

（10）*La Vie de Pascal*, 2e version, *MES*, I, p. 619.

（11）この点に関しては、上掲「比喩と象徴」あるいは拙著『パスカル　奇蹟と表徴』岩波書店、一九八五年、第五章でやや詳しく解説した。

(12)「人間的信仰 foi humaine」あるいはむしろ「人間的信」とは、他人の言を真実として信ずるという、「人間の次元での信用」の意味で、「神的信(仰) foi divine」と対比的に用いられる。この観念は十七世紀の宗教思想において重要な役割を果たすが、その検討は別の機会に譲らなければならない。〔本書第Ⅲ部第一章「「聞くことによる信仰」から「人を生かす信仰」へ――護教論と信仰」であらためて問題を検討した結果、断章 6/110; B282 で言及される「人間的なものにとどまり、救いには無益な」信仰を、「人間的信」と同一視することはできないという結論に達した。一六五一―一六六頁参照。〕

(13) 一六七〇年に出版された『パンセ』の初版、いわゆるポール・ロワヤル版の題名は、『死後、書類の中から見出された、宗教及び他の若干の主題に関するパスカル氏の断想《パンセ》』である。

(14) 断章 XXVI/745; B18 bis. この問題については次の研究がきわめて魅力的な仮説を提出している。Louis Marin, *La Critique du discours*, Paris, Ed. de Minuit, 1975, pp. 334-337.

(15) ただし『パンセ』の中に含まれている私的な覚え書、たとえば「メモリアル」(HC/913)、「イエスの秘儀」(HC/919; B553) に出現する「私」については別途に考えなければならない。

(16) 断章 XXIV/597; B455, XXV/642; B448, XXXIII/853; B192.

四　主題としての「私」と語り手としての「私」

(1) *Logique*, p. 267.

(2) 本章第4節には、前章「説得と回心――レトリックの問題」と重複する部分がある。本章は、それ自体としては独立した論考の体裁を取ってはいるが、ある意味では前章の注釈として構想されているからである。

(3) 書物としての『パンセ』がはらむ問題については、拙著『パスカル『パンセ』を読む』(岩波書店、二〇〇一年)、第一章、第二章を参照されたい。

(4) 筆者がとっさに思いつく例外といえば、伊藤整の『伊藤整氏の生活と意見』ぐらいのものである。チャタレー裁判の「法廷戦術の延長」として書かれたこの作品において、著者の戦略と題名が不可分の関係にあることは言うまでもあるまい。

(5) *Le Petit Robert. Dictionnaire alphabétique et analogique de la langue française* の説明による。項目« pensée », II, 3.

(6) Jean Orcibal, « Les spirituels français et espagnols chez John Wesley et ses contemporains », in *Etudes d'histoire et de littérature religieuses. XVIe–XVIIIe siècles*, Paris, Klincksieck, 1997, p. 179.

(7) 日本のパスカル研究の草分けの一人であり、プロテスタントの牧師である由木康氏には、「『イミタチオ・クリスチ』と『パンセ』」という論考があり、同著者の『私のパスカル体験』春秋社、一九八一年に収録されている。

(8) « Préface de l'édition de Port-Royal » in Pascal, *Œuvres complètes* p. p. L. Lafuma, Paris, Seuil, 1963, p. 495. Cf. *Pensées*, l'Edition de Port-Royal et ses compléments, p. p. G. Couton et J. Jehasse, Universités de la Région Rhône-Alpes, 1971, p. 44.

(9) *La vie de Pascal*, 2e version, *MES*, I, p. 619.

(10) この点に注意を喚起したのはモロ＝シールである。Ed. Morot-Sir, *La Métaphysique de Pascal*, Paris, PUF, 1973, p. 6. なお、廣田昌義氏による邦訳『パスカルの形而上学』人文書院、一九八一年の二〇二頁の訳注(6)も参照のこと。

(11) *Pensées*, l'Edition de Port-Royal et ses compléments, XXIX, 18, p. 392.

(12) 断章 9/145; B461. Cf. XXIII/545; B458.

(13) 『コリントの信徒への手紙一』第十一章十一—三十一節、『エフェソの信徒への手紙』第四章十二—十六節、その他。

(14) *Entretien avec M. de Sacy*, *MES*, III, pp. 136–137.

(15) 断章 XXVII/780; B62, XXV/649; B65.

(16) H. M. Davidson et P. H. Dubé, *A Concordance to Pascal's Pensées*, Ithaca and London, Cornell Univ. Press, 1975.

(17) D. B. Leake et A. E. Leake, *Concordance des Essais de Montaigne*, 2 vol. Genève, Droz, 1981.

(18) *Le Petit Robert*, s. v. « apologétique ».

(19) 「罠」という語は、ドミニック・デコットから借用した。Cf. *Pensées*, Paris, Garnier-Flammarion, 1976, « Introduction », p. 28. D. Descotes, « Piège et paradoxe chez Pascal » in *Méthode chez Pascal*, Paris, PUF, 1979, pp. 509–520.『護教論』の後半部の論証構造については、本書第Ⅱ部第一章「比喩と象徴――「フィギュール」の観念について」を参照。

(20) Louis Marin, « Réflexions sur la notion de modèle chez Pascal », *Revue de Métaphysique et de Morale*, 1967, pp. 107–108. Cf. *Etudes sémiologiques*, Paris, Klincksieck, 1971, p. 207.

(21) 断章 XXVI/745; B18 bis.

(22) Montaigne, Les *Essais*, III, 2, « Du repentir », éd. Villey-Saulnier, Paris, PUF, 1965, p. 805.

Ⅲ　護教論の限界

一　「聞くことによる信仰」から「人を生かす信仰」へ――護教論と信仰

(1) 「神の探求に誘う手紙」(1/4; B184)。「順序／神を探求すべきであるという手紙の後に、障害を取り除く手紙をこしらえること。それは、機械についての論述、すなわち機械を整え、理性によって探求することについての論述である」(1/11; B246)。

(2) 「賭」の断章で、語り手は、神の存在をめぐる賭に参加することに後込みする対話者にこう呼びかける。「しかし賭けなければならない。それは随意ではない。きみは船に乗り込んでいるのだ」(II/418; B233)。

(3) この部分を前田陽一は、「たとえそう叫んだところで」と読んでいるが、支持できない。詳しくは、拙著『パスカル『パンセ』を読む』岩波書店、二〇〇一年、一八七頁参照。

(4) 「勘違いしてはいけない。われわれは精神であると同じぐらい自動機械でもある。だから証明だけが、説得の道具ではないのである。証明されるものはごくわずかだ。証拠によって納得するのは精神だけである。われわれにとって最も強力で信用される証拠を作り出すのは習慣である。習慣が自動機械に癖をつけ、自動機械が精神を知らず知らずのうちに引きずっていく〔……〕」(XXX/821; B252)。

(5) 『方法序説』第三部冒頭を参照。

(6) 「信」も「信仰」も原語は、« foi » である。護教論の目標はもちろん神を目指す「信仰」であるが、それが何であるかを局外者に説明するためには、いったんその志向対象(ノエマ)を括弧に入れて、その作用的側面(ノエシス)に着目する必要がある。後者は、宗教の領域に限定されない精神活動なので、「信」という用語を使用する。

(7) 『ローマの信徒への手紙』第一章十七節。

(8) 同書、第十章十七節。

(9) *PROV*, 18e Lettre, p. 374.

(10) 「またあなた方〔＝イエズス会〕は、ガリレオに反対して、地球の運動に関する彼の意見を断罪する教令をローマから手に入れられましたが、それも無駄なことでした。そんなことをしても、地球が静止していることの証明にはならないでしょう。もしも確実な観察によって、回っているのが地球であると証明されたら、人類すべてが力を合わせても、その回転を妨げられませんし、地球とともに自分たちが回転するのも妨げられないでしょう」。*Ibid.*, p. 377.

(11) *Ibid.*, p. 375.

(12) *Préface sur le Traité du vide*, *MES*, II, pp. 778–779.

(13) *Ibid.*, p. 778.

(14) この点について詳しくは、本書第Ⅱ部第二章「権威と認識――「権威」の観念について」を参照されたい。

(15) *Logique* , IV, 12, p. 335.

(16) *Ibid.*, pp. 335–336. なお、アウグスティヌスの引用の典拠は、『信仰の効用』XI, 25 である。

(17) *Ibid.*, p. 336.

(18) 「神の形而上学的証明は、推論からあまりにも隔たっており、あまりにも込み入っているので、ほとんど心を打たない。そして幾人かには役に立つとしても、それは彼らがこの証明を見ている瞬間だけのことであり、一時間後には、間違ったのではないかと心配になる」(14/190; B543)。

(19) *Logique*, IV, 12, pp. 336–337. なお、アウグスティヌスの書簡一二二というのは、一二三(現行版では、一二〇)の誤りである。Cf. Migne, *Patrologia latina*, t. XXXIII, col. 453.

(20) この点で注目すべきは、ポール・ロワヤル版『パンセ』が、直前に引用した断章(6/110; B282)を発表するに際して、「心」を「鮮やかで明晰な叡智 intelligence vive et lumineuse」と書き換えていることである。ポール・ロワヤル版の編纂に携わったアルノーとニコルが、『ポール・ロワヤル論理学』の著者でもあったことを考えれば、この変更はなおさら意味深い。彼らが、パスカルの「心」の観念の独創性をどの程度理解していたかはさておき、「叡智」という言い換えは、注解として興味深い。

(21) 「神的信」は、『ポール・ロワヤル論理学』に特有の表現ではない。フュルチエールは、次のような説明を与えている。Furetière, s. v. « foy ».「聖書に含まれる真理のすべてが、〈神的信〉と呼ばれる」。

(22) たとえば、以下の研究を参照のこと。Thomas More Harrington, *Vérité et méthode dans les « Pensées » de Pascal*, Paris, Vrin, 1972, p. ii (préface de J. Mesnard) et pp. 104–120. Antony McKenna, « Pascal et le corps humain », *XVIIe siècle*, n° 177, 1992, pp. 481–494.

二 「賭」をめぐって——護教論から霊性へ

(1) 「護教論」の定義は、*Le Petit Robert. Dictionnaire alphabétique et analogique de la langue française*, « apologétique » の項の説明による。

(2) 本章の考察の対象となる「賭」の断章は、ひとまずはラフュマ版四一八番、ブランシュヴィック版二三三番である。本断章のテクストは、『パンセ』肉筆原稿集では、三—四、七—八という番号を付された二枚の紙の表裏に書き込まれているが、その余白には、内容の上でテクストの本体と多かれ少なかれ関係のある相当数のメモが記入されている。最近のセリエ版とルゲルン版は、二葉の紙に書き込まれているすべての文章を一つの断章と見なし、それぞれ六八〇番、三九七番の番号を割り振っている。この二葉は、『パンセ』の第一写本の分類では、「標題を持たない」三四綴りのファイルの中で第二番目にあたり、ラフュマ版で言えば、四一八番から四二六番までの断章が収録されている。セリエ版とルゲルン版の断章のまとめ方には、パスカルが残した書類の構成、ひいては『キリスト教護教論』の構想の骨組みを浮き彫りにするという利点がある。しかしながら本章のテーマの考察にあたっては、余白のメモと賭の議論の関係に注意を払うのは当然として、伝統的な断章の区分を採用しても差し支えはない。なお本章では、「賭」の断章からの引用については、特別の場合を除いて、出所を表示しない。

(3) 『メモリアル』に登場する表現。他の断章(V/449; B556)では、「キリスト教徒の神」という表現も用いられている。

(4) 断章の数理神学的な議論の余白に、次のメモが記されている。「本質的真理は存在しないのだろうか。真理そのものではないけれど、真であるものがこれほどたくさん見えるのに」。

(5) 「しかしアブラハムの神、イサクの神、ヤコブの神、キリスト教徒の神は、愛と慰めの神である。それは、自らとらえた人々の魂と心を満たす神である。彼らに自分の悲惨と神の無限の慈悲を心のうちから感知させる神である。彼らの魂の奥底で彼らと結びつき、魂を謙虚と喜びと信頼と愛で満たし、神以外の目標を持つことができないようにさせる神である」(V/449; B556)。

(6) たとえば、護教論の「人間学的部分」に含まれる第七章「矛盾」には、原罪に関する暗示が見出される(7/131; B434)。また第九章「哲学者」には、「イエス・キリストを知ることなしに神を知った哲学者」(9/142; B463)への痛烈な批判が収められている。

(7) 『使徒言行録』第十七章二十三節。

(8) この問題は、次の解説書で言及されているが、すぐに斥けられている。Pierre Force, *Pensées. Pascal*, Paris, Nathan, « Balises », 1997, p. 97 sq.

(9) 第四部第十六章「未来の出来事にいかなる判断を下すべきか」。

(10) 「実存的賭」と「数学的賭」という言葉遣いは、Henri Gouhier, *Blaise Pascal. Commentaires*, Paris, Vrin,

1966, p. 252による。「賭」の議論に関する最近の注目すべき成果である次の研究も同じ用語法を踏襲している。Laurent Thirouin, *Le Hasard et les Règles, Le Modèle du jeu dans la pensée de Pascal*, Paris, Vrin, 1991, p. 131 sq.

(11) Force, *op. cit.*, p. 94 sq.

(12) Thirouin, *op. cit.*, p. 155.

(13) *Ibid.*, p. 156.

(14) この規則の解釈については、ティルワンの寄与が決定的である。Thirouin, *op. cit.*, p. 156.

(15) 非宗教的な文脈で言えば、ルソーが、『人間不平等起源論』で言及する、自然状態における野生人のあり方がそうである。「何事にも乱されない野生人の魂は、ひたすら現存の感情にのみ身を任せ、いかに間近の未来であれ、未来の観念を持ち合わせない。彼にあっては、未来の展望は、視力と同様に限られ、その日の終わりまでようやく及ぶかどうかである」。J.-J. Rousseau, *Œuvres complètes*, Paris, Gallimard, « Bibliothèque de la Pléiade », t. III, p. 144.

(16) *Celeberrimae matheseos Academiae Parisiensi*, *MES*, II p. 1034.

(17) Voltaire, *Lettres philosophiques*, vingt-cinquième lettre: « Sur les *Pensées* de M. Pascal », remarque V.

(18) Fénelon, *Explication des maximes des saints*, *Œuvres*, t. I, Paris, Gallimard, « Bibliothèque de la Pléiade », 1983, « Exposition des divers amours dont on peut aimer Dieu », pp. 1008–1012.『純粋な愛についての考察』の題名で、村田真弓氏による抄訳が刊行されている。『キリスト教神秘主義著作集』第十五巻、教文館、一九九〇年、四四七―四五二頁。

(19) *Ibid.*, p. 1012.

(20) *Ibid.*, p. 1011.

(21) *Ibid.*, p. 1008. 本文の理解を助けるために、第一段階と第二段階の愛の記述を以下に掲げる。

一　人は神を、神のためにではなく、神とは区別された善いもののために愛することがある。もっともそれは、神の権能に属し、神から入手することを望む善いものなのだが。天上の露と大地の豊穣の恵みを期待して律法を守った肉的なユダヤ人の愛は、そのようなものであった。この愛は純潔でもなく、子たるものに相応しいものでもなく、ひたすら奴隷に相応しいものである。厳密に言えば、これは神を愛するのではなく、自分を愛することであり、ひたすら自分のために、神自体ではなく、神から来るものを追求することである。

二　人は、信仰は持っていても、一切の愛徳を持たないことがあり得る。〔この段階では〕人は、神がわれわれにとって唯一の至福であることを知っている。唯一というのは、それを見つめることを通じて、われわれに幸福をもたらす唯一の対象だからである。しかるにこの状態で、われわれの幸福を実現する唯一の道具として、また他のいかなる対象のうちにもわれわれの幸福を見出すことができないという理由で、神を愛するとしよう。つまり神を至福の手段と見なして、最終目標に祭り上げられた自己にひたすら関連させるとしよう。このような愛は、神の愛であるよりは自己愛である。少なくとも、これは秩序に反している。なぜならこれは、神をわれわれの至福の対象あるいは手段と見なすことによって、神をわれわれとわれわれ固有の至福に従属させることになるからだ。報酬として追求するのは、たしかに神のみであるとはいえ、この愛は、ひたすら欲得ずくで、邪欲そのものと言うことになろう。〔……〕

(22)　*Ibid.*, p. 1009.

三　人は、希望に基づく愛と名づけられる愛で、神を愛することもある。この愛は全面的に私欲に囚われているわけではない。神のために神を愛する愛の萌芽が混入しているからである。しかし自らの利益を思う気持ちが、この愛の支配的で主たる動機となっている。〔……〕この希望に基づく愛について、聖フランソワ・ド・サルは次のように述べた。「至高の愛は、愛徳のうちにしかない。希望のうちで、愛は不完全である。なぜならそれは、神の無限の善性を、それ自身のうちにあるがままにではなく、われわれにとって善である限りにおいて目指すからである。……本当のところ、この愛だけでは、誰も神の掟を守り、永遠の生を得ることはできないのだが」。

ここでは、第三段階の愛、「希望に基づく愛」が問題になっている。しかしそれは第二段階の愛より進んだ段階にあるのだから、引用の最後の文は、第二段階の「欲得ずくの愛」には一層よくあてはまるはずである。

(23)「すべて世にあるものは、肉の欲、眼の欲、あるいは生のおごりである。感覚欲、知識欲、支配欲」(XXIII/545; B458)。「肉の欲、眼の欲、生のおごり」という表現は、『ヨハネの手紙一』第二章十六節に由来する。

(24)「順序/神を探求すべきであるという手紙の後に、障害を取り除く手紙をこしらえること。それは、機械についての論述、すなわち機械を整え、理性によって探求することについての論述である」(1/11; B246)。フィリップ・セリエは、問題の「論述」が「賭」の断章を指すと解釈し、それが含まれるファイルに「機械についての論述」という題名を与えている。Cf. Pascal, *Pensées*, édition de Ph. Sellier, Paris, Bordas, « Classiques Garnier », 1991, p. 467, « [XLV] Le discours de la machine ».

(25) Fénelon, *op. cit.*, p. 1009.

(26) *Ibid.*, p. 1011.

(27) *Ibid.*, p. 1009.

(28) *Ibid.*, p. 1010.

IV 信仰と政治

一 引用句の運命——未完の『プロヴァンシアル』書簡の一句をめぐって

(1)『パスカル全集』第二巻、人文書院、一九五九年、四一四頁。Pascal, *Les Provinciales*, p. p. L. Cognet et G. Ferreyrolles, Paris, Bordas, « Classiques Garnier », 1992, p. 383.

(2) 信仰宣誓書のテクストは次の文書の中に見られる。*Relation des délibérations du Clergé de France sur la Constitution et sur le Bref de Notre Saint Père le Pape Innocent X*, Paris, A. Vitré 1656, in-fol., [B. N. Ld^{5} 225], p. 99. 全文は、本書第IV部〔付論〕「ジャンセニスムと政治——信仰宣誓書の署名問題をめぐって」に掲げた。二六三頁参照。

(3) 改訂された信仰宣誓書のテクストは前注に記載した文書の第二版（一六六一年刊行、B. N. Ld^{5} 252）、八七頁に見られる。全文は、二六四頁に掲げた。
(4) Paule Jansen, *Le Cardinal Mazarin et le mouvement janséniste français. 1653–1659*, Paris, Vrin, 1967.
(5) « Mémoire envoyé à S. E. par M. de Marca, Archevêque de Toulouse », *op. cit.*, pp. 210–223.
(6) *Ibid.*, p. 221. 原句はヒエロニュムスの次の著書に見出される。Hieronymus, *Dialogus adversus Pelagianos sub persona Attici catholici et Critobuli haeretici*, « Prologus » in Migne, *Patrologia latina*, t. 23, col. 498.
(7) 注(2)参照。
(8) 本『審議報告』の作成は、マルカ、モントーバンの司教、シャルトルの司教及び聖職者会議の二人の総務に委ねられた。Cf. *Relation des délibérations*, 2e édition, p. 3.
(9) *Relation des délibérations*, 1ère édition, p. 14.
(10) Antoine Arnauld, *Œuvres*, Paris-Lausanne, 1775–1783, t. XIX, pp. xxii–xxiii.
(11) *Lettre pastorale de monseigneur l'archevêque de Sens* [Henri-Louis de Gondrin], *pour la publication de la Constitution de N. Saint-Père le pape, donnée à Rome le trente-unième de mai dernier 1653...* (23 septembre 1653). [Bibliothèque Mazarine, A 16565 14e p.]
(12) ジャンセニスムの特徴の一つとして、司教中心主義があるという指摘は、ドゥリュモーによってもなされている。Jean Delumeau, *Le catholicisme entre Luther et Voltaire*, Paris, PUF, 1971, pp. 168–169.
(13) Jansen, *op. cit.*, pp. 220–221.
(14) 権威と引用の関係については、本書第II部第二章「権威と認識――「権威」の観念について」注(8)を参照。
(15) J・ブザンソン編、廣田昌義訳『壁は語る』竹内書店、一九六九年参照。

二 パスカルにおける「戦争と平和」――信仰は寛容と両立し得るか

(1) 対外戦争と市民同士の戦争すなわち内乱の区別は、プラトンの『国家』第五巻 470B–D 以来、一つの伝統となっており、エラスムスもラブレーもこの区別に言及している。エラスムスの『平和の訴え』(箕輪三郎訳、岩波文庫)、六四頁および二宮敬氏の手になる訳注(二五)を参照のこと。

(2) もっとも「平和」の語は、最終稿では削除されている。

(3) エラスムスの『平和の訴え』は、「平和の神」(パクス)の「嘆きの訴え」の形を取った作品である。

(4) La Rochefoucauld, *Maximes*, maxime supprimée, 1.(『ラ・ロシュフコー箴言集』二宮フサ訳、岩波文庫、一九八九年、一四七―一五一頁)。

(5) 『マタイによる福音書』第十章三十四節参照。

(6) « Lettre à Mlle de Roannez »,[2], *MES*, III, p. 1032.

(7) 『コリントの信徒への手紙一』、第三章十九節。同書、第一章十八―二十五節も参照のこと。

(8) *PROV*, 12e Lettre, p. 234.

(9) *Second écrit des Curés de Paris*, *ibid.*, p. 425.

(10) しかし「知識よりは熱心の勝った信者」の行動の指針となる典拠は何か。それは、おそらく断章2/14; B338の示唆するように、『ヤコブの手紙』第二章の「人を分け隔てしてはならない」という教えであろう。俗世間ではともかく、教会の中では身分や財産によって人を差別してはならないとするヤコブの主張は、社会改革を夢見るさまざまの潮流のキリスト教徒の拠り所となってきたが、現実の教会において、とくに旧体制下のフランスの教会において、それが画餅にすぎないことは言うまでもない。しかし逆に、問題の一節が、キリスト教徒の良心に突きささる刺であり続けたことも事実である。

(11) Philippe Sellier, *Pascal et saint Augustin*, Paris, A. Colin, 1970, pp. 542–545.

(12) 両者の観点の相違については、野沢協氏によるベールの『寛容論集』の翻訳の書評で触れたことがある。『朝日ジャーナル』一九八〇年八月一五・二二日号、六九―七一頁。

(13) 本書第Ⅳ部第一章「引用句の運命――未完の『プロヴァンシアル』書簡の一句をめぐって」を参照。

(14) ピエール・ニコルによるラテン語訳は、それぞれに次のような副題を付している。「ジャンセニウスの意味の両義性を取り去ることによって、教会にはいかなる異端もないことが示される。全神学者とりわけイエズス会の神学者の全員一致により、教皇と普遍公会議の権威は、事実問題においては、不謬でないことが明らかにされる」(第十七信)。「アンナ神父の返答自体から、次のことがさらに抗弁の余地なく示される。すなわち、教会にはいかなる異端も存在せず、イエズス会がジャンセニウスの意味に忍び込ませる教えは万人の断罪するところであり、かくして五命題の内容については全信徒が同じ意見である。次いで権利に関する係争と事実に関する係争には相違があることを示して、事実問題においては、いかなる人間的権威よりも、直接目で見たことを信用しなければならないことが明らかにされる」(第十八信)。

(15) この点に関しては、本書第Ⅳ部第三章「『プロヴァンシアル』と信仰宣誓書——最後の二通をめぐって」を参照。

(16) *PROV*, 17e Lettre, pp. 350–351.

(17) 信仰宣誓書については、本書第Ⅳ部〔付論〕「ジャンセニスムと政治——信仰宣誓書の署名問題をめぐって」二六三頁に全文を掲げた。

(18) *PROV*, 17e Lettre, pp. 342–343.

(19) *Ibid*., p. 343.

(20) この表現は、信仰宣誓書の署名強制問題で、ジャンセニスト陣営が自らの立場を表わすものとしてしばしば用いたが、パスカル自身の用語ではない。また彼が「恭しい沈黙」に全面的に賛成したかどうかも微妙である。この問題の検討は、別の機会に譲りたい。

(21) *PROV*, 17e *Lettre*, p. 350.

(22) *PROV*, 19e Lettre, pp. 383–384.

(23) したがって、ここで問題になっているのは、宣誓なのである。

(24) Pierre Bayle, *Commentaire philosophique sur ces paroles de Jésus-Christ, "contrains-les d'entrer"*, seconde partie, ch. 8. René Pomeau, *L'âge classique III. 1680–1720*, Paris, Arthaud, 1971, p. 190 の引用による。出典に

ついては、佐野泰雄氏の教示を得た。

三 『プロヴァンシアル』と信仰宣誓書——最後の二通をめぐって

(1) Gérard Ferreyrolles, *Blaise Pascal. Les Provinciales*, Paris, PUF, 1984, p. 122.

(2) ニコルのラテン語訳『プロヴァンシアル』第十七信に添えられた副題の一部。本書第Ⅳ部第二章「パスカルにおける「戦争と平和」——信仰は寛容と両立し得るか」注(14)を参照。

(3) Jean Mesnard, *Pascal*, 5e édition, Paris, Hatier, 1967, p. 93.

(4) Pascal, *Les Provinciales*, édition de Louis Cognet, Paris, Garnier, 1965, p. 383. この箇所に、編者のコニェは次の注を付している。「これまでのところ引用の典拠を特定することはできなかった」。このコニェ版『プロヴァンシアル』は、ジェラール・フェレロルによって改訂されたが、改訂版では、注が差し替えられ、本論考が紹介されている。Pascal, *Les Provinciales*, édition de L. Cognet et de G. Ferreyrolles, Paris Bordas, « Classiques Garnier », 1992, p. 383, note 5.『プロヴァンシアル』の引用にあたっては、フェレロルの改訂したコニェ版を底本として用いる。

(5) Hieronymus Stridonensis (Saint Jérôme), *Dialogus adversus Pelagianos sub persona Attici catholici et Critobuli haeretici*, « Prologus », in Migne, *Patrologia latina*, t. 23, col. 498.

(6) *Mémoire envoyé à S. E. par M. de Marca*, fait le 9 avril 1654. 引用は、次の著書による。Paule Jansen, *Le Cardinal Mazarin et le mouvement janséniste français 1653–1659*, Paris, Vrin, 1967, p. 220.

(7) P. Jansen, *op. cit.*, p. 221.

(8) 注(6)参照。

(9) *Relation des délibérations du Clergé de France sur la Constitution et sur le Bref de notre Saint Père le Pape Innocent X*, Paris, A. Vitré, 1656, in-fol. [B. N. Ld5 225].

(10) *Ibid.*, p. 32.

（11） *Belga percontator, sive Francisci Profuturi Theologici Belgae super narratione rerum gestarum in conventu Clerici Gallicani circa Innocentii X. constitutionem, scrupuli, istius narrationis opifici propositi.* (B. N. Ld^4 249)『ベルギーの詮索者。別名、ベルギーの神学者フランシスクス・プロフトゥールスによって、インノケンティウス十世の大勅書に関するフランス聖職者会議の審議報告について、その作者に提起された疑念』。

（12） *Relation des délibérations du Clergé de France sur la Constitution et sur le Bref de Notre saint Père le Pape Innocent X*, p. 22.

（13） *Ibid.*, p. 99. 宣誓書の全文は、二六三頁に掲げた。

（14） 信仰宣誓書第二版は、一六六一年に刊行された『フランス聖職者の審議報告』の第二版、八七頁に収録されている(B. N. Ld^5 252)。全文については、二六四頁を参照のこと。

（15） たとえば、ポール・ジャンセンはそのように考えている。Jansen, *op. cit.*, pp. 160–161, note 30. それは、彼女が、『フランス聖職者の審議報告』を参照せず、信仰宣誓書の作成と改訂の経緯を十分に把握していないためだと思われる。

（16） 一六五六年十月一日の日付を持つ、聖ジュヌヴィエーヴ修道参事会員フロントー神父の手紙の追伸に、『審議報告』のことが言及されている。この小品は、宣誓書署名への反対を表明した最初期の文書の一つであるが、ジャンセニスト陣営に属するとは必ずしも言えない聖職者の手になるだけに一層注目に値する。

（17） Pauli Irenaei, *Disquisitiones duae ad praesentes Ecclesiae tumultus sedandos opportunae*, 1657, p. 9. 執筆時期については、ブランシュヴィック版『パスカル全集』の記述に拠った。Cf. Pascal, *Œuvres*, édition de L. Brunschvicg, P. Boutroux et F. Gazier, Paris, Hachette, coll. « Les Grands Ecrivains de la France », t. VII, p. 10.

（18） *PROV*, 17e Lettre, p. 330.「私が、これらの不敬虔な命題〔＝五命題〕を支持するようなことは何も言わなかったのは確かであり、私自身、それを心底から拒絶しています。そしてたとえポール・ロワヤルがそれを保持するとしても、はっきり申し上げますが、そこから私にとって不利なことを結論することはできません。なぜなら私は幸いにして、この地上では、ただ使徒伝来のローマ・カトリック教会にのみつながれており、その中で、またその至高の頭である教皇との交わりの中で、生きそして死にたいと願っているからです。その交わりを離れては、救いがないことを私は確信しています」。

同様の信仰告白は、一六五六年十月半ばに執筆されたと推定される「ロアネーズ嬢宛の手紙」(シャルル・アダンの推定に依拠する諸版では第六、メナール版全集では第三)にも見出される。そのきっかけとなったのは、ロアネーズ嬢を震え上がらせたある「断罪」であり、その「詳細」を同封すると述べられている。問題の断罪が何であるかについては、これまで二つの仮説が提出されている。一つは、アルノーの何篇かの著作を禁書目録に入れる決定(一六五六年八月二十一日)であり、もう一つは、アレクサンデル七世の大勅書(同年十月十六日)である。しかしそれよりはむしろ、信仰宣誓書に関する聖職者会議の決定(九月二日)と『フランス聖職者の審議報告』の公刊を暗示しているのではないか。署名強制が、ジャンセニストたちに、自らの良心を裏切るか、それとも教会から破門されるかのディレンマを突きつけただけに、そう考える方が自然である。問題の手紙が提起する問題については、メナール版全集の解説(*MES*, III, pp. 1012–1013)、及びメナール教授の次の著書を参照のこと。J. Mesnard, *Pascal et les Roannez*, Desclée de Brouwer, 1965, pp. 478–484.

(19) *PROV*, 17ᵉ Lettre, p. 331.

(20) *Ibid.*, note 1.「同時期に開催されていた聖職者会議は、ジャンセニウス断罪の新しい宣誓書を執筆したところであり、その署名強制は、三月十七日に決定されようとしていた。パスカルは教会人ではないので、この措置の対象とはならなかった」。フェレロルの改訂版は、この注をあらためて、次のように書き直している。「聖職者会議は、一六五六年九月、ジャンセニウスに帰せられた五命題の断罪に関わる宣誓書を作成し、その署名が全聖職者に強制されようとしていた。パスカルは、俗人である限りにおいて、この措置の対象とはならなかった」。

(21) *Ibid.*, p. 338.

(22) *Ibid.*, pp. 349–353.

(23) *PROV*, 18ᵉ Lettre, p. 379.

(24) *PROV*, 17ᵉ Lettre, p. 339.

(25) *Ibid.*, p. 344.

(26) *Relation des délibérations du Clergé de France*, p. 26.

(27) この点に関しては、次の研究を参照のこと。Adolphe Gits, *La Foi ecclésiastique aux faits dogmatiques dans la théologie moderne*, Louvain, Bureaux de la revue, 1940, pp. 14–16.

(28) この点については、本書第Ⅱ部第二章「権威と認識——「権威」の観念について」参照。

(29) *PROV*, 18e Lettre, p. 374.

(30) *Ibid.*

(31) 『プロヴァンシアル』第十八信のラテン語訳に、ニコルが付した副題の一部。

(32) *PROV*, 17e Lettre, p. 350.

(33) *Cas proposé par un docteur touchant la signature de la Constitution dernière du pape Alexandre VII et du formulaire arrêté en l'Assemblée générale du Clergé. Et l'avis de monseigneur l'évêque d'Alet sur ce même Cas, avec les Réflexions d'un docteur sur cet Avis*, s. l. n. d. [B. N. Ld^{4} 252]. テクストの引用は、『アルノー全集』による。Antoine Arnauld, *Œuvres*, Paris-Lausanne, 1775–1783, t. XXI, pp. 1–46.

(34) Arnauld, *op. cit.*, p. 19.

(35) *Ibid.*, pp. 21–22.

(36) *Ibid.*, pp. 24–25.

四 「人間的信」の論理学と政治学

(1) 信仰宣誓書の署名問題の全容については、付論「ジャンセニスムと政治——信仰宣誓書の署名問題をめぐって」で概観を試みた。

(2) *De la Foi humaine.* テクストの引用は、フランス国立図書館所蔵の初版[D. 896]による。

(3) *Ordonnance de Monseigneur l'illustrissime et révérendissime Hardouin de Péréfixe, archevêque de Paris,*

pour la signature du Formulaire de Foi, dressé en exécution des Constitutions de nos Saints Pères les Papes Innocents X et Alexandre VII, Paris, François Muguet, 1664.「教皇インノケンティウス十世とアレクサンデル七世の大勅書の執行のために作成された信仰宣誓書の署名のための、パリ大司教アルドゥワン・ド・ペレフィクス猊下の教書」。教書の日付は、一六六四年六月七日である。テクストの引用は、フランス国立図書館所蔵の原本による。

（4） *Lettres patentes du roi en forme d'Édit, par lesquelles sa Majesté ordonne que les Bulles de nos SS. PP. les Papes Innocent X et Alexandre VII au sujet des cinq Propositions extraites du Livre de Jansénius, intitulé Augustinus, registrées en Parlement, seront publiées par tout son Royaume: et enjoint à tous ecclésiastiques, séculiers et réguliers, de souscrire et signer le Formulaire, délibéré et dressé par l'Assemblée générale du Clergé de France.*「王令形式の開封勅書。国王陛下はそれによって、『アウグスティヌス』と題するジャンセニウスの著書から引き出された五命題に関する教皇インノケンティウス十世とアレクサンデル七世の大勅書――それは高等法院に登録済みである――が王国全土で公表されることを命じ、さらに在俗と律修を問わずすべての教会人に、フランス聖職者全体会議で審議され作成された宣誓書に署名することを厳命する」。この王令の日付は、一六六四年四月二十九日。

（5） たしかに、最初の二つの宣誓書には、次のような文言が含まれていた。「私は、コルネリウス・ジャンセニウスの『アウグスティヌス』と題する書物に含まれている彼の五命題の教理を、心においても口においても断罪いたします」。テクストの典拠と全文については、二六三―二六四頁参照のこと。

（6） *Ordonnance*..., pp. 4-5.

（7） この点については、トレヴーの辞書の証言がある（« foy » の項）。神的信、人間的信、教会的信の意味を明快に解説しているので、該当箇所を引用する。

神の権威に基づく信用は、神的信と呼ばれる。人間的信は、人間の報告に与えられる信用である。紳士の言うことには、信頼を置かなければならない。教会的と名づけられる人間的信がある。それは、教会が決定し、信の対象として提示するある種の事実に対して信者が置く信用である。たとえば、ある書物に異端の教えが含まれているとか、ある人々が天上の栄光に与っているということを承認するように、教会が命ずる場合である。これらの事実は、教会の権威に基づいて信じられるのであり、教会に耳を傾けないものは、イエス・キリストの言葉に従って、異邦人か徴税人と見なされなければならない〔『マタイによる福音書』第十八章十七節〕。教会は、聖パウロの言うとおり、真理の柱であり土台なのだから〔『テモテへの手紙一』第三章十五節〕。この教会的信という表現は最近のものである。啓示された事実を信ずる際のいわゆる神的信と、教会がイエス・キリストの約束に基づいて、聖霊の助力のもとに宣告を下す事実を信ずる際の信のあり方を区別するために、ペレフィクス殿が導入したものである。(*Dictionnaire universel français et latin, vulgairement appelé Dictionnaire de Trévoux*, Nancy, 1734, s. v. « foy ».)

(8) この点については、下記の研究を参照のこと。Adolphe Gits, *La Foi ecclésiastique aux faits dogmatiques dans la théologie moderne*, Louvain, Bureaux de la revue, 1940. Yves Congar, « Fait dogmatique et foi ecclésiastique » in *Catholicisme. Hier, aujourd'hui, demain* : encyclopédie en sept volumes, dirigée par G. Jacquemet, fascicule 15, col. 1059–1067, Paris, Letouzey et Ané, 1954.

(9) *De la Foi humaine*, première partie, préface, p. 1.

(10) *Ibid.*

(11) « Faits doctrinaux », *ibid.*, première partie, ch. 2, pp. 10–11.

(12) *Ibid.*, seconde partie, ch. 2, p. 6.

しかるにジャンセニウスの事実に関する人間的な信用が、一種の判断であるのは確かである。〔……〕判断というのは、聖アウグスティヌスによれば、堅固で確定した精神の確信である。聖トマスによれば、確信をもって何事かを納得する精神の働きである。〔……〕したがって、判断するとは、権威であれ理性であれ、いかなる動機に導かれるにせよ、何事かが真実であると、信じ確信することに他ならない。そしてこれこそパリの大司教殿が、人間的信で信ずるように無理強いする人々に求めていることである。なぜなら大司教殿は、自らの権威と教皇の権威に基づいて、彼らが、五命題がジャンセニウスの書物の中にあるという堅固な確信を持つことを意図しているのだから。要するに、大司教殿は、実際生活において通常用いられている意味において、ある判断を形成するように彼らに命じているのである。

(13) *Ibid.*, seconde partie, ch. 3, p. 9.

(14) *La Logique ou l'Art de penser*, édition critique présentée par P. Clair et Fr. Girbal, Paris, PUF, 1965, IVe partie, ch. 12, p. 335.（厳密に言うと、第四版までは第十一章であり、第十二章となったのは、最終第五版においてである。）

(15) *Cas proposé par un docteur touchant la signature de la Constitution dernière du pape Alexandre VII et du formulaire arrêté en l'Assemblée générale du Clergé. Et l'avis de monseigneur l'éuêque d'Alet sur ce même Cas, avec les Réflexions d'un docteur sur cet Avis*, s. l. n. d., [B. N. Ld^4 252]. テクストは、『アルノー全集』にも収録されている。Antoine Arnauld, *Œuvres*, Paris-Lausanne, 1775–1783, t. XXI, pp. 1–13.

(16) *Réflexions d'un docteur de Sorbonne sur l'avis donné par Monseigneur l'Évêque d'Alet sur le Cas proposé* ..., in Arnauld, *op. cit.*, pp. 18–46.

(17) *Logique*, IVe partie, ch. 1, pp. 291–292.

(18) *Ibid.*, p. 292.

(19) *Ibid.*, ch. 12, p. 335.

(20) *Ibid.*

(21) *Ibid.*, p. 336.

(22) *Ibid.*

(23) *Ibid.*, p. 337.

(24) *Ibid.*「われわれは、聖パウロも言うとおり、イエス・キリストに従うためにわれわれの知性を虜にするが、だからといって、理性に反して盲目的にそうするわけではない」。「われわれの知性を虜にする」というのは、『コリントの信徒への手紙二』(第十章五節)のパラフレーズである。

(25) *Ibid.*, ch. 13, p. 338.「良識、すなわち真と偽を弁別する魂の機能が最も普通に用いられるのは、思弁的な学問においてではない。そのような学問に専念しなければならない人間はほんの一握りしかいないのだから。しかし人々の間に日々生ずる出来事に下す判断においてほど、しばしば良識が用いられ、また用いる必要性が高い機会はほとんどない」。デカルトの『方法序説』の書き出しに、「よく判断し、真を偽から区別する能力、それこそ良識ないし理性と呼ばれるものである」という一節があるが、それを踏まえた文章である。『ポール・ロワヤル論理学』は、デカルトにおいては、「学問における真理の探究」、具体的には哲学と自然学の研究に適用される「良識＝理性」を、伝聞知が決定的な役割を果たす歴史と日常世界の領域に導入しているのである。

(26) *Ibid.* この題名も、『方法序説』の表題「自らの理性を善導し、学問において真理を探究するための方法について述べる話」のもじりである。

(27) *Ibid.*, pp. 338–339.

(28) *Ibid.*, pp. 340–341.

(29) *Ibid.*, ch. 15, p. 350.

(30) 第十三章一節。現代フランス語訳では、エルサレム聖書学院監修訳（一九五五年）も新共同訳（一九九六年）も、「権威」に相当する« autorités »を用いている。しかしウルガタでは、« potestates »（力、権力）、ポール・ロワヤルのフランス語訳聖書でも、それに対応する« puissances »の語が使用されている。

(31) 断章3/58; B332。「不当支配」の観念については、拙著『パスカル『パンセ』を読む』岩波書店、二〇〇一年、一三〇―一三七頁参照。

(32) *Trévoux*, s. v. « conscience ».

〔付論〕ジャンセニスムと政治――信仰宣誓書の署名問題をめぐって

(1) Pascal, *De l'esprit géométrique*, *MES*, III, p. 393.

(2) この問題については、次の事典にきわめて完備した説明が見られる。« Jansénisme » in *Dictionnaire de théolo-*

gie catholique, Paris, Letouzey et Ané, t. VIII-1, col. 318–529. またジャンセニスムに批判的な立場からではあるが、アンリ・ド・リュバックは、ジャンセニウスの恩寵論について透徹した考察を展開している。Henri de Lubac, *Augustinisme et théologie moderne*, Paris, Aubier, 1965.

なお、「五命題」は、本論の直接のテーマではない、というより、本論の意図は、五命題から信仰宣誓書署名問題に観点を移すことによって、ジャンセニスムの歴史的意味を考え直すところにある。とはいえ、五命題が、ジャンセニスムの出発点にあり、またその核心をなしていることも否定できない。内容に立ち入ることは別の機会に譲って、命題の文言だけ紹介することにする。

一　神のいくつかの掟を守ることは、人間が現に有している能力に応じて、そう望みかつ努力する義人たちにとっても不可能である。掟を守ることを可能にする恩寵が彼らに欠けているからである。

二　堕落した自然の状態にあっては、内的な恩寵に抵抗することは決してできない。

三　堕落した自然の状態にあって、人間が功徳を積みまた失うためには、必然性からの自由は必要としない。強制からの自由で十分である。

四　半ペラギウス主義者は、個々の行い、それも信仰の始まりにさえ、先行する内的な恩寵の必要性を認めていた。彼らが異端であったのは、その恩寵のあり方が、人間の意志がそれに逆らったり従ったりすることができるようなものだ、と考えようとしたところにある。

五　イエス・キリストが、例外なくすべての人間のために死んだ、あるいは血を流したというのは、半ペラギウス主義である。

これらの命題は、すべて異端と規定されたばかりでなく、それぞれさまざまの否定的評価を受けて断罪された。たとえば、第一命題については、「独断的、不敬、冒瀆的、破門の処分に値し、かつ異端であると宣告し、そのようなものとして断罪する」と述べられている。一般的に、カトリック教会の異端宣告は、異端とすべき主張あるいは命題を引用し、それに宣告を加える形で行われる。ということは、異端宣告は、何が異端であり誤謬であるかは確定するが、何が正しいかについては語らない。ある命題を断罪したからといって、教会は必ずしも、その反対命題を正しいものとして承認しているわけではない。

（3） この点については、ジャン・ドゥリュモーの見事な総括がある。Jean Delumeau, *Le Catholicisme entre Luther et Voltaire*, Paris, PUF, 1971. また歴史家の仕事としては、ルネ・タヴノーの概説も有用である。René Taveneaux, *Le Catholicisme dans la France classique*, Paris, CEDES, 1980.

（4） Sainte-Beuve, *Port-Royal*, Texte présenté et annoté par Maxime Leroy, 3 vols., Paris, Gallimard, « Bibliothèque de la Pléiade », 1953–1955. Jean Orcibal, *Les Origines du jansénisme*. II. *Jean Duvergier de Hauranne, abbé de Saint-Cyran et son temps (1581–1638)*, Paris, Vrin, 1947. III. *Saint-Cyran et son temps, appendices, bibliographie et tables*, Paris, Vrin, 1948.

（5） ニコルには、『想像上の異端に関する手紙』、アルノーには、『ジャンセニスムの幻影』と題する書物がある。Pierre Nicole, *Les Imaginaires ou Lettres sur l'hérésie imaginaire*, 1664–1666. Antoine Arnauld, *Fantôme du jansénisme*, 1686.

（6） Jean-Robert Armogathe, « Jansénisme » in *Dictionnaire de spiritualité*, Paris, Beauchesne, 1932–1988, t. VII, col. 103.

（7） *Cum occasione.* 原文とフランス語訳が、一六六一年のフランス聖職者会議の報告書に収録されている。*Relation des délibérations du Clergé de France sur les Constitutions de nos SS. PP. les Papes Innocent X et Alexandre VII...*, Paris, A. Vitré, 1661［B. N. Ld^{5} 252］, pp. 28–32.

（8） *Ad sacram B. Petri Sedem, ibid.*, pp. 88–95.

（9） Pascal, *De l'esprit géométrique*, *MES*, III, p. 394.

（10） Godefroy Hermant, *Mémoires*, p. p. A. Gazier, Paris, Plon, 1905–1910, t. IV, pp. 268–269. Cf. Dom Gabriel Gerberon, *Histoire générale du jansénisme*, Amsterdam, 1700, t. II, pp. 430–431.

（11） Dom Gabriel Gerberon, *op. cit.*, t. I, « Avertissement ».

（12） *Relation des délibérations du Clergé de France sur les Constitutions de nos SS. PP. les Papes Innocent X et Alexandre VII...*, Paris, A. Vitré, 1661, [B. N. Ld^5 252], p. 78.

(13) *Ibid.* このテクストがはじめて公刊されたのは、前注に題名を引用した報告書の初版においてである。Cf. *Relation des délibérations du Clergé de France sur la Constitution et sur le Bref de notre Saint Père le Pape Innocent X*, Paris, A. Vitré, 1656, in-fol.[B. N. Ld^5 225].

(14) *Ibid.*, p. 87.

(15) *Relation des délibérations du Clergé de France sur la Constitution et sur le Bref de notre Saint Père le Pape Innocent X*, seconde édition, Paris, G. Josse, 1677, [B. N. Ld^5 252A], pp. 159–163.

(16) *Ibid.*, p. 161.

(17) *Ibid.*, p. 160.

(18) Antoine Arnauld, *Œuvres*, Paris-Lausanne, 1775–1783, t. XIX, pp. xxii–xxiii.

(19) *Lettre pastorale de monseigneur l'archevêque de Sens, pour la publication de la Constitution de N. Saint-Père le Pape, donnée à Rome le trente-unième de mai dernier 1653...*(23 septembre 1653). [Bibliothèque Mazarine, A 16565, 14e p.].

(20) *Ibid.*, p. 5.

(21) René Taveneaux, *Jansénisme et politique*, Paris, A. Colin, 1965, p. 34. サン＝シモンの文章は次のようなものである。聴罪司祭ルテリエ神父が相手にしていた君主(ルイ十四世)は、「自分自身も認めていたとおり、無知蒙昧であり、母后から、ジャンセニストと呼ばれる輩は、教会の中でも国家の中でも共和主義の党派であり、君主の権威――これこそ彼の偶像だったのだが――の敵だという意見を叩き込まれて育った」。Saint-Simon, *Mémoires*, édition établie par Yves Coirault, Paris, Gallimard, « Bibliothéque de la Pléiade », 8 vol. 1983–1988, t. IV, p. 641.

(22) Augustin Gazier, *Les derniers jours du cardinal de Retz*, 1655–1679, Paris, 1875. P. Jansen, *Le cardinal Mazarin et le mouvement janséniste français*, 1653–1659, Paris, Vrin, 1967.

(23) *Relation des délibérations...*, édition de 1661 (注(12)参照), p. 105.

(24) *Ibid.*, p. 59.

(25) *Ibid.*, p. 106.

(26) 「すべての司教座参事会、在俗会と律修会を問わず、免属と否とを問わずすべての修道会、司祭及び大学学長、聖職禄を与えられている者あるいはその予定の者、そして総じていかなる資格と身分であろうと、司教の管轄下にあるすべての者」。注(24)参照。

(27) *Relation des délibérations...*, édition de 1661, p. 77.

(28) *Ibid.*, p. 98.

(29) 本書第Ⅳ部第三章『プロヴァンシアル』と信仰宣誓書——最後の二通をめぐって」を参照。

(30) *24 Observations contre le formulaire de profession de foi, dressé sur cette matière par l'Assemblée de 1655.* Cf. *Relation des délibérations...*, édition de 1661, p. 99.

(31) *Remarques sur le formulaire du serment de foi qui se trouve dans le procès-verbal du clergé* [B. N. Ld^4 290 et 290A]. フランス国立図書館の『フランス史カタログ』(*Catalogue de l'histoire de France*)は、この文書の著者をニコルとしている。しかし、この点については、ラシーヌとジェルブロンの証言が決定的である。Cf. Jean Racine, *Abrégé de l'histoire de Port-Royal*, édition de A. Gazier, p. 116; G. Gerberon, *op. cit.*, t. II, p. 466.

(32) Cf. René Pintard, *Le Libertinage érudit dans la première moitié du XVIIe siècle*, nouvelle édition, Genève-Paris, Slatkine, 1983, pp. 279–280 et passim.

(33) この教書の実質的な著者は、パスカルであったと考えられている。Cf. Pascal, *MES*, IV, pp. 1064–1072.

(34) Sainte-Beuve, *Port-Royal*, livre cinquième: « La seconde génération de Port-Royal », ch. 1–6; Henry de Montherlant, *Port-Royal*, Paris, Gallimard, « Bibliothèque de la Pléiade », 1972.

(35) *Résolution de cette difficulté: S'il suffit de n'avoir pas lu Jansénius pour en pouvoir signer la condamnation en conscience* [B. N. Ld^4 376]. 一六六四年七月に発表された論争文書の題名。ノエル・ド・ララーヌとアン

トワーヌ・アルノーの共著と推定されている。

(36) A. Arnauld, *Cas proposé par un docteur touchant la signature de la Constitution dernière du pape Alexandre VII et du formulaire arrêté en l'Assemblée générale du Clergé*, s. l. n. d. [B. N. Ld[4] 252]. テクストの引用は,『アルノー全集』による。*Œuvres*, t. XXI, p. 10.

(37) Hermant, *op. cit.*, t. II, p. 242.

(38) この点に関しては,以下の研究が参考になる。Adolphe Gits, *La Foi ecclésiastique aux faits dogmatiques dans la théologie moderne*, Louvain, Bureaux de la revue, 1940. Yves Congar, « Fait dogmatique et foi ecclésiastique » in *Catholicisme. Hier, aujourd'hui, demain*: encyclopédie en sept volumes, dirigée par G. Jacquemet, Paris, Letouzey et Ané, 1948–1993.

(39) Arnauld, *op. cit.*, p. 22; *Logique*, p. 337. 第Ⅳ部第四章「「人間的信」の論理学と政治学」注(24)を参照。

(40) *De la Foi humaine* [B. N. D. 896].

(41) *Ordonnance de Monseigneur l'illustrissime et révérendissime Hardouin de Péréfixe, archevêque de Paris, pour la signature du Formulaire de Foi, dressé en exécution des Constitutions de nos Saints Pères les Papes Innocents X et Alexandre VII*, Paris, François Muguet, 1664, p. 5.

(42) 第二版以降は,「第十二章」となる。

(43) *Réflexions d'un docteur de Sorbonne sur l'avis donné par Monseigneur l'Évêque d'Alet sur le Cas proposé...*, in Arnauld, *op. cit.*, pp. 18–46.

(44) *Ibid.*, p. 21.

(45) *Logique*, IVe partie, ch. 12, p. 335.

(46) Arnauld, *op. cit.*, p. 21; *Logique*, p. 336.

(47) Saint Augustin, *De utilitate credendi*, ch. XI.

(48) Arnauld, *op. cit.*, pp. 21–22.

（49） *Ibid.*

（50） *Ibid.* Cf. Jean Gerson, *De examina doctrinarum*, ch. II.

〔補遺〕 日本におけるパスカル――回顧と展望

（1） 本稿は、一九九九年十月二日、「ポール・ロワヤル友の会」の主催により、パリ・ソルボンヌ大学で開催された研究集会での発表に基づいている。

（2） 試みに、何人かの日本人の名前と仕事を挙げる（大まかな紹介なので、書誌は省略する）。川俣晃自氏は、日本におけるポール・ロワヤル研究の先駆けであるが、サン＝シラン、マルタン・ド・バルコス、あるいはアニェス教母と「密かなロザリオの祈り」問題について、一連の論考を発表した。朝比奈誼氏は、ポール・ロワヤルの修道女の書簡に関心を寄せ、アンジェリック・ド・サン・ジャン教母がバニョルス嬢に宛てた未刊の手紙（一六六一年五月八日付）を公表している。飯塚勝久氏は、フランス・ジャンセニスムの「精神史」を主題とする博士論文を著した。國府田武氏には、バイウス、ジャンセニウス、「五命題」の成立について、一連の実証的研究がある。信仰宣誓書問題については、筆者自身、「ジャンセニスムと政治」と題する試論を発表したことがある（本書第Ⅳ部〔付論〕）。

（3） Cf. Ran-E Hong, « Pascal au pays du matin calme », *Courrier du CIBP*, n° 15, 1993.

（4） ジャン・メナール『パスカル』安井源治訳、みすず書房、一九七一年、ⅰ頁。メナール教授には、もう一冊、『パスカル』と題する概説書があるが、それにも、福居純氏による翻訳がある（ヨルダン社、一九七四年）。これ自体、日本人読者がパスカルに寄せる関心の高さを物語っている。

（5） 『パスカル全集』全三巻、伊吹武彦・渡辺一夫・前田陽一監修、人文書院、一九五九年。

（6） メナール版『パスカル全集』全六巻、既刊二巻、赤木昭三・支倉崇晴・廣田昌義・塩川徹也編集、白水社、一九九三年―。

（7） 『パスカル著作集』全七巻別巻一、田辺保個人訳、教文館、一九八〇―八四年。

(8)『パスカル冥想録』(上・下)、由木康訳、白水社、一九四八年。底本は、ブランシュヴィック版。由木は、プロテスタントの牧師であった。

(9) 由木訳は別にして、次の四種の翻訳を挙げておこう。

津田穣訳『パンセ』新潮社、一九五〇年(底本ブランシュヴィック版)。

松浪信三郎訳『パンセ』河出文庫、一九五五年(底本ブランシュヴィック版)。

前田陽一・由木康訳『パンセ』中公文庫、一九七三年(底本ブランシュヴィック版)。

田辺保訳『パンセ――ルイ・ラフュマ版による』、新教出版社、一九六六年。

(10) ヨーロッパ文学の伝統においても、簡潔さは文体の理想であった。E・R・クルツィウス『ヨーロッパ文学とラテン中世』(みすず書房、一九七一年)余論一三「文体理想としての簡潔さ」参照。

(11)『提要』一「諸々の存在のうち或る物はわれわれの権内にあるが、或る物はわれわれの権内にない」。エピクテートス『人生談義』(下)、鹿野治助訳、岩波文庫、一九五八年、二五二頁。

(12) Pascal, *Pensées*, édition de Ph. Sellier, Paris, Bordas, « Classiques Garnier », 1991, « Introduction », p. 24.

(13)『パンセ』の最初の翻訳者である由木康に、パスカルとの出会いの証言の書『私のパスカル体験』(春秋社、一九八一年)があるが、そこには、この種の考察が収められている。

(14) 日本でのパスカル受容を起源にさかのぼって、フランスに紹介したものとして、前田陽一の次の論考がある。Y. Maeda, « Pascal au Japon », *Chroniques de Port-Royal*, n° 22–23, 1974.

(15) 第三編「善」第三章「意思の自由」。

(16) Jean Mesnard, « Yoichi Maeda 1911–1987 », *Courrier du CIBP*, n° 9, 1987. 原文と翻訳が、『前田陽一 その人その文』(「前田陽一 その人その文」編集刊行委員会、一九八九年)に掲載されている。

(17)『モンテーニュとパスカルとのキリスト教弁証論』創元社。新版が、東京創元社から一九八九年に刊行されている。

(18) この命名は、メナール教授による。Cf. J. Mesnard, *Les Pensées de Pascal*, SEDES, 2e édition, 1993, « Appen-

dice III ».

(19) 『パスカル『パンセ』注解』全三巻(未完)、岩波書店、一九八〇—八八年。前田陽一のパスカル研究については、下記の追悼文でやや詳しく紹介した。塩川徹也「前田陽一先生とパスカル研究」『流域』二四号、一九八八年(上記『前田陽一　その人その文』に転載)。

(20) 最近のフランスのいくつかの辞書・事典は、森を項目に取り上げ、略歴と著作を紹介している。Cf. *Dictionnaire historique, thématique et technique des littératures*, Paris, Larousse, 1986. *Dictionnaire universel des littératures*, Paris, PUF, 1994. *Encyclopédie philosophique universelle*, III-2 *Les Œuvres philosophiques. Dictionnaire*, Paris, PUF, 1992.

(21) 彼のパスカル関係の論考は、『森有正全集』(筑摩書房、一九七八—八二年)の第十、十一巻に収められている。

(22) フランスに向けた紹介として、西川宏人氏の論考がある。H. Nishikawa, « Etudes pascaliennes au Japon depuis 1974 », *Pascal Port-Royal Orient Occident*, Paris, Klincksieck, 1991. Id., « Etudes pascaliennes au Japon depuis 1989 », *Courrier du CIBP*, n° 19, 1997.

(23) メナール教授が、拙著 *Pascal et les miracles*, Paris, Nizet, 1977 に寄せた序文で用いた表現。日本語版『パスカル　奇蹟と表徴』(岩波書店、一九八五年)、「フランス語版への序」参照。

(24) 報告書が公刊されている。*Pascal Port-Royal Orient Occident. Actes du Colloque de l'Université de Tokyo 27–29 septembre 1988*, Paris, Klincksieck, 1991. シンポジウムの全容については、ジェラール・フェレロル教授の意を尽くした紹介がある。Gérard Ferreyrolles, « Pascal au Japon: Le dialogue Orient-Occident », *Courrier du CIBP*, n° 10, 1988.

あとがき

パスカルについて四半世紀の間、折に触れて発表したモノグラフをまとめる機会を与えられた。ありがたいことである。古典的教養の衰退とヨーロッパ文明の地盤低下に伴って、西欧の文学と思想を対象とする研究も困難な時代を迎えている。研究が停滞しているというわけではない。少なくとも、フランス文学・思想の分野について言えば、日本の研究の水準とそこから生み出される成果は、私が研究のスタートラインに立った一九七〇年代前半に比べて、質量ともに飛躍的に発展している。問題は、「高級な」文化に対する信用あるいは信仰が揺らぐにつれて、研究が文化と教養から切り離され、学問が自らの領域に閉じこもらざるを得ない状況が生まれたことである。

本書は学術論文集であり、そのような状況に考察を加えること、いわんや働きかけることを直接の目標とはしていない。一つ一つの文章は、パスカル研究という場で営まれた探究の成果であり、第一義的には、パスカル研究、ひいてはフランス十七世紀の文学と思想の理解に寄与することを目指している。とはいえ、どれほど専門的な研究であろうと、それが社会と文化にとって意味を持つのは、研究の外部との関係においてである。ここで外部というのは、一方では、他の学問領域とそれを包み込む文化、他方では、研究を遂行する主体とそれが置かれた状況である。本書に収められたそれぞれの論文を導く問題意識が、研究とその外部が取り結ぶ緊張関係に導かれ、またその事実に自覚的であろうとしたことは、記しておきたい。

パスカルは、早熟の天才科学者、犀利なモラリスト、深遠な宗教思想家の三つの側面を兼ね備えた「偉人」あるいは「人生の師」として、多くの読者を魅了し、伝統的な教養の重要な一角を占めてきた。その観点からすれば、パスカルを読み研究することに意味と価値があるのは、彼の思想と生き方がわれわれの手本になるからである。要するに、知性、徳性、霊性のすべての領域において、理想的人間像の一つのタイプを体現しているからである。このような見方は、決して間違っていない。それは、研究を開始させる原動力でもあれば、研究の行く手を照らすはるかな目標でもある。

しかし研究の内部に入ってしまえば、研究者を動かす関心は別のところにある。それは、自分を惹きつける対象が謎を秘めており、それが解明されていないという予感である。一読したときには、テクストに自然に共鳴し、理解したつもりになっていたのに、読み直してみると、わからないところだらけなのに気付く。もちろん謎の大半は、読み手の無知及び技能の不足に由来し、しかるべき訓練を積み、先達の仕事を参照すること、つまり学習によって解消される。しかしながらある謎が、専門家の間でも未解決である、あるいは問題として明瞭に意識されていないという手応えを感ずるとき、本来の意味での研究が始まる。研究者になるとは、自らが所属する学問共同体で、何が問題になり得るかを判定する能力を身につけ、問題の解決に寄与する実力を養うことであろう。

本書はモノグラフの集成であり、それぞれの論文に応じて個別の問題が扱われているが、それでも自ずといくつかの興味の焦点が浮かび上がる。

第一は、テクストの注釈である。断片として宝石のような輝きを放ちながら、謎めいた『パンセ』の断章を、パスカルの意図に寄り添い、『キリスト教護教論』の構想との関連において、読み解くことが課題であった。主として第Ⅰ部に収めた論文がこの部類に該当するが、「賭」の断章を扱った第Ⅲ部第二章、そして

『プロヴァンシアル』の断片を考察する第Ⅳ部の第一章と第二章も、注釈の側面を持っている。テクストの解釈こそは、文学研究及び文献に基づく思想研究の屋台骨だからである。

第二は、パスカル独特の用語法とそれが表示する観念群の解明である。第Ⅱ部の「権威」と「フィギュール」を中心として、第Ⅰ部の「想像力」と「臆見」、第Ⅳ部の「戦争」と「平和」、そして全篇にわたって「信仰」あるいは「信」が検討の対象となっている。ここで問題になっているのは、それぞれの観念の意味は自明のものとして、それらについてパスカルがいかなる思想を展開したかを考察することではない。それらの観念が謎をはらんでいるからこそ、用語の意味の分析を通じて、それらが相互にいかなる関係を取り結び、彼の思想の形成においていかなる役割を果たしたかを示すことである。これは、パスカルのように、一見普通の言葉遣いと断片的な書法で思索を進める思想家の理解には、不可欠の手段である。

第三は、引用の典拠の発見を出発点とする、文献学的・歴史的探索である。パスカルのように、長い研究の歴史を持つ作家については、新たな典拠の発見は困難を極めるだけに、知的興味をそそるところがあり、ある発見の顚末が第Ⅳ部第一章で語られている。ただし発見自体は些事である。大事なのは、引用にあたってパスカルが利用した文書を特定することを通じて、彼が何に応答していたかを解明する手がかりが得られることである。第Ⅳ部の中心テーマとなる「信仰宣誓書」の署名問題への関心は、そこから生まれたものである。

最後は、説得の技法としてのレトリックである。パスカルにおいては、思想とその伝達、信念とその説得を切り離すことはできない。伝達と説得の形式は、思想の内容と同じだけの重さを持ち、そのあり方を規定している。だからこそ彼自身は、文学に関わるつもりは一切なかったのに、文学者、それも一流の文学者の扱いを受けるのである。そうだとすれば、説得の戦略を考慮することなしには、彼の思想の理解は覚束ない。

この問題意識は全篇を貫通しているが、とりわけ第Ⅱ部の後半の二章で主題として考察されている。

しかしながら以上のような興味に導かれた探索は、何を目指しているのか。『パンセ』の断章をはじめとする個々の文章の意味と意図の解明は、もちろん重要な目標である。だがそれを超えたところに、さらに二つの問題がある。一つは、パスカルが生前計画していた『キリスト教護教論』の構想と意味に関わり、もう一つは、教会と信者及び教会と世俗の共同体の二重の関係に関わる。

前者は、博士論文『パスカルと奇蹟』(フランス語版、パリ、ニゼ書店、一九七七年。日本語版『パスカル 奇蹟と表徴』岩波書店、一九八五年)で、パスカルの構想したキリスト教の歴史的証明の構造を明らかにする作業に従事して以来、断続的に取り組んできた課題であるが、第Ⅱ部と第Ⅲ部の題名にあるように、「戦略」と「限界」がライトモチーフになる。戦略というのは、パスカルが『護教論』において、読者の説得を実現するために用いた論拠と語り方の仕組みであり、ポール・ヴァレリーの言い方を借りれば、「パスカルの手」、つまり説得の手練手管を明らかにすることを目指している。他方、限界をめぐる考察は、かりにパスカルのもくろみが実現したとして、『護教論』は彼の信仰に即して、いかなる意味と価値を持ったかを問う。このような問題意識が生じたのは、第Ⅱ部第三章の「説得と回心」の執筆に際して、信仰を論証によって説得しようとするパラドックスに、パスカル自身が意識的であったことに気がついたからである。この発見は、それまで大筋として博士論文の延長線上に進められていた探究に観点の変化をもたらし、第Ⅲ部の仕事につながっていった。第Ⅱ部と第Ⅲ部に収めた文章は、いずれも個別の論点を扱った試論であるが、護教論の戦略と限界については、これで一区切りついたと感じている。

後者は、第Ⅳ部「信仰と政治」を導く問題意識である。護教論が、信仰と理性の接点にあって、信仰の内と外の交流の可能性に関わるとすれば、ここでは、信仰は前提とした上で、信者と教会及び世俗の共同体――その代表が国家である――の三者の関係が問われている。このような問題が浮かび上がってきたのは、ジャンセニスムとポール・ロワヤルとの関連においてであった。救いを求めて自ら信仰に精進するとともに、自らが所属する教会の改革を目指す信者・聖職者の一群が、教会からは異端者、国家からは反逆者の嫌疑をかけられて弾圧される事態が起こったとき、教会を愛しながら教会から迫害される者は、それをいかに受け止め、いかに行動すればよいのか。換言すれば、信者とその共同体である教会との間に美しい調和が保てなくなった場合、教会は信者にどれほどの権利を認めることができるのか、また逆に、信者は教会にどこまで従い、どこから抵抗することができるのか、そしてそこで世俗の共同体はいかなる役割を果たすのか。そもそも聖なる共同体と俗なる共同体はいかなる関係にあるのか。未完の『プロヴァンシアル』書簡の引用句を発端として、問題は、パスカル研究の枠をはるかに越えて、信仰宣誓書の署名問題に集約される「ジャンセニスムと政治」の考察に広がっていった。もとより、このような大問題の全容の解明は遠い目標である。ここでは、パスカルとの関連に限って、今後の研究の方向を示唆する具体的な成果を収録するにとどめた。

「われわれの目標は理解することであって裁くことではない」。かつて博士論文の序文に私はこう記した。このモットーはそれ以来、一貫して私の研究を導いてきたし、今でもその考えに変わりはない。しかしながらこのような研究姿勢が、外部に対して研究の意味と価値を説明するのを困難にしたことは認めざるを得ない。対象の内在的理解に集中すればするほど、それを取り巻く環境とのつながりは見失われやすいし、裁くことを禁欲するのは、価値判断の放棄と受け取られかねないからである。さらに一般論として言えば、学問であれ芸術であれスポーツであれ、すべて人間の活動とその成果は、おのれの領域の内部に身を置いたままでは、外部に対して自らの意味と価値を正当化することはできない。パスカルがいみじくも言うように、知と美と力は、それぞれの領域では支配権を振るっているが、他の領域に対して優越性を主張することはできないからである(3/58 ; B332)。しかしそうなると、すべての活動、とりわけ研究はおのれの業に精進して純化を図れば図るほど、外部に対しておのれの存在理由を申し開くことが困難になる。このパラドックスから脱出することは可能なのか。

これに対して、研究対象の社会的・文化的有用性を挙げて、研究の意味と価値を擁護することがしばしば行われる。パスカルの著作を、人間形成にとっての貴重なモデルと捉えて、「世界の名著」や「人類の知的遺産」、要するに世界文化遺産に組み込もうとするのは、その一つの例である。この考え方自体は、すでに述べたように、決して間違っていない。問題は、それが研究の内実とは平行線を辿って交わることができず、それを無理に交わらせようとすると、論点先取の虚偽つまり悪循環に陥りかねないことである。もし研究が理解への情熱に導かれるとすれば、それはわからなさと不思議さの感覚と切り離せない。しかしわからないもの、不思議なものをあらかじめ価値として祭り上げることができるのだろうか。

このような循環が、いわゆる解釈学的循環のカテゴリーに属するものかどうか、私にはわからない。確かなのは、理解への情熱の前提となる無知と無理解の感覚は、さらにそれに先行する知識と理解つまり先入見に支えられていることである。研究者は、先入見の不十分さと誤りを明らかにして、対象の実相に迫ることに専念するが、その原動力となるのは、あくまで素朴な先行理解なのである。しかも先入見は、研究者がある段階で抱いていた対象理解であると同時に、多くの場合、教養あるいは文化として非専門家にも共有された理解である。先行理解こそは、研究がそこから生まれる土壌であり、研究にある種の公共性、ひいては意味と価値を付与する源泉となる。だからといって、先行理解が想定する研究の意味と価値がそのまま承認されるわけではない。研究が先行理解を突きくずすにつれて、研究の存在理由も同時に危機にさらされるからである。しかしながら研究は自らの成果を先入見に送り返し、それを更新することによってしか、自らを支えることはできない。先入見の更新によってどれほど変貌を遂げようとも、研究に意味と価値を与えるのは先入見であり続ける。しかしこのような学問論は、専門論文集が自らに課す任務をはるかに越えている。その考察には別の場が必要であろう。

本書に収録された論文は、「初出一覧」からうかがえるように、ほぼ半数が日本語、残りの半分がフランス語で発表された。一方の言語で執筆した後、他方の言語で書き直して、二箇所に発表したものもある。言うまでもないことだが、フランス語論文は、日本で発行されている国際学術誌を別にすれば、大半がフランスの学術誌と研究論文集に寄稿したものである。研究成果をいかなる場で、いかなる言語で公表するかは、英語の圧倒的な支配下にある自然科学ではあまり問題として意識されないようであるが、人文科学、とりわけ外国文学・思想の研究においては、研究の本質に関わる難題である。

いろいろの機会に書いたことだが、フランスの文学と思想を、本場の土俵でフランス語によって研究することは、いわばノートルダム大聖堂の建造に外国人労働者として参加するようなものである。石を切って積むのは日本人だとしても、所定の場に組み込まれた石は、フランスの地に根を張った建造物の一部であり、それ自体は故国に持ち帰ることはできない。かりに複製を持ち帰ることができたとしても、それをそのまま日本文化に組み込むことはできない。もちろん日本でも日本語によるフランス文学研究が行われているが、それは言ってみれば、茶室か寺院の建築を目指している。大聖堂の部品をそのまま寺院の建材に転用するわけにはいかない。フランスのフランス文学研究と日本のフランス文学研究の間には、科学史で言う通約不可能性がある。かつて自らのフランス語の著書を日本語に訳す際にひどく難渋し、「異なった言語で同じ事柄を書くことはおそらく不可能だ」という感想を抱かざるを得なかったのは、このような事情からである。

この感想を漏らしてから十五年以上が経過したが、原理的には問題は相変わらず未解決であり、日本語で仕事をする〈私〉とフランス語で仕事をする〈私〉の間には、一種の人格の分裂がある。それにもかかわらず、本書の公刊によって、ここに収めた十六篇の文章(付論と補遺を含む)のうち、三分の二近くは日仏両語で発表されることになる。「同じ事柄」を、一方は教会の石柱の一部として、他方は寺院のふすまの桟として用いる機会を、それぞれの文化から与えられたのである。実践が理論的困難の打開の糸口になることを祈らずにいられないが、それ以前に、実践の場が与えられたことが、言葉のあらゆる意味において、ありがたいことなのである。

基本的に学術論文集であるとはいえ、本書のそれぞれの文章は、長い年月にわたって、異なる求めに応じて執筆されたものであり、スタイルは区々である。中には追悼論文集や月報に発表され、エセーの体裁を取ったものや、師友への献呈の挨拶が書き込まれていたものもある。一本にまとめるにあたっては、学術書としてスタイルを統一することも考えたが、研究が生い育った環境を示唆する証言にはそれなりの意味があると考え、修正は最小限にとどめた。またそれぞれが完結した論文の体裁を取っているために、内容の重複があちこちに見られるが、それも放置した。読者のご寛恕を請う次第である。

このようにささやかな書物の成立にも、最初に述べたように、四半世紀の歴史があり、それは大学教員としての私の職業生活に重なり合っている。前田陽一、ジャン・メナール両先生をはじめとする同学の師友、職場での先達・同僚の支援と励ましがなければ、とても研究を続けられなかったことは、身に沁みて感じている。振り返れば無数の思い出が甦る。お名前を一々挙げることができないのは心残りであるが、長年の間、折に触れて仕事に興味を示して下さった方々すべてに厚くお礼申し上げたい。

とはいえこの間、日本で外国の文学・思想を研究することの困難さ、とりわけ孤独をしばしば思い知らされたのも事実である。ともすれば萎えようとする研究への志を辛うじて支えてくれたのは、むしろフランスの師友であった。メナール先生は言うに及ばず、直接の教え子でもない私の仕事を最後まで見守って下さったアンリ・グイエ先生、博士論文の審査をお引き受けいただいて以来、絶えず励ましと助言を与えて下さるフィリップ・セリエ先生、私にとって理想の仕事場であるエコール・ノルマル・スューペリユール(高等師範学校)の図書室の利用についてあらゆる便宜を図って下さったピエール・プティマンジャン先生の学恩には感謝の言葉もない。メナール先生の相弟子であるジェラール・フェレロル氏が、折に触れて的確な批判と細やかな心遣いで励ましてくれたことも忘れがたい。

職場の先輩・同僚の理解と励ましも不可欠の支えであった。はじめての勤務先であった京都大学教養部では、右も左もわからない新米を、故大橋保夫先生をはじめとして、同僚というには畏れ多い先生方が、手取り足取り育てて下さった。また文学部の中川久定先生は、そのお仕事振りを通じて、日本におけるフランス文学研究のあるべき姿を示して下さった。いずれもありがたいことである。

京都から東京大学文学部に移ってすでに二十余年を閲する。働き甲斐があるとはいえ負担の大きな職場で、曲がりなりにも研究が続けられたのは、ひたすら恩師の先生方のお心遣いとご海容の賜物である。山田𣝣先生、次いで過日には、二宮敬先生が鬼籍に入られたのは痛恨事であるが、このささやかな仕事を、お二人の霊前に供えさせていただきたい。そして菅野昭正先生には、感謝の微意を表わす機会が与えられたことを喜びつつ、末長くご指導をお願いしたい。田村毅氏にも感謝を捧げる。一九六八年四月に同期生として大学院に入学して以来、変わらぬ友情で支えてくれる友を同僚とすることができたことは、私の職業生活における最大の幸福である。

師友への謝辞の中に身内を交えるのは、はしたないかもしれないが、本書も妻の浩子に捧げる。これは、二人の共同生活の産物なのだから。

最後になったが、索引の作成をお願いした東京大学大学院博士課程の千川哲生氏にも、感謝を申し述べたい。

パスカルに関して、私が岩波書店から本を上梓するのは、これで四冊目である。学術出版が直面している困難な状況の中で、出版の企画を推進された書店に心からお礼申し上げる。編集担当の中川和夫さんは、いつもながらに細心の注意を払って、本としての形を整えて下さった。ありがとうございます。

二〇〇三年一月

塩川徹也

初出一覧

日本語版とフランス語版がある場合には、双方の初出を併記した。日本語版論文の初出表題が本書において変更されている場合は、原題を〔 〕内に表示した。

Ⅰ 名句再読

一 高低か長短か――「クレオパトラの鼻」をめぐって 〔「クレオパトラの鼻」についての蛇足的覚書〕、『ジャクさんとともに――山田𣝣先生追悼』(私家版) 一九九四年七月

二 パスカルの「時と永遠」――波多野精一の『時と永遠』に寄せて 〔パスカルの「時と永遠」〕、『波多野精一全集』(第二次) 第四巻月報、岩波書店、一九八九年九月

三 絵はなぜむなしいか 〔絵はなぜむなしいか――『パンセ』の一断章をめぐって〕、『ふらんす手帖』第八号、一九七九年一一月

四 想像力と臆見――「想像力」の断章をめぐって « Imagination, fantaisie et opinion: pourquoi Pascal prend-il pour thème l'« imagination » dans le fragment 44-78 des *Pensées*? », *Equinoxe*, Kyoto, Rinsen-Books, été 1990.

Ⅱ 護教論の戦略

一 比喩と象徴――「フィギュール」の観念について 〔比喩と象徴――パスカルにおける figure の観念〕、『思想』、岩波書店、一九七七年五月号

二 権威と認識――「権威」の観念について « La connaissance par autorité selon Pascal », *Etudes de Lan-*

gue et Littérature Françaises, Société Japonaise de Langue et Littérature Françaises, Tokyo, n° 30, mars 1977.〔パスカルにおける「権威」の問題〕、『現代思想』、青土社、一九七七年九月号

三　説得と回心――レトリックの問題　〔説得と回心――パスカルにおけるレトリックの問題〕、『理想』、理想社、一九八一年七月号。《Persuasion et conversion: essai sur la signification de la rhétorique chez Pascal》, *Destins et enjeux du XVII*^{e} *siècle*, Préface de Jean Mesnard, Paris, PUF, 1985.

四　主題としての「私」と語り手としての「私」　〔主題としての「私」と語り手としての「私」――『パンセ』の一つの読み方〕、『ふらんす手帖』第一二号、一九八三年七月

Ⅲ　護教論の限界

一　「聞くことによる信仰」から「人を生かす信仰」へ――護教論と信仰　《*Justus ex fide vivit* et *fides ex auditu*: deux aspects de la foi dans l'apologétique pascalienne》, *Revue des Sciences Humaines*, Université Charles-de-Gaulle (Lille III), n° 244, octobre-décembre 1996.(『虹と秘蹟』(岩波書店、一九九三年)、第三章「「信」の構造」第一節及び第三節が下敷きになっている。)

二　「賭」をめぐって――護教論から霊性へ　《Le《pari》de Pascal: de l'apologétique à la spiritualité》, *Littératures classiques*, Société de Littératures classiques, Toulouse, n° 39, printemps 2000. (本論文の出発点には、「神と賭――信仰の構造」、新・哲学講義2『神と実在への眼差し』(岩波書店、一九九八年)があり、それが、『パスカル『パンセ』を読む』(岩波書店、二〇〇一年)の補遺「「賭」の断章をめぐって」に展開した。)

Ⅳ　信仰と政治

一　引用句の運命――未完の『プロヴァンシアル』書簡の一句をめぐって　〔引用句の運命――いわゆる『第十九プロヴァンシアル』の断片の一句をめぐって〕、『文学』、岩波書店、一九八八年九月号

二　パスカルにおける「戦争と平和」――信仰は寛容と両立し得るか　《La guerre et la paix selon Pascal》, *Pas-*

cal Port-Royal Orient Occident. Actes du Colloque de l'Université de Tokyo 27–29 septembre 1988, Paris, Klincksieck, 1991.〔パスカルの戦争論・平和論——あるいは寛容は信仰とどのように両立することができるか〕、『仏語仏文学研究』、東京大学仏語仏文学研究会、第五号「二宮敬先生退官記念特集号」、一九九〇年八月

三　『プロヴァンシアル』と信仰宣誓書——最後の二通をめぐって　« L'enjeu des XVIIe et XVIIIe *Provinciales* », *Cahiers de l'Association Internationale des Etudes Françaises*, n° 40, Paris, Les Belles Lettres, mai 1988.

四　「人間的信」の論理学と政治学　« Logique et politique: le rôle de la notion de foi humaine dans l'affaire de la signature du formulaire », *Justice et Force: Politique au temps de Pascal. Actes du colloque de Clermont-Ferrand 20–23 septembre 1990*, Paris, Klincksieck, 1996.

〔付論〕ジャンセニスムと政治——信仰宣誓書の署名問題をめぐって　« Jansénisme et politique—Autour de l'affaire de la signature du formulaire », *Journal of the Faculty of Letters*, The University of Tokyo, Aesthetics, vol. 12, 1987.

〔補遺〕日本におけるパスカル——回顧と展望　« Pascal en Extrême-Orient », *Chroniques de Port-Royal*, n° 49, *Port-Royal au miroir du XXe siècle. Actes de la journée d'étude organisée par la Société des Amis de Port-Royal à l'Université de Paris-Sorbonne le 2 octobre 1999*, Paris, Bibliothèque Mazarine, 2000.

Id., *Les Pensées de Pascal* 2e édition, Paris, SEDES, 1993.
Gérard Ferreyrolles, *Blaise Pascal. Les Provinciales*, « Etudes littéraires », Paris, PUF, 1984.

ポール・ロワヤルとジャンセニスム

パスカルの思索と著作の理解にとって不可欠なポール・ロワヤルとジャンセニスムは，あまりに大きなテーマであるとともに研究の進展が著しく，最新の成果を踏まえた概説書を挙げることは困難である．じっさいに参照した古典的研究のいくつかを挙げるにとどめる．

Sainte-Beuve, *Port-Royal*, « Bibliothèque de la Pléiade », Paris, Gallimard, 3 vol., 1953–1955.
Augustin Gazier, *Histoire générale du mouvement janséniste*, Paris, H. Champion, 2 vol., 1922.
Louis Cognet, *Le Jansénisme*, « Que sais-je? », Paris, PUF, 1961.
Jean Orcibal, *Saint-Cyran et le jansénisme*, « Maîtres spirituels », Paris, Seuil, 1961.
René Taveneaux, *Jansénisme et politique*, « Collection U », Paris, A. Colin, 1965.
Jean Delumeau, *Le Catholicisme entre Luther et Voltaire*, « Nouvelle Clio », Paris, PUF, 1971.
René Taveneaux, *Le Catholicisme dans la France classique 1610–1715*, « Regards sur l'histoire », Paris, SEDES, 2 vol., 1980.
Bruno Neveu, *Erudition et religion aux XVIIe et XVIIIe siècles*, Paris, A. Michel, 1994.

なお，ジャンセニスムの定義に関する問題提起としては，ジャン・オルシバルの次の２論文が重要である．

J. Orcibal, « Qu'est-ce que le jansénisme? », *Etudes d'histoire et de littérature religieuses XVIe-XVIIIe siècles*, Paris, Klincksieck, 1997.
Id., «Jansénisme», *op. cit.*

ポール・ロワヤルについては，次の専門研究誌があり，大判２分冊の『ポール・ロワヤル事典』の公刊も予告されている．

Chroniques de Port-Royal, Paris, Bibliothèque Mazarine.
Dictionnaire de Port-Royal, dirigé par J. Lesaulnier et A. McKenna (à paraître).

アルノー

Antoine Arnauld, *Œuvres*, Paris-Lausanne, 43 vol., 1775–1783.

『ポール・ロワヤル論理学』

La Logique ou l'Art de penser, édition critique par Pierre Clair et François Girbal, Paris, PUF, 1965.〔略号：*Logique*〕

Ⅲ 辞　典

フランス語辞典

17 世紀から 18 世紀にかけて刊行され，じっさいに利用したものだけに限る．

Pierre Richelet, *Dictionnaire français*, Genève, 1680 (Réimpression : France Tosho Reprints, 1969).〔略号：Richelet〕

Antoine Furetière, *Dictionnaire universel*, La Haye et Rotterdam, 1690 (Réimpression : Paris, SNL-Robert, 1978 en 3 vol.).〔略号：Furetière〕

Dictionnaire de l'Académie française, Paris, 1694 (Réimpression : France Tosho Reprints, 1967).〔略号：Académie〕

Dictionnaire universel français et latin, vulgairement appelé Dictionnaire de Trévoux, Nancy, 5 vol., 1734.〔略号：Trévoux〕

専門事典・要覧

キリスト教，とくにカトリシスムの教義と信仰に関わるもので，じっさいに参照したものに限る．

Dictionnaire de théologie catholique, 15 t. en 30 vol. et 3 vol. de tables, éd. par A. Vacant, E. Mangeot et E. Amman, Paris, Letouzey et Ané, 1903–1972.

Dictionnaire de spiritualité, ascétique et mystique. Doctrine et histoire, éd. par M. Villier, Paris, 1932–1988.

Catholicisme. Hier, aujourd'hui, demain : encyclopédie en sept volumes, dirigée par G. Jacquemet, Paris, Letouzey et Ané, 1948–1993.

H. Denzinger, *Enchiridion symbolorum et definitionum de rerum fidei et morum*, Fribourg-en-Brisgau, Herder, 1908 (10e édition).

Ⅳ 研 究 書

パスカル

信頼の置ける基本参考書を 3 冊だけ掲げる．なおメナール版全集（*MES*）に含まれるそれぞれの著作の解説は，教授の長年の研究成果を踏まえたものであり，必読である．

Jean Mesnard, *Pascal*, 5e édition, « Connaissance des Lettres », Paris, Hatier, 1967.

純化して言えば，彼が原則として依拠していたのは，「ウルガタ」であり，それを底本とするポール・ロワヤルの聖書翻訳事業にも協力した形跡がある．

「ウルガタ」については，次の版を参照した．

Biblia sacra, Vulgatae Editionis, Lugduni, 1631.

Biblia sacra, juxta Vulgatam Clementinam, Desclée et socii, Rome, Tournai, Paris, 1956.

ルメートル・ド・サシが中心となって完成したポール・ロワヤルのフランス語訳聖書は，最近，復刻版が出版された．

La Bible, traduction de Louis-Isaac Lemaître de Sacy. Préface et textes d'introduction établis par Ph. Sellier, Paris, R. Laffont, 1990.

日本語訳については主として，次の2種の版を参照した．

『舊新約聖書』〔文語訳〕，日本聖書協会，1980年．

『聖書』新共同訳，日本聖書協会，1987年．

『ローマ・カトリック要理』

本書では，直接参照することはなかったし，またパスカルが実際に読んだかどうか，確認できないが，当時のカトリック教会，さらにはトリエント公会議（1563年閉会）から第1ヴァティカン公会議（1869–1870年）に至るカトリック教会の信仰に関する基本的見解を知るためには不可欠の書物である．19世紀に公刊された羅仏対訳本を用いた．邦訳もある．

Catéchisme du Concile de Trente, traduction nouvelle avec le texte en regard par M. l'Abbé Gagey, 3e édition, 2 vol., Dijon et Lyon, 1874.

『ローマ公教要理』岩村清太訳編，精道教育促進協会，3分冊，1973–1975年（「祈りの部」は未完）．

モンテーニュ『エセー』

Les *Essais* de Michel de Montaigne, édition conforme au texte de l'exemplaire de Bordeaux, par Pierre Villey, réimprimée sous la direction et avec préface de V. -L. Saulnier, Paris, PUF, 1965.

邦　訳

モンテーニュ『エセー』原二郎訳，岩波文庫，全6巻．

デカルト

Descartes, *Œuvres*, p. p. Ch. Adam et P. Tannery, nouvelle présentation, en co-édition avec le Centre National de la Recherche Scientifique, Paris, Vrin, 11 vol., 1971–1975.〔略号：Descartes, *AT* 巻数をローマ数字，ページ数をアラビア数字で指示する〕

邦　訳

『デカルト著作集』（増補版）白水社，全4巻，1993年．

chette, 1966 (1ère édition, 1897).

『パンセ』のテクストについては，原則としてセリエ版(3)を底本とした(現行の流布本としては，それに依拠するフェレロル版(3bis)と並んで，最も信頼が置ける)．問題がある場合は，肉筆原稿集の写真版(4)，写本(5)，トゥルヌールの「古文書学版」(6)，ラフュマの批評校訂版(7)，及び前田陽一の注解(8)を参照した．

3 Pascal, *Pensées*, texte établi, annoté et présenté par Philippe Sellier, « Classiques Garnier », Paris, Garnier, 1991.

3bis Pascal, *Pensées*, présentation et notes par Gérard Ferreyrolles. Texte établi par Ph. Sellier d'après la copie de référence de Gilberte Pascal, « Le Livre de Poche classique », Librairie Générale Française, 2000.

4 *Original des Pensées de Pascal,* Fac-similé du manuscrit 9202 (fonds français) de la Bibliothèque Nationale. Texte imprimé en regard et notes par L. Brunschvicg, Paris, Hachette, 1905 (réédition, Kyoto, Rinsen Book, 1986).

5 *La Première Copie des Pensées* (C^1), Bibliothèque Nationale, fonds français, nº 9203.

La Seconde Copie des Pensées et les pièces reliées avec elle (RC^2), Bibliothèque Nationale, fonds français, nº 12449.

6 *Pensées de Blaise Pascal*, édition paléographique par Zacharie Tourneur, Paris, Vrin, 1942.

7 Pascal, *Pensées sur la religion et sur quelques autres sujets*, Introduction de L. Lafuma, édition du Luxembourg, 3 vol., 1951.

8 前田陽一『パスカル『パンセ』注解』岩波書店，第1(1980)，第2(1985)，第3(1988)．

邦　訳

全集・著作集

『パスカル全集』伊吹武彦・渡辺一夫・前田陽一監修(全3巻)，人文書院，1959年．

『パスカル著作集』田辺保全訳，全7巻・別巻1，教文館，1980-1984年．

メナール版『パスカル全集』赤木昭三・支倉崇晴・廣田昌義・塩川徹也編集，白水社，第1巻1993年，第2巻1994年(全6巻，刊行中)．

『パンセ』

パスカル『パンセ』前田陽一・由木康訳(全2巻)，中公クラシックス，2001年．

II　古典的著作

聖　書

「パスカルと聖書」は，大部の博士論文のテーマになるほどの大問題であるが，単

文献案内

それぞれの論考が依拠した文献は，当該箇所の注で指示した．ここでは，パスカルの著作をはじめとして，本書の成立に基本的な役割を果たした文献のみを掲げる．本文で頻繁に利用するものについては，略式の指示法を付記する．読者の便宜を考えて，著作の日本語訳も掲げたが，たんなる目安であり，網羅的なものではない．

I　パスカルの著作

『パンセ』と『プロヴァンシアル』(及びその関連文書)以外のテクストは，次の全集版で引用する．

Blaise Pascal, *Œuvres complètes*, texte établi et annoté par Jean Mesnard, « Bibliothèque européenne », Paris, Desclée de Brouwer, t. I, 1964 ; t. II, 1970 ; t. III, 1991 ; t. IV, 1992.(『プロヴァンシアル』は第 5 巻，『パンセ』は第 6 巻に収録される予定.)〔略号：*MES* 巻数をローマ数字，ページ数をアラビア数字で指示する〕

ただし上記の全集は未完なので，随時，次の全集版も参照した．

Œuvres complètes, édition Brunschvicg-Boutroux-Gazier, Paris, Hachette, coll. « Les Grands Ecrivains de la France », 14 vol., 1904–1914.

『プロヴァンシアル』及びその関連文書については，次の版を底本とする．

Pascal, *Les Provinciales*, édition de Louis Cognet et Gérard Ferreyrolles, « Classiques Garnier », Paris, Bordas, 1992.〔略号：*PROV*〕

『パンセ』の断章の出所は次のように指示する．まず断章の所属するファイルを，それが「表題付き」であればアラビア数字，それ以外であればローマ数字で示し，その後，斜線を挟んで，第一写本に依拠するラフュマ版(1)の番号を添える．写本に含まれない断章については，HC の略号を頭に添える．次に，従来の邦訳は大部分ブランシュヴィック版(2)の配列を踏襲していることを考慮して，B 何番という形で，同版の番号を記す．例示すれば，「考える葦」の断章は，« 15/200; B347 »，「クレオパトラの鼻」は，« I/413; B162 »，「賭」は，« II/418; B233 »，「イエスの秘儀」は，« HC/919; B553 »となる(詳しくは，拙著『パスカル『パンセ』を読む』(岩波書店，2001 年)，第 1 章及び第 2 章参照)．

1 *Pensées*, in Pascal, *Œuvres complètes*, présentation et notes de Louis Lafuma, « L'Intégrale », Paris, Editions du Seuil, 1963.

2 Pascal, *Pensées et Opuscules*, publiés avec une introduction, des notices et des notes par Léon Brunschvicg, « Classiques Hachette », Paris, Ha-

『パンセ』

パスカルに関する証言

五命題と信仰宣誓書

■岩波オンデマンドブックス■

パスカル考

2003年2月25日　第1刷発行
2003年6月16日　第2刷発行
2019年3月12日　オンデマンド版発行

著　者　塩川徹也《しおかわてつや》

発行者　岡本　厚

発行所　株式会社　岩波書店
〒101-8002　東京都千代田区一ツ橋2-5-5
電話案内　03-5210-4000
http://www.iwanami.co.jp/

印刷／製本・法令印刷

ISBN 978-4-00-730852-9　　Printed in Japan

人名索引

主要な登場人物名，歴史上の人名，研究者名を収録した．網羅的なものではない．とくにブレーズ・パスカルの名前は除外した．原綴を付したが，古代のギリシャ，ローマの人名については，ラテン語表記を採用し，フランス語の慣用綴りを添えた．イタリックの数字は注及び「あとがき」の頁数を指す．

ア 行

アウグスティヌス Augustinus (Augustin)　67, 72, 84, 91, 92, 106, 112, 126, 127, 138, 151, 152, 158, 162, 192, 205, 207, 223, 250, 261, 263, 264, 268, 271–273, 278, *311, 313, 319, 333, 340*
アウグストゥス Augustus (Auguste)　6, 246
赤木昭三　294
芥川龍之介　4
朝比奈誼　*341*
アザール，ポール Hazard, Paul　85, *312*
アタナシウス Athanasius (Athanase)　222
アダム Adam　16, 61, 126, 127, 161
アダン，シャルル Adam, Charles　*330*
アベル Abel　65
アリストテレス Aristoteles (Aristote)　31, 46, 47, 105, 283, 287, *299, 300, 302*
アルノー Arnauld
　アニェス Jeanne-Catherine-Agnès (Mère Agnès de Saint-Paul)　*341*
　アンジェリック・ド・サン・ジャン Mère Angélique de Saint-Jean　*341*
　アントワーヌ Antoine　67, 72, 102, 130, 151, 157, 192–195, 203, 208, 229, 231, 238, 239, 247, 248, 252, 267, 272, 275, 277, 278, *309, 315, 320, 325, 330 331, 334, 337, 338, 339, 340*
　アンリ Henri　273
　ロベール・アルノー・ダンディイ Arnauld d'Andilly, Robert　260, 269
アルベルトゥス・マグヌス Albertus Magnus　7
アルモガット，ジャン=ロベール Armogathe, Jean-Robert　258, *337*
アレクサンデル七世 Alexander VII　198, 233, 234, 242, 244, 258, 262, 264, 265, *330*
アンジェリック・ド・サン・ジャン → アルノー
アントニウス Antonius (Antoine)　6, 7, 9, 10, 246
アンナ Annat, le Père François　91, 191, 196, 198, 199, 229, 235, *327*
アンヌ・ドートリッシュ Anne d'Autriche　260, 269
飯塚勝久　*341*
イグナティウス（アンティオキアの）Ignatius Antiochenus (Ignace d'Antioche)　251
イグナティウス・デ・ロヨラ Ignatius de Loyola　197

伊藤整　*316*
岩波茂雄　288
インノケンティウス十世 Innocentius X　191, 193–195, 202–204, 231–234, 242, 244, 258, 261, 262, 264, 267, 268, 270, *324*
ヴァレリー，ポール Valéry, Paul　*299, 348*
ウェズレー Wesley, John　120
ヴォルテール Voltaire (François Marie Arouet, dit)　14, 29, 180, 181, 223, *298, 322*
エピクテトス Epictetus (Epictète)　52, 53, 56–58, 60, 62, 284, 285, *303, 305, 342*
エラスムス，デシデリウス Erasmus, Desiderius　*326*
エルマン，ゴドフロワ Hermant, Godefroy　*337, 340*
オクタウィアヌス　→アウグストゥス
オダンク，アレクサンドル・ド Hodencq, Alexandre de　273
オルシバル，ジャン Orcibal, Jean　257, *317, 337*

カ 行

カエサル Caesar (César)　6, 246, 250
ガジエ Gazier, Augustin　*338*
カミュ，アルベール Camus, Albert　283
ガリレイ，ガリレオ Galilei, Galileo　153, *319*
川俣晃自　*341*
カント Kant, Immanuel　284, 287
菅野昭正　*353*
キケロ Cicero (Cicéron)　55, 56, 250, *304*
キプリアヌス Cyprianus (Cyprien)　251
ギユベール，ジャン Guillebert, Jean　67
グイエ，アンリ Gouhier, Henri　*306, 309, 310, 315, 321, 353*
クーザン，ヴィクトル Cousin, Victor　49
クノー，レモン Queneau, Raymond　3
倉田信子　*297*
グラタローリ Grataroli, Guillaume　8
グリュ，ジャン Goulu, Jean (Dom Jean de Saint-François)　58, 60, *304*
クルツィウス Curtius, Ernst Robert　*342*
クレオパトラ Cleopatra (Cléopâtre)　3–12, 19, 30, 61, 120, 283, *297*
グロティウス Grotius, Hugo　213
孔子　284
國府田武　*341*
ゴドー，アントワーヌ Godeau, Antoine　273
コニェ，ルイ Cognet, Louis　*324, 328*
ゴルドマン，リュシアン Goldmann, Lucien　294
コルネイユ Corneille, Pierre　9, 10, 30
コンガール Congar, Yves　*333, 340*
コント，ジャン・バティスト・ド Contes, Jean-Baptiste de　273
ゴンドラン，アンリ＝ルイ・ド Gondrin, Henri-Louis de　204–207, 231, 268, 273, 275, *325*

サ 行

サシ，ル・メートル・ド Sacy, Issac Le Maistre de　*306, 335*
佐藤信夫　*315*

佐野泰雄　*328*
サルトル Sartre, Jean-Paul　283
サン＝シモン Saint-Simon, Louis de Rouvroy, duc de　269, *338*
サン＝シラン Saint-Cyran, Jean Duvergier de Hauranne, abbé de　67, 70, 257, *308, 337, 341*
サント＝ブーヴ Sainte-Beuve, Charles-Augustin　3, 257, 274, *337, 339*
サント＝ブーヴ，ジャック・ド Sainte-Beuve, Jacques de　272
ジ Gits, Adolphe　*331, 333, 340*
ジェルソン，ジャン Gerson, Jean　278, *341*
ジェルブロン Gerberon, Dom Gabriel　261, *337, 339*
シャッスブラ Chassebras, Jean-Baptiste de　269
ジャンセニウス Jansénius, Cornelius　67, 86, 87, 91, 127, 151–153, 191–193, 195, 198, 200, 203, 205–209, 222, 224–226, 231, 233, 234, 236–238, 241–243, 256, 258, 259, 261, 263, 264, 266–268, 274, 276, 278, *311, 326, 330, 332, 333, 339, 341*
ジャンセン，ポール Jansen, Paule　200, 232, *325, 329, 338*
シャンペーニュ，フィリップ・ド Champaigne, Philippe de　39
ジュネット，ジェラール Genette, Gérard　*300*
ショワズル，ジルベール・ド Choiseul, Gilbert de　205–207, 231
シラノ・ド・ベルジュラック Cyrano de Bergerac, Savinien de　7, 8
親鸞　289
ストバイオス Stobaeus (Stobée)　53, *303*
ストロウスキー，フォルチュナ Strowski, Fortunat　*304*
スボン，レモン Sebond, Raymond　52
セクストス・エンペイリコス Sextus Empiricus　55, 56
セネカ Seneca (Sénèque)　284
ゼノン Zenon　55, *304*
セリエ，フィリップ Sellier, Philippe　223, 285, *309, 311, 312, 314, 324, 326, 353*
ゾラ Zola, Emile　290
ソロモン Solomon (Salomon)　*307*

タ　行

ダヴィデ David　*307*
タヴノー，ルネ Taveneaux, René　*337, 338*
辰野隆　290
田辺保　5, *342*
田村毅　*354*
津田穰　5, *342*
ディオゲネス・ラエルティオス，Laertius Diogenes (Diogène Laërce)　*304*
ディドロ Diderot, Denis　8, *297*
ティルワン，ロラン Thirouin, Laurent　*322*
デカルト Descartes, René　33, 34, 46, 47, 71, 103–105, 107, 114, 147, 148, 160, 284, 287, *300, 302, 308, 315, 335*
デコット，ドミニック Descotes, Dominique　*318*
デュ・ペロン Du Perron, Jacques Davy, le cardinal de　75, *309*
テレサ(アビラの) Teresa de Avila (Thérèse d'Avila)　222
ドゥリュモー，ジャン Delumeau, Jean　*325, 337*
トゥルヌール Tourneur, Zacharie

ナ 行

ハ 行

マ　行

ヤ　行

ラ　行

『パンセ』断章索引

斜線の前の数字あるいは記号(1/3 の 1)は，断章が所属するファイルを示す．斜線の直後の数字(1/3 の 3)は，ラフュマ版の番号，括弧内の番号はブランシュヴィック版の番号である．文献案内の『パンセ』の箇所を参照のこと．

書名索引

パスカルの著作とパスカルに関する証言
及び
五命題と信仰宣誓書のテクスト